九尾狐

郭雪波 著

中国出版集团
中译出版社

图书在版编目（CIP）数据

九尾狐 / 郭雪波著. —北京：中译出版社，2020.1
ISBN 978-7-5001-6079-3

Ⅰ.①九… Ⅱ.①郭… Ⅲ.①长篇小说－中国－当代 Ⅳ.① I247.5

中国版本图书馆 CIP 数据核字（2019）第 250037 号

出版发行 / 中译出版社
地　　址 / 北京市西城区车公庄大街甲 4 号物华大厦 6 层
电　　话 / (010)68005858,68358224（编辑部）
传　　真 / (010)68357870
邮　　编 / 100044
电子邮箱 / book@ctph.com.cn
网　　址 / http://www.ctph.com.cn

出 版 人 / 张高里　刘永淳
策划编辑 / 范　伟
责任编辑 / 张　旭　范　伟
插　　画 / 田宏图
封面设计 / 今亮后声工作室

排　　版 / 北京竹页文化传媒有限公司
印　　刷 / 肥城新华印刷有限公司
经　　销 / 新华书店

规　　格 / 787 毫米 ×1092 毫米　1/16
印　　张 / 25.125
字　　数 / 320 千字
版　　次 / 2020 年 1 月第一版
印　　次 / 2020 年 1 月第一次

ISBN 978-7-5001-6079-3　　定价：69.00 元

版权所有　侵权必究
中译出版社

我背着酒壶在科尔沁草原上流浪了好多年,

那会儿沙漠和草地上,

只有两件东西令我神魂颠倒,

一是萨满·孛师的秘闻,

二是一只百年九尾狐乌妮格的传说。

——作者题记

目 录

第一章　九尾狐出世 / 1

第二章　白尔泰追寻"黑孛"踪迹 / 26

第三章　老铁子和老银狐 / 48

第四章　哈尔沙村的女人们 / 79

第五章　祸起萧墙狐媚村民 / 110

第六章　胡大伦借机大闹铁家坟地 / 145

第七章　一棵神圣老树訇然倒下 / 179

第八章　九尾狐撕裂胡大伦 / 227

第九章　十三神孛的传说 / 275

第十章　萨满显灵皈依路 / 328

修订后记：古老文化如一盏璀璨的明灯 / 386

第一章　九尾狐出世

婼干·乌妮格——九尾银狐，是神奇的，
遇见它，不要惹它，也不要说出去。
它是荒漠的主宰。

——流传在科尔沁草原的一句古语

一

姥干·乌妮格，这就是本书主人公——那只九尾银狐的全名。

在遥远的北方，科尔沁草原最北部五百里之外的汗·腾格里山里，早先曾有一个狐狸家族。那是个真正的古老的乌妮格狐狸家族，与其他动物如虎豹熊鹿、狼豺狍獐一起创造了百里汗·腾格里山的凶险和威严。

姥干·乌妮格家族穴居在山的阴面处一座山洞里，一代一代相传。它们家族，曾从匈奴人、东胡人的箭弩下逃生，曾甩脱蒙古可汗追击，又有与女真人契丹人周旋不败的光荣历史。在那弱肉强食、战火纷争的混乱年代，它们这支家族能够生存发展，除了其狡猾奸诈、矫健体魄之外，据说还全靠了一个外人不知的神秘技能。

那是个温暖的初春下午。汗·腾格里山北麓的山洞里，有一只老母狐正在生产。它躺在柔软的干草上，下身一使劲，便挤出一只小崽来，轻轻松松很快挤出了五只。它慵懒地伸了伸尖嘴打个哈欠，以为完工了，想站起来伸伸发麻的身躯。结果，它刚抬一下屁股，第六只崽子——本书的主人公姥干·乌妮格，便从母狐的后两腿中间那个鲜红而神圣的洞穴里掉了出来。老母狐惊讶地回头，凝视这只最小的老六，一个压帮崽，似乎不大相信是从自己肚子里掉下来的。先出来的那五只个个肥大健康，而这老六待在它肚子里简直若有若无，瘦小得像只耗子，可怜巴巴。可有一点引起老母狐的注意，就是这只压帮崽的尾巴尖是雪白色的！显得那么柔美、闪亮、迷人。雪白的尾巴尖，立刻勾起了老母狐对往日一段恋情的回忆——曾有一条雪白色尾巴的年轻狐狸跟它厮混了很久，一直到被一群狼撕碎为止。也许是对故情的眷恋,也许是这只最弱最小的压帮崽引发它母性怜爱,它对姹干·乌妮格是格外的关照。当五个大崽争抢奶头,把弱小的老六挤出一边或压在身下时,老母狐总是伸出尖嘴,把它叼过来喂给最有奶的乳头,同时老母狐不停地用它那神奇的舌头,舔舐这只小狐的毛皮,使得它整个身子亮晶晶的,犹如一只光滑的精灵。

五个大崽刚学会觅食,老母狐就把它们赶出老窝,独立生活去了,唯有这只压帮崽姹干·乌妮格,依旧留在它身边。对于老母狐来说这是从未有过的破例现象。它每年一窝一窝养出的子孙,遍布在整个汗·腾格里山脉和南边广袤的科尔沁大草原,它是发展狐狸这家族的功勋卓著的老母亲。可这次,对这只白尾巴尖的姹干·乌妮格,它怎么也舍不得放走。或许,它意识到,过于衰老的它不可能再生育了,而这只姹干·乌妮格,是它众多子孙中最名副其实的压帮崽。它一天天看着这只压帮崽长大,它也把自己所有的生存之道、精明奸猾的本事,全部传授给这只压帮崽,并不断地带它出去实践、闯荡。为了生存,它们从不只停留在纸上谈兵,而讲究实践和血腥的肉搏。果然青出于蓝而胜于蓝,有一次,它们俩为追逐一只野兔,闯进了东山黑豹的领地。正当它们撕扯兔肉的时候,血腥味引来了那只黑山豹,黑山豹向它们猛扑过来。它们没命地逃窜,黑豹几个扑跃就赶上它们,张开了大嘴。姹干·乌妮格惊恐万状,甩动尾巴左右闪跳,躲避黑豹的致命一击。那只黑豹对付狐狸颇有经验,眼睛不盯尾巴,只盯头部。正当万分危急时,姹干·乌妮格身上产生了一种奇特的变化,由于惊吓,它的尾巴根下的那个平时紧闭的小气孔,突然张开,冲黑豹的鼻嘴"哧儿"一下放射出一股气味。这是一股奇特的、具有强烈刺激性的臊臭气味,其中含有某种醉人的奇香。不知怎么搞的,那头凶猛无比的黑豹,闻到这股气味后,突然脚步晃了一下,双眼有些迷瞪,好像无法忍受这股气味的刺激，不敢再往前走一步，掉头就往回跑。老母狐和姹干·乌妮格，呆呆地站在原地不明所以。

　　从此，老母狐对自己这只压帮崽另眼相看了。

　　当时，它也隐隐闻到了一丝那个迷魂的气味，作为这支古老狐狸家族最老的母狐，它身上也有能施放此气味的本能，但很微弱，构不成攻击性。而姹干·乌妮格这种情况，在整个狐狸家族中是极为罕见的，百年不遇的。这是一个揭不透的谜，就如人类身体之内的气功现象一样，属于狐狸这个古老得几乎与人类同时出现的动物的最原始遗传本能，大概要经历多少年代才偶尔在一有缘分的狐狸身上得以体现吧。就像牛黄不会长在每头牛身上一样，可遇而不可求。老母狐由此对这只压帮崽有所惊惧了，它本能地意识到，这压帮崽将替代它的位置，成为家族中的强者和首领。老母狐深感悲哀。它开始本能地咬逐这只小崽，驱赶它离开老窝去独立生活。姹干·乌妮格躲避着母亲的排挤追咬，不愿离开这温暖的洞穴。它猖猖地吠叫着，老母狐也不敢往死里咬，它也害怕那股可怕的气味。

　　决裂的一天终于来临。

　　那是个春夏交际之时，发情的狐狸们三五成群地聚集在汗·腾格里山的树林和草地上。一只矫健颀长的年轻公狐，正跟老母狐调情。似乎它们相互很熟，或许是离散几年的老情人。

　　这时姹干·乌妮格出现了，它游荡遍了狐狸调情的树林山洼草地，靠嗅觉，闻遍所有老中青不同层次的公狐们，仍是没有发现使它动心的情人。它心灰意懒，又寂寞难耐。蓦然回首，一只公狐正在斜阳阑珊处。那光滑漂亮的火红毛色，那花白粗壮的迷人长尾，以及那双黄绿黄绿的宝石般勾魂的眼睛，处处体现出雄性的健美，令姹干·乌妮格这个刚出道、首次发情的年轻母狐，心灵不由得震颤。当它不顾一切地展现出年轻雌狐的魅力，向那只意中狐靠近时，旁边的老母狐向它龇出尖利的牙齿，发出威胁的吠哮。姹干·乌妮格犹豫了一下，但异性的诱惑胜过一切，它无所顾忌地向公狐摇起尾巴。老母狐忍无可忍，凶猛地扑过来咬它，而姹干·乌妮格轻灵地一闪，躲开了母狐的攻击，它并不回头拼斗，而是继续靠近已注意到自己的公狐。这时，那只公狐向它摇着尾巴走过来了，显然这只年轻美丽的小母狐，对它更有吸引力。受冷落的老母狐，又冲变情的背叛者龇牙咧嘴，公狐毫不在乎。老母狐终于向姹干·乌妮格这插足的第三者，也是自己刚赶出去生活的小女儿，发起了第二次进攻。然而，当它的嘴刚要咬住对方的后腿时，它便闻到了那股奇特的又臊又香的入骨气味。被激怒的小母狐，情不自禁地施放出本能的自卫方式，老母狐"哽哽"叫着，惊恐地跳开了。它不敢再贸然进攻。那股气味，使它无法接近。而那只公狐嗅嗅觅觅，变得疯狂起来，与姹干·乌妮格纠缠在一起。然后，又跟随着它向前边的密林深处飞跃而去。一场惊心动魄的交媾开始了。

老母狐仰起脖子，向天空发出了尖利细长的咆哮。

附近三三两两的同类们，听到这一声充满不平、愤怒、怨恨的长嗥，都有些惊疑地瞅着老母狐。少顷，又各自忙起各自的事去了。这是个千金难买的大好时节，它们不能耽误了工夫，情场失意的老母狐引不起它们的兴趣。渐渐地，老母狐的长啸变成了低猗，终于无可奈何地闭住嘴，从微合的眼角淌出两滴哀伤的泪水。它夹起了尾巴，展开慵懒的四肢，向自己的老洞穴走去，显得那么孤独失意，一下子变得老态龙钟又万念俱灭。它缓缓钻进洞穴，疲倦地躺卧下来，慢慢闭上了双眼。从此，它再也没有走出这个洞穴。严格地说，再也没有睁开过那双眼睛，也没有进一口食物。绝食绝水，慢慢地等待死亡。一个倔强又高傲的生命，汗·腾格里山脉乌妮格狐狸家族，这位杰出的一代领袖，就这样安静而庄严地结束了自己血性奋斗的一生。终极时旁边没有一只同伴或子孙。它的毛色依然那么火红、闪亮、美丽。它的那个洞穴，再也没有其他狐狸进住过。当从洞穴中飘出尸体腐烂的气息后，狐狸子孙们三五成群地围着洞穴伫立，一同发出长时间的哀号悲啸，为这只它们的母亲、情人、祖母、外祖母、首领，集体送行。其中包括姹干·乌妮格和那只已经和它姘居的年轻公狐，然后，狐狸们便四散去了。炎热而发疯的春夏已结束，猛烈发情的日子已过去，它们将迎接寒冷而漫长的严冬来临。为度过那艰难的季节，它们要拼命捕食小动物，增加体膘和强健身体，还要储存食物，同时躲避更凶猛的大野兽的袭击，因为这是个血腥的季节。对动物和人而言，生存都是艰难的。

不久，汗·腾格里这支大兴安岭山脉的延伸山岭，发生了一场可怕的大变乱。

高鼻子的俄国人和塌鼻子的东洋人，在中国领土上，离汗·腾格里山脉不远的叫诺门罕的地方发动了一场战争，日本天皇想咬一下红色斯大林的屁股，结果被朱可夫狠揍了一顿。他们双方早先曾在旅顺口打过一场，东洋鬼子取胜，为了显示殖民权，日本人在旅顺口市内市外所有山头，都树立了大理石建造的永固纪念塔，上边清晰地记录着他们征服中国土地的"光荣"业绩。这些无数的塔和碑，据说也是为了镇住中国人复兴的"龙脉"风水，起着断龙绝气永不让翻身的作用。而如今，我们的一些过分宽容而不在乎的同胞们，依旧不仅保留着这些个"镇碑镇塔"，还一到节假日三五成群登塔观瞻游玩，毫不在意那个耻辱的历史，毫不在意这一座座耻辱的象征——塔和碑，抱着铁炮照相，倚着石碑留念。

失败的东洋兵在汗·腾格里山上放了一把火，为的是山上的树太多太密，为的是山太峻太秀，为的是山上的野味太多太难追捕，或者什么也不为，只是与俄国人打仗太疲累太无聊需要发泄败军情绪。就像后来，他们拿机关炮扫射龙虎山天下第一"山体女性象形阴部"一样，出于一种无法明说的阴暗淫邪心理。正值秋天，草木枯黄，大火整整烧了两个月，天烧得通红，河水烤得发干，附近几百里断了人烟。汗·腾格里山变成了一座一丝不挂的赤裸裸的岩石堆，像是一个剃光了头发胡须、脱尽了遮体衣物的野汉子，矗在那儿，面对亮晃晃的世界。生活在汗·腾格里山里的动物野兽们遭殃了，飞禽的翅膀飞不出无边的火海，走兽的四肢跑不过四面的火阵。乌妮格狐狸家族，与大家一起遭受了这场空前的历史大劫难。

唯有姹干·乌妮格这只年轻的母狐，凭着自己的机敏嗅觉、精明超常的本能，跳进了南边的霍林河，顺河水漂流才逃出火场。然后它继续向南，逃进了茫茫无际的科尔沁草原。怀里还揣着与年轻公狐的结晶——一窝小崽。

科尔沁草原，这是个陌生的世界。

在这里，它将更多与两条腿的人打交道了，对他们更是很陌生。它来自蛮荒野性的汗·腾格里大山，那里人迹罕至，没有陷阱，没有火枪，也没有人扒它们的皮做裘衣和皮帽。

那时秋季已经结束，寒冷的冬天正在开始。姹干·乌妮格犹如一只幽灵，无家可归，孤零零地游荡在这片陌生的冰天雪地的草原上。拖着已完全变成雪白色的大尾巴，整日流浪和寻觅，平展的大草地完全不同于山区，它几次为吃两条腿的人养的鸡，险些掉进农夫设下的陷阱。后来，它继续向西南方向移动，终于走进了位于科尔沁草原西南部的莽古斯大沙漠。

它发现，这里的柔软沙土更适合它生活。这里有无数的野鼠，可轻易捕获，还有废弃的野猪窝，供它生养第一代子孙。于是，姹干·乌妮格，就这样在这儿落脚了。

二

科尔沁沙地的寒夜，冻僵了所有活物。

唯有那只兽，依然在肃杀的雪野上飞驰，正快速靠近一片黑榆树林。朦胧的月色中，它如一幻影般时隐时现。

"汪，汪，汪！"一只游荡的夜狗有所警觉，在榆树林边儿截住了来兽，猖猖地吠叫。

那兽倏地伏在雪地上，融入月光中，与皑皑雪地共色。此兽遍体的白毛灿如银雪，匍匐在地上无声无迹，唯有一双眼睛碧绿碧绿的，在雪地上一闪一闪，犹如镶嵌在雪地上的两颗绿宝石。

那只夜狗失去目标，疑惑起来，盯视良久，不甘心地走过去。

这是一只长夜里在野外闲荡的大黑狗，有些固执。当它嗅嗅停停，刚走近那两个绿莹莹的小点，蓦然，一条白影"嘡"地在它眼前一晃而没。大黑狗笨拙地一扑，落空，白影已闪在它右侧，狗又扑，仍落空。那白影远比它敏捷得多。大黑狗也犯倔，左扑右扑，固执又傻乎乎地追扑那左右晃动的白影。后来，黑狗发现这白影只不过是那只白兽的尾巴而已，一条毛茸茸的白色长尾巴。更令黑狗惊魂的是，那一只白尾忽然间会幻化出九条白影来在它眼前闪没，忽左忽右，忽上忽下，不知扑哪条影子好，使它惊恐不已，每次都扑空，不小心还被那白色尾巴尖扫到它的脸。大黑狗被这神奇的白色九尾耍弄着，上下左右扑腾着，呼哧带喘，疲于奔命。它彻底被激怒了，"呼儿，呼儿"地狂叫着，凶狠地咬向那晃动的尾巴根。

"哧儿——"

一股恶臊气，从那尾根施放出来，正冲着黑狗伸过来的鼻脸。

"哽，哽，哽……"

那只大黑狗好像被什么硬物击中了一般，难忍地呻吟起来，很快就变得懵懵懂懂，活似一个喝酒的醉汉般晕头转向，在雪地上打起转来，追咬着自己的尾巴，一圈，两圈，三圈……

这时，那只白色野兽从雪地上从容站立起来，缓缓地伸展腰身，两只绿眼瞅了瞅在一旁转圈的黑狗，高昂起头，向着冰冷的蓝色夜空，张开尖尖的嘴巴，长嚎一声："呜——"

然后，它拖着神奇的白尾巴，如支飞射的箭般驰向前边那片稀疏的榆树林。那里有一片老坟冢。

而那条可怜的黑狗，依旧追着自个儿的尾巴，在原地转着圈……

三

老铁子被自个儿肚子的咕噜咕噜声给闹醒了。

老铁子索性起炕，与其躺在炕上听饥肠辘辘，不如到户外雪野上走动走动，运气好还能撞上野兔野鸡什么的。不过他也知道这多半是枉然。坨子上幸存的动物也在挨饿，连年的枯旱，草木凋零，莽莽百里沙坨也不会有几只活物存在。

老铁子穿上破旧的羊皮袄，又把从不离身的投猎棒别在腰上。投猎棒，二尺多长，手柄处用铜箍绕护，弯头有一块椭圆形小铅坠儿。这是沙坨子里营生的男人们平时喜欢带的便当武器，在野外遇上狼可自卫，撞上野兔可投掷。老铁子掷投猎棒颇有造诣，臂力过人，能击倒五十米开外的野物，准头极佳。据说，他年轻时遇过一次沙豹，来不及开枪，扑过来的恶豹咬住了他的腿，危急中抽出后腰上的铜头投猎棒，一下子击碎了沙豹的天灵盖儿。

外边，大雪封门，一股寒气吹得他打了个冷战。

他向院角狗窝吆喝一声："大黑！大黑！"可那里没有动静。以往一听主人呼叫便跑过来跟主人厮耍的爱犬大黑，今天没有一点动静。他发现，有一串出院的狗爪印留在雪地上。

"它倒自个儿先去觅食了。"老铁子拴好院门，跟着狗脚印儿向村外坨地走去。

全村还在沉睡。唯有村主任胡大伦家那只失准头的公鸡，虽然迟了，仍不管三七二十一地在啼鸣。村东头老喇嘛家的烟囱在冒烟，老喇嘛吉戈斯每天早起念晨经，让侄媳妇早早起来烧火，这是惯例。村南传出一声尖尖的狗吠，这是供销社的护院狗，虚张声势地叫嚣，毫无实际意义。再晚一些，就是女人们了，抱柴、担水、生火、喂猪、吵骂、催孩子上学、揪丈夫起炕干活儿……然后就渐渐又复归平静。上学的走了，下地的也走了，女人们自己也走了——下碾道、挖野菜、卖鸡蛋、去赶集。村里就剩下老头儿老太太，坐在热炕头烙屁股，无声无响。他们该说该干的，早已说完干完，剩下的只有等待。

老铁子跟着大黑的足印儿，走向村西北的坨地。银白色的雪野，展现在他的眼前。大黑的脚印一直往前伸展，它好像发现了什么，直奔目标。不久，在自己铁家坟地的榆树林边儿，老铁子发现了大黑的影子。大黑早已迷迷糊糊地晕倒在雪地上。附近地上，全是大黑转圈走动的爪印儿。老铁子暗暗吃惊，大黑是一只挺有灵性的猎狗，夜里它遇见什么了？如此狼狈，昏睡不醒。他使劲踢了一脚大黑，又往它耳朵里猛吹一口气，大黑这才一激灵，挣扎着起来。

老铁子以猎人的目光，开始搜索观察，不久便发现了一堆兽类粪便。老汉的眼睛顿时亮了，这是狐狸的屎橛子，夜里来过狐狸！乖乖，这一带沙坨子，狐狸绝迹有年头了，这是从哪儿冒出来的？

难怪大黑遇上麻烦，显然它是让这只狡猾的狐狸给耍了。他深为大黑不平。

老汉那双锐眼，很快觅见了狐狸足迹。那印儿，轻微地点在雪地上，若有若无，倘若没有经验根本就无法发现。这畜生东走走，西转转，寻寻觅觅，后来似乎发现了雪地老鼠之类的，猛蹿过去了。老铁子跟踪着不放，来到一处沙洼地。这时太阳正难得地露脸升起，在东方雪线上犹如一颗大而圆的红火球般滚动着。柔和的晨霞中，他很快发现了那只兽的身影，同时差点叫出来。是一只白灿灿的银狐！通体雪白的毛色，在阳光下发亮、闪耀。老铁子多年前也曾遇见过一只银狐，那是大西北的嘎海山一带，那也没有眼前的这只如此耀眼夺目！这只银狐蹲坐在后屁股上，毛茸茸的雪白长尾巴盘在后腿旁，正在悠闲地啃老鼠。老铁子暗暗称奇，这可是真真儿的神物！他老铁子打了一辈子狐狸，知道这种神物可遇而不可求。这是一只有年头儿的老狐。他有些后悔没带猎枪出来，便从后腰上摸下投猎棒，猫着腰靠过去。他不想放过这百年不遇的机会。银狐似乎太饥饿了，对靠近的猎人好像没有警觉。当老铁子的投猎棒呼啸着飞过去时，它才猛地闪开。显然这种投掷的器械根本伤不到它。它不慌不忙地逃走了，显然知道，两条腿的人根本追不上它这四条腿的兽。

"鬼东西，真机灵！"老铁子望着远去的银狐影子，骂一句，走过去捡起投猎棒。他不想放弃，循着狐狸的脚印继续追踪过去。

前边极目处，有节奏地蹿跃着那只雪狐。步律舒缓、轻捷，不慌不忙，哪里像是一只躲避猎人追踪的兽类，简直是一个滑动着舞步的舞蹈家。它压根儿就没有把老铁子和他的投猎棒放在眼里。只见狐狸转过几个坨子，晃悠着尾巴，闪进那片稀疏的榆树林子不见了。

老铁子知道徒步追不上它，本想回家取猎枪骑上马追踪的，可一见老狐狸逃进那片榆树林子，心里咯噔一下。那里可是他们铁姓家族的祖坟地，岂能容这只畜生进去亵渎！他要去看个究竟，老狐是躲在坟地，还是穿过坟地逃进西北的莽古斯大漠。

他匆匆赶到榆树林中的坟地。然而，老狐的足迹却不见了。本来清晰可辨的脚印儿，一到榆树林中就突然消失了，老铁子半天查不到一点蛛丝马迹。它简直是长上翅膀飞走了，要不钻进了地里，令老铁子一脸茫然一肚子不解。

"他奶奶的，真邪门儿！"老铁子感到此事有些玄妙。倘若狐狸不是消失在铁家坟地，他也无所谓，可如果村人知道一只老银狐出入铁姓坟地，那闲言杂语会淹没了铁家，他心中有些不安。

大雪覆盖的坟地里，一片死静。

老铁子真希望祖先显灵，明示那只该死的兽类此刻的去处。他眼望着这片毫无生气的坟冢，久久地出神。祖先无语，无任何的暗示，他们都在地下长眠，帮不上活人的忙。

四

珊梅打着哈欠，推了推旁边的丈夫铁山。

"老爷子又往外走了。"

"毛病！一下雪就手痒痒，可打啥呀？坨子上连麻雀都有数的！"铁山翻过身来，又搂住了珊梅，要亲热。

"小心，老爷子回来又骂你是懒蛋、败家子儿，离不开老婆的被窝儿！"珊梅刮一下丈夫的鼻子，从胸口掰开他死缠硬抱的双手，然后钻出热乎乎的被窝，边穿衣服边说，"我可不敢，起来做饭喽！"

丈夫又睡过去了。她的警告，跟往常一样仍不起作用。她摇了摇头，爱怜地看了一眼丈夫。她过门儿三年了，为了要个孩子，丈夫每天夜晚往她身上使死劲，弄得两人都筋疲力尽。然而，始终还是无效劳动，白折腾。丈夫白天要去上课，兼着几个班的主课，一天下来疲惫不堪的，夜晚又来应付她，双重负担一肩挑。她深感对不起丈夫，怀孩子本应是女人最起码的职责和本事，应尽的义务，可她到如今完全没有感觉，好似一块碱地，下了多少种子也不长庄稼。她当然不知道，怀不上孩子也许还是男人的原因，他们下的全是瞎籽儿。她倒从来没有怀疑过男人。

"算了吧，命里注定的事，强求也没用。"有时她劝累瘫的丈夫。

"算了？老头子不宰了我？他就我这一个儿子，叫铁家香火到了我这儿断了，他能轻饶我呀？"丈夫铁山哭丧着脸说。他们二人都怕老爷子雷公般的怒吼。只好继续努力，夜夜玩命。

珊梅从院角柴火垛上抱来一捆柴火，点火烧饭。她进屋，又推了推丈夫。

"喂，醒醒，醒醒，你们校长可上路了，再不起你可迟到了！"

这话灵。铁山一骨碌爬起来，忙不迭地找裤子找衣服。

吃完咸菜就苞米面贴饼子，铁山夹起书包匆匆上路了。可公公还未见回来，珊梅挺纳闷。以往早该回来吃饭，忙着下地了。她也挺同情公公的，老伴死得早，守着铁山这唯一的儿子，脾气也变得火爆古怪。唯有到野外打猎才使他散心，要不往死里干活儿。承包了照管坨子里散牲口的活儿之后，更是长年住在大沙坨子里的野外窝棚，跟野狼和牛马牲口打交道，人变得更加孤独，一旦发起火来，惊天动地。

太阳升出老高之后，公公才回来。黑着脸，眼神中有怒光，鼻子尖冻得紫红。边吃着饭，边对她说："上午你到老喇嘛那儿买些黄纸钱，再弄些上供的东西，到咱家坟地那儿烧一烧。"

"爹，还没到清明呢，祭祖坟干啥呀？"珊梅不解。

"叫你做就做，啰唆啥？"老铁子吼了一句。珊梅不敢再吱声，悄悄收拾桌子。

"我骑马进沙坨子，中午不回来吃了。"老铁子往怀里塞了两个贴饼子，带上水壶、猎枪，然后从棚子里牵出马，向西北茫茫沙坨子进发了。

"唉，这老爷子。"珊梅收拾完桌子，开始准备些祭供的东西，然后去老喇嘛吉戈斯家买纸钱。老喇嘛常给人念经超度，家里常备着些为死人用的东西。其实，珊梅娘家姓是跟老喇嘛家一姓同族，按辈分她应叫老喇嘛为爷爷。

村西北，通向铁家坟地黑树林的路有五里远，原先的羊肠小道现在全被厚雪盖住，珊梅只好拣些干硬露土的野地走。有时不小心一脚踩进雪坑里，棉鞋里灌满雪粒。雪后的小北风，嗖嗖地吹得她双颊通红，浅绿色的方头巾只包住头和耳，挡不住脸。红红的俊脸、新鲜的绿头巾，相衬得珊梅更显得年轻漂亮。在村里她算得上是美人，又加上嫁了个当老师的丈夫，很是叫村里的媳妇和未嫁的村姑们艳羡，珊梅也较看重自己国家教员老婆这一身份。在贫困的沙坨子村，丈夫每月从公家粮店里领回供应的白面大米，每月又有固定的工资收入，点一把花花的票子，这可是非常体面的事情。平时听姐妹们议论："看人家珊梅长了一张好看脸蛋，嫁了挣钱的丈夫，多福气！""还是人家铁家祖坟风水好，出了个当老师挣工资的后人！"珊梅心里美滋滋的，当然心中也对铁家祖坟更多了几分敬重。

她和铁山从小是同学，后一起考进库伦镇中学。初中毕业后铁山考上了通辽师范，她家里生活困难，回家务农。但他们之间早已萌发的爱情没有断，通过信函，通过寒暑假接触，两个人的感情一直发展着，以至发展到那年夏天，高粱地里两个人提前办了事儿。不幸的是，早有防范的老铁子，闯进那片迷人的高粱地，抓住了他们。抡起皮鞭子，狠抽儿子铁山。老铁子寄厚望于儿子，把铁家的兴旺发达全寄托在他身上，将来读书成大事，光宗耀祖，别让村里人白说了这么多年铁家坟有风水这话。谁承想，这个不成器的儿子没有出息，贪恋女色，还是个村里姑娘，坏了心气儿。尤其让老铁子无法容忍的是，这姑娘的家族与老铁家从祖上起就不和，相斗了上百年，儿子娶媳妇，也绝不能娶吉戈斯老喇嘛家族的姑娘呀。他不让，老喇嘛也出来说话了。他们家族的姑娘不是白让你们铁家男的糟蹋的，要不定亲成婚，要不上法庭告状，非把你儿子从学校告回来不可。老铁子这下着急了，总不能让人家把儿子告回来毁了一生啊，只好硬着头皮答应下这门亲事，气得他三天三夜骂儿子是没出息的败家子儿，骂珊梅是狐狸精。至今老铁子对儿媳不怎么露笑脸，怪她勾了儿子的魂，一毕业就分回村里来，当了一名窝窝囊囊的乡村教师。再加上过门三年，儿媳的肚子始终是瘪的，这关系到铁家延续香火问题，老头儿的脸更是总阴沉着，动不动训骂他们两口子。珊梅却脾性柔顺，公公怎么骂从不还口，照样把他们父子俩照顾得舒舒服服。她知道自己的肚子不争气，人家的娘们儿生下三个五个，像是藤上结瓜似的容易，有的婚前就领来一个两个的，唯有她连半个儿也养不下，干着急没办法，别说公公丈夫火冒三丈，有时她自个儿都有上吊抹脖子的心思。她求过菩萨，吃过药，从娘家那边的喇嘛爷爷那儿请过符念过经，全不管用。月月见红，年年瞎种，小肚子下边始终是空空荡荡。于是，她慢慢生起一股负罪感，内心里深深谴责自己，精神变得压抑，失去平衡，胆小多疑，总感到别人在背后笑话她骂她，怀疑丈夫要离弃她。

　　珊梅一边走路一边想着这些心事，不知不觉快到铁家坟地时，才想起出来时匆忙忘了抱一捆柴火来，祭坟时需要点一堆火，往火里点撒祭品。她就近捡些露出雪地的干草和干树枝，夹在胳肢窝，走向坟地。正这时，似有个人影在前边的坟地里晃动。她吃了一惊，谁在大雪天跑到他们家坟地里干啥？紧走两步，真有一个人正手持镰刀砍着坟地上的干草和树枝。

"谁？大白天割人家坟头上的柴草，胆子不小哇！"珊梅突然冷喝一声。

那人吓得一哆嗦，砍柴刀掉在地上，急忙回过头来。

"嗬，原来是杜撇嘴大婶，好哇！"

这位杜大婶六十来岁，年轻时当过"列钦"——萨满女巫师，走南闯北，后被政府遣送回村，是个出了名的风骚女人。曾嫁过两个丈夫，都被她折腾死后再也没嫁，一直独身。平时她说话五迷三道，对什么不服都先撇嘴，人们就给她起了个"杜撇嘴"这外号。她听着也不在乎。

"哟，是珊梅大侄女儿呀，家里又没柴烧了，大雪天猴儿冷的，不出来弄点烧柴，我可要冻干巴了。"杜撇嘴心知理亏，不敢撇嘴，只是咧嘴笑。

"没柴烧，就砍别人家坟地上的柴草呀！咋不去砍自家坟地的？"

"我是个孤老太，哪儿来的祖坟地呀大侄女，实在冻得受不了，对不起了，我这就回去，你就放过我这次吧，大侄女。"杜撇嘴讨好地笑着，哈下腰去抱已砍下的那捆柴草。

"先别走，"珊梅抬脚踏住那捆柴，口气依旧发硬地说，"坟地上的草，我们铁家人自己都不敢动一根，你砍了这么多还想抱走？"

"那你想怎么样吧？"杜撇嘴也不是省油的灯，脸色也变了。

"把柴草留下，去见我公公。他是最恨别人在他家坟地上动土动草，你自个儿去向老爷子说吧，放走了你，我可没法儿交代。"

"啊？见你公公？那个老倔巴头？"杜撇嘴倒吸一口冷气。全村人里，她唯独就怵这个倔老汉，如今偷砍他家坟地上的草，冲了人家风水灵气，犯在他手里，他不得活吞了自己呀。

她的两眼滴溜溜转动，想着脱身之计。什么东西能打动眼前的这位年轻女人呢？她看着珊梅平平的肚子，顿时计从心来。

"珊梅大侄女,你要是放过我这次,我可能帮你一个大忙。"杜撇嘴一改讨好的笑脸,装出一副讨价还价的样子来。

"你?你能帮我啥忙呢?"珊梅嘲笑。

"不信?告诉你吧,本仙婆有个祖师传的偏方,只要你照我的偏方做,保证你为铁家养下大胖小子。"杜撇嘴说得活灵活现。

"啊,真的?"珊梅顿时心动。

"蒙你是王八蛋!你也知道我年轻时是干啥的,那时候跑江湖,跟我师父学到了不少绝活儿哪,只可惜现在都用不上了。"杜撇嘴见珊梅已经上钩,继续加温,"大侄女,我一个孤老太婆过日子多难,活了这么大岁数骗你干啥呀,只要你放我走,我立马儿回去拿方子给你,保证灵。"

有什么比这更诱惑人的呢?村人老说此巫婆走南闯北,不简单,也许手上真有个什么妙方呢。只要给铁家生个一儿半女,就是放走了这巫婆,老公公和铁家祖宗也不会责怪她的。

"可以放你走,你要是糊弄我,立马告诉我公公跟你算账。"

"看你这大侄女儿说的,我真没骗你。我这就回家拿方子给你。"杜撇嘴说着,如脱钩的鱼,抱起那捆柴草就匆匆走掉了。

珊梅久久地望着那个女人越走越远的背影,心中不知是啥滋味,有一种惆怅,夹杂着一丝热乎乎的希冀。她向坟地中央走去。每年清明扫墓时,大家都到墓地深处的那棵老树下祭拜。她今天也想这么做。白雪覆盖着整个坟地,遮住了原有的阴森气氛,周围显得宁静而安谧。她踩着雪地,"沙沙"地走着,内心深处隐隐约约生出一丝恐惧。尽管她早已成了铁家的人,可在这个死人的世界,这个躺着铁家众多祖先的坟地,她仍然压不住内心的恐惧。

那棵老树,厚雪压满枝丫,唯有粗壮的主杆裸露着栗黑色的树皮。这是棵足有几百年历史的老树,苍老而庄重,有一种威仪感,尽管老态龙钟、枝丫繁多,主干却三四人合抱不过来,树皮足有拳头厚。两米高处的主干上,有个黑乎乎的树洞,那是老树的糟树心受雷击后自燃形成的,烧焦的洞口总是那么黑乎乎的,而空心的老树却仍然活着,吸收阳光雨露和土地养分,年年抽出新枝嫩芽。这似乎在说,这不是树的败落,而是树的坚强、不可摧毁,天雷也奈何不了它。心枯死而神却昂扬,令所有观瞻者灵魂震颤,令所有年轻者感到岁月的差距和自己的幼稚不足,于是更突出了这个死气沉沉的坟地特征。有什么比老树更能与坟场和谐的呢?

珊梅仰着头看了一下老树顶冠,上边有好几个乌鸦窝,见来人老鸹们纷纷呱叫。她身上不由得一颤,赶紧蹲下身来,准备祭坟。

她拿根树枝往雪地上画出一个四方形,再把那捆柴草放进方框里,划根火柴点燃。再把祭品纸钱啦、点心果子啦、酒茶啦、五色布条啦,统统供放在燃烧的火堆上。然后,她双膝跪在这堆散发出各种味道的火堆前,虔诚地磕起头来。心中暗暗祈祷,嘴里念念有词:"铁家的列祖列宗在上,接受晚辈媳妇珊梅的祭拜吧,这些钱分着花,吃的分着吃,喝的分着喝,咱们这沙窝子年年旱,年景紧巴巴的,你们将就着享用吧,不要争,不要抢……"珊梅学着以往老公公祭祖时说的那些词儿,突然感到自己有些滑稽,好像是在喂一群饥饿的孩子或牲口。眼睛注视着那堆篝火,她心里想,难道祖先的鬼魂真的在那些跳荡的火苗上飘浮着,享用着祭品吗?一想到鬼魂,心一紧,赶紧又磕起头来。同时又想,何不趁此机会把自己日夜期盼的愿望,向铁家众祖先诉求一下?于是她在祭词里加进了自己的内容:"列祖列宗听小媳一事相求,我来你们铁家已有三年,还没有生出一男半女,很对不起你们。诸位祖先可怜小媳,在阴间庇佑子孙,赐给铁山我们俩一两个孩娃,为铁家续上香火吧,我在这儿磕头恳求啦……"说着说着,珊梅的眼里浸满了泪花,有些悲戚起来。

不知磕了多少个头,不知重复了多少遍同样的内容,恨不得盼着铁家祖先立马儿从坟墓里跑出来,塞给她一两个孩子。她想,享用了她的祭品，等于受了她贿赂，就要为她办事。

半湿半干的柴草"噼啪"燃烧着，袅袅升腾的青烟，在雪白的坟地上空萦绕，散发出呛人的气息。老树中部两米高的那个黑树洞，被往上升腾的浓烟给弥漫住了。突然，从那个黑森森的被烟熏的树洞口，传出一声凄厉的尖啸，像猫头鹰哀鸣，像小狗尖吠，又像狐狼般嗥叫。那声音，是那么怪异和尖利刺耳，听得使人毛骨悚然。

一心默祷的珊梅浑身一哆嗦，一屁股坐倒在雪地上，急忙抬头张望。

从那黑树洞口，倏地伸出个什么野兽的头部来。或许是因为恐惧，或许是眼花，在珊梅的眼里那个兽头如幻觉般的像个老太太花白头，旋即又幻化似少女的白嫩嫩瓜子脸，转而又成尖嘴猴腮毛茸茸头的狗狐类野兽。珊梅完全吓傻了，软软地瘫在雪地上。

那堆祭火还在燃烧着冒烟，黑黄色的浓烟继续升腾，熏呛得那只神秘的鬼兽又发出一串尖吠声。这是一串勾人魂魄的吠哮，似乎还有一种魅力，还有某种无法抵御的诱惑，尽管你多么恐惧仍不由自主地朝它观望。于是，珊梅第二次抬起了头。正好瞅见那个发出吠哮的鬼物从树洞飞跃而下，直挺挺站立在她前方几米远处，冲她龇出白白圈牙露出迷人的笑模样。顿时，吓得珊梅没了魂，尤其那邪笑令她心揪成一团汗毛孔直竖。她突然闻到了一股奇异的沁人肺腑的气味，又香又腻的强烈气味。接着，她的眼前有个白影倏地晃过，那个神秘的鬼或人，狼或狐，刹那间不见了，消失无踪了。

这时，珊梅的心中渐渐生出一股奇特的从未有过的感觉。暖融融迷糊糊的，像是喝醉了甜酒般的朦朦胧胧微熏醉态。在她迷瞪朦胧的脑子里，突然映现出已死去多年的婆婆的模样，婆婆死于一种脏病——下身流血不止，流干了身上的所有血后死掉的。此事对她刺激很大，觉得当女人真难。此刻，她又想放开喉咙大笑一场，于是她就笑了起来。而那笑出的声音，已不像是她的声音，而是变成了她死去婆婆的声音。

于是，铁家的祖坟地里，传出一声声老铁子那个已死女人的放浪形骸的狂笑。那笑声，尖利刺耳，响彻四方……

五

同样的这一大雪天，去往库伦镇的沙石路上，走着一个流浪汉模样的年轻人。

雪后的旋风刮起雪粒儿直往他脸上打，往他脖子里灌。四周的茫茫雪野上空旷无人，已近黄昏，天上灰蒙蒙似乎还要下雪。前边的库伦镇虽然依稀可见，可走起来少说也有十多里地。他回头瞅瞅空荡荡的路，叹口气，别指望再搭上什么过路车了。

他从路旁撅了根树棍拄着，竖起薄棉衣的领子，勒紧扎棉衣的布带，继续一瘸一拐地赶起路来。木然的脸上，倒没什么畏惧和过分悲悯的样子。

这时，从斜岔路上蹿出来一辆吉普车。他头脖依旧朝前梗着，两眼压根儿不斜视这辆那会儿官爷才可乘坐的小车。

吉普车却停在他的旁边。

"去库伦镇？上来吧。"车里传出一个厚重的嗓音，推开了车门。

"不上。"他说。

"嗬，架子倒不小。"前边的司机脚踩油门，要走。

"等等，小刘。"后座里的那个粗嗓门，又向他说，"为啥不上？正好顺路，看你摔伤了，就捎上你，你这样子两个钟头也赶不到镇子上。"

"走一夜也是我的事,我高兴在雪夜里压马路。"他傲然地拄着树棍儿向前走去,然后又补一句,"我身上一个子儿也没有了!"

"搭我们的车不收钱,别犯倔,还是上来吧。"

"说不上就不上,我闻着汽油味就恶心,还有长官气味。"

"哈哈哈,真有意思,挺有骨气。小刘,咱们走,咱们就别拿气味熏人家了。"

司机小刘开动了车,一边行驶,一边说:"这人我认识,他是最近从上边下放到咱们这儿来的那个文化人。"

"是他?停车,小刘,把车倒回去!"那位中年男人赶紧说。

小车"呜呜"叫着,又倒回他身旁。

这次,中年男人从车里下来,微胖而伟岸的身体,黑褐色的脸上有一双锐利的眼睛。他说:"你就是白尔泰同志?我听说过你,从自治区社科院分到咱们旗文化馆工作的学者。"

"不是分来的,是发配来的。"白尔泰依旧冷冷的。

"不能这么讲,你还是很有才华的年轻学者。你的情况我知道些,要不是我把你留在旗文化馆,按上边某些人的意思,还要把你放到下边乡村锻炼哟。"

"那我还得感谢你啰?其实,对我来讲,在旗里和乡下都一个样。这不,我刚从你们的三家子村下乡回来。我去旗文化馆报到的第二天,就被派下去蹲点,搞计划生育。公路上搭了个顺路车,还被洗劫了一把。"白尔泰自嘲般地冷笑了一下。

"难怪你这么大的火气。上车吧,咱们聊聊话,我叫古治安。"

"哦,是古旗长,按老百姓过去的习惯应该称你为'古王爷'。"白尔泰缓和了一下口气。

"见笑啦,我可不同意这么叫。"古治安抬头看看天色,"怎么,还嫌我这车上的油味加官气吗?"

"古旗长,谢谢你的美意,你是个大忙人,先走吧,我真想在这雪地上走一走,我好久没有这种感觉了,其实这么走走,挺舒服的。"白尔泰的固执叫古治安感到十分无奈,旁边的司机小刘一个劲儿撇嘴。

古治安只好摇摇头,大度地笑一笑:"也好。旗里有个会,正等着我去主持,要不然我也想陪你走一走散散步。这样吧,哪天我约你到办公室谈一次,我这个人没上多少年学,对读书人是打心眼里尊重。"古治安说着,脱下自己披的绿色军大衣:"你穿得太少了,天这么冷,雪地上走路会冻僵你的,这大衣留给你防寒吧。"

古治安不由分说,把大衣往白尔泰怀里一塞,然后上了吉普车。小车"嗖"一声开走了,白尔泰站在原地愣了半天神。

"这样的'王爷',如今倒难得一见……"

那雪花,又纷纷扬扬地飘落下来了。

浩瀚苍穹,茫茫雪野。踽踽独行着他这一落魄文人。只见他一声仰天长啸,嘴里悠然流出一首蒙古长调来:

苍天的风哟——无常!

大地的路哟——无头!

啊哈咳——

……

白尔泰要去的库伦镇早先叫"席热吐·呼日延沟",意即"御赐金椅之沟"。

在一座山岭前的宽阔平原上,陡然出现一条长沟壑,东西走向,宽二三百米,长二三十里。上边终日青烟蒸腾,走不到跟前无法发现脚底下还藏有这么一条深沟大壑,而且沟底还神奇地坐落着一个几万人的大镇——库伦旗旗府所在地库伦镇。

古治安就在这大沟里当旗长。
　　内蒙古的旗制是清代开始实行的，旗等于县，那会儿管旗的大官叫"王爷"。有人沿袭旧称开玩笑叫他"古王爷"时，开始颇反感，后一想这是带引号的玩笑便无所谓了。眼下都愿意恢复老字号，蔓延着一股复古心态。旗政府宾馆甚至开了个"王爷厅"雅间，挂上黑木金匾。库伦沟，说来神奇，据说几百年前清朝开国罕王努尔哈赤，年轻时在明朝驻辽总兵李成梁帐下做事，有一天李总兵洗脚时对娇妾说："你看，我能当总兵，就是因为脚下长了三颗黑痣！"其妾却对他说："咱帐下那女真人努尔哈赤，脚下还有七颗红痣呢！"总兵大吃一惊，这是天子象征，传闻紫微星下降到东北方向，朝廷已谕严密缉捕，此人原来就在他帐前。李总兵暗中布置，准备好囚车押送罕王到京都斩首。总兵爱妾平时喜欢罕王，心中十分懊悔说漏嘴，赶紧透信给罕王逃跑。罕王感激不尽，骑上自己的大青马，领着爱犬大黄狗，带十二名女真弟兄逃出总兵府。总兵爱妾事后在柳枝上挂白绫吊死。由此满族人每年黄米下来那天要插柳枝，挂白绫。李总兵追罕王，射死了他的大青马，罕王泣誓："如果得天下，号称大青（清）！"罕王藏山上，追兵放火烧，罕王被熏倒，大黄狗去河边浸湿身子再跑去往罕王身上和周围打滚，把人和地弄湿，罕王得救狗累死，罕王发誓："子孙万代不吃狗肉，不穿狗皮。"最后罕王黑夜逃进了这库伦大沟，正疲惫饥饿时发现前边沟坡上有灯光，是一间草庵。有一身披袈裟的老喇嘛在灯下诵经，对闯入者熟视无睹。
　　"你念的是什么经？"罕王问，当时东部蒙古地还没兴起喇嘛教，罕王不识。
　　"喇嘛佛经。"
　　"喇嘛佛经里讲什么？"
　　"讲天堂和地狱。"
　　"真有天堂和地狱吗？"

"你是何人？"

"我是女真人首领。"

"哈哈哈，女真人真蠢，选你这样笨人当首领。"

"我宰了你！"罕王怒拔腰刀。

"地狱之门由此打开！阿弥陀佛！"老喇嘛合掌唱曰。

"唔……失礼了，请大师原谅我鲁莽……"罕王顿悟。

"哈哈哈，天堂之门由此敞开！"老喇嘛又唱喏，然后顾自念起桌前的经来。木鱼声和缓悦耳，小铜铃如泉水叮咚，老喇嘛的诵经声如珠玑落盘，闻者心头不由得升满暖意。罕王从忘情中醒来："大师，我是个粗人，将来有机会一定请大师讲经传佛，大师名号能否见告？"

"我是从西边佛界来传播喇嘛教的喇嘛，法号迪安奇。"

罕王听说过西天佛界，今日遇见喇嘛大师，深感奇迹奇缘。

"大师，我们走了几天，人马劳顿饥饿，能否赐些吃喝的食物？"

"门边瓦钵里有，你们自便。"

罕王见瓦钵里只有一把炒米，瓦罐里只见半罐水，心想大师也是化缘度日，饱一顿饥一顿的，随口说了一句："这么少？我们十几号人……"

"错。少则多，多则少，多多少少，少少多多，全在一念之贪。弃贪念，去欲惑，则舌尖点滴米水可足矣，何须求多。"

罕王有所悟，便举钵吃米捧罐喝水，结果他吃饱喝足后那钵罐里的米水没见少一点，他深感神奇，手下十二人全都吃喝过，钵罐里的米和水依然如旧。罕王这才感到遇见活佛，急忙叩头谢礼并许下大愿："将来如得天下，在此沟修庙建寺，供拜迪安奇喇嘛为大师，弘扬佛教！"多年后，清廷果然在库伦沟大兴土木，修建兴源寺、福源寺、象教寺等三座大庙，册封那位迪安奇喇嘛为涅济·脱因·额尔敦尼大喇嘛，还赐予一座御椅，而且每届必从青海塔尔寺喇嘛教圣地请来一位藏人喇嘛主持这里的宗教事宜。后来又设置席热吐·库伦喇嘛旗，旗王爷就由大喇嘛来兼任，开创了清政府唯一政教合一的旗制。这里又称小库伦，与大北边乌兰巴托喇嘛教圣地大库伦遥相呼应，成为清政府在蒙古地推广喇嘛黄教的两个圣地，香火大盛，经历二三百年，终于取代蒙古人（也包括女真人）原先崇拜的萨满教。旗，是蒙古语"和硕"的译语，套用了清军队"先锋方队"之意，后变成行政建制，与内地的县制差不多。从此，这个原本荒无人烟的蛮荒之地——席热吐·呼日延沟，以奇特的方式繁荣起来了。移来大批庙属"哈日亚吐"（庙属从民），旗庙上的喇嘛曾多到数千人，这里几乎所有东西都与庙上的喇嘛有关，处处弥漫着浓厚的宗教气氛。围绕库伦沟方圆百里，出现了上百个屯落，有的是庙上的图列沁（供柴村），有的是玛拉沁（放牧村）、塔拉沁（种田村）等等，而且那些属民和平民当中，家有三子者，必选其一聪明伶俐的送庙上当喇嘛，就如尽义务兵制一样。库伦大庙上，每年举行几次定期大法事，云集八方香客，同时开马市，引来关里关外商贾交易，热闹非凡。

自1948年搞"土改"扫除迷信，库伦旗喇嘛庙便开始衰落。当时的喇嘛王爷罗布桑·仁钦被拉出去枪毙了，所有喇嘛遣返还俗，空下的大庙被新成立的政府占用，囤积的财富被充公或分给无产贫民，那高耸威严的正宗大庙兴源寺八十一间庙堂，统统进驻旗政府各机关。一车车堆如山高的经卷、法器、袈裟帐幔被付之一炬，法力无边、盛行几百年的库伦旗喇嘛教，一夜间灰飞烟灭，风流云散。后到"文革"，对"宗教迷信"再次穷追猛打，红卫兵们干脆以"封、资、修"残渣余孽的名义拆掉了所有大庙，连大门口的石狮子也未能逃脱大劫，砸得稀烂，所有遣返还俗还活着的喇嘛们，统统被批斗游街，几乎扒了几层皮，进行了一场脱胎换骨的改造。真可谓，世间万物，有一兴，也有一衰乎。

第二章　白尔泰追寻"黑孛"踪迹

崇拜长生天

崇拜长生地

崇拜永恒的自然

——因为我们是来自那里

——引自"萨满·孛师"歌词

一

铁家坟地的老树，那会儿还是棵幼树。

铁家那位祖先，当时在这棵幼树下歇息，遇上一位从内地来乞讨的风水先生。他把口袋里的一半儿干粮，给了这位落魄的风水先生。感激之余，这位风水先生对他说："当你父亲归天之时，就把他葬在这棵榆树前边，你们家族肯定发迹。"老铁子的那位祖先真照他的话去做了。果然，他的家业发达起来，他的儿子升到当时库伦旗喇嘛王爷帐下一名梅林老爷，等于王爷的助手。

于是，榆树前的这片墓地，成了令人艳羡的风水宝地。

当初，那棵榆树东南五里外的哈尔沙村，只有三户人家。除了老铁家外，还有胡家和包家。都是建库伦喇嘛庙时从外地迁来的移民。经二三百年的变迁，哈尔沙村从三户发展到几百户，三姓家族也各有兴衰，尤其围绕先被铁姓占去的老树风水墓地，演绎出不少风波和故事。眼瞅着铁姓家靠着坟地风水发了家，最初亲如兄弟的那两户胡姓包姓心中不甘，引起妒恨，胡家也请来了风水先生，测坟地。那位先生走遍了附近山水土地，最后摇着头说："可惜啊，东南青石山、正北黑沙山的风水，都汇集在那棵老榆树前，再没有超过老榆树风水的福地啦，真可惜。"胡姓仍不甘心，就请教能够分得铁姓风水的方法。那位风水先生为得到更多酬金，指点道："有两个方法，一是借风水，二是断风水。这借嘛，你们可与铁家联姻，靠面子从老榆树前边分出一两块能埋人的地方；断风水则毒点了，断则截也，在两座山的风水跑向老榆树的半路上，埋你们家先人，或许可行。"这位可恶的风水先生，当包姓家族请他测风水时，也提供了这两条计策。于是乎，胡、包两家都争着与铁家联姻，为了免得开罪一方，铁家索性跟谁也不联姻。胡、包两家只好走第二条路：断风水。还是经那位风水先生指点，胡姓断了西南青石山的风水，包姓断了正北黑沙山的风水，都围着铁家坟不远的地方建造了祖坟。不知何故，真是叫那个风水先生说着了，还是事情发展规则使然，后来铁姓家族当梅林老爷的那位先人，在一次带兵追击黑河土匪时阵亡，家道逐渐败落，而胡、包二家却开始兴旺，胡家有一人读书在京城做了官，包家则有人在库伦庙上当喇嘛，升到格弗黑喇嘛的位置，很受喇嘛王爷的倚重。铁家也终于发现了奥秘，花大银子请来风水先生出谋划策。出的招是，破风水。杀两只黑狗，悄悄埋进那两家坟地与那两座山之间的直线上。不知是兴衰天定，满招损，谦受益，还是破风水埋黑狗起了作用，胡、包两家出人头地的人过世后，也没有出现什么人物，家道也没怎么发到何种显赫。而铁家，也没有由此得到什么好处，未见家道如何好转。随着人口的膨胀，土地沙化，草场退化，哈尔沙村相斗了几百年的三姓家族，都过着贫寒的沙地生活，没见哪家显赫富贵。然而，尽管如此，这三家对各自的坟地却始终格外看重，给予了一级保护，视若眼珠，都希望着祖坟上有朝一日冒出青烟，使家族兴旺发达。这种信念，一直延续到老铁子这一代人身上，老铁子的爷爷和父亲咽气时，握着他的手千叮咛万嘱咐："孩子，看好老榆树祖坟，风水先生说过，咱们铁家坟地还没到时候，风水没断，要等，要等啊！"老铁子牢记着先人们的临终遗嘱，始终没有放松对那片坟地的看护。

此刻，老铁子"嘎吱、嘎吱"踩着雪，走在那片坟地里。

那只银狐是在这里消失的，还得从这里查起，找到蛛丝马迹。铁家坟地面积不大，也就是几十亩地方，地形较高，处在一座平坦的高甸子上，也不像南方农民那般瓷砖琉璃瓦修坟，而全是土坟。倒是每座坟前都种活了一棵榆树，有的苍老，有的幼嫩，可根据这些树来判断是旧坟还是新坟。坟前这棵树称为嘛呢杆子，杆子头儿挂着白布幡，上边写着喇嘛教语"唵嘛呢叭咪吽"六个字。嘛呢杆子一般在死者入土时同时下栽，成活了吉祥，据称是死者两眼流出的泪水浇活了嘛呢杆子。成活证明是死者超度地狱，重投人世，如果枯死，说明死者还在十八层地狱里受磨难，后人应想法让嘛呢杆子成活，给死者指明逃脱苦难的再生路。反正做人是挺难的，活着时在阳间受尽生存之苦，死后还去阴间受那莫名的十八层地狱之苦。一般来讲，嘛呢杆子成活率都很高，后人都努力让其成活，以免在地狱里受苦的先人骂他们不孝。坟地的居住条件也很紧张，黄土堆一个挨一个，挤挤挨挨，倒是井然有序，上下有别，论资排辈，中国人死了也不能乱了规矩。

铁家坟地，最古老的当然是那棵老榆树，它是铁家的象征，祖宗树。过去，人站在坟地中央这棵老榆树下，东南可望三十里外那座青石山顶上的圆岩，向北可望十里外黑沙山脊梁上的黑桑林。一到盛夏，从老榆树到青石山和黑沙山的直线地面上，可看得见地气升腾，阳光下闪闪晃晃，朦朦胧胧，犹如一层透明的雾，又像一层流动的水汽，时而飘浮出海市蜃楼。此等时刻，墓地上空也总升起一层缥缈的烟霭，清清淡淡的。村民称这就是风水，正来回蹿越腾挪的风水，谁截住吸收了谁就发财升官，运气没完没了地好。

现在，很难看到那种升腾的地气和跑动的风水了。一是青石山的圆石，在"学大寨"时炸山取石建水库了，黑沙山的黑桑林，也被人砍伐和被沙掩埋已光秃了；二是从老榆树到青石山和黑沙山的中间地带，过去是绿油油平展展的草地，后来开垦种地沙化了，变成了凸凹不平的沙坨子地区，除了长些耐旱的苦艾、骆驼草等植物外，不怎么长其他绿草了。干涸枯败的地方，再也升不出什么地气风水，令人涎羡了。

老铁子终于发现了一行若隐若现的爪印，他立刻蹲在那里端详。

"啊哈哈，真用心啊！"有人在老铁子身后不阴不阳地开口说话。

是村主任胡大伦，瘦高个儿，水蛇腰，长脸上总挂着似笑非笑的虚假模样，令人猜不透他的心思。胡大伦一早上茅房时，就发现老铁子进进出出村西北自家坟地了，坟地那边历来是敏感地区。围绕那片风水宝地，三家斗智斗勇二百多年，如今到了胡大伦这辈儿也不能闲着，也不能输了招儿。他现在是胡姓家族顶尖人物，村里握有大权，尽管作为一村之长，不能陷入家族斗争，但也不能放松了对老铁子这样的人物的掌握和了解，尤其关系到坟地。于是他匆匆忙忙背上筐，装作捡粪的样子，也走进了铁家坟地。

"老铁哥，大清早儿的，猫在这儿干啥呢？"

"没啥，随便出来溜达。"老铁子的眼睛，从那一行叫他伤脑筋的狐迹上移开，不冷不热地回答。

"咋？来过野物儿吗？嘿，真有脚印嘿，不是野兔儿，像是狼狐！"胡大伦眼睛尖，也发现了那行雪地上的印儿。

"是一只臊'狐'！"老铁子的语气加重在"狐"上，暗讽道。

"哦哦，原来是一只狐狸呀……"胡大伦讪笑，对这位又倔又硬的铁姓代表人物，他这大村主任也退避三舍，随和地说，"乖乖，这一带沙坨子，啥时起来了狐狸呢？"

"谁说不是，都饿急了，往村里跑，可不知道村里比它们还饿着呢。"老铁子牵起一旁啃树枝的马，"我要去沙坨子里转一转，再看看窝棚那边的牲口。"

"这话儿对，老铁哥，别光顾了狐狸，这么大雪天，牲口吃草困难又老舔雪面，容易得病，死了一个半个，这责任可重大哟。"胡大伦想到自己是一村之长，拉长了口气。

"牲口没有得病的，我昨天还去凿冰饮了水。"

"群众有点议论啊，说你夏天在窝棚周围整出地块，种菜种豆种苞米的，秋天坨子里捡野杏核卖钱，冬天又蹉摸着打兔猫，把牲口赶进坨子里就啥事不管了……"

"谁他妈的放这种闲屁！老子从村里拉黑土拉羊粪，在沙窝子里垫出巴掌大的地，种点菜吃，你们还眼红！捡杏核打兔猫，看牲口时稍带着就能做，也没耽误啥事，这两年我看牲口出啥事没有？妈的，我一个老汉成年累月冒风雪住雨霜，在荒野窝棚为你们看牲口，倒看出事来了，老子不干了！你们爱谁干就谁干，我不稀罕！"老铁子一下子火了。

胡大伦这下可慌了，本想随意敲打两句，以显示村主任身份，可没想到捅了马蜂窝。这常住野外窝棚照看牲口的活儿，可不是好差事，一要有胆量，二要有责任心，三得有吃苦耐劳精神，村里谁也不愿去干那个常年与野狼为伴，费力不讨好，牲口若有病灾儿还逃不了干系的活儿。每年找这一人选时，村干部们费尽脑子，做尽工作也派不出合适人选，后来老铁子终于答应，干了两年。可现在的人，见不得别人有点好，一看老铁子利用这个苦活儿凭本事获得点好处，村人就开始眼红，说三道四了。叫谁也受不了这种窝囊气，老铁子一气之下撂挑子不干，气冲冲地骑上马就要走。

胡大伦情急之下，上前拦住了老铁子马头，满脸堆起笑容："老铁哥，你这是咋整的，说着就翻儿了，我只不过说说个别人的瞎说八道，不代表我们村干部也这么看呀！我们还是信任你的，觉得你不容易，很辛苦，啊，你别这样说撂就撂了呀！你撂了，我们让谁干啊？啊？"

老铁子在马背上冷冷地说："你大村主任自己干啊！你们不是常把'吃苦在前享受在后'挂在嘴边吗？这回你这好干部该表现表现了！你自己去住窝棚放牧吧！"

"老铁哥老铁哥，别这么损我，刚才我不对，我不好，我没分清好坏，在你这儿瞎说，伤了你的心，我检讨……"胡大伦常爱摆的村主任架子，这会儿不见了，有些可怜巴巴。

老铁子见他那熊样儿，心里也软了几分，要是自己真的撂下了，村里一时找不到代替的人，受损失的还是村里大伙儿的利益，万一死伤个牲口，更不得了，农民有啥呀。他一时狠不下心，但对胡大伦这样不知好歹的人，得给点颜色，要不真以为自己愿接这苦活儿。于是他说："冲着全村老少的利益，我先干下这一冬再说。但是，你让那个乱嚼舌头根的家伙儿，打二斤老白干送到窝棚上道歉！他不去，你村主任大人去，要不你村主任大人就派那个王八羔子接我的摊儿！另外，窝棚上没烧的了，你赶紧派人送柴火去，我也不能为大伙儿烧手指头啊，是不是？"

说完，老铁子拨下马头，抖抖缰绳，向那白茫茫雪蒙蒙的大沙坨子飞驰而去，身后扬起了一片雪尘，溅在胡大伦身上。

"呸！"胡大伦恼羞成怒，朝他远去的背影啐了一口，"妈的，啥时候逮住你的事，看老子怎么收拾你！瞧你狂的，死了张屠夫，不吃浑毛猪！等我找着人的，看你还神气不神气！又臭又硬的老倔驴！"

胡大伦其实是为自己狐狸打不成，倒惹了一屁股臊的结果而生气。一句话说得没小心，反而弄巧成拙，下不来台。他忘了村里一句不成文的俗语："骑啥别骑骡子，惹谁别惹铁子。"这倒好，他还得打二斤酒送到窝棚上，越想越不上算。妈的，今天是啥日子，一开始就碰上这个倒霉事！

他还不知道，村里比这更大的倒霉事正等着他哩！

二

杜撇嘴边走边回头，唯恐铁家儿媳改变主意，从后边追赶过来。

大雪天的,还祭啥祖呢!活人都快一个个饿死冻死了,还顾着死人!姓铁的倔巴头,就他怪事多!她同时暗喜遇见的是铁家儿媳,而不是那个倔巴头,要不事情就大了。她打了个冷战。她还得弄出一帖揣崽子的方子,给那个死心眼子猴儿急的珊梅。可自己从小随师傅学的是如何打胎、不怀孕的秘方,哪会让不孕症的女人怀崽儿的本事哟!她决定胡诌胡编一个,怀不上再换方子,如今行骗容易,人们都上赶子去甘愿受骗,要不哪儿来那么多的"气功大师"!现在的人,内心里不知道在怕什么,都愿意甚至容易去信一个什么东西。

　　杜撇嘴本名叫杜其玛,八岁被一位萨满教支脉"列钦·孛"巫师收养为徒,居无定所,流浪四方,靠一种古代萨满教传下来的宗教仪式,给患者驱邪治病。"列钦·孛"巫女不许生育,她小时候师父给她吃过药。土改后,杜其玛被安置在哈尔沙村,跟一位老光棍结了婚,也许从天上掉下来一个年轻老婆,使他不知惜命,没几年就折腾过去了。后来她又嫁过一位死了老婆的男人,奇怪的是,这男人也没多久就蹬腿儿了。于是,杜其玛的"克夫星"这恶名传开了,四十岁守寡,可谁也不敢娶她做老婆。然而,男人们忌讳娶她做老婆,却不忌讳跟她睡觉。她的两间土房,便成了游手好闲的男人们狩猎的地方,每天夜晚从那里传出毫无顾忌的浪笑荡骂,使正统的哈尔沙村的人们咂嘴摇头。杜其玛并不在乎村人的白眼冷面,心说我一个孤寡女人,趁年轻不从男人身上多榨出点油水,老了可咋活?依旧我行我素。后来村人们干脆见怪不怪,习惯了杜其玛的生活方式,若是她那两间土房不见男人身影,倒觉得奇怪和不习惯了。如果放在十年前有姿色时,她能这样凄惨惨地,大雪天还去人家坟地割柴草吗?好色男人们早就排着队往她家院角堆满柴草了。那会儿她只会动嘴儿。"三秃子,去把洼地的苞米铲一铲!""大胡子,明日帮我去卖壳郎猪!""四麻子,你娘的,光知道往老娘的炕上蹭,不知道吐血，往后少往我这儿凑！老娘烦你！"

巫婆杜撇嘴边走边伤心。如今人老珠黄，连路边的野狗也懒得冲她叫了。她急匆匆低着头赶路，一下子撞进了一个人怀里。

"好一个老巫婆，眼睛长到屁股上去了？"那人大叫。

"哎哟哟，原来是胡大主任呀！你可真会撞，正好撞在老娘的奶子上了！还想吃奶呀，那会儿你可没少吃哟，哈哈哈！"杜撇嘴开心大笑。

"瞎嘞嘞啥！你这老骚货！"胡大伦四下瞅瞅，绷起脸，"你那臭嘴巴不能闭紧点？啥话都往外冒，都五六十岁的人了，越老越没正经！"

"嚯，还挺会装正经！少在老娘面前装蒜，谁不知道谁呀，提裤子就想赖掉过去的账啊？"胡大伦越顾忌杜撇嘴越往痛处捅，得意地笑着，"老娘冻得快烧手指头了，我这'五保户'村上连我死活都不管，你这大村主任过去还是我的相好，不管可不行！"

"好啦，好啦，我派人给你砍一车柴就是，别再胡嚷嚷了！"胡大伦甩袖就想走开，突然想起什么，又回过头来，"你是不是从铁家坟地砍柴回来？"

"是啊，你问这干啥？你也想跟我讨一个怀崽的方子吗？嘿嘿嘿。"

"什么怀崽方子，胡说八道。你在坟地看见啥没有？"

"没有啊，倒是撞见老铁子的儿媳，在那儿祭祖坟呢。"杜撇嘴见胡大伦神色诡异，又在村口岔路上转悠的样子，心生疑窦，"你在这儿鬼鬼祟祟地转悠啥呢，敢是盯上人家铁家儿媳啦？"

"胡诌个啥！"胡大伦喝住她，脸呈怒色，"以后再胡诌八咧，老子跟你不客气！一根树枝也不给你砍，你他妈的真就烧手指头去吧！"

"得得得，怪我嘴臭，你村主任大人不计小人过，往后我不说就是。"杜撇嘴赶紧道歉，唯恐胡大伦真的收回承诺。

"找个机会你帮我问问铁家儿媳，他们家出啥事了，又是祭祖，又是看坟的。到底出啥事了？真有些怪怪的。"胡大伦充满疑惑的目光，盯视片刻不远处的铁家坟地，才转过身往村里走去，也没有再看一眼旁边的杜撇嘴，压根儿旁边没这人一般。

杜撇嘴往他身后又是撇嘴，又是啐口水，低声骂："老骚驴，谁不知道你安啥心，村里的哪个年轻媳妇你没打过主意？盯上人家珊梅，叫老铁子知道了，不打断你的狗腿才怪哩！"

杜撇嘴悻悻往家走，嘴里不住地骂骂咧咧。

当她回了家，拢上火，往外倒灰的时候，在大门口正好瞅见从坟地那边回来的珊梅。她刚想装作没看见，扭头回屋的时候，被珊梅叫住了。

"杜大婶儿，别忙着走啊，咯咯咯……不认识俺了？咯咯咯……"珊梅发出一串儿极古怪的笑声，听着令人极不舒服，汗毛直竖，而且那声音似乎也不是珊梅自己的声音，换了个人似的。

"哦哦，我不走，我不走，珊梅，你刚回来呀，我这就进屋给你拿方子，啊。"杜撇嘴感到不妙，想赶紧回屋拿出个"方子"应付她。

"啥方子不方子的，杜大婶儿，咯咯咯……谁跟你要方子了？"珊梅脸上绽出迷人的微笑，声音也变得极甜腻，她似乎全忘了求偏方这码事儿了。那一双眼睛变得亮晶晶的，深处似有绿点闪动，射出两道摄人魂魄的光束，让他人目光一旦对视了那两点绿光，对方就失去控制，无法移开，如被磁铁吸住一样。

杜撇嘴浑身一颤。胸口有一股春潮般的热流往上涌，双颊也变得热烘烘，感到自己正在渐渐失去自我控制，忘却自身，就像一个吸大烟的人一样，骨头变得松酥，浑身飘飘然起来。见多识广的杜撇嘴，这时脑海中灵光一闪，那是当年跟随师父行法事时的驱邪感觉，于是她强力闭住双眼，嘴里念叨起"行孛"咒语，然后咬破舌尖，"噗"地喷出一口鲜血。顿时，杜撇嘴清醒过来。有些无力地晃了晃脑袋。

"珊梅，你中邪了！快回家去，叫铁山送你上医院！"杜撇嘴心生恐惧地低着头，回避着珊梅的目光，急忙逃回自家院子里去。

"咯咯咯，谁中邪了？这杜婶儿真逗，咯咯咯，你不愿跟我说话，我找别人说去，咯咯咯……"珊梅发出一阵阵荡人魂魄的浪笑，移动双脚，轻如浮云，还不时歇斯底里般地说吃语，嘴里哼着情歌"夜夜想你呀，我的喇嘛哥哥"，像一股风一样往村中卷过去。

这股风，将哈尔沙村卷得昏天黑地。

家里没有人。丈夫铁山在学校还没下班，老公公也没有从野外回来。珊梅浑身燥热难耐，心中滚涌着抑制不住的潮水，她就想找个人发泄，想把心中的这股热潮转给他人。她从水缸里舀了一瓢冰冷的水喝下去，那热潮仍旧压不下去。她本能地拿锥子扎自己的手心手背，刺出点点血丝，也不管用，也无法唤醒原本的我，无法赶出那个挤进自己心窝的迷人心性的异味香气。她一阵迷糊，一阵清醒。清醒时哭，迷糊时笑。

她终于走出自家的院子。见邻居家媳妇杨森花在院里喂鸡，她就过去搭讪。平时，两家失和，她俩人从不过话。开始杨森花很是吃惊，并不搭理她。后来，她的目光碰见珊梅那奇异的眼神，情形立刻就变了。那个原本冷冰冰的女人，忽然间变得热情起来，也忘记了喂鸡，站在那里两个人说起话来。不一会儿，这位杨森花也发出了一声声荡人魂魄的浪笑。歇斯底里的狂笑，揪着头发的傻笑，哭天抹泪的苦笑……

似乎完成了使命，珊梅便回家来了。她感到浑身极为慵倦，疲软无力，晃晃悠悠地爬上炕，便昏睡过去了，犹如一具失了魂的尸体般一动不动。

而那位邻居女人杨森花，却闹腾开了。似乎抵不住内心的什么诱惑或者听从什么召唤，她丢下了孩子，丢下了手里的活儿，也不顾丈夫的训斥叫骂,愣是跑出去串门,找别的女人聊天去了。

于是,一种奇特的歇斯底里的魔怔病,犹如一阵疾风,见空就吹袭,在哈尔沙村的女人中间悄悄传染开了……

三

白尔泰又魇住了。他在挣扎。

是昨天,还是很久以前?他完全不清楚。只感觉自己在挣扎,在痛苦地呻吟,头疼得要炸裂。

他觉得又是那个广场,很大很宽,人山人海。他因父辈"土改"时被划成富农,红卫兵组织不要,但作为一名学生,他还是赶上了那最后一次接见。那位伟人,在那座高高的红楼上,向城楼下的红色海洋挥舞着巨手。手捧宝书的亲密战友簇拥着他,他在上边从东往西走,下边涌动的人潮就随着往西滚流。

他听见身旁的女同学在哭泣。被拥挤得喘不过气来的女生,还是能哭出声来。嗓子是全哑了。有人晕过去了,被别人架着,从人头上传递到金水桥后边急救车上抢救。有人鞋子掉了,裤带断了,他感到旁边的一群人都挤倒下去了,游动的人群就如长江大海的波涛般汹涌澎湃……

还是那个广场,还是那么多潮流般的人群,他听见炒豆似的鞭炮声或枪击声……

他想醒过来,脚猛蹬了一下。脚生疼。蹬在木头床架上。这一下他就醒了。满脑门儿满身全是汗水。骂自己,怎么又做起这种倒霉的梦魇。他懒洋洋地爬起来。肚子有些饿,找东西吃,冰冷的宿舍里什么吃的也没有。这是一间挨着厕所的东厢房,原先是旗文化馆的旧库房,基本上是四面透风,他用报纸糊了糊,塞了塞,还是挡不住凛冽刺骨的西北风往里灌。老馆长对他还不错,不知从哪儿弄来一个铁炉子装上,尽管冒满屋子烟,还是比较暖和,只是煤供不上。文化馆经费不足,没钱买煤,有人暗示从旁边文化局院里"拿",趁没人时装个一两筐扛回来,就是被抓住了,也是下属单位职工,不会怎么样。他醒来时,炉子早灭了。肚子咕咕叫得厉害,还是先解决饥肠的呼唤再说吧。

他披上棉大衣,走上街头。

他知道电影院旁边,有一家小小的荞面馆,经济实惠,还吃个热乎乎。那屋里地上烧着一个很大的铁炉,大块煤可劲儿塞,小屋热得像烤房。就这一招,吸引来了无数顾客,买卖兴隆,热热闹闹。那荞面压得既筋道,又好吃。主人还夸口,他的荞面馆日本人都进来吃过,荞面降压降血脂益寿延年,是新潮食品。对他来说,那荞面的营养价值无所谓,什么血压高啦,血脂高了,那是大城市有钱人得的富贵病,营养过剩造成的。他只知道,好吃好下肚,经得住饿,而且很经济。

他掀开蒲草编的门帘儿,走进荞面馆,一股热气扑面而来。

女老板已经认识他,向他打招呼。没有空地,他被安排在有三个人喝酒的桌边位置,挤了人家,他歉意地冲人家笑笑。那三人沉浸在相互斗酒划拳的乐趣上,没人理睬他的笑,好在他只吃一碗荞面,不用占很大的地方,只够放下一碗就行了。他稀里呼噜吞下那碗荞面,起身离去时,那三人也没有注意到他。他倒乐得如此。

不过,有人在议论他。

"这小子是从哪儿冒出来的?文不文,武不武的。"

"说是从上头'下放'来的……"老板娘压低声音告诉问者,"别看他那寒酸样，据说满肚子墨水，学问深着哪！"

"咋啦？作风问题？"

"嗨，现在那事儿算啥问题！"老板娘哧哧乐了，也并不顾忌被别人听见。

"那犯啥事儿了？江洋大盗？"那人穷追不舍，有所警惕。

"这咱就不知道了，你去问旗人事局，要不去问他本人吧。"

"算啦，算啦。咱们不敢，平时躲远点就是。"这人见老板娘不耐烦，就笑嘻嘻打住。

白尔泰想大笑。其实，对这些议论他早已见怪不怪。慢慢又走上那条并不宽敞的小镇街头。镇子不大，已有好多人都知道他是从上边"下放"来的，小地方什么也瞒不住。已熟或半熟的人们，都用一种好奇而探究的目光盯他一眼，其实，镇子上除了少数人，谁也搞不清他究竟因为什么"下放"到这里的。有的说写文章出了问题，有的说闹离婚被老婆告下来的等等。反正他成了小镇上的"天外来客"，议论的对象。本来是一座寂寞的小镇，没有什么太多新奇的事让人议论，他就成了镇民茶余饭后的佐料。只要他出现在街头，就如一个出笼的怪物，引起人们的注目，头发很长，几乎披肩，裹着旧大衣，穿着一条开口子的牛仔裤，脚上是一双早已过时的大头鞋，不伦不类，奇特而扎眼。唯有那张苍白得几乎透明的脸，还有那双阴郁且闪出睿智光芒的眼睛，才能显示出几丝文化人特殊的气质和不俗的风度。

他回到文化馆。下乡回来歇了几天，昨日老馆长已经找他谈了，过两天他还得下乡一趟，这回是旗里抽调人员到乡下搞冬季"普法"宣传。北方农民，一到寒冬就"猫冬"不做活儿，唯一做的就是聚众赌博，输房输地输老婆，还有就是不安分的"刺儿头"四处乱窜，偷钱偷粮偷女人，逮啥做啥，旗里年年冬天组织人员下乡搞普法，教育农民。老馆长说其他人都拖家带口的，唯有他适合下乡。馆里一没有食堂,二没有煤烧,吃住都困难,下乡可住在老乡热炕头,吃着老乡热窝窝头热酸菜汤,这一冬就好熬了,两全其美。他一想,也好。只是自己的研究又中断,只好带几本书下去,抽空啃一啃了。

这时,老馆长正在他宿舍门口焦灼地等着他。

"我明天就走。"他赶紧说。

"不不不,白尔泰同志,你不用下去了。"老馆长摇摇手。

"我能行,我愿意下去,真的是既能解决我吃住困难,又能解决馆里其他同志下乡的困难。"他继续表白。

"不不,你别误会,小白同志。不让你下乡,不是我的意思,是上头说的话。"

"上头?"一听上头,白尔泰心就发毛,紧张起来。

"是的,是旗长,古旗长的意思。是他来电话,叫我把你留下来。"

"古旗长?"他看了一眼身上披的旧军大衣,"是不是他要我还他的大衣?前天我给他送去了,他开会不在,还让秘书告诉我,大衣不用还了……"

"哈哈哈,也不是让你还大衣,他有别的事让你做。"老馆长看着他的木呆样子,不由得乐了,拍了拍他的肩膀。

"有别的事让我做?我能做什么?"他更是疑惑了。

"我也不清楚,他现在就让你去他的办公室报到。"

"唔,好好,那我这就去吧,奇怪。"他喃喃自语。

"去吧,去吧,古旗长是个好官,你不用担心。"

他有些焦急地向旗政府大院走去。心里不停地嘀咕,让我做啥事呢?不让下乡,这一冬烧什么吃什么,不能老下饭馆,老"偷"文化局的煤吧。可怜的白尔泰,又开始为生计犯愁了。心里隐隐责怪那位多事的古旗长。这古"王爷"还真盯上我了!他心里说。

他从沟底柏油路往右侧高坡路登上去。半坡中部就坐落着旗政府大院,原先的喇嘛庙兴源寺旧址。那个上登的台阶正好是三百九十九级。

当年喇嘛教在库伦沟里至上至尊的时候，众多善男信女也顺着这个台阶，一步一步登上去朝拜庙里的泥菩萨、活佛，以及那位喇嘛王爷。不过那时，登一步磕一头，拜倒爬起来，以身体丈量着台阶往上登，不会像他现在这样轻便。进出政府大院的小车，呜呜呜着喇叭，飞速地上坡下坡。阶梯路两旁，鳞次栉比地排列着小商店、小贩摊、餐馆酒肆，一到晚上，南坡北坡上一层层地亮起各色灯光，从沟底往上看煞是好看，幻若仙境，让人不禁以为身处大都市或重庆那般山城灯海之中。白尔泰多次夜晚出来，欣赏这美妙的库伦沟夜景。

白尔泰在收发室登记。门卫老汉打电话请示，他不相信古旗长要见的人如此邋遢，像个流浪汉。秘书接电话，允许进去。白尔泰摇摇头，冲老汉眨眨眼，嘴里嘀咕一句："哪儿的小鬼都是一个德行。"

老头儿有些耳背，从后边问："你说啥？"

他回头笑眯了双眼，依旧低声逗老头儿："小鬼怕阎王。"

老头儿仍没听清，不知所云，冲他背影摇头。

白尔泰被人领进一间宽敞的办公室。

"今天请你过来聊聊，是不是感到奇怪呀？"古治安放下电话，冲他说。

"我正准备下乡，你的大衣……"

"今天不谈大衣，也不谈下乡，普法宣传、计划生育，你不内行，让你干点别的吧！"古治安爽朗一笑，开门见山，"别小瞧咱这穷乡僻壤，还是有你这位知识分子用武之地的。"

"不知古旗长让我做什么，可别抬高了我。"

"编旗志。内地叫修县志，我们这儿旗等于县，可从来没有人写过新旗志。我们准备弥补这个空白，从头编写出一部完整的库伦旗的旗志。"

"编旗志？"这出乎白尔泰意料。

"是的。从我当旗长那天开始，一直在琢磨这事，只是一时找不到能胜任的合适'笔杆子'。你分到我旗工作，这对我们是个意外收获。"古治安说得兴奋起来。

"旗长可别这么说，我脑壳儿薄，戴不了高帽儿。"白尔泰也笑了笑，"恐怕我干不好，我从来没写过这样的文字东西，我不一定能胜任。"

"像你这样在自治区社科院搞研究的才子不能胜任，谁还能胜任？恐怕还是大材小用了呢。咱这旗是穷点，历史可不'穷'，大有写头，而且很有特色哩，过去还是政教合一的喇嘛旗，只要你钻进去，肯定会感兴趣的。"古治安信任地拍了拍他肩膀。

"我不是党员，又……"

"这也不是写党章，写党的历史，是不是党员有啥关系？只要忠于历史，忠于史料，围绕人民大众的历史，以我们现在的新的认识和新的历史观，来整理记录就行。当然，对重要历史事件，需要旗政府研究后再下定论，等开始工作后，会定出个具体而详细的准则要求。"古治安停顿一下，斟酌着词语，"对于你的情况，我也清楚，我们有正确的看法，你放心。我们这是'物尽其用，人尽其才'。旗委、旗政府已经开会研究过，并形成决议：成立旗志办，由我主管，让你任旗志办编写组的组长，再配上两个'笔杆子'和工作人员，马上开展工作。办公室都给你安排好了。"

古治安叫秘书喊来旗政府办公室巴主任。

"老巴，这位就是白尔泰同志。你领他过去看一下新腾出来的旗志办办公室，帮助他安顿一下。"古治安转过身对有些不知所措的白尔泰说，"你先过去看看办公室，熟悉熟悉情况，有什么要求、困难，找巴主任解决，不行就找我。等你上任后，工作方面，再开一次专门会议。"

白尔泰完全愣住了。形势急转直下，没有自己选择的余地，简直跟拉郎配差不多。没想到这位古治安旗长办事如此果断，说干就干，没有一点拖泥带水，甚至有些独断专行。他虽然感到突如其来，但他那颗僵木冰冷的心，有些热乎起来，产生出某种冲动：在这样一位父母官手下干事儿倒不赖。于是，他有些机械地跟随着巴主任，走出古旗长的办公室。

穿过一个小套院。有一栋红砖平房，这里是旗档案局。旗志办的办公室，就是从档案局腾出来的。屋里有三张办公桌，靠窗户的那张大桌空着，显然是留给他的。他的两个"兵"已在那里，经巴主任介绍相互认识了一下。男的叫门古德，原在旗文化馆搞民间文艺的，女的叫古桦，原档案局的年轻资料员。

"白老师，往后我们就听您的了。"那位叫古桦的女"兵"挺开朗活泼，一双大眼直率明亮地盯人。

"白组长，我是个搞民间文艺的，工作上往后多关照喽。"门古德戴一副眼镜，五十多岁的样子。

"你们不必客气，更不要组长、老师的叫，我还不习惯，叫我白尔泰就行。我是三分钟前才知道要干的这差事。"白尔泰搔了搔那一头乱发，冲两个人笑了笑，"工作上我还不知道怎么干呢，不定哪天又卷铺盖走了，去搞普法宣传什么的。其实，老百姓的热炕头挺舒服的。"

"白老师，你真逗，说话真有趣。"古桦笑嘻嘻地帮他弄桌椅，挺喜欢新来组长的样子。

就这样，白尔泰莫名其妙地被人强行安排在政府旗志办，两手空空地上任当组长了。坐进那张挺漂亮的办公桌后边的靠椅上，他一时有些不适应，甚至不相信这是真的，以为这又是做着一场梦，一场不可思议的梦。当古桦给他倒了一杯热茶，老门向他递烟抽时，他这才惊醒过来，觉得不是梦，眼前的这一切全是真的。他真该思谋思谋怎么干了,怎么当这个天上掉下来的组长了,要不怎么对得起只见过两次面却有知遇之恩的古旗长这"大王爷"。

这时,走廊上响起中午下班的刺耳的电铃声。白尔泰吓了一跳。当古桦递给他一套餐具和饭票,要带他去吃饭时,他有些木讷地问:"咱们上哪儿吃饭去?"

"咯咯咯,当然是政府食堂啊,巴主任都给你安排好了。"古桦觉得好笑,这位新组长朴实得像木头,倒挺可爱,文化深的人都这样大智若愚吧。古桦又看了一眼白尔泰的那副邋遢样,笑着说:"白老师,我说话直,你不能再这样不拘小节地打扮了,现在你是政府部门的工作人员,穿戴这样不伦不类,别人会说闲话的。"

白尔泰微笑着说道:"好好,我抽空去理理发,洗洗衣服,弄得顺眼一些。"

下午搬东西,把装满书未曾打开的几个大木箱和简单行李,从挨着公厕的破仓房搬进供暖气很温暖的政府院里宿舍,白尔泰简直有一种从地狱升到天堂的感觉。

"就冲这个,我得天天烧高香,不拜菩萨只拜古旗长古'大王爷'!"白尔泰不由得感叹。

"他可不稀罕高香,你给他好好干活儿,真能体现出'物尽其用',就对得起他了。"古桦开玩笑说。

白尔泰异样地看着她,说:"你对他蛮了解的嘛,连他说的话都知道。"

一直没怎么说话的门古德,这时从旁插言:"你当她是什么人?别忘了,她也姓古哟!"

"噢,对呀,古旗长是你什么人?"白尔泰如梦初醒。

"什么人,是我的上级、旗长呀,咯咯咯。"

"古旗长是古桦的亲大哥!"门古德揭开谜底。

"哇哇!是'皇亲国戚'呀!看我这愚笨的,唉。"白尔泰惊讶之余，变得有些局促，又说，"这样就更好了，我们编写组的工作以后更好搞了。"

"你倒蛮世故的嘛，除了本职工作，我可帮不上啥忙，我从小最怕大哥，一绷起脸来六亲不认！"

"我是说着玩的，工作当然靠我们自己了。"白尔泰变得郑重其事。

旗志办编写组的工作，就这样开始了。

白尔泰结合古旗长的指导思想，心里还有个想法，把自己多年从事的萨满文化研究，跟现在的编写旗志结合起来，历史上，库伦旗也是萨满教比较活跃的地方。说起萨满教和萨满文化，他满腹经纶。萨满教是蒙古人最早的信仰，这一原始宗教在蒙古帝国时有国教地位。成吉思汗对萨满教非常推崇和信仰，萨满教的法师"孛"成为成吉思汗依仗的强有力的精神支柱和号召众族统一的神明。据《蒙古秘史》记载，成吉思汗的汗号，也是他崇信的一位萨满名叫豁尔赤的"孛师""奉托天意"，尊称他为"成吉思汗"的。那时的"孛师"穿白衣乘白马，相当于国师，成吉思汗每当征战讨伐，总要请"孛师"来占卜吉凶，得胜宴庆也要由"孛师"来主持祭典，甚至成吉思汗手下能征善战的大将，有的就是出自"孛师"。后来，到十六世纪中叶，喇嘛教逐渐渗透到蒙古地，东北的女真族本来也是信萨满教的。建立清帝国之后，为了统治需要，向蒙古地方大力推广喇嘛教，兴黄教到处建喇嘛庙，以期达到收服蒙古人的心智目的。喇嘛教之所以后来居上，取代"孛师"地位，另一主要原因是喇嘛教具有"主神"的观念，最高的佛释迦牟尼至高无上，这是非常有利于等级社会君主利益的，当然受到清朝统治者的垂青。而多神教的萨满教，尽管进入等级社会后，也有长生天主宰万物之说，但神的等级仍不分明。如果说，喇嘛教是"来世的宗教"，它让人们逆来顺受，善修来世，那么"孛师"却是更多地面对现世，靠那种巫术甚至以野蛮的血祭，企图改变不平的现实，内含着一种原始的反抗性，这对最高统治者不能不说是隐患，所以他们最终还是选择了喇嘛教，并大力推崇。萨满教又是一种原始宗教，一无经书教义，二无庙宇殿堂，三无统一组织，各行其是，以口传心授的方式传承，所以斗不过有组织、有势力、有固定庙宇的喇嘛教。而且，萨满教活动中须大量杀生血祭，对生产力也是一种摧残，失掉不少民心。再说，喇嘛教提倡的弃恶扬善，积德行善，修来世之福等说教，相当程度上能够软化和改造原本剽悍的蒙古人，家家拜佛堂，人人挂念珠，牛羊财宝全献到庙上，家有三子其中两个聪明的上庙当喇嘛，一个愚笨儿子留在家里放羊的同时，也修来世之福，看见地上的蚂蚁也不敢踩……当然，喇嘛教也并非轻而易举地立足蒙古草原。几百年来，蒙古人原先信奉的萨满教和其法师"孛"们，与喇嘛们展开了殊死的搏斗。后来清政府和喇嘛教，收买了蒙古各部的首领和可汗，用法令和武力残酷镇压了萨满教的"孛"。以俺答汗为首的西部蒙古部落，联合其他蒙古各部，1640年制定出《卫拉特法典》，即《察津·必其格》，宣布喇嘛教为"国教"，萨满教为非法，一律予以清除和杀戮。东部蒙古科尔沁部落，虽然没有参与《卫拉特法典》的制定，但是随着喇嘛教的不断传入和扩大，萨满教的地位越来越下降，不得不由公开转入地下，由通衢大埠退缩到农村牧区和偏远的穷乡僻壤，而且经常遇到镇压取缔，九死一生。那一场二十世纪二十年代末发生的"烧孛事件"就是典型的一例，达尔罕旗王爷火烧了上千个"孛师"。

　　据传闻，那次从"烧孛"的火阵中逃出来一位"黑孛"，躲进了库伦北部和奈曼旗南部的沙坨子地带。白尔泰想，正好借这次工作机会进行调查，寻找那"黑孛"的传人。他认为，要正确对待萨满文化的有益部分，如萨满教崇拜大自然，崇拜长生天，认为大自然中的雷、火、树木、河流山岭都有神灵，都要拜祭，同时崇拜祖先灵魂，认为永不消逝的祖先灵魂和精神关照后代。这些正是现代人所缺少的东西。尤其崇拜大自然，人们现在肆意破坏大自然，破坏江河山川草原绿林，这不正是不崇拜大自然造成的吗？现在的人，不信天不信地，对大自然疯狂掠夺和豪取，对祖宗的许多遗训和箴言忘得一干二净，现在还真需要重新弘扬萨满文化的宗旨哩！

白尔泰想得激动起来，两眼发出炯炯光芒。

他认为，旗志嘛，其实也是地方志，应该把萨满文化在此地的兴衰和喇嘛教的兴衰，与历史沿革结合起来写更合适些，更能体现出库伦旗的历史真实面貌。旗志里，应该专门分出萨满教这一别类，可能更全面和完整。

他决定找古旗长好好谈一次。

第三章　老铁子和老银狐

当森布尔大山
还是泥丸的时候,
当苏恩尼大海
还是蛤蟆塘的时候,
那个精灵,神奇的九尾狐哟,
就在草原上游荡!
就在大漠上飞走!

——引自民间艺人达虎·巴义尔说唱故事《九尾狐的传说》

一

　　土拨鼠，是沙化草地的真正主宰。

　　炎热的夏季一开始，沙坨和草地上，到处可见它们挖掘的洞，还有四处奔窜的鼠影。经历了冬季的漫长冬眠时期，一开春它们便迫不及待地成群结队出现在地面上，挖洞筑穴，寻觅食物，然后进入疯狂的发情交媾繁殖后代时期。它们一窝一窝地生育，一窝一窝地成长，就如两条腿的人类一样，把无穷无尽地生育后代，当作一种具有无穷乐趣的天性义务来完成。这时节，你要是走进土拨鼠生活的沙坨和草地，你便会惊奇地发现周围的一片繁忙景象。大批大批的土拨鼠四处窜走，忙忙碌碌，毫无顾忌，积攒食物，养肥身体，它们要把在漫长的冬眠期消耗掉的东西找补回来，要抢在夏秋季节干完其他大小兽类全年才能干完的事情。它们的"吱吱"叫声此起彼伏，在暖洋洋的阳光下互相传递信息，有的吃饱了肚子，就在洞口洗头洗脸，有的啃咬新草根须，有的与新结识的异性伴侣搭巢筑穴，有的在沙滩上蹒跚散步，也有的不知何因互相撕咬打架，跟人类一样，掀起腥风血雨的战争。越是干旱季节，土拨鼠的繁殖越是迅猛，泛滥成灾，就如人越穷越要多生孩子一样，它们啃光了好不容易长出的新草根，把好端端平展的草地挖得像墓地，土沙满地，草叶枯黄，加速了草原的沙化。它们是草场的天敌，而人们对它却无可奈何。

　　姥干·乌妮格，这只年轻的母狐，与其他沙漠中的狐狸一样，生活在这个土拨鼠泛滥的科尔沁草原西南部沙坨地带。整个夏秋，肥硕的土拨鼠，为它们提供了丰富的食物。它们逮吃土拨鼠，极简便而省事。据统计，一只狐狸一年能逮吃三千只野鼠，它们是野鼠的天敌，草场的无冕卫士，可以说是人类的好助手，然而人类从不领情，反而捕猎它们，以取之皮毛长尾来装点自己。在狐狸看来，人类是一种不讲信义、自私狂妄、以强凌弱的两条腿大野兽。

姥干·乌妮格已经做了母亲。它下的第一窝四只小狐狸，是北方汗·腾格里山那只美丽白尾山狐的后代。四只小狐也已长大，度过夏天便可逐出家门，独自谋生了。它的身旁另有一只公狐陪伴着，这是一只矫健灵敏的杏黄色沙漠公狐，一双圆眼机警而闪烁不定，已经坠入情网，似乎深恋着这只从汗·腾格里山下来的年轻漂亮的母山狐。它们是这一带的统领，经过征战、追逐和生存竞争，树立了自己的威望，建立了自己的沙狐王国。

姥干·乌妮格秉承了它们狐狸世家所有优良血统，机灵狡猾、勇猛，还有多情。它的家族发展很快，选择配偶的随意混乱、交媾方面的乱伦状况，丝毫未影响它们的发展，也不必担忧狐口过剩和返祖退化现象，一切听凭于自然、本性、直觉。姥干·乌妮格在这片莽古斯沙漠里，唯一与原先山地不同的感觉是，除了防备大兽之外，更得防备比大兽更可怕的两条腿的人类，还有他们手中的火枪。它们辛辛苦苦繁殖起来的家族，很快一个两个地被消灭掉，它们漂亮的皮毛，变成了捕获者们的诱因，变成披在人身上的一张皮。人类从不吃它们的肉，嫌臊，只扒取它们的皮。上帝要是把这种毛皮赐给人类长在他们身上，狐狸的世界便会平安了，遗憾的是，人类只能披有赤裸难看的无毛嫩皮，需用其他动物的皮来遮掩自己。为了这种遮掩和修饰，狐狸们用生命付出代价。为满足人类这种无节制的欲望，它们狐狸家族早晚会绝种。也许预感到了这一灭顶之灾，有着较高灵性的姥干·乌妮格这只母狐，时时发出哀鸣，警告子孙和同类们：提防人类，提防人类，提防人类！然而，警告和提防无法抵御人类的侵袭，他们和它们都一起生活在这狭小的地球上，时时狭路相逢，血腥搏杀。它们在与人类的周旋、生死拼斗中变得更狡诈、更聪慧了。

姹干·乌妮格第一次遇见人类，是多年前的事了。那是它从汗·腾格里山的大火中逃命出来，流落到莽古斯沙漠中不久。在一片半枯半死的老树林里，它发现了一朵奇异的植物。这株植物，在一座腐烂的千年老树根旧址上，破朽而出；形状如伞形，赤褐色似蘑菇的伞面光泽而丽质，散发出一股诱人的暗香。它当时饿着肚皮，好几天没吃到像样的东西，这朵奇异的植物散发的香气吸引了它，正想扑过去咬掉时，突然，从旁边的一个地窖子里，跳出一个披头散发的人来，冲它大吼一声："你也想吃到它！妈的，我在这儿守一年了，你刚来就想吃到它！我杀了你，野狐狸！"随即，那个疯人朝它甩过来一柄可怕的投猎棒，它一下被击中，幸亏它躲闪灵敏没被击中要害，再加上那个疯人，也似乎处在饥饿状态力道不足，它受轻伤而逃。

然而，它是一只固执而不服输的野兽，也许头一次与人打交道，并不十分发怵。它内心有个强烈的愿望：要吃掉那棵奇异的植物！它与他周旋起来。它躲在远处不易被发现的沙蓬丛中，观察此人的动静。那个人视那草为神物，简直有些疯疯癫癫，日夜守护，穴居在其旁边的地窖子里，不时冒出头来察看那株草周围的情况。有一次，一只土拨鼠偶然靠近了那株草，那疯人的投猎棒刹那间击碎了土拨鼠。当时姹干·乌妮格也奇怪，那人为何不立马摘了那棵草？等到啥时候呢？于是，它也耐心等候起来。

终于，秋风变得硬了，寒冬即将来临。

有一天，那人"沙沙"地磨起铁锹了。他脸色兴奋，不时喝着旁边一瓶气味浓烈的水般东西，高兴之余还冲着那棵草嚎唱两句。看样子趁地冻之前，他要把那株草挖出来。姹干·乌妮格焦灼起来，它不能眼瞅着那疯人把那株神草弄走。它隐隐感到它与那株草有缘，得道全凭这株千年不遇的神物了。

那个疯人磨亮了铁锹，又下到地窖子不知取什么家什。他显然喝多了那个辣水，脚步踉跄，摇摇晃晃。机会终于来了。姹干·乌妮格从几十米外的藏身处，飞蹿而出，如一支射出的飞箭般，迅疾无比地跑到那株成熟的神草旁，张口便咬住，从松软而腐烂的底土中连根拔出，然后扭头就往大漠深处逃遁。

"我的灵芝！放下我的灵芝！你这该死的狐狸！"那个疯人狂叫着追赶，呼啸而来的投猎棒，只是击中了它幻化出的九条尾巴中一条而已，毫无伤害，被酒力所害，疯人失去准头。疯人咆哮着追赶。他叫骂着，诅咒着，跌倒了，爬起来继续疯追，然而两条腿终于跑不过四条腿。他瘫倒在沙地上，捶胸顿足，哭天抹泪，鼻涕哈喇子一块儿流，无奈而绝望地瞅着那只可恶的野狐，衔仙草而去了。

"我要杀尽天下的狐狸！"那疯人发出宏誓，对天长号。

从此，他变成了一位专门猎狐的著名猎人，疯狂地捕杀狐狸，一只只一群群地消灭，扒它们的皮，割它们的尾巴，拿它们的肉喂猎狗或野狼，以泄他胸中的仇恨。同时，他还不知疲倦地，搜寻着那只盗仙草而去的白尾巴狐狸。他知道，它就生活在这茫茫的莽古斯大漠中。他相信有朝一日他会逮住它，剥它的皮，吃它的肉，以泄心头之恨。他和它之间，展开了一场残酷而无情的、漫长又无头绪的追逐。

姹干·乌妮格摆脱疯人的追赶，远远逃进莽古斯沙漠的死漠中。在一个人迹罕至的小沙湖旁，它慢慢享用起那株奇香扑鼻的蕈类神草。由于饥饿，它把草连根吞嚼，咽进肚里。不一会儿，它的胃肠里有一种火烧火燎的感觉，焦渴难忍。它急忙到沙湖边舔饮湖水，大口大口地吞咽，也不能解决问题，于是就在湿凉的湖边沙地上打滚，把尖嘴埋在湿沙土里。不知过了多久，焦渴和烧热感减退并消失了，它感觉到浑身的血液沸腾，涌动着一股使不完的力气和旺盛的永不枯竭的生命力。

姹干·乌妮格——银狐，就这样获得了升华，生命的机缘凑巧，使它成为一只可与人类长期斗智斗勇，并往往占先的一代神狐。

它是一只游荡在科尔沁草原和莽古斯大漠的神秘幽灵，它超人的灵性、无比的智慧，以及人类无法理解的离奇行为，将永久地在沙漠草原上流传。一个神奇的、美丽的、令人难忘的银狐传说，开始在草原上传诵。

二

一辆灰绿色的吉普车，犹如屎壳郎般在沙坨子里磕磕绊绊地滚动。

没有路，找一些低洼硬实的沙地行驶，好在大漠中的风吹走了沙坨上的浮雪，也吹冻了地面。

这里是茫茫无际的莽古斯·芒赫，意即恶魔的沙漠，位于科尔沁草原西南部。

最早，这儿还是沃野千里，绿草如浪。历史记载，这里曾是匈奴后东胡崛起的地带，蒙古帝国时成吉思汗胞弟哈萨尔封地，"水草丰美，猎物极盛"，清初是努尔哈赤的狩猎场。后来，清中晚期渐渐涌入内地农民，开始翻耕草原种庄稼，蒙古各旗王爷为供应在京城王府的大量开销和抽大烟，也把草原大片大片卖给军阀和商贾们，开荒种地谋利。由此，种下了祸根。草地植被顶多一尺多厚，下层的沙土被铁犁翻到表层来，终于见到天日的沙土，开始松动、活跃、奔逐，招来了风，赶走了云。沙借风力，风助沙势，这里便成了沙的温床、风的摇篮，经百多年的侵吞、变迁，这里几千万公顷良田沃土，就变成了今日的这种黄沙滚滚，一片死寂的荒凉世界，号称"八百里瀚海"。当年，为反对蒙古王爷卖地开荒，达尔罕旗的嘎达梅林、郭尔罗斯前旗的陶格陶、札来特旗的楚克达来等蒙古民族的英雄好汉们，发动过多次声势浩大的起义，驱赶垦务局、杀伐王公贵族和驻军，还农地为牧场，结果都被镇压。于是，十年九旱的干旱天气，无休无止地开垦种地，科尔沁草原便无法遏止地沙化下去，而且波及整个辽宁北部和吉林西界。大自然的惩罚早已开始。

莽古斯沙漠往西的纵深地区，是寸草不长的死漠，靠近东南侧的凸凹连绵的坨包区，还长有稀疏的沙蓬、苦艾、沙蒿子等沙漠植物。坨包区里，星星点点散居着为数不多的自然屯落，库伦旗的北部基本都处在这样的坨包区，在风沙的吞噬中依旧靠翻耕沙坨、广种薄收为生计。五十年代的"大跃进"火红岁月，呼啦啦开进了一批劳动大军，大旗上写着：向沙漠要粮！他们深翻沙坨，挖地三尺，这对植被退化的沙坨是毁灭性的。没多久，一场空前的沙暴掩�了他们的帐篷，他们仓皇而逃。但这也没有使人们盲目而狂热的血有所冷却，又把坨子里零星生存的野杏树疙瘩、野桑林等可烧的木柴，全砍来"炼钢铁"，扔进土法上马的总流不出钢水的土高炉里。

那辆吉普车停在一条高耸逶迤的沙山脚下。

"古旗长，这条白沙山就是'塔敏·查干'——地狱之沙了，翻过去就是莽古斯沙漠的死漠部分，寸草不长，没有人烟。"旗农业局局长介绍说。古治安为改造北部沙化地区，率有关人员深入沙化区，做调查研究。

"这塔敏·查干，我小时跟着大人来过一次，离我家哈尔沙村六七十里地，小时一听这名字就害怕。"古旗长从车上下来，仰起头望着前边的高沙山说，"这里有一种叫'呜格唳'的鸟，一到夜里就出来叫，那叫声就像小女孩儿哭叫，挺吓人的。传说有个女孩儿，就在这塔敏·查干里迷了路，埋在沙子里，她的冤魂变成了那个'呜格唳'鸟，夜夜出来啼叫，像是在喊：'带我出去！带我出去！'"

"真可怜，咱们可别碰上那个鸟儿。"那位农业局长动容地说。

"没关系，离天黑还早呢，咱们去爬爬塔敏·查干，看看上边是啥风景。"古治安兴致勃勃，回头对司机说，"小刘，车是上不去了，你把车开到东侧回去的路上等我们。"

雪化后封冻了一层沙土，沙山爬起来还不怎么费劲。如果是春夏就不这么容易了，流沙将灌满你的鞋壳，蹬一步陷进一尺多深的软沙里，不小心还会滚下去，弄个灰头沙脸。古治安他们终于爬上塔敏·查干的峰巅，立刻有了一种"一览众山小"的感觉。正西和西北方向，展现出逶迤茫茫的大漠地带，看不见树木，看不见飞鸟，只有白雪覆盖的各种形状的沙丘沙山连成一片，一望无际，令人望而生畏。往东方和东南方向，则是半沙化的坨包地区，极目远处，依稀可见那些苟延残喘的沙坨子屯落，但附近这一带也没什么人烟，由于沙化严重长不出庄稼，人们早已搬离这一带，唯有留存个别的窝棚，看管着散牲口。

"这些黄沙下边，躺着的就是早先那个美丽的科尔沁草原啊！"古治安感慨万分，手指远近沙漠，"就是我们这些两条腿的人，把'黄沙'这魔鬼从地底下释放出来的！现在倒好，这魔鬼天天在膨胀，没办法收回去了，不知道这是前人的悲剧，还是我们后人的悲剧。"

在场班子干部们听后，都默默无声。

"我们要早点拿出改造北部沙化区的方案，要切实可行，我们不能再这样耗下去了！"古治安像是对自己，也像是对其他人，态度果决地说道。

三

那轮太阳早晨还火红鲜艳,此刻吊挂在半空中,却被一层灰蒙蒙的云团裹住了。没有风,看来这种令人压抑的阴霾天气,还要继续下去。或许,还要飘下一场大雪。

老铁子骑马走在沙坨子中间。这方圆百里的莽古斯·芒赫,他是太熟悉了。几十年来,因各种原因他几乎走遍这里的沙坨、沟坡、沙洼滩,甚至大西北的死漠区他也很熟悉,差点把命搭在那里边。他曾给考古队和测绘队带路。那位老考古学家站在沙坨子上说:"这里是辽代契丹族的发祥地,契丹人的文化在沙漠下边!"那位老学者,为那消亡的民族和其消亡的文化感叹:"也可以说,契丹人是被沙子埋掉的。"其实,把这一带草原的沙化归罪于契丹人弃牧为农,开垦草地种粮的政策,有些冤枉。严格地讲,农耕文明与游牧文明相对抗、相争夺,远远早于契丹人就开始了。把广袤的草地翻开,以播种粮食为生计,轻轻松松安居一处,这比一年四季游牧八方,逐水草而居的流浪生活可舒服多了,也省事得多。农业对牧业的侵入,把放牧草地改为开垦农田,这是人力无法扭转的历史趋势。蒙古帝国的大可汗成吉思汗为了抗拒农业方式,曾下令把占领的农田都改为放牧场。当然这是行不通的,如潮水般猛涨的人口,用有限的牛羊马肉是喂不起的,还是得种些粮。如果蒙古帝国不是有幸被赶出元大都,回归草原,重操旧业,以牧为生的话,那么后来的清朝满族人的结局也就是他们的结局,失去语言、文字、习俗和土地,完全消融在汪洋大海般的汉族文化和其人口中。这是求大的人口少的民族的悲剧。遗憾的是,蒙古人可以逃出北京,可逃不出农耕方式的侵入。科尔沁草原西南部，这片契丹人开辟的土地上，蒙古人也接收了农业方式，开垦起脚下的草地，播撒起五谷种子。随着日益扩大的农田，随着如潮水般涌入的内地农业移民，草原的沙化就不可挽回地蔓延了。人们把绿色的草地，弄成黄黄的沙坨之后，再去寻觅开辟新的草原为农田，一步步深入到草原腹地，于是往北霍林河草原、额尔古纳河流域，以及呼伦贝尔草原多部地区，都沦为半沙化的坨包和阡陌纵横的农田。往西阿拉善和鄂尔多斯市一带蒙古地，更加惨了，基本全盘沙化，人退沙进，大漠正以疯狂的速度，围困起人类聚集躲存的都市和城镇。老铁子脚下的这片荒无人烟的人类已无法生存的莽古斯·芒赫沙化区域，就是这样形成的。此刻，它静静地躺着，在死般安宁中沉默着，它连个呻吟的精神气儿都消失了，好在皑皑白雪，遮盖了它那百孔千疮的裸露着黄沙的躯体，令人看不清它是富饶还是贫瘠。

　　老铁子牵着马，登上一座高沙坨子。面对这片死静的土地，深深叹了口气。他坐在土坎上，掏出烟袋锅"吧嗒"起来，他又苦苦琢磨起那只神秘的老银狐。追寻了这半天，一无所获，那物就如这眼前的青烟般，随清风消逝无踪了。他眼前，又浮起刚才胡大伦那副阴不阴阳不阳的笑容来。于是，他站起来，决定先去窝棚那边瞧瞧，别让他真的抓住了啥话把儿。

　　这是一处三面环沙山的沙洼子地。因洼处的沙子是黑色的，人们称"黑沙窝子"。倚着北头沙梁戳着一座土坯垒建的土窝棚，那就是老铁子野外的家——黑沙窝棚。窝棚门口，用木杆围起了一座棚栏，圈牲口用。不远处，有一面结冰的小沙湖，也称"水泡子"。而这种沙湖，在雨水旺的年月才汪起一捧水来，一旦干旱，连一滴水也存不下，龟裂着湖底的干泥滩，走在上边嘎吱嘎吱响。去年秋季的几场大雨，使这里小沙湖和坨包区有了点生机，散放在野外的牲口还有水喝，还能寻啃些雪下干草。

第三章　57

果然，小水泡上饮牲口的那口子，又封冻了。有几头牛围着那口子，"哞哞"直叫，伸出舌头舔那冰面。

老铁子赶过去，操起铁凿子砸凿冰封的口子，再用柳条筐捞净碎冰块儿。渴急的几头牛，争抢着喝饱了肚子。老铁子也用木桶提了一桶水，回窝棚。窝棚里又暗又冷，他点着土炕炉子，烧一壶开水喝，暖暖身子。闲不住的老铁子，又挑起担子走到圈牲口的棚栏里，挥动铁镐和铁锹，挖铲牛羊粪尿合成的上层浮土。他要把这有机粪肥土，挑到房东那块巴掌大的庄稼地。那是他自己辛辛苦苦，愣是往沙地上挑着有机土和牛羊粪肥，垫出来种菜种粮的小块地，一年还能打下几百斤苞米，种出的菜豆类也够他吃了。由此也招来了村里人的眼红，可谁理解当村里人"猫冬"不做事，东串西串打牌赌博偷鸡摸狗勾引女人时，他如此辛苦地忍冻挨饿着一筐一筐挑粪垫土呢！处在这恶劣的沙坨子里，只有多付出多想辙，才会有收获。

老铁子放下担子，往天上看了看。他似乎听到了机器轰鸣声。可天空真空，别说飞机，连个飞鸟的影子也没有。他以为听错了，接着挑土粪。

"呜、呜、呜——"

果然有马达轰鸣声，不是在天上，而是在不远处的沙坨子里。老铁子好生奇怪，飞鸟难得来光顾的这野沙坨子里，怎么会传出汽车发动机的马达声呢？他丢下铁锹，登上房后那道沙梁顶上，四处张望。他终于发现了，从西北死漠那边，开过来一辆吉普车，好像在雪坨子里迷路了，老在一处大湾子里转圈，找不到方向，不一会儿，掉进一个雪坑，陷住了。

"哪儿来的傻小子，真是傻大胆儿，还敢往这没有路的大沙坨里开车，别说小吉普车，大坦克都得趴那儿！"老铁子嘴里叨咕着，赶紧走下坡，回窝棚拿了铁锹又扛了一根撬杠，然后急匆匆奔那辆陷坑的吉普车而去。

有几个城里干部或官儿模样的人，围着吉普车干着急，无计可施。突然发现有一老汉扛锹拎棍地朝他们走来，如见着了救星般喊叫起来："大叔，快来帮忙，车陷住出不来了！"

老铁子不搭腔，低着头围小车转了一圈儿，然后挥动铁锹挖铲车轮子前边的土坎儿，弄平了两个轮子前边的坑边儿，他直起腰再把那根撬杠，递给几个人当中个子最高的那位官儿，说："你个儿大力气大，车开动后从后边撬，我在前边挖土坎儿。"

"古旗长，我来撬，把棍给我，"一个矮一些的中年人争抢那木棍，回头对老铁子说，"大叔，他是咱们旗的古旗长。"

"我知道。"老铁子不抬头，继续铲平坑土。

"你认识我？你是……"古治安旗长走过去仔细瞅瞅那老汉，"唔，你好像是村西的铁大叔！我回村少，好几年没有瞅见你了，还真没有认出来，哈哈哈……你好，你好！"

"你是大官儿，认不认识我没关系，可得认路啊，车怎么能往这没路的坨子里瞎开呀？"

"嗨，我们是出来察看北部沙化区的，司机不认路，在坨子里迷路了，幸亏遇着你大叔了。"古治安歉意地说着，过来握握手。

"这可不是闹着玩的，一会儿水箱冻了，夜里沙坨子气温零下四十多度，你们都得冻干巴喽！你们这不是拿你们古旗长的命开玩笑吗！"老铁子冲司机和那位中年秘书，冷冷地训一句。

他们倒吸一口冷气。你看我，我看你，想想有些后怕。

老铁子拿过秘书手中的撬杠，伸进小车后边的底部，说："好了，司机，开足马力，大家一起从后边推！"

司机小刘加大油门开足马力，老铁子的撬杠从后边一撬，四两拨千斤，再加上古旗长带领几人相拥着推车，吉普车终于"呜呜"叫着蹿出雪坑。

"先到我那窝棚里歇歇，喝口热水，我再领你们出沙坨子吧。"老铁子对古治安说。

"铁大叔原来在这儿出窝棚哪？都干些啥呀？"古治安问。

"村子周围都是庄稼地，村里的闲散牲口只好都赶进沙坨子里，派专人出窝棚管理，我就是那个派出来的'特派专员'！"

人们一听都乐了。

阴暗的窝棚里一下子热闹起来，热乎乎的茶水一进肚子，着急上火的这帮人也有了活气儿，有说有笑。

"我这儿没啥好吃的招待你们，我带你们回村吧，你们回库伦镇也得路过那儿。"过了一会儿，老铁子领着大家走出窝棚。

古治安坐进吉普车的时候，突然注意到了窝棚东侧那块儿种过庄稼的巴掌大的田地。

"停一下！"古治安叫一声，跳下车，向那块地走过去，回头问跟过来的老铁子，"铁大叔，这小块儿地是干什么用的？"

"种点庄稼、菜啥的。"老铁子不知旗长大人有何用意，有些胆虚地回答。

"能长吗？"

"能长。"

"可全是沙地哟！"

"我一筐一筐垫了厚厚一层牛羊粪土，再从村沙湖底拉过来点黑土。"

"哦？"古治安眼睛亮了，惊奇地瞪着老铁子那张黑瘦而刚毅的脸，接着问，"你说这沙地能改造成可以长庄稼的农地？"

"能啊。可得下点笨功夫，垫土垫粪，一块儿一块儿拾掇，肯吃得下那苦，又肯下功夫不怕懒才成。你看我这肩头！"老铁子露出两个肩头，上边结着半指厚的硬黑茧子，像是一层黑铁甲。

"啧啧啧，好样的，铁大叔真是个铁汉子！"古治安旗长佩服地赞叹，并且兴奋地转过身对其他人说道，"你们看看，改造北部沙地的出路就在这里！铁大叔给我们指出了方向，闯出了一条路！"

就这样，一个改造沙化区的新方案，在古治安的脑海里开始形成。把北部村村户户都动员起来，进军沙地，进军周围的沙化区，一家一户承包一片沙窝子，以老铁子的窝棚为榜样，先改造周围边儿上的，慢慢一步一步再向外扩展，以至达到围歼全部。

"到时，对那些敢于承包敢于出窝棚改造沙地的农户，我们就奖励拨款，对那些懒汉怕吃苦的，必要时也要硬性摊派，强行安排，我们不能再等待！"古治安挥一下手，紧紧握住老铁子那双布满老茧子的手说，"铁大叔，谢谢你，我代表旗政府谢谢你，你在无意中给我们探索出一套治理沙化的办法来，我们真得好好谢谢你，还要给你奖励！"

"这……我没干出啥，奖励我干啥，我这是被逼得没法儿，村里那点儿地打出的粮食，不够家人吃的，年年饿肚子，不想点这种笨法儿，活不下去呀……"老铁子不知所措地支吾着，抽回他的那双手，干搓着，"人要是饿了肚皮，啥招儿都能想，啥都想吃，不知你们饿过肚皮没有，那个滋味儿可实在不好受啊……"

"是啊，饿肚皮的滋味我可知道，三年自然灾害那会儿我也在咱们哈尔沙村，十一二岁，天天吃苞米秆榨出的淀粉，还拉不出大便！哈哈哈……铁大叔，所以我们要改造沙坨子，向沙漠要粮，解决我们的温饱问题！"古治安拍着老铁子的肩膀，充满信心地说着，"铁大叔，你这块儿巴掌大的地，去年打出多少斤粮食？"

"没有多少……也就二三百斤吧。"老铁子留着心眼儿支吾。

"不止吧，你肯定留了一手，不止这些。"古治安太了解农民式的小狡猾了，爽朗地笑着揭穿他。

"嘿嘿嘿……实话告诉你吧，旗长大人，我这块儿地统共打了五百斤苞米，还有一年吃的菜。"

"哈哈哈，你看你看，我说得没错吧，都像你这么干，哈尔沙村，还有北部坨子里的穷村穷户，全该发家致富了！走，咱们回旗里赶紧研究一下，要推广铁大叔的经验，拿出一套切实可行的方案来！"古治安一边上车，一边这样说。

吉普车在老铁子指领下，顺利绕出迷宫似的茫茫沙坨子，直奔大路而去。古治安他们没进哈尔沙村，一出沙坨子就直奔旗里。

老铁子骑着马，伫立在高沙岗上，远望着绝尘而去的那辆吉普车，嘴里叨咕说："老古家这小子，看着还不赖，当了旗长没忘百姓。老古家的祖上积德，家坟上冒青烟喽……"

四

最初，男人们并没有在意。

屋里的女人闹些小脾气，哭哭啼啼，或者嬉闹无常是常有的事。夜晚，上炕后她们变得有些迫不及待，超乎平日正常的热烈或者风骚，男人们只顾享受着这些平时冷漠现在突然变温柔无比的女人，他们也没多想什么，觉得挺好，女人应该这样才好。而后来，女人们闹腾得厉害起来了，疯疯癫癫，说哭就哭，说笑就笑，哭时号啕，笑时狂乱，夜夜炕上疯狂使男人更无法应付，白天还干力气活儿呢，面对女人们变得犹如失去控制的钟摆，乱走乱打，无秩无序，男人们开始着急了。井沿上，碾磨坊，供销社，路口上，甚至学校课堂上，随处可见狂笑的女人或者疯哭的婆娘，有的打情骂俏，有的扭胯乱舞，也有的倒地吐白沫。闹过一阵儿，女人们变得虚弱无力，瘫在地上或自家炕上，厌食、厌睡，又厌做活儿，要不傻乎乎地昏睡个没头儿，要不睁着亮晶晶的布满血丝的双眼,猫在炕上不动窝。男人们一个个慌了手脚,女人们这是怎么了?究竟发生了什么事?他们就像热锅上的蚂蚁了,乱成一团,纷纷涌向村委会办公室,或者去找村里那名土大夫,还有去问吉戈斯喇嘛,再或者直接奔医院求救。

村主任胡大伦比别人更着急,他的女人沾上这怪病后,跟别的女人还不一样。他的女人则是,见着男人就笑眯眯地要脱裤子,急得胡大伦大呼小叫,不敢让她出屋。跑出去过几次,正好碰见平时避女色的吉戈斯老喇嘛,哧哧笑着当面就要脱裤子,吓得老喇嘛抱头鼠窜,嘴里一个劲儿地念经喊阿弥陀佛。胡大伦干脆跟儿子一块儿,把女人锁进仓房里,不让出来,按时送水送饭。也许受其妈妈的感染,他的十六岁女儿也变成魔怔,疯哭疯笑,哭嚷着深更半夜里坐起来要去找对象,往外乱跑。有一次夜里跑出去,黑咕隆咚中掉进大门口的雪坑里,差点冻死。

村里那位土大夫,面对这么多疯疯癫癫的女人可是毫无办法了,干脆躲进屋里不敢出来。他自己的老婆也在那儿要死要活,抓得他满脸血道。胡大伦和村干部们请来乡医院的医生,按倒那些乱闹的女人注射镇静剂或服镇静药。同时,胡大伦把村里出现的这种怪病情况,向上反映到乡和旗政府,以及卫生部门。

全村人开始惴惴不安,惶惶不可终日。

随着,谣言四起。有人说这是"闹狐仙""黄鼠狼迷人",也有的说这是一种可怕的瘟疫传染病,就像日伪时期"闹鼠疫",要死人,死很多很多。有一位捡粪的老汉,在坨子里看见有一只白尾狐狸往村子方向吠叫,有人便诠释,这是有人冲了"狐大仙",它要降灾于全村。哈尔沙村本来由蒙古、汉、回、满等几个民族组成,科尔沁沙地又地处东北,信啥的都有,早年拜"狐仙"信"黄仙"的大有人在。而且,在咱中国,从北方到南方,这"狐狸迷人"或"拜狐仙"是很有渊源的一种事。查经阅典,《辞海》里注的条目也写"狐善媚人",条目中引用初唐诗人骆宾王《代李敬业讨武曌檄》一文中"掩袖工谗,狐媚偏能惑主"之语;而民间相传,狐则能修炼得道,可化人形,诸多神通,人若触犯,必受其害。民间索性尊之为"大仙",惹不起就供起来敬它,省得麻烦,这是中国人的聪明之处。《朝野佥载》记:"初唐以来,百姓多事狐神,房中祭祀以乞恩,食饮与人同之。"看来,那会儿老祖宗们做得既彻底又实际,干脆把真狐狸供养在家里,以当"狐神"敬奉之。到后来,不知何因,是捕捉不便还是喂养费事,或无法消受那狐的臊气,这种传统有所改革,变成只祭供"狐仙"的牌位即可了,名曰"拜狐仙堂"。史料记载,清代时连各官署都堂皇供奉"守御大仙"之位。据说,凡供奉"狐大仙"的百姓家,一般都不闹"狐仙"和犯癔症,那些得道或半得道以及将得道的家狐野狐,也不轻易来"迷惑"或"媚乱"这户人家。这叫作关系户,不便骚扰,不好意思。历代关于"狐仙"的记载和"狐狸传奇"文章,数不胜数,中国人善于"造神"和"拜神",也算是老祖宗的不朽传统。这些古今"狐文"中,当以《太平广记》、《聊斋志异》及当今《历代狐仙传奇全书》为首推之。文人墨客又美其名曰"这是中国的狐文化现象"。

现在,恐怕这一"狐文化现象"还将延续下去。哈尔沙村发生的这一事件,还有相关记载此事的本书,会成为一个例证。据作者考证,一家权威科技杂志上载文说,有些狐狸身上,的确有一种从尾根部小气孔分泌或喷射出的特殊气味,对某些人尤以女性为主的人神经产生影响,致使错乱或滋生幻觉,诱发歇斯底里似的症状来。这大概就是人们平素讲的"狐狸迷人"或"狐媚"现象吧。

不知谁家先开始的,惶恐的哈尔沙村百姓有人悄悄修起了"狐仙堂",虔诚地祭拜起来。好多家也效仿着,纷纷供起"狐仙堂",有的在自家仓房、闲屋,有的在房角院旮旯,他人不易发现的地方,都供起一个大小不等的似佛龛又似神坛的"狐仙堂",早晚烧香,昼夜跪拜，请求"狐大仙"不要降灾于自家。于是乎，"狐仙堂"迅速普及开来。就像当年"文革"中普及"红宝书"，家家户户正墙上修一红木架框敬放"宝书"和"宝像"那般。那会儿是明的，大张旗鼓，以此监测你"忠"不"忠"，现在这会儿是暗的，以求自家平安，肯定"忠诚"至极，不用宣传或命令。这可是村干部们始料未及的。而且奇怪的是，不知是巧合还真是拜"狐仙堂"管用，犯魔怔病的女人真的少些了。于是有些村干部带头，也在自个儿家悄悄供起了"狐仙堂"。由于盛传"狐大仙"有个规矩，谁拜它，它就救谁，如收取了"保护费"一样，不拜者不管，根据香火供奉来决定救与不救。既然这样，六神无主的村民谁家也不敢不拜，尤其是爱惜女人离不开女人的男人们，都不希望自己的女人，变成一个忽哭忽笑疯疯癫癫反复无常的疯女人。

胡大伦作为一村之长，真有些犯难。自己家拜不拜"狐仙堂"？毕竟自己是一村之长，又是党员干部，搞这种迷信活动行不行？虽然近几年来农村啥"风"都刮，信啥的都有，但这拜"狐仙堂"只在"土改"前有过，新中国成立后基本没出现，他拿不定主意。可自家里老婆和女儿都传上此疯病，闹起来鸡飞狗跳的，家无宁日，如何受得了？他暗自思忖，这世道真有些怪，历史有时惊人的相似，以不同方式重复同类事情。他记得小时候，库伦一带盛行喇嘛教，家家户户供奉佛像佛龛，长明灯前香火缭绕，长年不断；而"文革"中又普及"红宝书"，家家户户敬奉领袖像，村村镇镇可见手捧"宝书"跳"忠"字舞的人群，还要早请示晚汇报；今天，村子里又闹开了普及"狐仙堂"，崇拜起另一种偶像，只要家有女人的百姓家，基本都在暗中搞起了"狐仙堂"，也没做什么动员和宣传，推广之迅速和全面令人慨叹，令人哭笑不得，又令人狐疑不止。他胡大伦被搞糊涂了，不知信其好还是不信其好。

晚饭后，胡大伦走出家门，到村委会办公室召集村干部开会，专门研究一下妇女们患魔怔和村中闹"狐仙堂"的现象。以他多年的当干部经验，这是一种"动向"，其背后似乎隐藏着什么。

暮色朦胧中，几只乌鸦在老树上呱叫，他恍惚瞧见有个人影从老铁子家的院门闪了出来，走近一看是杜撇嘴儿。他忽然想起，听说这女人没犯过那病，瞧她那样子挺精神的，屁股一撅一撅地走路，像是没什么事。

"哟，大村主任，这么忙着上哪儿去呀？"杜撇嘴儿老远热乎地打招呼。

"我去开个会，怎么，你在老铁子家搞啥名堂呢？"

"哟，百姓串个门儿，你大村主任也过问啊？"杜撇嘴儿撇着嘴凑近胡大伦，显得神秘地说，"我呀，给老铁子儿媳珊梅送秘方去了。"

"送秘方？啥秘方？"胡大伦闪开脸，躲避着她满嘴大蒜味，提高了声音好奇地问。

"送……"杜撇嘴儿本想说怀孕秘方，可一想那是个骗人的"鬼方"，不可能糊弄住这位鬼精的胡大伦，于是改口说道，"是一服治病的方子呗……"

"治啥病的方子？"胡大伦追问。

"眼下村里流行啥病呢？"杜撇嘴儿灵机一动，随口说出。

"那病你有秘方可治？"胡大伦顿生惊疑。

"这有啥稀奇，你不相信？你没见姑奶奶我挺正常挺精神的，闹过那病没有？姑奶奶手上有破它的招儿！"杜撇嘴儿的嘴巴撇得老高老高，能拴住两头驴。

胡大伦半信半疑，可一想起这娘们儿真没有犯过那病，再联想到她过去的历史，曾当过"列钦"巫女，他又不得不开始相信她，这老巫婆没准儿还真有别人所不能的绝招儿。

"那好，你就给我的老婆女儿治一治，治好了我就信你。"

"嗬，说得轻巧，师父传下的秘方绝招儿，凭什么说给你治就治！"杜撇嘴儿扬脖撇嘴地拿一把了，站在那儿动起念头来。

"你想怎么着？"

"治好一个一百块，你家两位，二百块！少一子儿不干！"

"哈！你还真敢开价！得，得，咱们用不起你这秘方，你去糊弄鬼去吧！"胡大伦"呵呵"大笑着，背起手，不再理睬杜撇嘴儿，朝村委会办公室开会去了。他不想当这冤大头。

杜撇嘴儿望着胡大伦的背影，愣了半天神儿。他的一句"糊弄鬼去吧"提醒了她，使她顿时生出一个绝妙的发财之计来。她"扑哧"笑了，心花怒放，两眼滴溜儿乱转，双手又拍屁股又拍脑门儿，乐颠颠地往家小跑而去。从此，杜撇嘴儿变成了"杜大仙"，号称"狐大仙"附体，包治百病，每天在自个儿家摆起阵势做"法事"，给那些患魔怔的女人们驱邪治病。由于她是村中少数没得过病的人之一，加上她过去的经历和巧舌如簧，人们果真相信她有法术，便纷纷跑到她家求药问卜做法事。她那两间破土屋，一时变得热闹了，可以说是门庭若市。她立下规矩，做法事时不让男人进屋里，只把有癔症的女人留在房里，然后把门窗关得紧紧的。屋里很黑，白天也点着灯，门里门外香烟缭绕，充满着阴森之气。"杜大仙"则穿上她当年走江湖时的一套行头，带穗儿的法冠带穗儿的法衣，还有一把单面儿羊皮法鼓绫着铜铃铛。她让女人先是坐在屋地当中的板凳上，她手持法鼓嘀里咣啷挥动着，嘴里念念有词，然后嘴含一口酒，往患者脸上使劲一喷，大喝一声："大仙到，还不接驾！"那女人激灵一颤，脸上火辣辣，生出怯意来。只听"杜大仙"命令道："把舌尖咬出血，喷出来！"那女人吓得只照做，这会儿"杜大仙"围着她舞跃，哼哼唧唧唱歌，突然伸出手掐住那女人胳肢窝的一块肉，另一只手不知从哪儿摸出一把菜刀，亮晃晃的，高举着威胁地喊道："大仙在此，还敢不敢再闹？"那女人吓得脸都变白，下意识地请求说："不敢闹了，不敢闹了，大仙饶恕……""杜大仙"又喝令："再来闹，本大仙定把你砍作两截儿，还不快走！"那女人又应声："是，我走，我走……"经这般折腾，那位吓傻的女人魂不附体，慌慌张张退出那两间阴暗的破土房。然而，令人不解的是，经过她如此整治的那些女人，还真的好久不再出现那种哭笑无常的症状来。而一出现症状男人吓她杜大仙来了，那女人立马就收敛了。

于是，"杜大仙"大名远扬，财运亨通，也不再犯愁吃喝拉撒睡。

且说珊梅，那天从邻居杨森花那儿串门儿回来，就昏头大睡，傍晚才起来，慵懒地下炕，哼着曲儿，扭着腰，一屁股坐在墙柜前对着那面圆镜子照起来。她脸颊绯红，双眼飞神儿，痴痴地对着镜子照个没完，忘了自身的存在，忘了去烧火做饭，忘了家里还有两个男人要从外边回来填肚子。

先回来的是老公公。他人困马乏，后边跟着那条无精打采的大黑狗。

院子里静悄悄的。烟筒没冒烟，鸡猪没人喂，灶坑里没点火。老铁子以为儿媳不在家，走进东屋一看，儿媳珊梅正专心致志地照镜子梳她的头。

"你昏了头了？这会儿还照镜子梳头，不做饭了？！"老铁子顿时火冒三丈，怒不可遏。

"哟，老爷子回来了，咯咯咯，我这去做就是……"珊梅披散着头发站起来，放浪地笑起来，亮晶晶的双眸还冲老公公铁老汉妩媚地一挑，从深处闪射出异样的光束来。老铁子见状浑身一激灵，顿觉情形不对头。儿媳珊梅从过门儿到现在，还算正经守道，性情温和本分，话语很少，对他也很尊重，今日个怎么了，变得如此风骚，如此放浪形骸？

"出啥事了？你咋变得这个样子？"老铁子的眼睛锥子般盯住儿媳。珊梅平时就很畏惧老爷子，这会儿虽然胆子大了许多依然不敢正看老头子那双刀子般的目光，躲闪着要出去。

"你给我站住！告诉我，出啥事了？"老铁子严厉地追问。

"没出啥事，我照您的吩咐去祭了坟……"

"祭坟怎么了？"

"祭坟遇见了杜撇嘴儿大婶，还遇见……"

"还遇见啥了？"

"遇见……遇见……那狐……狐……狐样东西……"

"狐？！是只银白色狐狸吗？！"老铁子倒吸一口冷气。

"咯咯咯……"珊梅突然发出一阵浪笑，没一会儿又"呜呜"哭将起来，弄得老铁子一时愣在那儿，手足无措了。

这时儿子铁山从学校回来了，见到媳妇那疯疯癫癫的样子，也是大吃一惊，忙问："爹，她这是怎么啦？"

"中邪了！快把她弄进屋里去，掐她人中，使劲掐她人中！"老铁子喊起来。

铁山急忙照他爹的吩咐，拽着老婆进屋躺在炕上，然后开始掐她的人中。那可怜的珊梅被掐得疼痛难忍，性情渐渐平静下来，不哭不笑了，可浑身无力地瘫软在炕上，两眼发呆，精神恍恍惚惚的。

这会儿，东西院里，也都传来了女人的哭声叫声狂笑声。

"爹，不光是珊梅呢，这中邪的人可不少啊。"铁山心悸地说。

"都是那只狐狸！都从它那儿引起的。"老铁子绷着脸，说得愤愤，"没想到，这鬼东西还会迷人心窍！"

"狐狸？啥狐狸？"

"家门不幸啊，咱家祖坟一带，出现了一只白毛白尾巴的老狐狸，早上我瞧见过。你媳妇去祭坟时，可能遇见它了，回来就变成这个样子了。"

"狐狸会迷人？"铁山惊奇。

"是啊，早年倒是听说过这路事。你先看好老婆，别让她出去瞎跑。我去坟地那边再瞧瞧！该死的鬼狐！我要一枪打死它！"老铁子咬着牙，提起猎枪就走了。

"天快黑了，爹，当心点儿！"铁山从老爷子的后边提醒。

"当心啥！我这辈子怕过啥？打了一辈子狐狸，还没遇见过这路事！这回我一定要找到它，扒它的皮，我等了它这么多年！"老头儿不知是被儿子的话激怒了，还是对那只九尾白狐的仇恨，一边吼着，一边迈开大步，消失在门外的黄昏暮色中。

铁山摇摇头，回屋发现老婆珊梅已经昏睡过去。没办法，只好他自己去生火烧饭，解决肚子问题。

五

那时，小铁旦才五岁，正值锡热图·呼日延沟里喇嘛王爷坐镇，全面"围剿"萨满巫师的恐怖时期。

夏季的阳光暖洋洋，直射着他那从开裆裤中露出来的肉屁股蛋。他撅着屁股，在一根线上努力拴住七八只黄蜂。黄蜂的毒尾，都被叔叔"孛"铁诺来拔除。

七八只黄蜂飞起来，嗡嗡嘤嘤，尾后拖着一根长丝线。

他抓着线的这头，咯咯笑着，学他爸爸的口气唱起"孛"词来：

> 美丽神明的蜜蜂神啊，
> 飘飘悠悠地飞起来吧，
> 快进入我的灵魂，
> 帮我行"孛"驱邪魔！

在一旁哄他玩的叔叔"孛"铁诺来，拍掌大笑："好哇好，我小侄铁旦儿又是一个'珠给·孛'①了！肯定超过你老子！这么小，唱词儿都会了！"铁诺来平时看不上哥哥铁诺民祭拜的主神"黄蜂"，总拿他取笑，还逮些黄蜂给小侄子玩，以此来气气哥哥。

从外边放马回来的铁诺民，走过来训斥："你又在糟蹋大哥不是！哪天，我也逮一只鸢鹰给小铁旦玩玩！"诺来"孛"拜的主神是鸢鹰，赶紧说好话："大哥大哥，别这样，我这就把小铁旦的黄蜂给放了！"

可小铁旦玩得高兴，不让叔叔放生了黄蜂，哭叫起来。

诺民见爱子如此，瞪一眼弟弟，只好由他去了，他急着去见父亲——老"孛"铁喜，汇报"祭天"祀仪的准备情况。

今天是农历七月七日，按传统是一年一度的祭天的日子，也是萨满"孛"世家铁喜一家最忙活的日子。大门外的草甸上，开出一片方块地，东西南北中，每个方位插着九色旗幡，在中间打扫干净的绿草地上铺上毡子，毡子上边摆设着红色供桌。一个装满五谷粮食的木升放在供桌中央，木升中插着一面鲜艳的蓝色小旗。供桌前点燃着一堆牛粪火。供桌周围搭起的小木台阶上，点着九九八十一根香炷，香烟缭绕，挨着香又摆着九九八十一个酒盅和九九八十一个供盘。在方草地的一角，木桩上拴着九只羊，那是准备宰杀后"血祭"的供品。一个光膀子大汉，正在一旁磨石上磨着牛角刀，有几个人在帮忙。

此时，天上飘来一片乌云，在村北的草坨子顶上停下来，接着便一声"哗啦啦"的炸雷响起。人们都惊异地朝北伸脖遥望。无雨空雷，定有蹊跷。人们议论起来。

---

① 珠给·孛：拜蜜蜂为主神的"孛"。

不久，村北草坨上放羊的羊倌，牵着一匹生格子马了，脸上有一道受雷击后的黑色印迹。他一瘸一拐地走到老"孛"铁喜家门口，按照规矩这么呼叫道："铁喜'孛'老爷，有地方遭雷击了，你是'孛'法师，天是你的祖先，为什么不知道？为什么还让天雷劈了那儿？你快去看看祭一祭雷神吧！"然后羊倌留下生格子马，扭头走了。

于是，五十多岁的铁喜"孛"穿着五色法衣出现在门口，一手拿宝剑，一手拿五色旗，骑上那匹生格子马，直奔村北的草坨子而去。很快来到雷击处，老"孛"拿出蓝旗供放在受雷击后烧坏的树干上，再用七星宝剑插一插那块烧焦的土地，用舌头舔一舔宝剑，便知晓了三十九层天的那层天在此发雷降天。但"孛"不说"雷击"，只说"苍天赐爱于该地"，"孛"语叫："腾格里·海尔拉结。"

只见老"孛"铁喜开始行"孛"祭雷。他举剑指天，边舞边唱：

从老祖宗那儿传来的"孛"法哟，
天地雷火、日月星辰，
都是我们蒙古人祭拜的神！
勇猛威赫的雷神啊，
请快快手下留情，
徒弟铁喜"孛"在此叩拜！
……

他念动咒语，祭起蓝旗，用剑指划着这片受雷击的土地。这叫"清洁污地"。那位羊倌这时走过来，跪在一侧，老"孛"铁喜闭眼念咒，施行法术，用蓝旗罩了几下羊倌的脸。没有多久，那羊倌受雷击后脸上留下的黑迹，奇迹般地消失痊愈。羊倌磕头，拜谢而去。

铁喜"孛"重新骑上生格子马，回家去了。

人们簇拥着，欢迎他凯旋。村保长大人和几位村里富户头脸人物,也都赶来参加就要举行的隆重的"祭天"仪式。哈尔沙村是个地处偏僻的沙漠村,库伦旗的喇嘛王爷还未太顾及这边,老百姓眼下还仍崇信萨满教的"孛",不怎么热衷喇嘛念经。

著名"孛"师铁喜从屋里走出来了,他头戴祭天法冠,身穿五色法衣,后边跟随着七位"孛"师,其中两名是他的徒弟即两个儿子诺来和诺民,另五名是本村和外村来帮着祭天的"孛"爷。祭天是乡下比较隆重的一种祭祀活动,需要多名"孛师"来共同参与主持,铁喜在这一带"孛"师中德高望重,都唯他马首是瞻。

方草地周围聚集了众多村民,虔诚地翘首期盼"孛"师们祭天,期望万能的父天保佑他们五谷丰登、六畜兴旺。

铁喜"孛"走到供桌前,他一手举着呼叫青天的蓝色法旗,一手晃动着黄铜铃铛,开始念起咒语。他的大儿子诺民"孛"把一紫色木牌,插放在供桌中央,上边写有:鄂其克·腾格里,意即"父天之位"。

铁喜"孛"用洪亮的嗓音吟唱起来:

啊,鄂其克·腾格里,
长生父天!
在那太阳升起的地方,
有一座至高无上的九重宝塔,
在那宝塔顶上,
就是我们的父亲般的九重天!
在那白云飘浮的地方,
有一个金色的九层阶梯,
在那金色阶梯上边,
就是我们的父亲般的鄂其克·腾格里!

众"孛"和唱帮腔:

啊,鄂其克·腾格里,
长生父天!
我们真诚地祭奠你!

在场地边缘,那位屠夫开始宰杀血祭的九只羊。血祭的羊被称为"寿色",全按照蒙古式的掏心杀法屠宰。将那刚掏出来的血淋淋颤抖抖的九颗羊心,放在九只木碗里,由帮"孛"诺民、诺来兄弟俩依次递给主祭"孛"铁喜手中。铁喜"孛"一边用剑在羊心上比画,一边开始呼叫父天,把每颗心比画一遍,又呼叫完九重天父,然后把羊心供奉在祭台供桌上的"父天之位"前边。

铁喜"孛"缓缓地舞动着,又开始唱道:

盛在金盅里的是美酒哟,
主宰万物的长生天父,
请尽情享用这酒中精华!

供在祭桌上的是丰富的寿色哟,
主宰万物的慈祥天父,
请痛快享用这美味佳肴!

众"孛"帮唱:

啊,鄂其克·腾格里,
长生天父!
让那天仓里的福禄,

溢流到人间来吧!

呼咧①! 呼咧!

让那九天宝库的财富,

赐给草原上的百姓吧!

呼咧! 呼咧!

让五畜奶如泉水,

让五谷堆如高山,

让牛羊满山满川,

让幸福充满人间!

呼咧! 呼咧!

啊,鄂其克·腾格里,

慈悲的长生天父!

  当众"孛"帮唱时,铁喜主"孛"一直在场地中央,跳着"孛"舞"安代",手挥蓝旗和宝剑,嘴里不停地念叨着咒语,脸上呈出喜悦欢庆的样子。当众"孛"和唱时,周围的村民们也齐声附和:"呼咧! 呼咧!"气势很雄壮,回荡在高空中。

  厨师们开始收拾宰杀完的羊,剔骨剔肉,准备熬肉粥。这也是祭天的习俗,所有参加者在此祀仪举行完毕后一起吃肉粥,饮酒作乐。

  这时,有一位从村里出去在库伦庙上当喇嘛的小沙弥,走进人群中把一份公文交给了哈尔沙村保长。读完信,村保长皱起了眉头,向主"孛"铁喜说道:"铁大师,旗里喇嘛王爷来文了,召集全旗所有的萨满'孛'和'列钦'到库伦大庙上登记,开会,王爷要训话。"

  铁喜和众"孛",一听这话全变了脸。

---

① 呼咧:蒙古语,意即"飘飞而来吧"。

"西部的蒙古各旗自打俺答汗发布《察津·必其格》法令开始，就禁了萨满教'孛'，现在东部兴起喇嘛教后也开始反'孛'了，唉，往后'孛'的日子可不好过了。"老"孛"铁喜长叹一声，对村主任说，"这次的祭天原本应举行三天法会，现在就算了，收场吧。我们再商量一下去库伦大庙开会的事情。"

吃完肉粥，人们就逐渐散了。铁喜"孛"的大屋子里，聚集了来参加祭天仪式的众"孛"们。他们议论纷纷，各个愤慨不已。可王爷的公文就是法令，不得违抗，弄不好王爷一怒派马队出来硬行抓捕，事情更不好办。铁喜"孛"的意见是，最好还是去几个人到旗里开会，看看情形再说。

第二天，铁喜老"孛"的二儿子诺来等六七位"孛"到旗里去开会，由诺来向王爷禀报佯称铁喜年老有病，无法赴会，诺民外出未归不在家等。当晚，赴会的诺来"孛"托人捎来了紧急消息：王爷大怒，准备派旗兵抓捕所有未到会的"孛"和"列钦"，到会的"孛"们给两条路：一是往后不再当"孛"，还俗为民，二是归顺喇嘛庙，出家当喇嘛，念经诵佛，以赎过去的杀孽之罪。诺来让父亲赶紧想主意，躲过这次大难。

铁喜没想到事情来得这么快，喇嘛王爷取消"孛"如此强硬狠决，也一下子慌了神。未去开会的村中其他四位"孛"和大儿子诺民等六人，在铁喜这儿连夜讨论起对策来。最后，铁喜"孛"决定逃走他乡，往北投奔奈曼旗的一位当年的师弟。而且必须当夜就出走，不能等到第二天王爷的马队来抓捕。那四位"孛"和儿子诺民愿跟随他远逃，于是各自回家准备去了。铁喜准备携带老伴和大儿子一家走，并留信给旗里的二儿子诺来，让其还俗为民在家务农，支撑家业。红火一时的铁家大院一下子忙乱起来，事起仓促，女人和孩子不知所措。

这是一个没有星星的漆黑夜晚。

五岁的小铁旦，睡梦中被妈妈抱起，穿好衣服，被安顿在门外的一辆带帐篷的勒勒车上。有好多辆勒勒车依次排好，有的坐人，有的装物，气氛显得悲凉而凄凄惨惨。大人们无声地忙活着，心头如压着石头般沉重。离乡背井，远走他地，过那种流离颠沛的生活，小铁旦的妈妈和奶奶在暗暗流泪。小铁旦感觉出压抑的气氛，不敢多问，一声不吭地观察着爷爷和爸爸以及其他大人的举动。

勒勒车队终于出发了。孤独留在家里的二婶抱着娃，与奶奶、妈妈车下相拥哭泣，爷爷低声呵斥着她们，催促上车。夜晚的哈尔沙村，一片寂静，知道消息后关系不错的村民们有的出来相送，默默地道别，胆小怕事的则关紧了门户。

勒勒车在前边，六位"孛"骑着马在后边压阵。

走出十里外，爷爷叫车队停下。他和其他五位"孛"下马，在路旁点燃起一堆篝火，然后爷爷做起法事来。只见他挥动着第一件宝物——两面蒙皮的红鼓，这是他的坐骑，骑上它，爷爷想上哪儿就能到哪儿；穿上第二件宝贝——由六十四条飘带缀成的法裙"好日麦其"，这是他的翅膀，穿上它，爷爷想飞就飞，一直可飞到九重天上；胸前挂起第三件宝贝——十八面铜镜，这是他的护身法器，戴上它，刀枪不入。然后，爷爷冲着正南方向的库伦大庙，嘴里念动起咒语，围着火堆跳"安代"，做起"孛"法来，其他五位"孛"在一旁，用面团捏面人"卓力克"鬼，递给爷爷。爷爷手握面鬼，念咒吹气，然后把七只面鬼丢进火堆里烧掉，人们似乎听见了七只面鬼像活的般在红火团里"吱吱"尖叫。六位"孛"围在火堆周围，盘腿而坐，一起闭目念咒。不一会儿，小铁旦也似乎看见，从火堆中往上蹿出七条火光，直直向正南方向飞射而去，转瞬即逝。

完事后，爷爷他们站起来，弄灭了火堆，上边埋上土，掩盖了痕迹。勒勒车队，继续上路了，消失在浓浓的黢黑色夜幕中。

后来据民间流传，那天晚上，库伦大庙上空雷声大作，一棵院中老树被雷劈着火，火势蔓延到了喇嘛王爷的居住家院，烧坏了几间庙堂和经卷，也不知此事是真的还是假闻。

由此也传开了六位"特尔苏德·黑孛"的传奇故事。"特尔苏德"的意思是叛逆者。以铁喜"孛"为首的六名库伦旗"孛师"，从旗里叛逃而走，由此也开始了他们充满传奇色彩的流浪生活，开始了保存自己萨满"孛"法的艰难岁月。

第四章　哈尔沙村的女人们

把你的束得绷绷的黑发
放开来呀,
把你的活得紧紧的躯体
松下来呀,
那是神奇美丽的银狐
在召唤你啊,
我们大家一起来跳舞吧,
啊哈咳——!

——引自民间艺人达虎·巴义尔说唱故事《九尾狐的传说》

一

　　一条白影闪过，只见从那个老树洞里蹿出那只神兽来。

　　月色如银，雪野如银，天地皆如银。而那只神兽，此刻也变成银白色，融在这天地银色中。白天它随阳光通体雪白，夜晚则随月色通体银白，此兽已得天地之灵气，谙晓人兽生存之道。只见它在雪地上伸个懒腰，四肢舒展，而后又直立起两条后腿，仰起头，两只绿眼直直地盯视起那一轮高空中的明月。久久，久久地凝视。似乎想从那轮明月中看懂什么，或解读什么奥秘。

　　它，突然张开尖嘴，冲那轮明月嗥吠起来。"呜——呜——呜"，声音尖厉，刺耳，骇人，长久地回荡在雪野上不肯消散。四周阒无声息，万籁俱寂，唯有这嗥声传遍大地，传遍附近村庄，像一把利剑劈开了月夜的空间。

　　于是，从东南不远处的村庄里，传出女人们的啼哭声、狂笑声，或者绵绵呻吟声。闻到村庄那边的反应，这只神兽似乎更有了兴趣，也兴奋起来了，嗥叫的频率加快了，同时它在雪地上蹦跳起来，有节奏地转着圈儿跳跃，如一位芭蕾舞演员在那里翩翩独舞，如醉如痴，时而幻化九条白尾巴来，在空中晃荡飞舞，更显无比的美妙来，似妖似仙。月夜下的这般独特兽舞，伴有凄厉的嗥叫，产生出巨大的妖惑气，向四处扩散。随着它的狂舞狂哮，村里的那些正犯病闹腾的女人们，似乎听到了无形中的什么指令，纷纷地也在原地蹦跃起舞，摇摇晃晃地转圈，嘴里狂笑着、痴语着、疯哭着，身不由己，好像她们的神经在冥冥中接受着外界一种力量的控制和牵动。令人毛骨悚然，不忍目睹。

人和兽，在不同的场地，做着同样的动作，一种奇异的"狐步舞"。人，则失去自我；而狐，却主宰着人的喜怒哀乐。人无可奈何。

"沙、沙、沙"，响起脚步声。尽管轻微，尽管还在远处，这只独舞的老狐突然停下脚步，谛听起来。它在捕捉那脚步声，要辨认出那是属于双脚的人类还是四肢的动物。随着它的停顿，村里蹦跳发疯的那些女人们，也都像是泄了气的皮球，一个个瘫软在原地，不省人事。男人们在大呼小叫，往她们脸上喷冷水或掐人中，或抬往乡医院。好在人苏醒过来之后，没什么大碍，懵懵懂懂，对刚才的事情却浑然不知。嘴里都称："好累哟！"

老狐远远瞧见了那人影。

越来越近，雪地被踩得"咯吱咯吱"发响，月光下的那人影显得黑乎乎的，高大而伟岸。它认出来了，还是那个熟悉的人影，白天曾追逐过自己，多年来一直跟自己周旋，也曾打伤过自己一只腿的那个死老汉！老狐的两眼立刻亮了，那是一对绿色火球，它站立在原地一动不动，等候那位老对手靠近过来。

跟在老汉后边的那只狗大黑，这时"狺狺"哼叫着不敢上前了，一个劲儿往后边雪地上蹭。尽管老汉大声吆喝，可那只可怜的狗无论如何也不冲上去，只在原地乱叫，浑身还颤抖着，头拱在老汉腿间。

老汉停在五十米外的雪地上。

他也已经认出它来了。冷峻的目光，如刀子般盯住老狐。双方都纹丝不动，久久地对视，似乎谁也不畏惧谁，似乎在比谁更有耐性。阴森森的坟地，阴冷清辉的月光下，对峙着这对人和兽。多年的积怨和仇恨，一触即发。

老狐，看见老汉的手在摸肩上的猎枪。在此之前，它对他已施放过可令女人神经紊乱的那个气味，可跟往常一样，它的这一神奇的气味对这死老汉毫无作用。老汉浑然不觉。那支猎枪，已经端到老汉胸前。它唯一害怕的，就是这个两条腿人类的火器——枪。人类也就是仗着这个横行于世，逆我者亡。

老狐敏捷地一闪。

同时，火光迸出。

"砰！"清脆的枪声响彻四方，震荡坟地雪野。清新的空气中，霎时充满了呛鼻子的火药味。老狐曾站立的雪地，猎枪铁砂打出一阵白烟儿，砸出一小坑。而那只老狐不见踪影。

雪野静默。月夜静默。四周一片静默。

那位倔强孤傲的老汉，双眼射出仇恨的怒光，默默盯视那棵老榆树，盯视那个老树半截之处的黑乎乎的树洞！他在刹那间似乎已瞧见，一条白影闪入那树洞去了。

此时，不知从何处响起一女人的尖声哭喊："我的腿！你打中我的腿了！哎哟娘啊，疼死我了！"

老汉一哆嗦，毛发直竖。

这声音，他好像很熟悉。像是他过世多年的老伴的声音，又好像是他儿媳妇珊梅在哭叫。这是怎么回事？为什么会传出她们的哭叫？难道我听错了，是一种幻觉？明明打的是狐狸，为什么我听到了她们的哭叫？他更感到事情的神秘，不可捉摸的神秘，还有一种恐怖，来自这只老狐狸身上的一种不可理解的恐怖，笼罩了他的整个身心。

老汉"嘎嘣嘎嘣"咬起牙关，脸色变得铁青。他从腰带上摸出铁砂袋，重新往他那杆老猎枪里装火药和铁砂。只要有枪，枪里有火药和铁砂，他老汉天底下什么动物都不惧。他不能输给这只长毛兽类。

他镇定了一下心绪，然后端起枪，一步步向那棵老树走过去。"沙、沙、沙"，雪地上又传出他那沉重而有力的脚步声。

头上那轮明月，更显得清冷清冷。

一只乌鸦"呱呱"叫着飞过。远处的原野上，似有饿狼的嗥叫声。

二

古治安旗长一直琢磨荞麦问题。

荞麦是库伦旗的特产，过去在科尔沁草原上流传着一种口语："奈曼的湖鲤后旗的女，库伦的荞麦加叫驴。"据说日本前首相田中角荣在日军侵华时，曾随部队驻扎在库伦奈曼一带，吃库伦荞麦面和奈曼沙湖鲤鱼上了瘾。后来，他访问中国时，特意向中方提出申请，有关当局就急调了一车皮荞麦和沙湖鲤给田中角荣。至于他对"后旗女"上瘾没有，就无从考证了。反正，中日关系正常化之后，日本国点着名从库伦进口库伦荞麦上百万吨，直接从大连港装船运走。这都是田中角荣等闹的，后来，为了出口，库伦百姓吃自己种的荞麦都成了困难，一到秋末打完粮，各村荞麦统统上缴，完成出口任务，运输的车辆浩浩荡荡开往大连港。老百姓玩笑说："'皇军'这回不抢粮食，是买粮食，可咱们百姓还是吃不上自己的粮食，都贡献给'皇军'了！"原来，精明的日本人用买走的荞麦制成"乌龙面"，贴上"降压、治癌、顺气、延寿"等等诱人的广告招贴，倾销港澳台和东南亚，一包挂面卖到一百港币的高价，大发横财。低价购原料，高价卖产品，这就是"小鬼子"的"鬼"处。

古治安当旗长之后，去深圳参观时认识了一位香港老板，与他谈起了合作做荞麦生意的事。那老板一听有文章可做，当即跟着老古来库伦考察，并决定投资建厂，生产荞麦酒、荞麦饮料、荞麦挂面等系列产品，跟日本"鬼子"竞争东南亚和港澳台市场。库伦这方面，减少或断绝向日本出口荞麦，断了狗日的后路，大钱咱自个儿挣。都挺爱国，联合"抗日"，击退日本"鬼子"的经济侵略。

"为复兴库伦和香港的经济繁荣,做出贡献!"他们签完合同碰酒杯时,就这么说的。

荞麦属于低产作物,每亩只产一二百斤,广种薄收,适宜在库伦旗的中部和南部丘陵地带大面积种植,可是这些年为了出口赚外汇,库伦旗北部的沙坨子地里也种起荞麦,而荞麦拔地力,对土地的破坏很严重,丘陵地带还可改茬种谷子等作物,在沙坨子地头几年种荞麦之后,往后就什么也无法种了,致使土地沙化更为严重。这一两年,北部沙坨子里的哈尔沙乡等几个乡村,深受过去大面积种荞麦的贻害,沙化严重,可耕地减少,年年由国家救济,百姓苦不堪言。古治安他们利用这次合资建厂契机,决定逐步减少北部荞麦种植面积,调整全旗种植结构,同时减少出口荞麦,以保护北部的自然环境和沙化严重的土地。当然也有不同意见,反对派在暗中冷言冷语,合资建厂能不能赚钱?减少出口荞麦等于减少全旗财政收入,拿什么补偿?北部不种荞麦土地是保护了,可百姓的油盐酱醋钱打哪儿来?能不能行得通?政治上的对手们早已瞄上古治安旗长,准备看热闹。古治安也心里清楚,从个人仕途考虑他是不必冒这个险,在任职期间维持好现状到时另谋高就便可行了,然而他土生土长在库伦旗这块土地上,他家就在北部沙坨子里的哈尔沙村,他要对得起这块生养他的土地,不能为了眼前的暂时利益,让土地继续沙化下去,这里过去可是闻名于世的科尔沁草原啊,如今已被叫作八百里瀚海——科尔沁沙地。再这样任其发展,这里早晚将变成不毛之地,死亡之海。因此,他决心不顾个人荣辱升降,为子孙后代保住这块已够贫瘠的土地。他甚至设想把北部莽古斯沙坨子里的自然村落,全部迁出,封闭沙坨子,恢复自然植被。这可是百年大计。昨天去北部沙漠察看,又发现了老铁子的治理沙窝子的好经验,他如获至宝,决心推广这经验,已责令旗科委和农业局方面的专家,拿出一个可行的实施规划。

这时,旗卫生局刘局长和旗政府办巴主任,一起走进他的办公室,向他汇报起北部哈尔沙村发生的怪病的事,以及老百姓拜"狐仙堂"成风的问题。

古治安很吃惊,怎么会出这种事?他立即说:"巴主任,我们下去看一看。刘局长你也去,再带上旗医院两名神经科医生。"古治安又想起了什么,从巴主任后边喊道:"你再通知一下旗志办的白尔泰同志,他一直想去北部,调查萨满文化的历史,顺便把他也带下去吧。"

正这时,妹妹古桦走进他的办公室里来。

"大哥,我也想回村看一下,蹭蹭你的车。"古桦笑嘻嘻地冲古治安说。

"你去干啥?你们那位白组长呢?"古治安板起脸。

"他呀,前天就下去了,一个人坐班车走的,说下去搞'萨满孛师'的调查,死活不带我,说女孩子事儿多。你说这人怪不怪!"古桦不理会哥哥的板脸,仍是喜鹊般地叽叽喳喳叫着,"我刚才听巴主任说,咱们村发生了怪病,我说啥也得回去看一下,我不放心老娘!"

古治安这才缓和下脸色,说:"倒是挺有孝心的,既然这样,为啥不早点搞个对象,带回家让老娘高兴高兴?老大不小了,成天疯疯癫癫的,想当女光棍呀?"

"哥,你咋老是哪壶不开提哪壶?如今兴的就是独身,我可不想像嫂子似的,嫁个男人成天受欺负!你还是操心你那全旗大事吧,少管点我这鸡毛蒜皮,老妹子我可不急着嫁人!"

古桦笑嘻嘻说着,提起哥哥的公文包就往外走。

古治安从她后边摇着头,无可奈何。其实他心中很喜欢自己这唯一的妹妹,长兄为父,平时想替乡下的老父母多管教管教她,可始终说不到一块儿,跟他嘻嘻笑笑的没有正经话。他又不好真的板起脸来教训她,现在的女孩儿个个一百个心眼儿,一百个主意,他其实还真不了解妹妹的真正内心世界。

这时巴主任进来报告小车已备好，可以出发了。

白尔泰此时像只乌龟行走，那背上的古铜色帆布包，像是沉重的龟壳。

他背着龟壳，喘不上气来，看上去像背着一块赫褐色山石。包两边带子，挎在他双肩上，腾出的手拄着一根捡来的木棍。雪地上，他走得很慢很累，好像跋涉在白色的泥沼里，两只脚往前迈动的时候，在雪地上拉出两条深沟沟。前边没有路，白雪覆盖的沙坨子茫茫无际，在阴沉沉灰蒙蒙的天空下连成一片，往哪儿看都呈一样的景色，似乎是魔鬼布成的迷魂阵。他在这迷魂阵里，足足转了两天，他知道自己迷路了。

两天前，他曾向一个寻兽人问过路。那个一脸黑胡茬儿的老汉，抬起一双刀子似的眼睛，冷冷地瞥他一眼，望着落日的苍茫处，告诉他朝西边的落日走就是，条条路都能进入莽古斯沙坨子。然后又怪怪地盯着他说："好好一个人，独条条地进那个死沙坨子干啥？"

他用手背蹭了蹭冻伤后有些发痒的脸颊，不知如何回答。直接告诉自己是来寻找什么"黑字"后代，或者调查库伦旗萨满教历史的，老汉肯定会认为他是脑子出问题的疯子。

他掏出水壶想喝水，可壶已经空了。他"吧嗒"了一下干巴的嘴，从路边抓一把雪塞进嘴里。雪融在舌尖上，冰凉冰凉。

老汉移开冷冷的双眼，歪坐在沙包上，懒懒地望着西边那白雪茫茫的莽古斯大漠。

"老爷子，向您老打听一下，这莽古斯沙坨边上是有一个小屯子吗？"他问。

"小屯子？嗯，你说的是哈尔沙村吧！"老汉乜斜着眼睛，慢吞吞地说着，"你去那个屯子？"

"是的。我是从长途班车上下来的,司机告诉我,下公路走个十里地就到了,可是……"

"可是,迷路了,是吧?"老汉突然大声地笑起来。

"路被雪盖住了,这沙坨子被雪盖住后,往哪儿看都一个样子,我辨不出方向了。"他揉了揉被白雪刺伤了的眼睛。他担心自己患上雪盲症。

"那哈尔沙村啊,是个被沙子淹到裤裆的屯子,穷得叮当响,人都快穷疯了,你去那儿干啥?"

他张了张嘴,又咽下话。紧了紧背包,然后犹犹豫豫地说道:"想找个人,但不一定能找得着。屯子这么穷,为啥不搬到外边去?"

"说得是呢。可这屯子人邪门儿,说是他们在那儿住了多少代,老祖宗的骨头都埋在那里,舍不得离开。叫我说呀,他们是在等死!一场大沙暴,放屁工夫全埋进流沙底去!呵呵呵。"老汉又干冷地笑着,问道,"你去找谁?"

"老'安代·孪'铁木洛老人。"他惊悸地瞅着老汉。

老汉的粗眉毛往上扬动了一下,眼睛迅疾地扫他一眼。

"找他?你认识他?"

"不认识。听人家说的。"他怕老汉再盘问,站起来,背起那龟壳式的古铜色包。老汉的眼睛盯着他这沉甸甸的包。他这才发现,老汉手里当棍拄着的是一杆猎枪!他的心头一抖。

"年轻人,回去吧。那老汉是个老疯子,那哈尔沙村也是个疯村,你去那儿没有好果子吃的!"老汉的双眼重新瞩望起大漠,摸出烟袋锅放进嘴里咬着。他立刻闻到了那股蛤蟆烟呛嗓子的辛辣味道。

"老爷子,您能告诉我去哈尔沙村的路吗?"他站在那儿,保持距离,态度很恭敬。

老汉不理睬他。半天,才说出一句:"前边那座高坨子根,有一条毛毛道。"

"谢谢。"他转身向那座高耸的白沙坨子走去。

"回来!"老汉一声喝叫。

"啊?"他站住了,回过头看一眼老汉手里的猎枪,乖乖地走回来,"老爷子,我这包里可没什么值钱的东西,都是些书和资料,还有几块面包。"

老汉似听非听,依旧冷漠地望着西边的雪野大漠,嘴里说:"解下水壶扔过来!"

他照做了。

老汉的手离开那杆猎枪,伸进怀里摸索着,慢腾腾地掏出一个牛皮壶,拔开塞子,往他的铁壶里倒起来。流出来的是水。他大为震动。

老汉把水壶又扔还给他,说:"到哈尔沙村,至少还有二十多里沙坨子路,不是十里。赶路肺热,老吃冷雪会得病的。要是倒在野外,叫狼三儿叼走了可别怪我,呵呵呵。"

他有些愧疚地望着老汉,喉头发热又发堵。可老汉的眼睛,始终注视着远处的雪野大漠,不知沉思着什么,根本没有理会他那感激涕零的样子。

他最后一次回头看时,那个古怪的老人,像一具挺尸般横卧在冰雪沙包上,一动不动。几只饥饿的乌鸦在他上空盘旋。他兀自苦笑一下,继续赶路。不知是老汉捉弄了他,还是自己无用,他始终没有找到那条毛毛道。在那座高坨根,倒是有些野兽或动物走过的杂乱痕迹。他害怕碰上沙狼沙豹什么的,没敢跟那些痕迹走。于是,他在这迷魂阵般的雪野沙坨子里,整整转了两天。夜里是在一处沙坡上的放牛娃挖的洞里度过的,弄了一把火,才没有被冻死。第二天,他接着在雪坨子里转悠,根本走不出去。他开始绝望,觉得自己一辈子也转不出这迷宫了。周围都是一样的颜色,一样的坨子地形,太阳有时在北,有时在南,有时却从西边升起,落到东边去了。

他担心自己会发疯。

他像一棵木墩般滚倒在雪地上。喘气像拉风匣,嗓子眼冒烟火。又临黄昏,暮色正在扩散,坨子里的暮雾漫上来包裹着他,时而露出他脑袋,时而露出他胳膊腿,看上去如同被切割的残缺不全的人。他伸出舌尖,舔了舔从爆裂的嘴唇渗出来的血丝。

陌生老汉给的水早喝光了,带来的面包也啃完了,饥渴的他肚肠咕咕叫,两眼冒金花。那个该死的哈尔沙村在哪里呢?那个引他陷入绝境的神秘的"黑孛"后代在哪里呢?他从背包里拿出一本书。这是一部发黄发旧磨损得不成样子的书,是德国学者海西希所著《蒙古人的萨满教》。他绝望的脸上又显示一丝苦涩的笑容,如醉如痴地摩挲着那本书,双唇抖动,陷入了一种梦幻般的境界,魔怔般地吟诵起萨满教的"孛"歌来。

在那古老的黄金世纪,
在那浩茫的长生天下,
萨满教的法师"孛"诞生,
驾着蓝天巡护蒙古各地;

把你的束得绷绷的黑发放开来呀,
把你的括得紧紧的躯体松开来呀,
那疯狂诱人的旋律就是"安代·孛"曲呀,
大家赶快如虎似狮地跳起来吧!

他"扑通"一声,栽进一个雪坑里。一阵眩晕,眼前闪过纷乱的金星后又化成一片混沌朦胧。他双手本能地乱抓,突然感觉摸到了一只毛茸茸的兽脚,同时听见"噢儿"一声嘶哮,白影一闪,有一兽物蹿出雪坑而去。他闻到一股浸入肺腑的奇香又变成奇臊之气,使他半迷昏的脑袋一激灵,突然爆发出一阵狂笑:"哈哈哈……"他身不由己笑个不停,他的手乱抓乱摸,又摸着了一只软绵绵的小物体,有一股血腥的肉香,饥饿的他一边狂笑一边撕咬起这只小肉物。

惊走的银色兽类,丢下了一只肥野鼠。

他感觉灵魂又开始归位,生命慢慢地也回到他冻僵的躯体,只是内心想狂笑的冲动无法自抑!

"哈哈哈……"他怡然自得地仰躺在雪坑里,嘴啃着血鼠,发出一阵阵瘆人的狂笑,不知不觉昏迷过去。

这时,清冷的月亮爬上来,挂在东边的树梢上。

三

老铁子在那个黑乎乎的树洞下站定,抬眼瞅着。

难道这个祖坟地的老树洞,就是它的藏身窝吗?他够不着树洞口,耳朵贴在树干上谛听,听不见任何动静。那洞口离地面有两米多高。他不甘心就这样不明不白地放弃搜索,尤其这兽类已侵犯到他家祖坟,又迷住了他的儿媳。

他踩着树丫往树干上爬。

冷冰的月光照着他。猎枪在后背上挎着。

终于爬到洞口。洞底黑咕隆咚什么也瞅不见。他从后背上拿下猎枪,悄悄往树洞底部瞄准,心说,该死的东西,只要你在这树洞里,就跑不掉了!他有些紧张,手心微微沁出细汗。

"砰!"一声空洞而发闷的枪声,从树洞里传出,似乎是一个气球崩炸了一般。

除了这枪声,他没听见其他反应。树洞和四周,又恢复了原先的宁静。他暗暗奇怪,难道它不在洞里?刚才是他眼花了?该死的东西,根本就没有闪进这树洞?他慢慢下了树干,站在树下的雪地上愣神。他重新往猎枪里装子弹,沿树的周围和整个坟地里搜索起来。

如此阴森而闹鬼狐的黑夜,一般人白天都不敢走近的坟茔地里,老铁子毫不畏惧地转悠着。全村中,也就他一人有这样的胆魄。

毫无收获。只能到白天再说了。老铁子走离坟地,慢慢向村里走去,经过一片洼地时,不小心脚踩滑了雪冰,跌进一个洼坑里。

于是,就触到了那个软绵绵的肉体。他吓了一跳,急忙借着月光细看,原来是一个人!这个昏迷不醒的人,还是前两天曾向他问路的那个怪小伙儿。乖乖!他还是没有转出这片鬼打墙般的雪坨子。全身蜷缩一团,嘴边有血迹,一只野鼠血淋淋头尾在他手里攥着,显然是他啃剩的。后背上的旅行包,像一块山石般压着他,活似庙门前驮着石碑的乌龟。

"呵呵呵。"从老铁子的喉咙里,传出低哑而干辣的几声笑,"这是来找老'安代·孛'的下场!"

他摸摸年轻人的胸口,还有心跳,极其微弱,再过几个时辰,若是没有遇见他,这年轻人的小命可就交代了。他突然想到这可能是个缘分,长生天特意安排自己来救助这小伙子的吧。他扶年轻人坐起来,从怀里掏出牛皮壶,往年轻人嘴里灌了几口水。水,这万物之本,施了魔法一样,让小伙子苏醒过来。

"哦,老爷子,是您?"小伙子眼神迷离,月光下认出了老铁子。

"咱们有缘分。"老铁子扔给他一块熟土豆,"啃这个,比啃野鼠生肉好点。"

年轻人充满感激地啃吃,狼吞虎咽。然后双眼定定地注视起自己所卧的这雪坑。他似乎有些回想起,自己精神迷糊中遇见的那只怪异的白兽，以及那股沁人肺腑的香气或者臊气，还有自己当时抑制不住的狂笑……他迷惑不解。

"我真不知道在这儿遇见了什么，回想起来怪吓人的……"他喃喃低语。

"遇见了啥？"老铁子警觉。

"一个白白的野兽……我从来没见过的野兽……"

"银狐！原来它是躲进了这雪坑！他妈的！"老铁子抓起猎枪，雪坨子在月色中无边无际地沉默。老铁子狠狠地啐了一口，嘴里骂骂咧咧。

"年轻人，你怎么没找到进村的那条毛毛道？"

"那座高坨子根，压根就没有你说的那个毛毛道，倒是有不少兽类走过的痕迹！"小伙子愤愤起来。

"呵呵呵，"老铁子又怪笑起来，"傻小子，那兽类走过的痕迹，就是我指给你的毛毛道！"

"啊？这……"

"沙坨子里的毛毛道，不分人的兽的，都走一条路，就是相互别撞上，撞上了就麻烦。"

"原来这样，都怪我没听您老人家的。"

"你现在转悠到这里，其实，还有个五六里地，就可摸进村里了。"老铁子停了一下，怪怪地瞅着小伙子，"我可真服了你这股劲头，为了找啥'安代·孛'，差点搭了小命。你叫啥名字？"

"白尔泰。"

"从哪儿来？"

"从旗里。我是旗志办的。"

"不待在你那个'齐吃饭'的地方好好吃饭，跑到这穷沙坨子啃啥死老鼠？"

"老爷子，是旗志办，我是研究萨满教文化的，说出来你可能不理解。"白尔泰略有迟疑,遥望着神秘的月下雪野,"我要找到那位'安代·孛'铁木洛老汉,通过他,再查找一下那位当年神秘失踪在库伦北部沙坨子里的'黑孛'唯一传人——听说他是达尔罕旗'烧孛'事件中的幸存者,一个神奇的法力无边的'通天孛'。"

老铁子的粗眉又往上扬起,双眼像刀子般盯住白尔泰:"你这是吃饱撑的,没事找事儿。都是陈谷子烂芝麻,现在谁还关心萨满教、'黑孛''白孛'?世道早变了,人现在只要有钱、有吃、有喝就行,那可是最好的'教'喽!"

白尔泰有些伤心地看着救活自己的这位老汉,摇了摇头,叹了口气。"是啊,有钱就是最好的'教',现在的社会,可能快出现'钱教'了。可是……"白尔泰的眼睛里闪烁着思索的光泽,喃喃自语,"可是一个人、一个民族,哪能没有自己信奉的宗教呢?现代的人们进庙烧香拜佛,也不是真正的从宗教意义上去皈依,而只不过是捐点钱,想买到佛爷和神的保佑,助己发财升官或平安而已!可怜的交换,跟真正的宗教的奉献教义,差去十万八千里!宗教,属于一个人一个民族的精神的东西,是精神的象征和寄托。太信钱拜钱,一个人将成为唯利是图的人,一个民族将变成唯利是图的民族,缺少了精神的东西,这样的人和民族是脆弱的,很容易被打倒被征服……这将是个悲剧,将来不知谁来承担这种悲剧的责任。"

老铁子在一旁听着这位读书人的疯言疯语,语气有些调侃般地问:"那么,你找萨满教的'孛',搞啥萨满文化研究,难道还想真的恢复萨满教,让我们拜一拜?"

白尔泰乐了,露出无奈的苦笑:"我哪有那么大的本事?一种宗教也不是简单到说成立就成立,说发展就发展的。一种宗教的盛衰,都有其深刻的社会根源,要经历上百上千年的社会动荡演变,并非如种地般春天撒种,秋天收获。我只不过是想做一种文字的记录和研究,告诉大家,北方,蒙古人曾创立和信奉过一种宗教——萨满教,这个教信奉长生天为父,长生地为母,信奉大自然,信奉闪电雷火,信奉山川森林土地;同时也想告诉大家,现在,也许正因为失去了这种萨满教的教义,人们才失去了对大自然的神秘感和崇敬心理,才变得无法无天,草原如今就变得这样沙化,这般遭受到空前的破坏,贫瘠到无法养活过多繁殖的人族,这都是因为人们唯利是图,急功近利,破坏应崇拜的大自然的结果!所以现在,大自然之神正在惩罚着无知的当代人族!"

老铁子听到这番高深而新奇的言论,精神似有触动,似乎回到了一个遥远的年代,他身上战栗了一下。

"走吧,我带你去哈尔沙村。"老铁子说。

老铁子扛起猎枪就迈开步子向前走了。白尔泰赶紧背上旅行包跟过去。他的步子有些赶不上,简直是小跑,本想接着聊聊的,可铁木洛老汉的嘴巴闭得紧紧的,再也没有开口说一句话。雪地上唯有他们"沙沙"的脚步声传出。

他们赶进村里时已是后半夜。

村里一片寂静。怪异的、死一般的静笼罩着全村。家家户户门窗紧闭,连个狗叫声都听不到。

老铁子加快了脚步,他有一种不祥的预感,村里似乎出了什么事。赶到家门口时,他就听见了那个呻吟声。细长而尖利的呻吟声,夹杂着呜咽般的哭叫声,是从自家儿媳妇住的东屋传出来的。门口遇见了手忙脚乱的儿子铁山,端着一盆血水出来。

"出啥事了?"老铁子惊问。

"爹,这……"铁山急得话都不大利索了,看一眼旁边的陌生人,"这、这咋说,好好的,腿受了枪伤,流血不止……"

"受了枪伤?"老铁子浑身一震。

"是啊,傍晚你出去后,我就陪她睡觉,迷迷糊糊我先睡过去了,谁知她啥时候跑出去的,回来时就腿上流着血,又哭又笑又叫,闹个不停。爹，这可咋整啊？"

他们走进屋去。

躺在炕上的儿媳珊梅一见他们，猛地一下坐起来，开始显出一丝紧张，两眼滴溜溜乱转，后又狂浪地大笑起来，手指着老公公嚷嚷："是你，铁木洛老汉，是你开枪打伤的我！还我腿，还我腿！啊哈哈哈……"

这是一种失去理智的心智不清的疯态，声音和笑态完全不像个人类的样子。白尔泰感到毛骨悚然，他以前在外乡见过这种状况，叫"敖日希乎"，意思是"魔鬼附体"或者"鬼魂附体"。一旁的白尔泰万万没想到，救他一命的这位黑塔般的老汉，就是自己苦苦寻找的铁木洛老汉！他心里激动，刚要冲老汉说点什么，但又住了口。只见老铁子的脸变得铁青，额上青筋暴起，嘴里不知念叨着什么咒语，双手在空中比画着什么，慢慢地浑身有戒备地向儿媳珊梅走过去。本来张牙舞爪，哭笑叫嚷，冲老公公做出示威扑斗状的珊梅这会儿显得畏缩了，悄悄向炕角退缩过去，亮晶晶的双眼闪出恐惧的样子。倏地，老铁子一跃而起，没想到老汉的腿脚如此利索，一下子跳上炕，右手挥起，"啪"的一声扇在儿媳珊梅的脸上，同时左手准确地掐住她的人中，怒吼一声："我杀了你！"

"饶了我，大爷，饶了我……我走我走……"珊梅恐惧地求饶起来，渐渐变得老实，闭上双眼昏睡过去。刚才还绯红的脸颊和双唇，这会儿一下变得苍白无血，浑身瘫软无力。

老铁子松了一口气，擦去额上细汗，然后查看儿媳的腿伤。两粒铁砂嵌进珊梅的小腿肚肉里，还不算深，老铁子用尖刀把铁砂挑了出来，然后用盐水擦洗干净伤口，拿布包扎好。

老汉的掌心放着那两粒铁砂。

"是我猎枪的铁砂！"他有些惊悸地说道，"怎么会打到她的腿上了呢？今晚在坟地，我只是冲那该死的白毛狐狸开过枪呀……"

"那就是趁我睡觉时,她跑到坟地去了,可能就在你开枪的附近。"儿子铁山在一旁说。

铁木洛老汉开始担心了,儿媳珊梅被那只老狐狸作祟迷住心窍,很是不轻。

"我出去后,今晚村里还发生过啥事?"老汉问儿子。

"简直乱透了!"铁山有些后怕又迷惑不解地说起来,"我睡一觉醒来,发现不见了珊梅就赶紧跑出去找,几乎是全村的娘们儿,多数是姑娘媳妇老太太,犯了同样的病,不是哭就是笑,疯疯癫癫,一会儿唱一会儿跳,有的在自家门口,有的在自家炕上,有的围着房子转圈跳,有的绕着磨坊碾道疯舞,各家老爷们儿毫无办法,有的绑起了女人,打的打,骂的骂,乱成一团,到最后,咱家坟地那边传出一声枪响,这些娘们儿才像泄了气的皮球似的歇瘫下来。真他妈的可怕,这些招瘟的女人们,真他妈的折腾!好像她们被一个什么无形的看不见的绳子牵动着似的,就像木偶戏中的木偶……爹,你是说就是那只老狐狸在闹腾啊?"

"我看差不多,反正你媳妇肯定是被它迷住了。"

"是吗?这,一只狐狸哪有这么大的本事!我明天还是带珊梅到医院瞧瞧,肯定是她的神经出了问题,是不是一种神经病在传染?"儿子铁山毕竟是个有文化的小学教师,不大信鬼神之类的东西。

"小白同志,你跟我到西屋睡吧,这么晚了村委会那边也没有人,别去折腾了。"老铁子向白尔泰招呼一声,走进西屋。白尔泰向铁山打了一下招呼,便跟着老爷子去西屋。

"我一定要打死它,打死它!"熄灯时,老铁子咬牙切齿地说出这么一句。

白尔泰感到,自己正在走进一种奇特的从未经历过的生活漩涡。他有些兴奋,也有些隐忧,不知这一漩涡把自己带向何方,不知是祸是福。此时,他也不好用别的话题打扰铁木洛老汉。

一夜乱七八糟的梦。梦中他变成了一只狐狸,嘴里啃着血肉模糊的一只老鼠。

四

那辆越野吉普车在乡村路上颠簸着,犹如一只蹦跳的兔子,扬起一片雪尘。开进哈尔沙村后,停在村委会门口,古治安旗长等人走下车,行色匆匆。

墙皮剥落的这几间旧土房,靠东头一间屋子还幸存窗户玻璃,其他的一律用破板和旧篱笆挡着。写着"办公室"三个字的东头这间屋子,门上还挂着锁。

巴主任在院门口拦住一个过路的孩子,问看房子的老头儿啥时候来,小孩儿说总不来,总这么锁着,是锁头看房子。那有没有这么一个看房子的?那孩子歪着头想了一下,说有是倒有一个,好像就是东院这一家的查克爷爷。

巴主任只好自己走过去,叫那位叫查克的"爷爷"。

喊了半天。几乎是千呼万唤,才呼唤出来那位披着羊皮袄的查老汉。他见来了坐小汽车的大官,这似乎才着急起来,赶紧让着他们进自家的屋子。巴主任说不进你家的屋子,你把旁边村委会办公室打开。

"那儿冷,一冬没生火了,先进我家暖和暖和。"老查头说。巴主任回头看古旗长。

"打开办公室的门!冷,生火!我们不是来串门的!"古旗长不耐烦了。老查头揉了揉眼睛，这才认出古治安旗长。古治安是从本村出去的，他认识。他有些慌了，小跑过去，摸索半天，才掏出钥匙打开了村委会办公室的门。

屋里比外边还阴冷，一股寒气扑面而来。一面土炕，两张没有上漆的旧办公桌，几把歪歪斜斜的木头凳子，上边落满尘土，有一指厚。老查头慌乱中拿一把扫帚，打了打桌椅上的尘土，这下全屋扬起呛嗓子的灰尘，不一会儿又全落回原地。"好多天没有打扫了，上边也好久没有来过人了……你们凑合着坐着，我这就生炉子。"老查头没容巴主任他们说话，走出屋，很快胳膊上挎着一土筐玉米棒子回来，很麻利地点燃了炕炉子。由于长久没有生火，那炕炉子倒灶，一屋子冒起生烟，呛得人无法待下去，古治安他们只好又逃离般地走出这办公室，纷纷咳嗽。

"快去叫你们的胡大伦村主任来！"古治安冲老查头喝令。

"胡、胡村主任可能不在家……早晨我碰见他用车拉着他老婆，上医院看病去啦。"老查头结巴着说。

"那你们村的齐林书记呢，他在不在家？"

"老齐书记在是在，可这一冬没出过屋，他是老气管炎，离不开热炕头，一到外边受冷，得躺几个月才起得来。"老查头搔搔头，露出豁牙苦笑。

"真够呛！这哈尔沙村的班子，咋变成这个样子！"古治安有些按捺不住火了，他很少回来，很多情况顾不上了解。"你快去，把胡大伦村主任从乡医院找回来，我们在古顺家等他，老巴，你打个电话，要不开着车去，把哈尔沙乡的乡长书记找来。"

老查头匆匆奔乡医院跑去，巴主任把古治安等人送到古治安的弟弟家门口，也开着车去找乡长书记。古治安的两个老人跟古治安的二弟古顺一起生活，见着当旗长的儿子和在县城工作的女儿回来，老两口自然高兴，一阵忙乱，烧火备饭，先烧开了水沏上红茶。一同来的卫生局长、旗医院院长及医生等几个人,喝上热茶,身上这才热乎起来。北方的冬天,白天也是零下二十五六度,坐惯了有暖气的办公室,他们是有些呛不住外边的寒冷。

古桦回到家里很兴奋,帮着干这干那,里外忙活,突然问她二哥古顺:"二哥,我们旗志办白尔泰组长住谁家了?"

"白尔泰?没听说过,不认识。"

"咦?我们白老师,两天前就来咱哈尔沙村了!"

"没听说过呀。"

"奇怪,别是走丢了吧?"古桦不解地望望二哥,又望望古治安大哥,有些不放心起来。

"那人做事有他一套,不定啥时候突然冒出来呢,你不必为他着急。"古治安说着,走过去,他发现老妈妈和弟媳妇有些萎靡不振,慵懒疲倦的样子,就问,"老太太她们咋回事,闹不舒服了?"

二弟古顺看一眼老爹,说:"甭提了,昨晚一夜没睡。"

"出啥事了?"

"咱村现在是邪门儿,不知道闹啥鬼呢!"古顺心有余悸地说起来,"昨晚天黑不久,村里的女人们突然就闹腾起来了,她们不知道传染上了啥怪病,只要有个女人哭笑闹开,全村娘们儿都跟着闹。又跳又唱又哭又笑,都像是疯子一样,真他妈邪性!一个个简直都丢了魂,有人说是闹黄鼠狼,闹'狐大仙',简直乱套了!"

"什么狐大仙、黄鼠狼,胡说八道!包院长,你给瞧瞧,查查看到底怎么回事。"

旗医院包院长给古老太太和古顺媳妇检查病。他是学中医后进修西医,典型的中西医结合的医生,把脉、听诊、量血压等等,然后对古旗长说:"没什么大病,心跳稍快,有些疲劳,看不出啥问题。吃一些安神安眠之类的药物,好好睡睡,休息一下就好。"

"那她们一阵儿一阵儿闹腾哭笑,是咋回事?"古顺问。

"这个……不大好说，需要把犯病的女人们全都检查一下，看一看。"包院长望着古治安旗长，提议般地说道，"我怀疑是一种癔症，英语叫'歇斯底里'病，老百姓叫'魔怔'，这种病在女人之间容易互相影响和传染。那年库伦中学一个毕业班的女学生，由于压力大全都得过这种'魔怔'，可现在，全村妇女几乎都一起患上这种病，还是头一次遇见。"

"等他们村领导来了，研究一下，给全村妇女进行一次全面检查，要及早治疗、控制住，需要的药物赶紧派人去旗里拿。"古治安向卫生局刘局长和包院长他们布置。

这时，古顺的十二岁大儿子，手里拿着一张黄纸从外边跑进来，把纸交给他爸说："她要了二十块钱……"

古顺赶紧示意儿子，不让往下说，带他走出来，并把那张黄纸搁在东屋镜框后边。

"老二，听说村里不少人家拜起了啥'狐仙堂'，有这事吗？"古治安叫住二弟古顺，这样问。

"还不是这些娘儿们折腾的！穷百姓还有啥好法，得啥信啥呗，是不少人家拜着呢。"

"那你呢，你是不是也设了一个'狐仙堂'拜着呢？"古治安逼问。

"我？没……没有啊。"古顺支吾。

古治安抱住古顺十二岁的儿子："小毛头，告诉大伯伯，你刚才拿给爸爸的是啥东西呀？"

"是……是一张画。"小毛头回头看一眼爸爸。

"啥一张画这么贵呀，二十块钱？"

"是……是……"小毛头不敢说，后边的古顺一个劲儿向儿子摇手。

"告诉伯伯没事的，小学生要诚实，不要怕你爸爸，大伯伯的官比他大，你爸怕我。"古治安鼓励着小毛头说出实情。

"是一张像，说是'狐仙像'。"小毛头终于做了诚实的孩子。

"从哪儿买的？谁卖呢？"

"不让说买和卖，叫'请'。是从杜撇嘴儿，啊不，杜奶奶那儿'请'的，她会描，她现在可赚钱啦，好多人等着，描都描不过来，我一大早就去排队等，这不，到这会儿才等上。杜奶奶现在都叫'杜大仙'了。"小毛头一五一十、有声有色地说起来。

古治安冷冷瞥一眼二弟古顺，说："古桦，去，给大哥把那张什么'狐大仙'的像取来瞧瞧，灵的话咱也'拜拜'。"

古桦见大哥满脸怒容，不敢违抗，走过去从东屋镜框后边取来了那张画像，递给了古治安。

严格地说，这不能算是一张狐狸像。像狐，像猫，又像狗，像狼，而又有人的手和脚，穿着人的长袍，头戴一顶王冠似的法帽，整个四不像。看得出是从一张底画上，描拓出来的，手法拙劣，用铅笔只勾勒出线条轮廓，上边还注上歪歪扭扭一行字："银狐大仙像"。

"就这种鬼不鬼、人不人、兽不兽的样子，还是银狐大仙哪？"古治安晃了晃那张画，为百姓的愚昧而脸呈苦笑，"老二，你还是个副村主任，民兵连长，是个村干部，还信这些玩意，还居然派孩子花钱买来，啊，不，'请'来这所谓的狐大仙像，怎么着，还真想供起来拜一拜？啊？！"古治安气不打一处来，训斥二弟古顺。

"哦……不，不是我……"古顺欲言又止，胆怯地支吾。

"是我的事，是我让老二派孩子去'请'的……"一直躺在炕上的古老太太，这时突然有气无力地说话，"把'大仙'像给我，你、大旗长，管天管地还能管咱平头百姓拜啥信啥？北京还有个雍和宫供着三世佛哩，你们旗里不也是张罗着，给吉戈斯喇嘛盖个大庙，供供佛爷拜一拜'三世佛'吗？你那么有本事，就别让你的库伦旗属民饿肚皮呀，叫你的穷百姓都喝足了吃饱了，那时候大家不拜'狐大仙'，拜你这位活大仙古治安大老爷哩！"

古治安旗长顿时哑口无言。这回轮到他"惧怕"了。

场面有些尴尬。他是个对老人很孝顺的人，既然老太太这么说，他也不好去争辩和当面顶撞。这时，胡大伦急匆匆地走进屋里来，满头大汗，气喘吁吁，显然是跑步赶来的，他说："古、古旗长，你们来啦？我……我去了一趟乡医院……"

"你们家有没有这个，老胡？"古治安把那张"狐大仙"像，递到胡大伦眼前。

"'狐仙'……像，我们家……没……没有，"胡大伦支支吾吾，但在古治安的一双锐利目光逼视下，无奈地说道，"好像也有一张，是杜撇嘴儿送来了一张……"

"嗬，还是当村主任的好，'请'个'狐仙'也是免费赠送！那么说，老胡，你也在拜着'狐大仙'喽？"

"嘿嘿嘿，古旗长你真会开玩笑。这路事，说普及就普及，比上头布置学文件、科学种田可快多了，这不，古老二也弄来了一张不是？嘿嘿嘿……"那意思是说，你旗长大人的家也"请"来了一张，何况我们？他跟古治安旗长是小时在村里一起玩耍长大的，尽管后来地位不同了，但说话还是不免随便点，少了些百姓见官的那种拘束和胆怯，"再说哩，现在的农村信啥的没有哇？去年，嘎海山北边的沙湖里突然开了荷花，都说那是神物保人长寿，百姓们赶着马车去湖边祭拜，后来干脆都下湖把那些荷花摘了吃，到后来连荷花的根都挖出来啃光了！你说奇不奇，邪不邪？现在的人呀，不知道都咋的啦，心惶惶的，无着无落的，不知道信啥好了。出来个古怪奇邪的，都一窝蜂扑过去。前一阵儿芒汗村出了个巫哲其（占卜手），说能看三生，发放的丸药包治百病，好家伙，他们家的门槛都被人挤破了，一年里两间破土房换盖了五间砖瓦房！瞧瞧，这就是农村，搞啥的没有啊！"

"好啦，老胡，你别再'胡抡'啦，"小时管胡大伦叫"胡抡"，这时古治安也忍不住叫出口，笑了笑，"好像你们哈尔沙村，普及

'狐仙堂'挺有理的是不是？村主任同志，我们是要建设社会主义精神文明村，不是搞啥封建迷信，普及'狐仙堂'，提倡乌七八糟的东西！你赶快安排人，把你们村委会的那几间土房清理出来，再把所有村里患过魔怔哭闹过的妇女，集中到村上，我带来了旗医院几位大夫，给她们全面检查一下，光拜'狐仙堂'是不管用的，还得用现代的医学来治疗！"

等胡大伦出去安排后，古治安又招呼上刘局长："老刘，咱们挨家挨户走走看，到底有多少家拜着'狐仙堂'。包院长，你带着你的人到村委会去准备看病。古顺，你领我们去串户！"

"大哥，我呢，我去找一下白组长吧？"古桦说。

"你在家好好陪老太太说话，做点好吃的。你那个白组长丢不了，会冒出来的。"古治安说完，把那张画留给他老妈妈，带着人走了。从门外边吹进来一股冷冷的风。

古老太太不知冲儿子身后嘀咕了一句什么，捧着那张"银狐大仙"像走到墙柜前边，从墙上拿下装着照片的相框，又从相框里取出所有家人的照片，再把那张奉若神明的"狐大仙"的像装进相框里。然后，老太太抱着相框，摇摇摆摆地走出屋去。

"妈，你要干吗呀？去哪儿啊？"古桦赶紧跟过去，从后边搀扶老太太。

"我去仓房，把大仙供在那儿，我一个人拜。不拜，我心里不踏实，我不信你大哥的，我信大仙。"

古桦无可奈何地摇了摇头，只好随她去做。过了一会儿，她想想还是出门找大哥古治安他们去了。

五

小铁旦他们,行进在茫茫的莽古斯沙坨子里。

爷爷说穿过这上百里的沙漠瀚海,就可进入北边奈曼旗的地界,可以投奔他一位师弟——奈曼旗有名的大"孛师"门德。门德和爷爷都是达尔罕旗老"孛"爷郝伯泰的徒弟。郝伯泰的祖先曾是成吉思汗的贴身"孛",到他这一代已经是第十九代世袭"孛"了,可以说是科尔沁"孛"——东部蒙古萨满教的诞生和发展,都与这世族有关。郝伯泰本人,更是充满了传奇色彩。在科尔沁草原流传很广的宝木勒的传说,就与他有关。

宝木勒,意即"从天上下来者"。传说,汗·腾格里——长生天的女儿私自逃离天宫下凡人间,与一位凡人成亲并生下两个孩子。汗·腾格里恼怒,派天神将女儿和她的两个孩子一同抓回天宫问罪。汗·腾格里下令,把两个小孩从天上扔下去摔死。汗·腾格里的夫人知道后过来求情,执法的天神不敢动手,汗·腾格里大怒:"还不给我赶快动手!看哪个山最高最坚硬,就把他们扔到那个山上去!"两个天神吓得赶紧扯起两个孩子走到南天门,朝下一看,就是杜乐杜钦·兀拉山最高最坚硬,于是把那两个可怜的孩子朝那山峰摔了下去。从此科尔沁草原上的蒙古"孛",向宝木勒祈祷时都这么唱:

在杜乐杜钦·兀拉山上,
你轰隆隆地降落呀,
哦,神奇的宝木勒,
赛音召,赛音召!

在杜日查干湖上,
你威风凛凛地降落呀,
哦,神奇的宝木勒,
赛音召,赛音召!
……

那两个孩子落到杜乐杜钦·兀拉山上之后,就变成了两头硕大无比的疯牛,横冲直撞,见人吃人,见兽吃兽,谁也治不了它们,闹得科尔沁草原人心惶惶。达尔罕王急忙请去郝伯泰和他的妹妹冰吐·阿白这两位通天"孛",来制服疯牛。

郝伯泰去观察了疯牛后告诉达尔罕王:"这是宝木勒·腾格里,是一对儿从天上下降的'天'!"达尔罕王问:"能制服吗?"

郝伯泰说:"全科尔沁的百姓,都祭拜它才差不多。"达尔罕王听了觉得好笑,两条疯牛祭它管什么用?郝伯泰见王爷不信。就说:"要不你就献上'寿色'(血祭羊),我保证能当场把它制服。"

于是,达尔罕王让人准备了"寿色"祭品,和郝伯泰一起上杜乐杜钦山了。供桌在山上摆开,祭羊宰杀后煮上了。郝伯泰穿戴了五彩法衣法冠,手里敲响了羊皮神鼓,杜乐杜钦山上的"孛"祭就这样开始了。只见通天"孛师"郝伯泰,先把祭羊身上的肉分割成三百六十块,逐块唱了一遍赞歌,好家伙,那两头在山泉边喝水的巨牛果然出现在供桌前了。

郝伯泰更加起劲儿地高声唱道:

熊熊升起的烈火,燃起来了,
汗王般的宝木勒,
我们大家虔诚地祭祀你,

赛音召,赛音召!

闪闪亮亮的大火,着起来了,
父母般的宝木勒,
全部科尔沁的百姓祭祀你,
赛音召,赛音召!
……

达尔罕王和围看的人们突然发现,那两头疯牛慢慢倒下去,老老实实地死掉了。郝伯泰没用刀枪没用锤斧,竟用祭祀的歌把它们唱死了。

可是回去不久,达尔罕王的儿子就病了。紧跟着全旗的百姓都闹起病了。达尔罕王赶紧请来郝伯泰消灾。郝伯泰说:"这是那两条疯牛的精灵在作怪,需要全旗的百姓都供奉它才行。"王爷问:"怎么供奉?"

郝伯泰就让人找来宝力根(貂)皮子,五色绸布,动手做供奉用的像,宝木勒是天上下来的,不能制成牛的样子,于是就画成一个像人又像牛的宝木勒神像,让百姓们供奉起来。

祭拜时这么唱:

用五色的绸缎制成的身子,
赛音召,赛音召;
用宝力根的皮子做的眉毛,
赛音召,赛音召;
用东海的珍珠做的眼睛;
赛音召,赛音召;
用金粉银粉画出来的宝木勒,
赛音召,赛音召!

从此，草原上流行的各种怪病渐渐消失了，郝伯泰也更加远近闻名了。

小铁旦爷爷拜郝伯泰为师，也有一段奇特的经历。

库伦旗北部塔林村，有一大富户包音达的老母亲，中邪患病，请喇嘛念了四十九天的经不管用，库伦旗的大小"孛"师来了之后也不好使，于是就派人远赴达尔罕旗，专请著名的通天"孛"郝伯泰来医治。郝伯泰来了之后，观视片刻，便说这是后边莽古斯沙坨子里的"阿达"（冤鬼）在附体折腾，进行一次规模较大的血祭驱鬼才成。包音达的牛马羊群满山遍野，二弟又在库伦庙上当"德木齐"喇嘛有势力，不在乎多杀几头牲口。于是宰杀黄牛五十头、白羊五十只、白骆驼五十匹，院里又燃起杏树疙瘩的大火，让包音达的老母亲穿戴整齐，正襟危坐祭坛旁的太师椅上。郝伯泰"孛"穿上法衣，手舞皮鼓，开始行"孛"了。先是祈祷请神，称"希特根·扎拉乎"，意思是"请自己信仰的神灵"。他向四方八面行拜礼，嘴里诵唱"孛"歌，往地上撒米烧香。郝伯泰"孛"的情绪高涨起来，"孛"舞越跳越狂烈，旋转腾挪迅速轻捷，神鼓声、铜镜撞击声、狂歌怒号声中，郝伯泰"孛"开始"呼日特那"，意即神灵开始附体，口吐白沫，双眼只见白眼圈，他时而暴烈狂躁，时而悲怆凄凉，这便是"敖日希乎"，就是神灵已经附体了。在这个阶段，由于每位"孛"师拜祭的神灵不同，舞蹈姿势也不同，有的是伊恒·翁格都（少女鬼灵）、少布·翁格都（禽鸟鬼灵）、巴日·翁格都（虎豹鬼灵）等，"孛"师们便依据不同的鬼灵，模仿着它们的动作舞跃。这时郝伯泰祭拜的神鹰已经下神，他犹如一只拍翅飞腾的猛鹰，从熊熊燃烧的火堆上跃过，从围观的人群头上跳过，然后由帮"孛"者扶他坐在神坛前，双眼迷离，全神贯注在自己的精神世界中。他把一种法器长把烙铁，伸进前边的烈火堆，又让人把铁的犁铧子放进火里烧红，然后他光着双脚从烧红了的铁铧子上踩过,接着用脚心贴住旁边的包老太太的后心窝,嘴里大诵咒语,这个动作做了三遍。他又从火堆里,拿出那只通体火红的烙铁,伸出舌头从红烙铁上舔过,发出咝咝声响,而后冲着包老太太的脸面,猛吹一口热气过去。吹了三遍之后,包老太太大叫一声便昏厥过去。旁边的包音达吓坏了,想过去扶她,郝伯泰大喝一声:"不得碰她!烧坏了你的手!"然后,郝伯泰"孛"把事先扎好的卓力格(用草、纸、秫秸做成的偶像鬼灵)从包老太太的椅子下取出,嘴里念着咒语,小心翼翼地把"卓力格"鬼扔进前边的烈火中烧掉。有人听见"卓力格"鬼在火堆里吱吱直叫,毛骨悚然。

"好啦,把老太太抬进屋里去吧,过一个时辰她就会好的!"郝伯泰"孛"大汗淋漓地宣布。

接着是行"孛"的最后一个阶段,叫"呼日格胡"——送神了。送神时,郝伯泰"孛"继续舞诵,将他请来的神、精灵一一送走。据旁边帮"孛"者说,当他打开香案上供奉的装翁格都的铁盒时发现,郝伯泰"孛"祭拜的那只神鹰,在铁匣子中似活物般蠕动欲飞。

把神送走后,郝伯泰"孛"开始苏醒恢复正常,这叫"色日格那"——醒神。脱下法衣,摘下法冠,唱道:

把五色彩衣脱下来,

把神鹰的法冠摘下来,

把灵性的法器收起来,

神奇的"孛"师要休息啦!

接着,郝伯泰再唱些祝福主人和村民老少的赞歌,人们便开始分享主人宰杀的牛羊熟肉,饮酒作乐。

郝伯泰"孛"这次功德圆满,神奇地治好包家老太太之后,返回达尔罕旗的路上,在莽古斯沙坨子中遇见了一件奇事。一个放羊的男童，当一股黑旋风卷过来时，并没有躲闪开，而是挥舞着放羊鞭冲黑旋风抽打起来，不一会儿这个男孩口吐白沫昏倒在地上。郝伯泰"李"望着那股黑旋风，摇摇头说："可恶的莽古斯沙坨子里的无头鬼，被我赶出老包家，又在这儿祸害，连个小孩儿都不放过！"他施法救活了那小孩儿，并说："你跟我萨满'李'的门有缘，我收你为徒吧，要不这莽古斯沙坨子里的无头鬼，还是不放过你！"

从此，这男孩儿便追随通天"李"郝伯泰学艺，浪迹天涯。

他就是小铁旦的爷爷铁喜"黑李"。

第五章　祸起萧墙狐媚村民

蒙古人崇拜的最高境界,就是长生天;

作为神界、自然界的化身以及形象的中间过渡者,它就是萨满。他们穿白袍,骑白马……萨满意思为:由于兴奋而狂舞者。

——引自(德国)海西希所著《蒙古人的萨满教》

一

姹干·乌妮格——九尾狐，跟那位倚仗猎枪的老汉周旋起来，充满了灵气。

只要它甩动白茸茸的大尾巴，幻化出九条尾巴，迷惑住人的视线，它便可安然逃遁。人有猎枪，它有尾巴，上天赐给每种生命以应付险恶环境的一种本能。

其实，那树洞确实是它老窝的一个出口。只不过到了树洞底部，那洞往横里纵深而去，拐了个弯再往地底洞穴相连。那老汉没想过顺着洞口下到里边探寻，失去了一次知晓真相的机会。倘若，老汉知道了他祖先的地下墓穴，真的变成了这只老银狐的窝穴，不知他的鼻子会气歪到哪里去。

那一把散弹——铁砂子，打得老树根部的沙土冒烟的时候，老银狐早已躲入旁边的横洞，并由此再往深处的穴窝迅速钻过去。那里有它的五只小崽在等候它呢。

它很快到达了老巢。

与其说这里是地下兽巢，倒不如说是地下宫殿更为准确。

通过一条一米多宽二米多高下边铺着砂岩石的甬道，一直通向地底深处的一座冥宫。甬道严实密封，坚硬平滑，经历了千百年的岁月腐蚀，丝毫没有损坏，上边攀附着无数只蝙蝠，微微蠕动或拍动肉翅，偶尔发出"吱吱"叫声。甬道尽头的这座地下冥宫，其实是一个有几十平方米面积的古时墓室，它当然不是铁姓家族的祖先葬地，应该说是比铁姓在此落墓更早一些时候，契丹族大辽国的一位王族墓葬地，位于铁姓坟地再下一层的土层中，基本与铁姓坟墓重叠埋在地下。具有灵气的老银狐，不知怎么发现了这一坚固而安全的地下深宫，把它变成了自己温暖舒适的老巢。这座墓室带有两个小耳室，属于陪葬室。主墓室的四壁全由砂岩石板砌筑，表面光滑整洁，结实牢固；四壁的中部三米高的墓顶部形成穹隆状，高顶口用楔形石板插封，缝隙则用白灰封死。墙壁上有壁画、浮雕装饰。地下放有两口极讲究的石棺，下有棺椁，四角垫着方石，通体满饰浮雕花纹，前壁朱雀图案下雕一门，门旁有两名侍卫雕像，契丹装束，窄袖长袍，手执铁骨朵，这是当年辽代宫廷礼仪中的仪仗。

五只狐崽，围着老银狐转戏咬玩，似乎对老母没带回食物有所不满。老狐的那双晶亮神迷的眼睛，此刻微微闭合，以示歉意。它今晚的确不顺，差点挨了枪子儿，好容易在雪坑中逮着野鼠，又被一个不期而至的倒霉鬼惊动。可孩儿们不理解这些，哼哼唧唧拱咬它早已干瘪的奶头，咬得它疼痛，它不耐烦地跳起来，转身向墓室外的甬道走去，身后尾随着五只小崽。老狐在甬道口站住了，一双绿晶晶的眼睛，盯住甬道墙壁上那些密密麻麻蠕动的蝙蝠。这是唯一的办法，向蝙蝠进攻。五只小崽嗷嗷待哺，没有食物是不行的。其实这么多年来，它能逃过多次人类的和大自然降下的大劫难，安然活到如今，多亏了这些黑暗中繁衍生息的蝙蝠。

当然，取食蝙蝠，要冒些风险的。

老狐贴近墙壁根，轻轻往上一纵一跃，嘴里已叼住两只蝙蝠，转身走回墓室口，把已咬死的蝙蝠甩给小崽子们。小狐崽抢撕起半鼠半禽、浑身全是肉的蝙蝠来。当老狐第三次跳跃的时候，蝙蝠们开始骚动起来。一片叽叽喳喳乱叫，蝙蝠们拍动肉翅飞起来了，一只肥嘟嘟的老蝙蝠似乎是首领，发出一声刺耳的尖叫，一群黑压压的蝙蝠突然扑向老狐狸和它后边的五只小崽，它们用爪子抓，用牙齿咬，前赴后继，凶猛无比。

于是，狐狸和蝙蝠群之间又一场惨烈搏斗，就这样发生了。

老银狐姹干·乌妮格似乎熟于此类战争。它带领五只小崽,轻捷灵活地腾挪闪跳,用尾巴的甩动引开蝙蝠的扑击,再伺机张嘴咬住那些到嘴边的蝙蝠。只要它们护住易受攻击的眼睛和鼻嘴就行了,其他地方毛皮厚,不易受伤。用嘴咬,用爪子拍,几番下来,墓室地上一片狼藉,丢扔着无数只半死或已死的蝙蝠,狐狸们也气喘吁吁。肥嘟嘟的蝙蝠王和部下也渐渐安宁下来,退离墓室,重新贴伏在甬道顶部的狐狸够不着的地方,开始歇息,进入静止状态。

老银狐和其小崽们开始收拾残局,美美地嚼啃起满地肉食。尽管它们的嘴巴和鼻头等部位,不同程度地受伤,渗滴着鲜血,但比起这满地的鲜活食物,已经是微不足道的了。尤其拿这常年蛰伏地下深处,全靠地之灵气精华而生息繁衍的蝙蝠来充饥补养,对它们来说是最好的天缘机巧,生命之秘果。或许,正因为如此,银狐才获取或增益了某种神奇功能,充满了灵性和智慧,与人斗起来游刃有余。

五只小崽倚着石棺旁的草窝睡过去了。

老银狐则把那些没有吃完的死蝙蝠一一叼往主墓室旁的小耳室储藏起来,以备不时之需。它知道如何熬过这饥饿的日子。

二

黑暗中,土炕那头有红火头儿一闪一闪的。

白尔泰从梦魇中惊醒,看见那红火头吓了一跳,以为是鬼火。铁木洛老汉把烟袋锅猛往里吸时,烟袋锅闪出红红的火头,烟油子在烟袋锅里烧得"滋滋"发响。白尔泰不知道老汉是一夜没睡还是半道睡醒。

"老爷子……"

"咋？"

"睡不着？"

"你睡你的，天亮还早呢。"

"我也睡不着了，陪你说会儿话吧。"白尔泰试探着说。

"说个话？有啥好说的，睡吧。"

被噎了回来，白尔泰仍不甘心："老爷子，我只想知道一件事，你是不是那位'安代·孛'？"

"实话告诉你吧，小伙子，五十年代大跃进那会儿村里兴'安代'，我随大伙儿跳过'安代'，但我不是'孛'！"老汉说得斩钉截铁，"你再向我提什么'孛'的事儿，我就把你扔出屋外喂狼！"

白尔泰赶紧缄口，心想，遇到了一个真正的老倔巴头，打开他的心扉还不到时候，性急不得。于是他又默默地躺着，等待天亮。土炕有些硌背，他翻过身侧躺，盖紧了身上的那件破旧的毯子。老汉那头儿，还在"滋滋"地抽着烟袋，红火头映照出的那张脸显得褐红如铜，凝固如塑。显然，老汉沉浸在深深的心思中，木然而又刚毅的脸庞上看不出任何表情，无法窥测他内心的活动。不知不觉白尔泰又睡过去了。

第二天一早，他被一阵吵嚷声弄醒了。

他爬起来揉着眼睛走到门外。院子里，铁木洛老汉正套着毛驴车，一边向儿子铁山大声交代着什么。

"我去黑沙窝棚。坨子里的散牲口饮水成问题，得天天凿开冰湖，那块儿地也得再垫垫土，整一整。抽空再寻找那只老狐狸，兴许在坨子里会遇上它。"老铁子把猎枪放在胶轮车上，那只大黑狗围着他转。

"爹，上午我有课，珊梅她没有人管……又跑了咋办？"铁山有些为难地嘀咕。

"咋！那是不是要我待在家里，侍候你老婆？"老铁子火了，不再理睬儿子，往车上装着家什、干粮等物。

铁山嘴里嘟囔着什么，回屋去。

白尔泰凑上前，跟老铁子搭讪："铁大叔，我跟你一起上窝棚好不好？"

"你？你跟我去干啥？"

"帮你干活儿呀！"

"我养不起你这打工的大人物，你该干啥就干啥去吧。"老铁子一句话，把白尔泰撅了回来。然后，老汉"驾"一声赶着驴车出院而去，胶轮车在雪地上留下两道清晰的辙印。

白尔泰摇了摇头，觉得这老汉真有些不近情理。他进屋找铁山说话。

"你还没走？"铁山当他是过路人求宿的，早应该离开了。

"我……铁山老师，你要是上午有课，我帮你照看一下你妻子吧。"白尔泰说。

"你？"铁山感到奇怪，"你是谁？从哪儿来的？"

"啊，忘了自我介绍，我叫白尔泰，是旗志办的，其实就是到你们村下乡搞调查的。我迟些到村上接洽也没关系，你先上课去吧，学生的课不能耽误，这里我帮你看着她，放心吧。"

白尔泰诚恳地说着，还掏出工作证介绍信给铁山看。

"哦，原来真是旗志办的白老师，刚才对不起，我爹他就这脾气，我也是……嘿嘿嘿，真不好意思，那太劳驾你了，我上午就两节课，很快就回来，你待在这儿别叫她跑出去就行了。"铁山感激不已地说着，拿起书包匆匆走了。他倒对这位陌生人很放心，也不怕此人把家里东西给卷跑了。

白尔泰留在铁家。他不想马上走，当然自有他的想法，想撬开老铁子封禁的嘴巴，就得黏在这里。

这是三间土房，中间一间是烧火做饭的外屋，两头住人。西屋靠北墙根置放着木制躺柜，原来的紫红色早已变成陈旧的古铜色，缺着一条腿，垫了块砖。门口墙上挂着旧棉帽、毛巾等物，墙角有碗柜子和小饭桌。这些好像就是他们的全部财产。难怪铁山那么放心留下一个陌生人看家。白尔泰从灶口找到烧水铝壶，又从外边抱来些柴火，烧开了一壶水。东屋没有动静。珊梅似乎还在沉睡。白尔泰心想这么睡着倒挺好，他省事，醒来后真要犯病往外跑，那他真不知道该怎么办了。

喝了一碗热水，身上暖和了些。只是肚里有些饿，好在两节课时间不长，等铁山回来他就去找村主任安排吃住。他坐在炕沿看书。

"吱嘎"一声，东屋的门推开了，珊梅瘸着一条腿走出来。

"你是……"她发现有一陌生人从老公公屋里跑出来，显然吓了一跳，疑惑起来，"我公公他们呢？"

"你公公上窝棚干活儿去了，铁山老师有课，我是旗里的下乡干部，昨夜迷路，住你们家来的，铁山老师留我帮着照看你。"白尔泰一边解释，一边观察着她的动静。

"照看我？我怎么啦？"珊梅闪动起一双黑黑的大眼睛，那张农村媳妇中少有的白皙而俊美的脸上，呈现出一片迷惑茫然之色。

"你丈夫说，昨晚天黑时你犯了魔怔跑出去了，腿上还受了枪伤回来。"白尔泰发现这个年轻漂亮的女人，对自己昨晚发生的事情一无所知。白尔泰心中好生纳闷。

"我腿受伤了？怪不得走路这么疼呢……"珊梅蹲下去看小腿，发现用布包扎着的小腿肚和那隐隐作痛的伤处，使她万般不解，"我真受伤了，这是怎么回事，我自个儿一点儿也不知道，我这是怎么啦？"

"你先别急，等你丈夫回来后去看看大夫，我想不会有啥大事，可能神经一时有些迷糊了,你们村的好多女人都犯过。"白尔泰见珊梅很正常,没啥异常举动,便这样安慰她。他心里倒很同情这个脑子出毛病的女人。他倒了一碗热水,递给她说:"我刚烧的,喝点。"

"到了我家,还让你侍候我,我真不知道自己这是咋的了,他们一早走,我一点都不知道,以前都是我先起来烧火做饭,送他们出门,今早我真的是睡死了。你还没吃早饭吧,真该死。"珊梅十分惭愧地说叨着,忙碌起来,一瘸一拐的,倒很利索,显然是个很能干很爱整洁的农村女人。白尔泰帮她烧火,一边聊着话。

"大妹子,老爷子去的窝棚离这儿有多远?"他问。

"那远了,有十五里多,要穿过一段七八里长的流沙带。"

"有路吗?"

"有一条小毛毛道。"

一听毛毛道,白尔泰心里就发怵。"大妹子,我问个事,你别介意,铁老爷子过去当过'孛'吗?"白尔泰终于问出口。

"这个我不知道,老爷子从来不提过去的事儿,倒是村里人背后笑话着叫他'安代·孛'。"珊梅奇怪这位说话文绉绉的城里人,打听这些干啥,回过头看他一眼,"这位大哥,你可别直接问俺家老爷子,他一听别人提'孛'的事儿就来火儿,有一次还差点跟人打起来呢。"

"我已经碰过钉子了,"白尔泰苦笑,解释说,"我是研究'孛'文化,也就是'萨满教'的。这次到哈尔沙村来,就是想调查搜集这方面的材料。"

"唔。你们城里人真有意思,拿着国家铁定的工资,干些没用的事儿,研究那陈年老一套东西当饭吃呀,咯咯咯……"珊梅爽朗地笑起来,那张白里透红的脸变得生动妩媚,充满活力。丰满的胸部也随着笑声颤动起来。白尔泰移开视线,也陪着干笑了两声,心想这么健康而富有活力的女人,怎么会得那种魔怔病呢?

这时外边的院门口有了动静,似乎有好多人来到大门口。

"喂!老铁子!家里有人吗?"

这是村主任胡大伦的声音。

"有哩有哩!"珊梅应着声,急忙走出屋。白尔泰也跟着走出来。

"你公公和丈夫呢?"胡大伦走进院里,眼睛却死死盯着珊梅的脸和胸部,"他是谁?就你们俩人在屋里?"言外之意不言自明。

"我公公丈夫都忙活儿去了,胡村主任你别瞎猜疑,人家是旗里下乡的干部……"珊梅脸上有些红,赶紧解释。

这时大门口的人们都走进院里来,其中有一人蝴蝶般飞过来,脆生生地叫嚷:"白组长!白老师!原来你在这儿哪,你啥时候到的?"

"古桦!啊……古旗长,你也来了?嘿嘿,我是,我是昨天夜里才到的。"白尔泰突然见到这么多人来铁家院,以为出啥事了,变得语无伦次,有些紧张。

"你昨夜就住她这儿了?"这回轮到古桦敏感了,手指珊梅问。

"不,不,我是从公路上下来,在沙坨子里迷了路,差点冻死,是铁木洛老爷子夜里救了我,才到他家里来的,他们今早儿才离开家。我、我没住她那儿……"说出口后,白尔泰才突然感到这种解释是何等多余和愚蠢,于是立刻闭住嘴巴,绷起了脸。

"那你……"古桦还想追问,被哥哥古治安制止住了。

"古桦,行了!还想审问你的白组长怎么着?不懂事!"古治安已经注意到自己这位疯疯癫癫的妹妹,对新来的白组长的事特别上心,可是已经热心过了头,他从白尔泰绷紧的脸上看出小妹已经让人家反感。"老白,你的手下不太懂事,你就别介意了。她跟我来这儿,想帮你开展工作,她对这儿的情况熟,她一来就打听你,心急说话就没了分寸。"古治安委婉地缓和下发僵的气氛。

"哪里哪里,古桦同志,谢谢你的关心。古旗长,你们来这村是……"白尔泰这才缓和下口气，询问一句。

"过一会儿你就知道了。老胡，老白是咱们旗新上任的旗志办编写组长，他到你们村来，要调查搜集过去的一些历史资料，你们要支持他的工作哟。"古治安向胡大伦村主任交代。

"啊，原来是这样啊！欢迎，欢迎。老白，白组长，刚才……不好意思，往后有事就说，这就安排你的吃住问题。"胡大伦立即换了一副面孔，笑容可掬。接着转过身，对珊梅说："我们在挨家挨户查看情况，村里妇女们得了奇怪的病，好像听说你也得过，一会儿都到村上看大夫，另外，问你个事，"胡大伦的眼睛又溜到珊梅耸起的胸脯上，干咳了一声，"珊梅，你们家拜没拜'狐仙堂'？你可说实话哟！"

"狐仙堂？"珊梅不解，瞪大了黑眼，"啥叫狐仙堂？我们家没那玩意，我公公打了一辈子狐狸，他哪儿信那个呀！咯咯咯……"

珊梅忍不住爽笑起来。

"那也让我们进去查看一下吧。"胡大伦领着古治安等人走进屋里，巡视一遍，又在院角仓房等处看了看，果然没有发现几乎普及全村的那类小宝箱或小宝龛。胡大伦似乎不大相信地盯着珊梅："听说你魔怔得最邪乎，你怎么没向杜撇嘴儿'杜大仙'请来一个？"

"我是请了一个……"

"你看你看，我没说错吧！"

"我请的是怀孩子的方子，胡大村主任，你也想要一个吗？咯咯咯……"珊梅又大声讥笑。

这下周围的人们都乐了。胡大伦有些尴尬，嘎巴了一下嘴没说出一句话。

"查到这儿，除了没有女人的光棍户以外，就老铁子这一家还真没请没拜狐仙堂！"古治安旗长说着，目光含有批评意味地盯着胡大伦，"老胡，人家老铁子可比你这位村主任大人有觉悟，人家不信邪，不信乱七八糟的东西，你们应该向人家学习呀！"

"是，是，老铁子这人是不信邪，也啥都不信。不过这事儿，也是从他这家弄出去的。"胡大伦有些不服地嘀咕。

"你根据啥这么讲？"古治安追问。

胡大伦瞟了一眼一旁的珊梅，说道："最早，是铁家的老坟地里发现了一只白尾白毛老狐狸，杜撇嘴儿说珊梅是最先叫那老狐狸迷住的女人，病是从她这儿传开的……"

"你胡说！"珊梅急红了脸。

"老胡，说话注意点，你还信杜撇嘴儿的胡说八道，这跟狐狸迷人联系得上吗？村里的女人们得的是歇斯底里妄想症！好了，你快去组织村里女人们，到包院长那儿查病拿药，再派人把那个杜撇嘴儿叫到村部来！"古治安旗长挥了挥手，转身走出铁家院子。

一帮人簇拥着他，走向村部。白尔泰向珊梅告别，他见珊梅眼下行动还利索，神志也很清醒，觉得自己不必再留下来照顾她了。珊梅由于胡大伦的怪话和古桦的疑问，有些不好意思跟白尔泰说话，微红着脸把他送出门，心里怪怪的。这时丈夫铁山下课回来了。

路上，古桦好像忘记了刚才的那段不愉快，向白尔泰叽叽喳喳说起挨家查"狐仙堂"的好玩事。有的人家把"狐仙像"藏在柜子里，有的来不及取下还挂在墙上烧香磕头，有的见来人收像死活不肯，哭求死缠，有的情急之下把像团巴团巴咽进了肚子里，有的女人更绝，干脆把像放进裤裆里，让男人们无法取出，笑话百出，逗死人。

"真把'狐仙像'放进、放进裤子里了？"白尔泰结巴着问。

古桦瞥他一眼："你看，对这路事感兴趣吧！哈哈哈，白组长，我还以为你不食人间烟火呢！是放进了裤裆里，不过，是我帮助取出来的，没他们男人的事。"

白尔泰觉得古桦这女孩子，好就好在直率大方，不记小事，还很有趣儿，心想自己不必跟她计较什么，将来文化和业务上好好帮帮她，早日让她成为自己的得力助手，把库伦旗旗志编写成功，也对得起她哥哥知遇之恩了。

村部那边，开始闹开了锅。

打扫一新的西头大屋子里，挤满了老少妇女，吵吵嚷嚷，七嘴八舌。农村妇女一向粗犷放浪、不拘小节，都是大老娘儿们，啥话都敢说，人多了更来劲儿。

"啧啧啧，人家那大夫的小手那个白嫩啊，放进俺怀里时，我真想让他接着往下摸！哈哈哈……"

"人家那是拿听诊器听你心肺，谁稀得摸你那烂奶子呀！汗臭烘烘的，真不要脸。我倒是也想给他们查查身体，看看城里大夫长的'那把儿'，跟俺家男人的'把儿'一样不一样。嘻嘻嘻……"

"你试试，你那火爆爷们儿不把人家大夫阉了才怪呢！哈哈哈……"

满屋子欢声笑语，满嘴的粗俗俚语，这里好像不是瞧病的场所，倒是像过着什么节日，谁家在婚喜嫁娶办着筵席。

这时，从门外走进来了一个人，铁山家的美人珊梅。

屋里所有女人的目光，"唰"一下子齐射到她的身上。没有了笑声，没有了俏骂，一双双冷冰冰且鄙夷至极的目光，像一把把刀子，整个屋子一下子死静死静。

"狐狸精！都是她闹的！"有谁喊了一声。

"妖精，骚货！害人精！"众人喊叫起来。

"她还好意思上这儿来，成天想汉子想下崽儿想出了魔怔，连带我们大伙儿，换了我早就去抹脖子了！"

女人们嘴里的咒骂，冷言冷语，毫不留情地像一把把匕首投枪，刺向了那个毫无准备的本来也是受害者的可怜的珊梅。

她先是愣怔，后掩面而泣，夺门逃走。

三

西侧的高沙岗顶上，有人影闪没。小铁旦最先发现。

他们沿着洼地上的小路行走，勒勒车"吱扭吱扭"响着缓缓移动。

"老爷子，我们叫人给盯上了。"铁诺民"孛"，指着西侧坡顶鬼鬼祟祟的骑者影子说。

"看来是的，不用慌。"老"孛"铁喜镇定自若。

"会是啥来路呢？"这六位"特尔苏德·黑孛"中，有一叫"哈尔伊烈——黑鹞鹰"的年轻"孛"，性情勇猛刚烈，背着一杆猎枪。

"在这荒无人烟的莽古斯沙坨中，会有啥好来路！不是咱们喇嘛王爷派出的探子，就是活动在奈曼、库伦中间地带的胡子——'九头狼'的人呗。"老"孛"这么说。

"这两路人，哪个也不好对付。"铁诺民担心起来。

"开打！有啥好说的，他们有枪，我们这是烧火棍啊？"那位"黑鹞鹰"拍着枪，抢着发言，"到这份上了，只有勇者活！"

"不，你说错了，智者活。"老"孛"纠正，神色依旧安然沉定，而语气很坚硬，"没有我的话，谁也不许胡来。"

"是，明白了。"众人应诺。"黑鹞鹰"吐吐舌头，不吱声了。

太阳即将西落了。

荒漠上，洒下一层金红色的霞辉，使得原本野性凶险的大漠，变得柔和起来。那些张牙舞爪的老树、高耸陡峭的沙峰、布满丛棘的沙湾，都一一披上绯衣霞裳，充分呈现出大自然的绚丽奇景。大漠，有时也美得诱人，奇得醉人。

西落的太阳，把人影树影和高坨影子抻拖得老长老长。

"爸，这一边的地上长出了两条人影，你看，多长。"小铁旦指着勒勒车东侧的沙滩说。

诺民侧过头看，果然沙滩上投下来两条长长的人影。他急向西边的高沙岗望去，那西落的日头正照出两个人影在沙岗顶上晃动，一晃不见了，躲进那座高沙岗背后去。

"增加人了，一个变成两个，快到摊牌的时候了。"老"字"也望着西侧沙岗。

铁诺民等人都紧张起来。

"爷爷，跟谁玩牌哪？摊啥牌呀！我也要玩！"小铁旦嚷叫。

"这'牌'只能大人玩，小孩儿可玩不得，乖孙子，听话，一会儿看着爷爷怎么跟他们玩啊！"老"字"铁喜从马背上俯下身子，抚摸一下勒勒车上的小铁旦头说。小铁旦还真听话，他最佩服的人就是爷爷。

"好，停车！前边就是黑风口了，我们今晚就在这沙湾子里住宿过夜！"老"字"下了指令，几辆勒勒车全都停下了。

只见前边一二里之外，有一处狭窄的黑森森的路口子，两边是高耸逶迤的黑色沙梁和陡峭的坨坡，上边长满了茂密的沙枣刺儿和黑榆树毛子，别说人连猴子都不好攀越。唯有那条狭窄的通道，犹如一个张开的黑洞，等候别人进入。秋天的风沙，"呜呜"呼啸着从那口子里吹出来，草屑树叶被卷到空中，飘飘扬扬又落回这边的沙湾子，可见风力之强劲和凶险。

众人见了不寒而栗。

"没有别的出口吗，老爷子？"诺民问。

"我小时候跟随师父走过一次，黑风口是唯一进入奈曼旗边界的路口，别的地方都是茫茫流沙，没有路可走。"老"字"回答。

"那，黑风口那边是……"

"大概就是大胡子'九头狼'的老窝儿了，九头狼就仗着这里地形险恶,打劫过往行人商旅,遇到强手又可瞬间逃遁到大漠里,无影无踪,两边的旗兵——奈曼、库伦的马队奈何不了他们,几次围剿都无功而返。"老"孛"铁喜沉思着这样介绍,他始终不露声色,不知打着什么主意。不过诺民等人只要见了老爷子那沉稳而不慌不忙的脸色,心里也就十分踏实,都各自去忙活安营扎寨了。

老"孛"指挥着大家安顿。这次的安营不同往日,他先用步子丈量着,把五辆勒勒车按五行方位,车辕朝外,车篷朝里聚集中间,再腾出所有的厚毡子,在五个车篷的周围遮挡住一层毡墙,一般胡子们用的猎枪子儿,打不透这层毡墙。这是家眷和小孩儿过夜的地方。接着,老"孛"派人从附近砍来好多干杏树疙瘩,分五处堆放在勒勒车的五个方面。正北朝黑风口方向的那堆干柴,堆得如小山般高,并在五堆干柴下埋放了许多"面鬼"。然后,每堆干柴旁扎了一个草人,上边披上衣袍,远看活如一人在火堆旁值班烤火。在草人旁侧,又挖出一个能躲进一个人的可卧可坐的长条坑。老"孛"安排另五个"孛",每人手拿猎枪或利器藏身在那坑里,当夜里有人袭击草人时,再从其背后突袭击倒,但必须留活口不得杀人。

天色即将黑下来,老"孛"摆布完毕这奇特的阵势,督促大家抓紧打灶做饭,趁有亮儿吃饱肚子以等候黑夜的来临。

"爸,他们真会今夜袭击咱们吗?"诺民吃着肉粥问。

"差不离。没猜错的话,'客人'会在后半夜'三星'偏西的时候出现。"老"孛"铁喜抿一口铁壶里的烧酒,很是自信地回答,"本来他们,等着我们冒冒愣愣地走进那黑风口,两边夹击,想一下子解决了咱们。可我们现在干脆不走,安营扎寨,不急不慌,他们反而会耐不住心痒痒,恨不得马上吞下这块到嘴边的'肥肉'。再说这边地形宽,不好白天接近,只能选择黑夜袭击了。孩儿们,你们要沉得住气,平时你们都练过'孛'功,对付一两个袭击草人时把后背亮出的对手,应该不成问题。记住,下手别太重,决不能杀人,杀了人我们可就真不好离开这里了。"

围着火堆喝酒吃肉粥，这六位"特尔苏德·黑孛"和其家眷们，如此这般细细地议论着，合计着，而且有说有笑，甚是安闲自若，丝毫看不出面临大敌的紧张样子。这倒使得躲在黑风口那边树丛的探子，摸不着头脑了。

"'黑鹞鹰'，夜里你负责保护勒勒车帐篷，万一有人躲过五个'火哨'靠近帐篷，就开枪。记住，万不得已才杀人。"老"孛"交代。

"是，我听您的吩咐。""黑鹞鹰"说。

"诺民和你们三位，负责除正北以外的四处'火哨'，我管正北大火堆。多准备干柴，火要燃一夜呢。"

"爸，当年你和祖师爷，怎么通过的黑风口？那会儿，这一带也有胡子吗？"诺民问。

"那会儿是'九头狼'的父亲'黑豹'，在这一带称霸，我师父郝伯泰'孛'威名远扬，他们没敢胡来。再说我师父施展'孛'法，让'黑豹'胡子装满砂枪子儿朝我师父开枪，那砂枪愣是扣不出火，最后还炸了膛。黑豹服得五体投地，护送我们走出几十里地，哈哈哈……"回想起当年的经历，老"孛"铁喜豪性大发，朗朗笑起来。

此时，夜幕终于降临，大漠呈出一片宁寂。

黑风口前边的这片平坦沙地上，陡然燃起了五堆篝火，在浓浓黑夜中闪闪烁烁，显得诡异奇迷。火堆中，不时可见蹿跳着无数小人，如鬼魅般若隐若现，还叽叽喳喳叫啸有声。

最令人惊心动魄的是，朝黑风口的那堆熊熊燃烧的火焰中，老"孛"铁喜安然站立在火焰中间，身穿法衣，头顶法冠，手里挥动宝剑，而且光着双脚踩着红红的木炭火，嘴里念念有词！

望者胆寒，惊惧不已。

黑风口这边的密丛中，藏匿着几多匪徒，盯视着眼前的这一幕，窃窃私语。

第五章 | 125

"大当家的,这来者可不是善茬子呀!"有一匪首,向中间另一大头领说。此人一脸黑胡子,额头和脸上有九条伤疤。他就是远近闻名的荒漠大盗"九头狼"。

"看来是不好对付的嚼咕儿。"九头狼回过身,一把揪住身后一个人的脖领,凶巴巴地问道,"王八羔子,老实说,你引来的到底是啥货?啥路数?"

"大当家的别发火儿,我们旗马队头儿苏山老爷,就是这样向小人交代的,说王爷要抓回那几个逃民,与其那样,不如把他们交给'九'爷更省事!就这么着,把小的派出来跟着他们,向大当家报的信儿……这都是实话。"那人小鸡般被"九头狼"提拎着,颤颤抖抖地诉说。

"妈拉巴子,几个普通逃民,你们王爷和苏山那老贼至于这样下功夫送信儿吗?他们到底是啥来路?快说!"

"小的真不知道,小的只是跑腿儿的,有一句谎话,你就崩了我……"

"去你妈的!""九头狼"看出这个送信的探子确实不知底细,一把将他摔出去。

"大当家的,这伙人有点神道儿,咱们又不摸底,这可咋整好?"那位匪首问。

"别急,老二。""九头狼"抬头望一眼天上的三星,若有所思,"到后半夜,等三星偏西,绕过前边的那个施魔法的巫汉,摸后边四个火哨儿,派去八个兄弟,老二,你亲自带队,两个人对付一个,不出声响,逮两个活的回来,老子拷问出他们底儿再说。"

"九头狼"挑选出八条壮汉,如此这般布置。其中有一人,就是库伦旗马队送信的那个探子。

当三星偏西的时候,正北的火堆上没有了那位"施法"的老"孛",他稳稳地静坐在火堆旁,嘴里念咒语,手里拍响那皮鼓,黑夜里格外诡异。而此时,后边四个火堆旁,都悄悄出现了两个摸哨人影。当他们猛扑那位似乎低头入睡的火哨时，从他们后边突然闪电般跳出一个大汉，抡着杏树重棍，一人一闷棍，把他们击倒在地，五花大绑，死猪一般。

一切如老"孛"铁喜预料的那样。

"老爷子，您老可真是神机妙算，分毫不差。"诺民、"黑鹞鹰"他们把俘虏押过来，兴高采烈。

"事情还没完，先别松懈。猎枪装上子弹，都在左右两侧埋伏好，提防九头狼一急冲下来硬干！"老"孛"说着，脸上一副不动声色的样子，走过去拍醒一个俘虏。

"你们是'九头狼'的弟兄吗？"老"孛"问。

"哦哦，他们都是，我不是。"这人急急忙忙辩解道。

"唔？那你是谁？"老"孛"奇怪了。

"我是库伦马队苏山老爷的手下。"他倒老实坦白。

"你跑这儿来，跟土匪一块儿摸我的哨儿？你到底是干啥的？不老实说，把你扔进火堆烤干喽！"老"孛"冷冷地说。

"老爷，听我说，我真是苏山老爷的手下，你们逃出库伦的消息传到咱们喇嘛王爷那儿，他就指令苏山老爷立刻带队来把你们抓回去，可当时苏老爷正跟他的七姨太一起抽大烟，懒得动窝，说你们几个不值得派马队兴师动众，就交给'九头狼'办了吧，就这样把小的派出来，尾随着你们，又送信给了'九头狼'，我说的都是实话，老爷。"这人为了保命，一五一十全说个清楚。

"你们苏山老爷的马队，跟'九头狼'的胡子帮是不是早就有勾结？"老"孛"铁喜怒从心起。

"深的情况，小的不清楚，反正苏老爷跟'九头狼'常有来往，只要'九头狼'获了大利，总派人悄悄送苏老爷一份儿。"

"警匪一家！"老"孛"铁喜怒斥，"难怪每回全旗百姓捐钱捐物请马队去剿匪，都空手而回，白白浪费旗民财物，原来你们早就是一伙儿的！真是该杀！"

"别别，老爷，别杀我，我只是跟班跑腿儿的……"那人吓得哆嗦，跪地求饶。

"'九头狼'在那边吗？"

"在在，他就在黑风口那边儿等消息呢。"

"他还有多少人？"

"还有十几个人。"

"这几个被抓的人里，有九头狼的'拜把子'吗？"

"有，他的二当家'黑狐'，就在这几个人里。"

"这就好办啦。"老"字"深思熟虑地说着，让那位"探子"指认出那位二当家的，并带着他走过去，重新站在火堆旁的亮处。

只见他"咚咚"敲响皮鼓，威风凛凛地冲黑风口的方向，喊起话来：

"九头狼，你听好了，你可输了第一招儿！"

那边毫无动静。

"九头狼，你看看这人是谁！"老"字"把二当家的往前推了推，"你的拜把子二当家的'黑狐'，还有六七个兄弟，全都落在我手里，你还缩着头不出来说话吗？"

黑风口那边终于有了动静。燃亮起几个火把，走出一条大汉，向这边答话：

"你老兄倒是手脚利索，不费吹灰之力，抓住了我的七个弟兄，佩服，佩服。你们到底是啥来路？还真有点本事！"九头狼变得心虚，口气不敢太狂。

"不瞒你说吧，你我俩小时还真见过一回，也是在这黑风口，不过那会儿，你老子'黑豹'劫道儿，我师父带我闯关！"

一阵沉默。显然，"九头狼"在绞尽脑汁回想几十年前的往事，一生喋血生涯，劫道杀虐无数次过往行人，他还真一时想不起来。

"让我提醒你一下吧,那次你老子'黑豹'的猎枪扣不出火,炸膛,差点炸瞎了你老子的眼睛,记起来没有?"

"啊?!你是'通天字'郝伯泰大师的徒弟?!"九头狼终于惊呼起来,口气也一下子变得异常热乎,"难怪老哥这么大本事呢!这可真是,大水冲了龙王庙,小弟有眼无珠,你老哥早点说明了大号,不就没有这码子误会了嘛!"

"哈哈哈……我的名气哪有师父那么大,谁知你'九头狼'九爷给不给面子?再说,也不知今天办事儿的是哪路人马,所以老夫只好设计抓几个活口儿再说了。"

"小弟认输,你老哥啥打算?是不是到小弟寒舍喝几壶辣水儿?"九头狼豪爽地邀请。

"我们急着离开库伦王爷的地界,喇嘛王爷要灭咱们这些'字师',不好久留。有缘来日方长,到时再痛饮你的酒。今天你老弟真给老夫面子,那放我们过去,我将感激不尽。你的弟兄,我一根汗毛也没伤他们,我这就放他们过去。"

"老哥你真客气,我哪能得罪父辈时结交的朋友!我还感谢你老哥手下留情,没伤害我那帮瞎了眼的弟兄!那我在这儿烫酒为你老哥送行!""九头狼"粗犷地大笑着,答应铁喜老"字"要求。

诺民、"黑鹞鹰"等人围过来。

"老爷子,'九头狼'的话可信吗?别落进他的套儿!"

"到了这会儿,不信也得信。我想他会买账的,干他们这行的,讲究的是'信义'二字,当那么多手下弟兄说出的话,哪能出尔反尔,以后怎么在黑道上混?放心,就是他变卦,我也有制服他的手段!"老"字"十分有把握地说着,同时抬头向东方看了一眼,此时东边茫茫地平线上,呈露出一条鱼肚白,黎明的曙光正要放射。

"天快亮了,你们去准备启程,拔营套车,弄灭火堆。"老"字"铁喜安排下去。

过了一个时辰，等东方大亮太阳将升起的时候，老"字"铁喜骑着马，带领着他的勒勒车队，旁边陪着二当家"黑狐"等人，缓缓向黑风口方向走去。

那个阴森森黑洞洞的黑风口，张开硕大的黑口子等候着他们。强劲的风沙又从那里"呜呜"吹出来，大漠中新的一天又开始了。

四

哈尔沙村的村部，如同集市。

全村几百号老少妇女，几乎一个不剩地全集中在这里，哭的哭，笑的笑，闹的闹，孩子找娘吃奶，男人们围过来凑热闹，还有的女人一见穿白大褂的打针就晕，挣扎着往外跑，她的男人和亲友从后边围追堵截，弄得鸡飞狗跳。

这下忙坏了由旗、乡两级医院组成的医疗组的医生们。给这些"疯"女人们先是检查身体，然后打镇静剂吃些镇静药，不是挨检查打针的女人受罪，而是这些文弱的白脸医生们遭难。有的死活不让听诊器塞进怀里，有的却大方得反摸你的脸蛋或裤裆，而有的一打开衣扣儿就一股汗臭臊味儿扑鼻，直让你恶心想吐，恨不得转身就逃离。

而围观在门口窗外的老爷们儿，却议论开了。

"嗬！狗日的，让这些白褂们可占了大便宜！"

"可不！咱们全村的女人，叫他们摸个遍！"

"妈的，你看那戴眼镜的小白脸，把手伸得多深！那小娘们儿还一个劲儿乐，赶上她过瘾了！"

"就数村东郑三炮的新媳妇还知道脸红,死活不解开衣服,那小白脸只好隔着棉袄听诊,哈哈哈……除非那小娘们儿的心脏,是小母驴心脏,像砸夯一样大动静!"

"哈哈哈……"

男人们无拘无束放肆地议论着,说闹着。卫生局刘局长无奈之下,找村主任胡大伦交涉。

"去去去,都回家去,这儿没你们老爷们儿的事!"胡大伦出来轰这些嘴巴损的男爷们。

"大村主任,谁说没我们的事?我老婆可在里边哎!"有的起哄。

"去去,我老婆也在里边呢!谁还抢了你那臭娘们儿咋的?"胡大伦训斥。

"那没准儿。已经占了不少便宜了,我那老婆可金贵!谁像你的,好像谁摸都行!"起哄者说完就开溜。

"混球!"胡大伦从他后边骂一句,然后好说歹说把这些男人都轰走了。

这时,派去叫杜撇嘴儿的小伙子回来,向胡大伦报告说杜撇嘴儿来不了。

"咋了!她敢不来!"

"趴窝儿了,发烧!"

"'大仙'还得病?保准是装熊!"胡大伦回办公室,向古旗长汇报此情况。

古治安正和赶到这儿来的哈尔沙乡的乡长刘苏和谈着话。

"走,她不来,那咱们去瞧瞧她。'狐仙'的事儿,是她搞起来的,此人要好好教育教育。老胡,你去叫个大夫,一块儿去。"古治安站起来,和刘乡长等人往外走。

古桦捅了捅旁边的白尔泰说:"咱们也瞧瞧去!"

"古旗长没叫咱们……"白尔泰犹豫。

"嗨,你真木,这有啥呀,下乡工作,要积极主动。再说这杜撇嘴儿,过去当过萨满教的'列钦'巫女,正是你要调查的对象哩!"

"是吗?那咱们去!"白尔泰和古桦一起走出屋,跟上前边的古旗长他们。

"你可真是你们组长的好参谋,愣把人家给拉来了。"古治安回过头,向他妹妹逗着说。

"那当然,这叫开展工作,是吧,白老师?"

"嘿嘿嘿……是,是。"白尔泰也笑起来。

当他们一行人,快走近杜撇嘴儿那两间旧土房时,有一小孩儿飞跑过去向那边报信儿了,有两三个年轻妇女匆匆忙忙从那两间房走出。

胡大伦说:"这老巫婆,还在招人搞活动!"

屋里,门窗堵得严严实实,大白天在里边也黑咕隆咚,灶口祭燃着糠秕子之类的"避邪物",烟气腾腾,呛人嗓子。柜子上点着一盏油灯,里屋门的上框部,吊挂着五色布条儿幡旌,地上抛撒了不少高粱和谷粒儿。古治安他们进屋时,有一老年妇女正从西墙上摘下一张图,急急忙忙卷巴着。整个屋里阴气森森,充斥着邪门歪道的各种气味,好人进这屋也抗不住打冷战。

"这是在搞啥乱七八糟的!鬼鬼气气,神神道道,你就是杜撇嘴儿吗?"古治安忍不住大怒,冲那位卷图的老妇女喝问。

"俺不是、不是'杜大……仙',啊杜大姐……她在那儿躺着呢。"吓得那个妇女打一哆嗦,赶紧往炕上指了指。

土炕头躺着一人,身上蒙盖着厚棉被,上边又压了一件羊皮大衣,缩成一团。听见来人,脑袋从被子里露出来,额头上扎着一条红布带子,一头花白的头发披散在脖子上,脸颊上两个颧骨那儿绯红绯红,而一双绿豆似的圆眼睛贼亮贼亮地闪动着,看人似刀子般扎个透。一见来人,嘴里便哼哼唧唧呻吟开了:"我要死了,我脑袋疼死了……"

古治安盯一眼炕上的杜撇嘴儿，继续追问那个老妇女："那你是谁？在这儿搞啥名堂？"

"我、我、我没搞啥名堂，我是邻居的包婶儿，杜大……姐生病了，来看看她……"这位姓包的老妇女支支吾吾，把手里的那张图往身后藏了藏。

"不要掖掖藏藏的了，把那张图给我看看！"古治安说。

"哦，不……"那女人还往后缩，胡大伦走上前，愣是半抢半夺地从她手里拿过那张图，递给了古治安旗长。

古治安摊开那张揉得皱皱巴巴的图。

"果然是所谓的'狐大仙'像，我见过，我家老太太'请'的那张跟这一模一样，看来这像是母图了，全照它描的！"古治安把那张图传给别人看，自己走向炕边，冲杜撇嘴儿说，"你生病啦？得的啥病？医生，给她检查检查，先瞧病，再问话。"

跟来的那位医生按照旗长的吩咐，开始给杜撇嘴儿查病。古治安又叫胡大伦把遮挡窗户的布毯子撤掉，灭了灶口的燃物，这下屋里亮堂了许多，空气也清新了不少。这会儿，那位医生向古治安报告说："她没啥大病，看来主要是神经性的头疼，心率很快，血压偏高，心血上冲，中焦堵塞，大脑处在极度亢奋状态。打一针安神类的镇静剂就好。"

"这都是'狐大仙'附体下凡瞎折腾的结果！现在，自个儿倒收不住了，哈哈哈，害人害己！先给她打一针吧。"古治安说。

"我不打针，我不打针……"杜撇嘴儿往被窝里缩，眼睛突然变得亮晶晶，神情异常紧张，说话的声音也变了，显得很恐怖的样子。

"你怎么了？不要紧张，不要紧张。"医生见杜撇嘴儿神色有异，赶紧安抚着说。

"不不不，你们走开！走开！"杜撇嘴儿越发地厉害起来，"呼"

地坐起来,用被子包裹着身体,似乎害怕着什么,缩到墙角,身上哆哆嗦嗦,眼神闪烁不定,很是不正常,失去常态地"吱吱"尖叫。

"她这是怎么啦?怎么像是狼狐般地尖叫?"古治安等人也感到十分怪异。

"我也觉得不可思议,"那位医生手里拿着注射器,站在炕边,眼睛盯着杜撇嘴儿,"好像也不是装出来的,神经似乎失去控制了,这好像由于受外界什么一个大刺激后造成的,弄不好她会疯的……"

"村里娘们儿犯魔怔病,都跟她这个样子差不多,过一会儿还会疯哭疯笑哪。"胡大伦在一旁看着,很有经验地说道,"她本来有一套,这两天没传上那病,所以村里人都信她,看来还是没躲过去。道行终是不行啊!"胡大伦幸灾乐祸般地感叹起来。

"你的意思是说,她也被什么'狐狸迷住'了?"古治安追问。

"可不咋地!"胡大伦觉得不对,赶紧打住,"呵呵呵,我的意思是说,呵呵呵,村里娘们儿犯病,都这个德行……"

这时,杜撇嘴儿突然尖声笑起来,声音刺耳,"咯咯咯……"一串儿一串儿地狂笑不停,笑得前仰后合,东倒西歪,那花白的一头乱发都披散到脸上胸前,显得十分恐怖,令人毛骨悚然。不一会儿,她又"呜呜呜"号啕大哭起来,眼泪鼻涕一起流,好像遇到了什么伤心事,哭得那么哀婉凄楚,抽抽咽咽。

"快给她强行打镇静剂!"古治安命令。

于是,胡大伦、刘乡长还有古桦等跳上炕,抓胳膊的抓胳膊,按腿的按腿,医生撸开她衣袖,露出她那只瘦得麻秆似的手腕,把那剂镇静药强行推进去。

"你们要毒死我!要毒死我!我不打针!"杜撇嘴儿拼命哭叫着,挣扎着,像一只困兽龇牙咧嘴。

打完针,人们从炕上跳下来。杜撇嘴儿抚摸着手腕,双眼盯着那打针处发愣,嘴里疯疯癫癫地不知在叨咕什么。大约过了半个小时,她的神情安稳了许多，不再哭闹了，虚脱般地靠墙角瘫坐着，微闭上眼睛谁也不睬。

"杜其玛，杜撇嘴儿，你听好了，"胡大伦这会儿跟她说起话来，"今天，咱旗里古旗长和刘乡长都上你这儿来了，领导上要有话问你，你可要照实说，听明白了吗？"

杜撇嘴儿眼睛翻了翻，看一眼胡大伦，不搭腔。

"杜其玛，你刚才怎么了？你自己知道吗？"古治安问。

杜撇嘴儿依旧不答话，闭着眼睛。问了三遍，仍不回答。

刘苏和乡长来气了，提高了声音威胁说："你不说话，那好，先把你押到乡派出所收审再说。你搞了这么多迷信活动，闭口不说就想完事了？"

一听"押到派出所"，她急了。

"别别别，别抓我，我说，我说……"杜撇嘴儿终于开口说了，"刚才，我迷糊了一阵儿，啥也不知道了，你们刚进来那会儿我还明白，一听打针我一害怕，就啥也不知道了……"

"是不是你被啥吓着过？你遇过啥可怕的事？"医生在旁边问。

"对，对，就是昨天晚上的事，当时吓得我魂都出来了。"杜撇嘴儿的眼睛充满恐惧地闪动起来，似乎不敢回想那事。

"你遇见啥了？"医生问。

"还能是啥，就是那只'鬼狐'呗……"杜撇嘴儿心有余悸地低声说，接着不吱声了。

"鬼狐？"

"啥鬼狐？你也遇见了那只狐狸？"胡大伦问，"到底是咋回事？"

"唉，都怪我自个儿好奇，跟踪了那个小娘们儿……"杜撇嘴儿叹口气，接着说起下边一段她经历的怪事。

昨晚睡觉前，她出屋解手时，听见了一声奇怪的野兽嗥叫。那尖尖的刺耳长叫声，是从村西北的铁家坟地那边传过来的，她站在院子里听了一会儿，没有过多久，她便看见有一个人影向村西北方向匆匆走去。她好奇，暗中追过去，发现那人原来是铁家儿媳妇珊梅。本来，前一天从坟地回来后，她见珊梅已中邪，神志不正常，这会儿见她天黑了还往坟地那边跑，她更是万分奇怪，于是悄悄地一直跟踪珊梅而去。这时候开始，村里的妇女们也骚动起来了，"呜哇"乱叫。她并没去理会那些，一直跟踪着珊梅，她到了铁家坟地中的那棵老树附近。月光下，她发现珊梅神情恍惚，脸色苍白，身体还摇摇晃晃的，就像是梦游一样，心智不清。这时，她和珊梅都看见了那只兽——银狐。只见它用后两条腿直立在雪地，仰起尖嘴，冲天上的一轮清月凄厉地嗥吠，还不时在雪地上跳跃舞动，甩打着白瘆瘆的九条尾巴，犹如一位美丽的舞蹈演员。当这只银狐吠叫时，有一股奇异的强烈刺鼻的臊不臊香不香的气味，弥漫了老树周围。她闻到这股气味时，浑身激灵了一下，神志开始迷糊起来，就像前日遇见中邪的珊梅目光时产生的那种感觉。她吓得赶紧咬破舌尖，喷出一股血沫儿，才稳住神儿，不过那个珊梅可不一样了，她随着银狐的动作也在原地舞动起来，嘴里还低声哼着曲儿，"咯咯咯"笑着。她不敢再待在这儿，自己的心里也一阵阵犯迷糊，正要转身离去时，便听见了一个人从远而近的脚步声。她看见老铁子出现在老树前的雪地上，举起猎枪朝那银狐瞄准。"砰"的一声响，雪地上打得冒烟儿，可那只银狐一闪就没影了，而这边呆头呆脑跳舞的珊梅却哭喊起来："我的腿，我的腿！"她也被这些突如其来的鬼怪事和开枪的事吓得没了魂儿，瘫在地上了。不知过了多久，她才醒过来，老树下也不见了狐狸和老铁子的影子。那位可怜的珊梅却还躺在原地，一动不动。她悄悄爬过去，摸摸胸口，还有热乎气儿，赶紧推摇她想把她弄醒，可没有成功。出于好心，她半拖半扛着这个受伤的女人，费力地往村里的方向走。不知过了多久，她才把珊梅弄回村里，怕沾事儿，她把珊梅送到她家门口就悄悄走掉了。这时她也听见苏醒的珊梅在哭叫,正在到处找媳妇的铁山也发现了珊梅。经历了这场可怕的事,她就变得现在这个样子,一遇到什么刺激的事儿就出现"魔怔"的状况,而她自称这是"狐仙附体",继续蒙哄村里人。

"你说的这些,全都是真的?"古治安半信半疑地问。

"有一句假的,你们就抓我押大牢!"杜撇嘴儿撇撇嘴,发誓赌咒。

"还真有点邪性,啊?你说怪不怪,难道狐狸真会迷人?我不信这一套!医生,你说,医学上能说得通吗?"古治安询问。

"这……"那位医生也犹豫着,"民间是有这一说,尤其是北方和东北地区,新中国成立前非常盛行这些东西。至于,医学上嘛,我没看到过确切的科研资料,不过有一家读者文摘之类的报刊,转载过西方的一篇文章,说狐狸身上能放射出一种气味,这种气味对某些神经衰弱的女人会产生紊乱神经作用,诱发歇斯底里病症。这条消息可靠不可靠,有没有经过科学试验,我就不知道了。"

"噢?有这事?"古治安觉得新奇,思索着说道,"先不管他了,我们先处理眼前的事儿再说。刚才杜其玛讲述的情况,我们再找老铁叔核实一下就清楚了,冒出了一只九尾老银狐,把整个哈尔沙村给搅翻了天,加上'杜大仙'的推波助澜,全村没有了人的浩然正气,都成了鬼狐天下!这成何体统!杜其玛,我在这儿严肃地告诉你,从现在起,不许你装神弄鬼当什么'狐大仙'骗人了!听见没有?"古治安口气非常严厉。

"是,是,我再也不敢闹了,闹得我自个儿都沾上了……"

"也不许你向村里人再卖什么'狐仙像'!如果我们发现你还在搞这些鬼名堂,毫不客气,先抓你坐大牢,押几年!"

"是,是,是……"

"你先养病吧,这事儿还没完,等你病好了,你再到政府那儿,说清楚装'大仙'卖'狐仙像'的全部经过。"古治安转过身,向刘苏和等人说,"咱们走,老胡,你去召集全村的党员和村干部到村办公室开会。老刘,你们乡党委也要来几位主要领导。另外,老胡,你派个人把老铁叔找来。"

胡大伦从古治安那张严肃而紧绷的脸上,感觉到一种不祥的预感袭上心头来。

五

"妖精!我是妖精!咯咯咯……我是狐狸精!咯咯咯……"

哈尔沙村冒黄土的村街上,传出一串尖利刺耳的疯笑声。随着,在驴打滚的灰堆旁,出现了一个披头散发、敞胸露怀的疯女人。她是珊梅。本是神经受刺激有些不正常,又遇众村妇嘲讽辱骂,她那脆弱的神经完全崩溃了,跑出村部办公室,经风一吹,她那颗迷乱的心更散了,诱发出更严重的神经错乱症。

"我是狐狸精!你知道不?咯咯咯……"她揪住一个上学的女孩子书包不放,非让人家承认她是妖精。

"放开我的包!阿姨,快放开我的包,我要迟到了……"那女孩儿吓得快哭出来。

"我真是女妖精,狐狸精啊!你可要记住,黑夜里出来吸人血!咯咯咯……"珊梅两眼贼亮,双颊通红,张牙舞爪地"吱吱"学兽叫。

"哇!……"那女孩儿丢下书包就哭着跑走。

正这时,白尔泰和古桦要去村里的老喇嘛吉戈斯家,路经这里看见了这一幕。

"珊梅!你怎么了?"白尔泰走过来,摇晃一下珊梅的手臂,"你镇静点,不要胡闹!"白尔泰昨夜见过她的疯态,见她现在又犯病,向古桦介绍她的情况,并说:"咱们先送她回家吧,改日再找吉戈斯老喇嘛。"

"好吧。"古桦也同情地说。

"小女孩儿,回来!把书包拿走,到学校告诉你们铁山老师,就说他老婆病了,叫他快回家!"白尔泰叫回那个哭跑的女学生。

"我是妖精!咯咯咯……你们也是妖精吗?"珊梅也斜着迷乱的目光,问白尔泰他们俩。她已认不出白尔泰。

"是,是,我们也是妖精,大家都是妖精,咱们先回家,好不好?妖精也有家,妖精也得回家哟……"白尔泰顺着她劝哄,显得很耐心。

"妖精有家,妖精回家喽……"珊梅倒是很听白尔泰的话,顺从着他的意思,被二人夹扶着往家走,不再争闹。

"她还真听你的话,这一转眼,我们都变成'妖精'了。"古桦向白尔泰挤挤眼,嘿嘿乐。

"权宜之计,权宜之计,病人不好跟她争的。当当'妖精'也不坏嘛,人和妖,本来差别也不大,还可互相转换。"

"你这是典型的'人妖不分'。"古桦笑。

"你们在说啥呢?啥人啊妖啊,现在妖精可比人好,人害人,妖精不害人。咯咯咯……"珊梅疯言疯语插一句,弄得白尔泰和古桦赶紧缄口,同时琢磨着她的这句疯语,相互大眼瞪小眼。

冰冷的屋子,冰冷的炕。他们二人好歹扶着珊梅上炕,歪靠着被摞儿坐好。珊梅眼睛盯着一个地方,不时咯咯疯笑,二人又不好扔下她一人走开,于是三个人就这样干坐着,等候珊梅的男人铁山回来。

"珊梅!你怎么啦?出啥事啦?"铁山终于赶回来,跑得呼哧带喘,满头大汗。

"你是谁?你不是妖精,他们才是妖精,你出去!这儿是妖精的家！咯咯咯……"珊梅全然不认识丈夫，胡言乱语。

"这是咋的了？她咋疯得这么厉害了？"铁山抓着珊梅的肩膀摇晃，掐她的人中穴，可现在他这一招儿也不管用了，珊梅挣扎着伸手就往他脸上抓。一下子，铁山的右脸上出现了三条半血迹。

"你抓破我的脸了！妈的，你敢抓我的脸！妈的……"铁山不知是急还是气，杀猪般地大叫起来，随着挥起右手"啪"一声扇在珊梅的脸上。珊梅犹如一捆稻草般，轻飘飘地倒向一边，仍然"咯咯咯"地笑个不停。

"铁山，你干啥呢这是！她疯了，你也疯了？怎么跟她一般见识？你这人怎么这样！"白尔泰看不过去，大声训斥着，跳上炕，拉住铁山。

"我打我的老婆，关你啥事？都给我滚开！"铁山摸着渗血的脸颊，火气冲天地大叫。

"你这人真是'狗咬吕洞宾不识好人心'！我们好心好意把你疯老婆送回来，还挨你骂！你他妈的比她还疯！"旁边的古桦来火儿了，一拉白尔泰，"白老师，咱们走，这一家全是疯子，咱们别操这份闲心了！"

白尔泰想一想不好再待在这儿，跟着古桦往外走，到了门口回过头看一眼炕上傻笑的珊梅，又生出几丝恻隐，对气呼呼愣在那儿的铁山说："你老婆病得不轻，村部来了旗医院的很多大夫，你快去请来一个给她瞧瞧吧，不能再耽误了！"

"妖精走了！妖精走了！你不是妖精，干吗留下呀？"珊梅瞪大眼睛指着丈夫铁山提问，她的左脸已红肿出五个指印，可见铁山下手够狠，她却没有疼痛感觉，仍旧傻笑着嚷嚷，"我这妖精也要走，妖精的窝儿留给这外来的傻小子吧，咯咯咯……"

珊梅说着就溜下土炕，要跟着白尔泰他们往外走。

铁山一把薅住了她："瞎跑啥呀？给我老实待着！"

"不，妖精跟妖精走，不跟人在一堆儿，咯咯咯……你傻小子，一个人待在这老窝儿吧，咯咯咯。"珊梅斯斯文文地跟铁山挣脱，身上却软软绵绵毫无力气，被铁山重重掷回硬邦邦的土炕上，如一只空心皮球。但她显现出一个疯子的不屈不挠的固执，依旧"咯咯咯"瘆人地痴笑着，抚摸着被掼痛的屁股爬起来，还要往外走，嘴里仍叨咕着："妖精不跟人在一块儿，人老折腾着妖精下崽儿，烦死妖精了，咯咯咯，妖精不下崽儿，咯咯咯……"

珊梅疯疯癫癫，颠三倒四，像一个喝醉的酒鬼酒后吐真言。这倒让丈夫铁山愣了一下。瞅瞅老婆，瞅瞅白尔泰他们，打也不是，放也不是，不知怎么办才好。

"这样吧，她待不住，我们帮你一块儿带她去村上看看医生，检查检查吧。你这样跟她折腾也不是办法，她脑子不清醒，听不懂人的话，不能跟她硬来。"白尔泰站在门口，向铁山说。

"那好吧。"铁山只好放开揪老婆的手。

"好喽！妖精自由了！"珊梅像小鸟般扑扇着双臂，往外跑。

"真可怜。"古桦嘀咕一句，扶着珊梅往外走，后边跟着铁山和白尔泰。

医生们重点"关照"珊梅，作为典型病例或病源，进行了全面细致的检查。当然，神经系统的疾病，很难在没有先进设备的情况下，做出更为精确的诊断，何况医生们也不是来自专科医院或精神病医院什么的，以往他们遇到个别这样的病例，都送往通辽市的精神病院了事。如今面对全村这么多妇女，不好把她们统统送到精神病院，把哈尔沙村搞成一个没有女人的世界，那些男人们不活剥了他们才怪哩。现在只能稳住病情，观察几天再说。古治安旗长他们也过来瞧了瞧珊梅，问一些杜撇嘴儿说的那情况，可珊梅除了傻笑，一问三不知，一概不记得那一晚发生的事情，给别人看小腿的伤处时，还傻呵呵地问人，这伤是咋回事，古治安只摇头苦笑。白尔泰对这可怜女人的遭遇,一直百思不得其解,心中萦绕着一些疑问:狐狸真能迷人吗?哈尔沙村的妇女们究竟怎么了?医学、科学如何解释哈尔沙村发生的这一奇怪现象?难道那莽莽的大漠、神秘的自然界真的有一种人的力量无法控制的神秘而不可测知的东西,在冥冥中向人类发难吗?宇宙、大自然太浩大宏伟,而依附其寄生的人类又太渺小,却又妄自尊大地向浩大的自然挑战,破坏其平衡,所以正在遇到某种惩戒吗?

白尔泰遥望着远处茫茫大漠,默默地思索。

古治安走过来,拍了拍他的肩膀。

"老白同志,你有何想法?你相信这是狐狸在作祟吗?"

"我?我的想法无关紧要。问题是事情本身,它的神秘性,隐其背后的内涵,人类现在掌握的科学如何解释?其实,人类无法以自己的有限来测度宇宙自然的无限,甚至搞不清人类自己生命本身。一切无法逃脱大自然的法则,答案在大自然。"

"你这是高深莫测的抽象说法。我在找具体的答案。"

"那只好找你的医生们,或者找那只神秘的银狐了。"白尔泰笑了笑。

"是啊,医生和银狐,医生只管治病,银狐又不知在哪里。"古治安也无奈地摊手笑,"看来,你又想把此事,跟你那萨满教的崇拜大自然的信条联系起来诠释,哈哈哈……"

"万流归宗嘛,现在的人类,缺少的就是这种崇拜。缺少对大自然和宇宙的神秘感。"

"是不是让人类重回树上去?"

"森林正在从地球上消失,想回去也快没有树了。"

"不要太悲观,土地只要不消失……"

"土地?我的旗'王爷',你抬起眼睛往远处看,那就是'土地',沙化的'土地',寸草不长!不要多久,人类的'聪明'将被这种各类'沙漠'埋没得无影无踪,到那时也许人类悔恨自己是否太聪明了,聪明反被聪明误?人类一开始变得聪明后就被这'聪明'为代号的'魔鬼'引导着,走向深渊,慢慢寻找着一种归宿,谁知这种终结点在哪里!"

白尔泰悲天悯人地发表高论,眼神幽深,神情庄重。

有人来叫古治安,说开会的人都到齐了。

"咱们以后再讨论你这玄奥的话题。"古治安笑着说完,去开会了。白尔泰也带着古桦去找吉戈斯老喇嘛,继续搞调查。

铁山的老婆珊梅经医生们治疗,打针吃药后,神情安稳了许多,不再胡说疯笑,不再称自己是"妖精"了。不过依旧痴痴呆呆,对周围很麻木。铁山领着媳妇回家。

黑夜又笼罩在哈尔沙村。经白天的一番折腾,似乎感到疲倦了,此刻的村庄显得很宁静而有些死气沉沉。狗不叫,人不吵,连黑夜里的牛都停止了咀嚼进入昏睡,唯有村南那条小沙漠河的冰面,偶尔传出"噼啪"的冻裂声。

铁山被一种动静弄醒了。声音很奇特,似呻吟又似呼叫。

他伸手一摸,睡在旁边的珊梅的被窝是空的。他吃了一惊,坐了起来。屋里很暗,有稀疏月光落在窗户纸上。

这时他又听见了那个声音,似乎来自近处又似乎很遥远,而且令他心惊的是那个声音,正在召唤他的那个声音,他感到很熟悉。

"铁山,铁山……我的儿……"低哑而稍苍老,柔和而又很空灵,是个女人的声音。

他终于听出来了,这是他已故去多年的老母亲的呼叫声!铁山的心急速地跳起来,有些毛骨悚然。这时,只见有月光的窗户前出现了一个人影。她,赤身裸体,身上一丝不挂!长发披散到赤裸的肩背上,朦胧的月光依稀照出她鼓突的双乳、曲线的臀部,缓缓舒展着女性柔美的躯体,向傻愣愣坐在炕上的铁山俯下身来,嘴里发出低低的充满诱惑的声音:"铁山,铁山,我的孩儿……"

本来有些迷惑的铁山顿时清醒过来了,他认出声音极像他母亲的这个女人,就是自己老婆珊梅!

"珊梅!珊梅!你醒醒,你这婊子,咋学会我妈的说话声!快醒醒!"铁山压抑着内心的恐惧,伸手扇两下珊梅的脸蛋,一下把她推倒在炕上。

"咯咯咯……你这孩子……为啥打娘呢?娘给你吃奶……咯咯咯。"珊梅依旧迷迷蒙蒙地发出铁山娘的苍老声音,那个样子全然不知自己在何处、在干什么、在说什么。

"别再闹了,再闹,我把你绑起来,送到村部打针!老实躺着!"铁山把她按进被窝里,厉声呵斥,又噼里啪啦打了一顿。

"别打!别把我绑起来!我不闹,不闹了……"珊梅可怜巴巴地求饶,但声音仍然是苍老而低喑的铁山妈的声音。

铁山心里一阵阵发毛,头发根直竖,莫名的恐怖感攫住他心灵。他感到自己的老婆珊梅已经不存在了,已经变成一个可怕而邪魔的躯体,如果过去自己还对这充满性感、让自己得到满足的女人,怀有些真爱的话,现在那种感觉正在消失,正由一种畏惧及内心的仇视所代替。

他点上灯,披衣下地,从柜子上拿出白天医生开的安神之类的药,给珊梅吃下。不一会儿,珊梅渐渐睡去。他冷漠地看着已经不认识了的这个女人,叹一口气,然后抱起自己炕上的被子向外走去。他吹了灯,把这屋从外边锁上,一人去睡父亲的西屋。

他躺在西屋冰凉的土炕,无法入睡。假如珊梅的病始终不好……假如这个不会生孩子的疯女人,一生这样我咋办……假如……

天亮时,他刚要迷糊中入睡,就听见了东屋珊梅擂门的声音。

"开门啊!我要撒尿!"

"你妈的,就屋里撒!"他吼一句,就拿被子蒙上头,兀自睡去。

第六章　胡大伦借机大闹铁家坟地

归来吧——
你迷途的灵魂，
啊哈咳，啊哈咳——
从那茫茫的漠野，
从那黑黑的森林，
从那迷人的神兽旁，
归来吧，归来吧——
你那无主的灵魂！

——引自科尔沁草原古老的《招魂歌》

一

铁家坟地，在那棵老树上空，出现了一个惊人的怪现象。

大白天，从老树黑洞中，飞蹿出无数只黑蝙蝠，形成一根黑色的烟柱飘飘悠悠直上云霄！那些蝙蝠一个个肥硕硕的肉乎乎的，疾速扇动肉翅，显得惊恐慌乱，顾不上白天的日光照射，只顾逃命地拥出树洞飞向天空。

这是百年罕见的景象。数万只蝙蝠，这些只在黑夜里出没、长一双肉翅的哺乳类动物，突然从一棵多年老树洞中飞蹿而出，相互依附攀飞不离散，密密麻麻，形成活动飘浮的黑色长筒形立体，直矗在晴空中。这是个多么可怖的现象！令人费解的是，那棵老树洞怎么会栖息着那么多蝙蝠？平时有些淘气的小孩儿爬进那树洞玩过，根本没见着过有蝙蝠，只是些糟软的树心和鸟虫粪便而已。如今怎么会冒出了那么多黑压压遮天蔽日的蝙蝠来？！

有两个赶牛的村童和捡柴的老人，发现了这一奇景，心惊肉跳，不安地议论。

"闹鬼了！闹鬼了！"

"铁家坟地的老树成精了！"

"去叫人拿枪扫它们！"

"动不得，招灾呀！那是黑精灵，鬼魂啊！"

围观的人越聚越多，七嘴八舌，可谁也不敢靠近过去，更无人动心思敢去射打那些蝙蝠。一个不祥的念头正攫住人们的心，唯恐亵渎了什么神灵，降祸于自己头上。

大约过了半个钟头，那个黑色立体烟柱逐渐消散，大部分则消失在天空中不知去向，一小部分却重新飞落进那老树洞后不见。人们更是视老树为鬼精附体的邪树，都认为那蝙蝠不是"蝙蝠"，是铁姓家族已故先人的鬼魂，如今显现绝不是什么好事，全村要倒霉。人们又开始惶惶不可终日。

黄昏时分，那只九尾老银狐——姹干·乌妮格便从老树洞里伸着懒腰，跳了下来。美丽得迷人，白得晃眼。带领儿女捕猎蝙蝠，致使那些蝙蝠不得已仓皇逃出树洞，引出村人各种猜测的这只老狐，此刻它安闲地踱步，嗅嗅走走，伸舌头舔舔地上的白雪，以解过食蝙蝠后造成的胃腻焦渴。

四周静悄悄，坟地没有人。它便仰起尖嘴低吠了两声。于是，五只半搭儿狐崽从树洞里鱼贯而出，落在地上，向母狐靠拢。它们在雪地上嬉戏玩耍，打滚追逐，外边毕竟比地下墓穴舒畅多了。过了一会儿，老银狐领着孩儿们，向坟地西南方向走去。那边是村南那条沙漠小河的上游，在一座高沙坨根的向阳处，有一小块冬天总不封冻的活水口子。老银狐一家，每过几天就去那里饮一次水。

有一位头上扎红布条的老女人，一直观察着铁家坟地老树周围的动静。她大概因白天的蝙蝠飞蹿引起了好奇心，想探明白老树之谜，便躲在暗处远远等候。刚才一见跳出那只雪银色的银狐，吓得她差点叫出声来。正想逃走，又见跳下来四五只小狐崽，她被好奇心拖住，壮着胆子继续看下去，没想到老银狐带着群狐直奔她这方向而来。她躲闪不及，吓得她"扑通"一声跪在地上，脑袋不停地往雪地上磕头，嘴里颤颤抖抖地直求饶："狐大仙，别怪罪小民冲撞了仙体！请饶恕小民，小人回家好好烧香祭拜您老的大仙堂……"

老女人跪伏在地上一动不动，更没有抬头看一眼。那银狐先是一愣，撞见两条腿的人它也惊了一下，但见这两条腿的人跪在地上并没有恶意，它也放心了许多，带领狐儿们大摇大摆地从其旁小跑过去，不再理睬此人。不远处，也有几个傍晚从野外干活儿回来的村人，见着老女人和银狐狸的情景，又想起白天老树闹鬼和几天来村里闹狐仙的事，更以为这便是狐大仙显灵，于是也都学着老女人的样子跪在小路旁，磕头如捣蒜，胆战心惊地送狐大仙们堂而皇之地走过去。

从这天起，老银狐和它的孩儿们变得大胆起来，不再昼伏夜出，回避两条腿的村里人了。它们见人类不再像过去那样伤害自己，而且一见它们不是躲得远远的，就是立刻下跪伏地，恭恭敬敬，于是狐狸们更加狂野起来，有时饿了还敢溜进村中偷吃鸡。这个村的人们，也似乎有了某种默契，谁也不声张这一现象，也不惊动政府，而且有人还索性把家里的鸡鸭，主动送到老树下边去。

狐狸们何时享受过这等宠敬和爱戴！

老银狐似乎更显得深谋远虑了。不知何时，从哪儿招来了更多的沙漠中的其他狐狸，成群结队地出入老树洞，一起穴居在宽敞的辽王地下墓室，把这里当成了丰衣足食、没有任何危险的安乐窝。

二

"喇嘛爷爷，我们来看您老人家了。"古桦说。

"……"土炕西头正襟危坐一老翁，闭目念经，前边炕桌上摆一卷厚厚的藏文经，嘴里哼哼叨叨，并不搭理进屋之人。

"喇嘛爷爷……"古桦还想提高嗓音叫，被白尔泰制止住了。

他们两个人坐在东边的炕沿上，静静等候。吉戈斯老喇嘛的侄儿媳妇，一位三十多岁的女人从东屋出来，向他们轻轻摇手示意，低声告诉老爷子念经时一般不能打断。她给二人倒了两杯茶后，又出去了。

低沉而悠扬的诵经声，在这两间老旧的土房中传荡着。念的是藏文经，白尔泰和古桦一句也听不懂，偶尔不知念到何章节时，老喇嘛突然晃荡一下放在桌上的小铜铃，使他们心里猛地激灵一下，有些肃然起敬地注视起他那张微红而褶皱纵横的老脸。如此怠慢来访者，这老翁是故意炫弄呢，还是念经开始后真不能中间打断？白尔泰默默观察老翁那不动声色的脸，耐下心等待着。

吉戈斯老喇嘛终于喘口气，"丁零丁零"摇动两声小铜铃，便停止了念经，他微睁开双眼，打量一下来者，问："二位是……"

"喇嘛爷爷，您老不认识我了？我是古桦，村东老古家的闺女。"古桦有些不高兴地说。

这回老喇嘛的脸色变了，态度也放轻了许多，口气和蔼起来："喂哟哟，贵客，贵客，老眼太拙，竟没认出来，你不是在旗里上班吗？啥时候回村来的？"

"回来两天了。这位是我们旗志办白组长，白尔泰老师。今天特意来找您，我们想跟您聊一聊早年的事儿……"古桦直说来意。接着白尔泰把编写旗志，需要了解库伦旗历史上一些宗教情况的要求，简单介绍了一下。为了避免老人反感，没有一开始就提萨满教"亊"的事，主要请他介绍一些库伦旗喇嘛教的变革情况，还有他自己的一些经历。老喇嘛很高兴，干脆把桌上的经文收起来，用一块褪色的旧黄布包起来放一边，然后兴致勃勃地跟他们聊开话题。他大概以为自己能编入旗志里，是个很荣耀的难得之事。其实，库伦旗喇嘛教的情况，白尔泰掌握得不比他少，只是出于尊重，很细心地听着。

"我是'土改'那年，被赶出库伦大庙回村的。八岁入庙到三十二岁还俗，整整当了二十五年的喇嘛。刚离庙那会儿真是心里不好受啊，没着没落的，感到不当喇嘛这辈子算完啦，那种心情可能跟你们干部'文革'中上'五七'干校和下放改造的感觉差不多,可'文革'后,干部们可以平反回城啊,我们这些被赶出庙的喇嘛们就没有人管了,'土改'时候挨斗,'文革'中也挨斗,罪可没少受,到头儿来还是名不正言不顺,只能坐在自家土炕上念老经,唉。"老喇嘛满腹牢骚地唠唠叨叨,停了一会儿,拍了拍桌上的那包儿经书,又说起来,"就为了保存下这部《祝词避邪经》,我把它东藏西掖,'文革'中把它埋在柴火垛下,又怕被挖出来,把它装进陶罐中埋到我家坟地里,你说说容易嘛。这不,我已经写了状子了,也找过你哥哥古治安,我联系了几十名还活着的喇嘛们,准备进京找佛教协会找班禅大师,说说理哪。"

"喇嘛爷爷,你们想干什么?"古桦问。

"要求恢复库伦旗喇嘛教的宗教活动,重修库伦旗的福源寺,让我们这些还在世的喇嘛们,有个念经的地方,有个归宿。"老喇嘛把厚厚一沓儿诉状子,递给白尔泰古桦看。

"我大哥怎么说?"

"他支持,当然支持,你哥可是个很开明的'王爷'。他计划着恢复库伦旗过去那种办庙会的传统活动,开发旅游业,发展全旗经济。我们从民间角度向上反映,他要从旗政府的角度打报告,准备申请上边的专款。我现在是等着开春呢,只要天一暖和我就带几个人进北京,住雍和宫,那儿我有好多教友,他们也会帮助我去见班禅大师的,听说他很关心咱们蒙古地的喇嘛教状况。"老喇嘛信心十足地说着,尽管苍老依然跃跃欲试的样子。

白尔泰心中感慨。宗教这东西可真有些神奇的动力,让这位年已古稀、行将就木的老人焕发出如此活力,还不辞辛苦,联络众人,要进京活动游说。人类只要有了信仰,凝聚力就增加,民族的生存发展能力也会变得强大,甚至无可阻挡。

"老喇嘛师父,"白尔泰把那卷诉状子还给老喇嘛,斟酌着词句,

"除了喇嘛教,您老还了解咱们库伦旗萨满'孛'的情况吗?能不能给咱们说一说?"

"'孛'?萨满'孛'?"吉戈斯老喇嘛那双昏花的老眼顿时警惕起来,"你问它干啥?'孛'还能编进旗志里吗?"

"不不不,随便问问,我只是听说过去咱们库伦旗当'孛'和'列钦'的人也不少,随便想了解了解。"白尔泰为打消老喇嘛戒备心理,如此解释。

"早年,在库伦旗,喇嘛教才是正统,受朝廷和皇上保护。萨满'孛'、'列钦'都是不入流的,属于野的,一般都在民间活动,后来也都入了喇嘛教了,可能也有些少数的'白孛'归顺喇嘛庙后,暗中活动,可是后来也听不见他们什么消息了。"老喇嘛显然不愿谈此话题,态度变得冷淡。据白尔泰了解,"正统"的喇嘛教把归顺的萨满孛师称之为"白孛",把叛逆不归顺的称之为"黑孛",并想方设法追缉镇压。

"听说'土改'后,有一位'黑孛'传人,从奈曼、达尔罕旗那边逃过来,进入了咱们库伦北部沙坨子屯落中,后来就没有声息了。老师父,您听说过此人吗?"白尔泰壮着胆子,终于这么提问。

吉戈斯老喇嘛那双已变得十分冷峻的眼睛,死死地盯视半天白尔泰的脸,似乎在寻找什么答案。弄得白尔泰都不好意思了,有一种被冰冷的杀猪刀在自己脸上划来划去的感觉。

"你说的这个是没谱的事,早年间,有过这样的谎信儿,都不可信,无凭无据的……"老喇嘛轻轻松松否掉了白尔泰抱有极大希望提的这个疑案,而且那张老脸上明确显现出,拒绝再谈此类话题的断然神色。不过,白尔泰从他那眼神和脸色瞬间变化上,明显感觉到此老翁没说实话,他肯定知道点什么,隐瞒着什么秘密。在这种情况下,自己再缠着打听也不会有什么好结果了,他这种经历过人间各种风霜的人,不会轻易吐露自己心中的秘密。

正这时，从外边跑进一个小孩儿，叫嚷铁家坟地的老树在闹鬼，飞出了无数黑蝙蝠遮天蔽日。白尔泰他们一惊，赶紧走出屋，到村西北口从远处观看那奇异的景象。

"邪魔哟邪魔，老铁家的坟地，肯定有什么不祥的邪魔在闹腾呢！"吉戈斯老喇嘛合掌念经。

"当年，库伦旗的那条大沟里，曾经也住着一个九头恶魔莽古斯，弄得生灵涂炭，人畜不宁，后来从西天来的喇嘛大师迪安奇，把它打进地底千丈深穴，又在上边盖上贴符咒的铸铁重盖子，才让其永世不得逃出来。"

"喇嘛爷爷，我见过那铸铁盖子，'文革'中红卫兵把它给掀开了，下边什么洞穴也没有，就是黄土嘛，哪有被打进千丈深穴的九头恶魔呀？"古桦笑说。

"孩子，凡人的肉眼哪能看得见呢？神物就是神物，那恶魔莽古斯肯定早跑出来，在人间为害了，你看看现在人间乱成了什么样子！阿弥陀佛！佛爷保佑！"

白尔泰笑一笑，和古桦辞别老喇嘛往村部走。

半路上，他们碰见了村主任胡大伦，他也是闻讯而来，想看个究竟。自打前两天全村党员干部会上，古治安狠"剋"他一顿，批评他抓工作不力，全村闹"狐仙堂"，不闻不问自己还带头搞，让他做出了深刻检查。之后，胡大伦的情绪有些提不上来，感到自己冤枉，心里暗暗移恨于事情发源地铁家坟地和铁家儿媳珊梅。古治安等旗里来的人，当晚开完会就回去了，临走时向刘苏和乡长还交代下来，让哈尔沙乡准备召开全乡村干部以上人员的会议，专门研究哈尔沙乡治理沙坨子的大事，并重点谈了一下老铁子黑沙窝棚治沙经验。当时胡大伦以为自己听错了，老铁子搞的那玩意叫治沙经验？全是自私自利为个人谋利的表现，还能当经验推广？但他学乖没敢冒泡，反正到时开现场会，去老铁子的黑沙窝棚实地参观，看情况再说。那一晚由于老铁子去野外窝棚不在家,古治安旗长没见着他本人,但留下话,让老铁子有个准备,到开会时介绍经验。旗长的话,当然得由他村主任胡大伦去传达,这两天他正琢磨着如何去找老铁子,主要是还欠着那老小子的两瓶酒一车柴火,一见面肯定张口要东西,没东西那老倔驴又要犯倔撂挑子,他得先备好东西才成。刚才听人说铁家坟地出怪事,心里一阵暗暗高兴,怀着几分幸灾乐祸奔铁家坟地。

"你来晚了,村主任大人。"古桦取笑他。

"咋了?没了?那些蝙蝠呢?"胡大伦不甘心。

"蝙蝠?飞了,散了,该上哪儿就上哪儿了。"

"那老树呢?闹鬼的那老树呢?"

"老树倒在,还是那棵老树,原地没动。村主任,你也认为是闹鬼吗?"古桦问。

"不是闹鬼是啥?弄得全村鸡犬不宁,怪事全出在那棵老树上!我非叫人砍了它不可!"胡大伦气不打一处来的样子,咬牙切齿。

"砍老铁家坟地老树?咯咯咯,做梦吧?"古桦寻视他脸色,问,"你不会是真想砍吧?那老铁大叔不跟你玩命才怪哩!"

"他敢!我这是为了全村百姓的利益,为了消灭封建迷信的根源,是为公家的公益大事!"胡大伦说得理直气壮,振振有词。

胡大伦离开古桦他们,昂首挺胸迈着疾步走了。他心中突然暗喜,开始盘算起来:这还真是一步妙棋,是个出击点,一个彻底破铁家坟地"风水"的切入点,借口或者充足理由。多年来,他一直在等待,等待着一个充足理由或机会完成祖宗遗训。他的这种内心秘密,只有他的老对头老铁子心如明镜。这次出现的时机,妙就妙在他可以放手把事情做得有理有节,于私于公都占理,让那个老倔驴哑巴吃黄连有苦说不出。

他越想越得意,忍不住"嘿嘿嘿"乐出声,惊飞了树上的乌鸦,吓走了路边寻食的狗。

三

"九头狼"名叫陶克龙,五十来岁,长得虎背熊腰,很是威猛。

他并未食言,果真在黑风口路旁沙地上,置了一桌酒席,恭候铁喜老"字"一行人。而且,为免起疑,他把手下人全部遣回老营,只留下两三个拜把子亲信接待客人。

上了黑风口,人们的眼前豁然开朗,两边则是远近闻名的八仙筒老树林,里边狼豹横行,无人居住的原始森林密不透风,"九头狼"的老营就扎在八仙筒里边某一处隐秘地方。

寒暄过毕,"九头狼"从火堆上提起一铁壶热烫酒,往桌上的两个大碗里"哗啦哗啦"一倒,拿一碗捧给铁喜老"字",自己端上另一碗,豪爽地说:"为老哥送行,没啥玩意,浊酒一碗,本应请老哥哥到寒舍款待,可老哥哥急着赶路只好这样简便了,一是讨个交情,二是为夜里的冒犯请罪,哈哈哈,来,小弟我先干为敬!"

说完,"九头狼"一仰脖儿,"咕嘟咕嘟",喝凉水般饮干了那满满一碗六十五度"烧刀子"老白干。

铁喜老"字"也毫不迟疑,爽快地捧起那碗酒,慷慨而言:"承蒙老弟抬爱,我铁喜'字'一行逃难之人,平安度过'黑风口',又结交你这样豪爽仗义的好汉,真是三生有幸!两座山不会碰头,可两个人总有相见的时候,他日要是我铁喜翻身得意之时,我定滴水之恩当涌泉相报,绝不忘了老弟这碗'烧刀子'!干!"

铁喜老"字"豪情大发,痛饮那碗老白干。看得诺民等人心惊肉跳,不知"九头狼"是真情还是假意,酒里有毒还是无毒,都捏着一把冷汗。

小铁旦坐在勒勒车的帐篷中，看了这一幕，从他娘的怀抱里挣脱出来，跳下车，跑到爷爷和"九头狼"跟前，大声嚷嚷："我也要喝'烧刀子'！我也要喝'烧刀子'！"

"哈！这娃胆大，还真稀罕人！""九头狼"陶克龙，一见这聪慧伶俐颇有胆识的小娃子，高兴了，抱起他亲了亲，拍了拍。

"这是小孙子铁旦，才五岁，宠坏了，尽胡闹。小铁旦，快叫陶爷爷，不要胡闹！"铁喜老"孛"笑着说，脸上不免有一丝担忧之色。

"我没有胡闹。陶爷爷，他们说你是大胡子叫'九头狼'，我没有见你有九个头啊？"小铁旦一点不惧长得凶神恶煞般的"九头狼"，歪着头端详着"九头狼"的脑袋和脸，突然这么提问。

铁喜老"孛"和诺民等人一听这话，脸都变了。

"哇哈哈哈……""九头狼"张开血盆大口爆发出粗犷的大笑，"你这小娃胆子够大，好，好，有种！不愧是名'孛'铁喜老哥的后人！今天'九头狼'大胡子爷爷，就告诉你我九个头的秘密！小娃儿，你数数爷爷的脸上有几条长刀疤？"

小铁旦果真伸出小手指，一二三四地在"九头狼"那张粗野如沟壑、伤疤纵横似树皮的长脸上，数将起来。

"正好有九条大疤！"小铁旦拍掌乐道。

"那就对啦，每条大疤都是仇家或官兵留给我的，每条大疤长好后我等于又长出了一个头，所以别人说我长着九个头。每个'头'里可有一段吓人的故事哟……""九头狼"陶克龙的脸上，突然出现一丝阴影，神色变得黯然和沉重，似乎回想起那刀头上舐血、枪弹中捡命的惊心动魄的往事。

"我要听故事，我要听陶爷爷长九头的故事！"小铁旦又嚷嚷。

"小铁旦，别再胡闹了，我们以后找个时间请陶爷爷过去做客，再让陶爷爷讲他那长九个头的故事，好不好？"铁喜老"孛"赶紧走过去，把小孙子铁旦从"九头狼"怀中抱过来，不能让这宠惯的小孙子惹出什么麻烦，节外生枝。

"等一等。""九头狼"叫了一声，走到铁喜老"孛"身旁，"我喜欢你的孙子，这小娃儿将来肯定会出息，我'九头狼'不能让娃儿白叫一回爷爷，要送他一件见面礼。"

只见"九头狼"陶克龙，从腰上解下一把银柄金鞘钨钢蒙古刀，递给小铁旦说："爷爷的这把保命的刀，伴随我半生，危难时救过我多次命，爷爷能长九个头跟它大有关系。今天，爷爷就把他送给你当见面礼吧！喜欢不喜欢？"

"喜欢喜欢，真好看！谢谢陶爷爷！"小铁旦银铃般喜叫。

"使不得！陶老弟，这礼太重了，这是你心爱之物，小孙子受之不当！"铁喜老"孛"赶紧婉拒。

"你老哥这是咋了，是不是看不起我这当胡子的，要是真那样，今天就算啦。""九头狼"不高兴了。

"陶老弟说哪儿去了，我这叛逆的'特尔苏德·黑孛'，现在跟你有啥区别？不要误会，那好吧，只好恭敬不如从命，我替小孙子真心诚意地感谢你老弟！"铁喜老"孛"放下孙子铁旦，握着九头狼的手道谢，并转身对孙子铁旦说："小铁旦，快给陶爷爷跪下磕头，感谢陶爷爷赏宝刀之恩！"

这时的小铁旦变得十分乖巧，规规矩矩地下跪磕头，认认真真，一丝不苟，高兴得"九头狼"一个劲儿狂笑，拍着胸说："好啦，你就是我的干孙子了，往后你小铁旦有啥事，'九头狼'爷爷全包了！"

就这一句话，把小铁旦的命运和"九头狼"的命运联结起来，在往后那波澜壮阔的风云岁月中，使得这两家人在血与火中铸成友情，在科尔沁大地上书写了一段惊人的历史篇章。这是后话。跟嘎达梅林起义有关。

铁喜"孛"一行要启程了。"九头狼"陶克龙执意要亲自送行十里外，铁喜"孛"也不好拒绝。他们二人相互牵手，友情很浓地边走边聊天。

"陶老弟,也许我这老哥哥人老胆子也小了,说错了你别见怪。该收山就收山啊,这刀头上舐血的日子,总不是长久之计,不是我离间你,那个库伦马队的苏山老贼是个老狐狸,你得提防着点儿。"铁喜老"孛"见"九头狼"是个血性汉子,义气之士,不像传说中那样是凶恶之徒,于是就这么直言不讳地提醒他。

"老哥哥说的是肺腑之言,我懂。苏山那儿我心里有数,应和他,我是为了生存啊,万一他跟我们奈曼旗这边的马队联手,两边夹击我,那我就完蛋啦。其实,我早就想收山隐名埋姓过太平日子了,不行啊!"九头狼叹口气说。

"咋不行?"

缄默片刻,"九头狼"抬头望着东边的远处,叹口气后慢慢说起来:"在这茫茫的科尔沁草原,哪有咱们的落脚之地啊?我的老家原在东大荒,也就是科尔沁草原东南部的昌图、四平一带,那是多好的草牧场啊!可是自打达尔罕旗王爷出荒①,移民如潮般过来开垦草场种农田,草地全完啦。我随父母赶着牛羊,逃到奈曼旗达钦塔拉草甸子,可没有几年,奈曼王爷也出了荒,把达钦塔拉草甸子卖了换银子,我爹反出当胡子,就是为了反对王爷卖草场啊。这出荒卖地开垦草原的事不停止,咱们牧民上哪儿去落脚哟。你说说看,老哥哥,没招儿啊!"

"是啊,一旦种地,这草原就完啦。唉,这真是老天灭咱草原哟。"铁喜也长叹。二人相对无言,心情都变得很沉重、苍凉,胸口堵得慌。

铁喜终于打破沉默说:"送君千里,终有一别。陶老弟就此别过

---

① 出荒:朝中后期至民国初期,蒙古各旗王爷为满足自己在京城、奉天、长春、归绥等都市所设王府和原旗王府富贵糜烂的生活,出卖荒地草原给清政府或军阀、商贾等以招垦开荒,引起蒙地广大牧民普遍反对以致起义。

吧,望老弟往后好自为之!"

"九头狼"握着铁喜的双手半天不放,眼含泪水道别:"老哥哥保重,路途艰险,多加小心。咱们后会有期!"

然后,"九头狼"唤来二当家"黑狐"说:"你替我送老哥哥到目的地,一路小心保护,帮他们安顿好了,再回来见我!"

"是,大当家的放心吧,我会弄好一切的。"那"黑狐"说。

铁喜老"李"摇头苦笑,知道劝阻也没有用,只好听凭他安排。

相见不易,道别也不易。俗话说男儿有泪不轻弹,可铁喜和"九头狼"没顾上那么多,依旧泪洒胸襟,惜别于大漠。

"陶爷爷!我等着你来给我讲长九个头的故事!你可要来呀!"

一个稚嫩细长、清脆如铜铃的声音,从那正在远去的勒勒车中传出,在漠野的空旷中回荡,好久好久不消散……

大漠的风又吹起来了。

先是树梢儿和草尖微动,然后平坦的沙地上细沙粒儿慢慢滚动起来。渐渐,风势增强,细沙被卷到半空中,于是眼前的景色模糊起来,空中的一片灰黄色愈来扩大,搅得天和地全昏黄起来,遮天蔽日,顷刻间世间唯剩下这漫无边际的黄沙狂风了。

哦,这大漠的风沙哟,从哪里吹来,向何处吹去?

四

胡大伦为了砍倒铁家坟地那棵鬼狐出没的老树,开始绞脑汁。

砍那么大一棵上百年老树,自己光有理由不行,还得有人,最好是自己不出头,鼓动别人在前边冲锋陷阵,这才是最高明之策。要不然,老铁子那老偏驴会反踢着你的。

为此,他先去找了在家养病的老书记齐林。

听完了他的一阵陈述,沉吟半晌,老书记齐林"咔儿咔儿"地咳嗽着,拖长声音说:"老胡啊,这事儿我不好说啥,我有病在身,村里的大小事我都交给你处理了,你自己看着办就是……"

"老狐狸!"胡大伦心里暗骂一句。

抽了一会儿烟,胡大伦说:"那我先召开支委和村干部会议,议议吧!这事儿,不解决是不行了,那老树怪事不断,老百姓天天吵吵老树闹鬼,人心不稳,谣言四起,影响咱村的安定团结啊。有人说,这几天,那老树洞里又蹿出好多好多狐狸,大摇大摆地出入,一点儿也不怕人。村里老头儿老太太一见那狐狸就下跪磕头,说是给'狐大仙'请安祭拜,你说说,这成何体统!"

"有这等事?"齐林问。

"可不,人家都瞒着咱村干部,不让咱知道!有人还每天夜里,往那老树洞口送鸡送鸭哩!那些野狐比你我的日子过得还舒坦呢!"

"啧啧啧,还真有点邪门儿,哈。老胡,你见过那些狐狸吗?真有那么多狐狸在铁家坟地出没?"老书记仍有疑问。

"我倒没有亲眼见过,听他们吵吵的。也好,这两天我带民兵去守守看。反正老树要砍,狐狸要灭!不然,咱村啊,没个整儿!没个安静!"临走时,胡大伦丢下这么一句硬邦邦的话。

老书记齐林望着他的背影,低声说一句:"别狐狸打不成,倒惹了一屁股臊哟……"老书记脸上,露出几丝不易叫人发觉的冷笑。这两年趁自己身体有病不过问村中事之机,胡大伦愈发目中无人大权独揽,这有些使他心中不快,现在正好借病回避大事,在一旁瞧热闹,看你老胡怎么捧这刺猬吧。

胡大伦岂不知他这种心态。占着茅坑不拉屎，老而有病还不肯让出位子，这大概是我们有些地方的一个社会特色。胡大伦这么想着去找另一支委，副村主任兼民兵连长的古顺商量。

古顺是个性格爽快之人，当过兵，走南闯北见过世面，不信那些乱七八糟的邪门歪道的事儿，他一听胡村主任的鼓励，立马儿答应，并招呼上另一民兵排长，三个人从村民兵连部拿出三支快枪，就去铁家坟地那边察看。

北方的冬天，天黑得早，黄淡淡的日头只要一西斜，抽袋烟的工夫就出溜到西边大漠的后头，不见踪影。于是，漫长的黑夜就慢慢降临。先是远处的树啊、坨包啊、房屋啊朦胧起来，苍茫的暮色犹如一层黑纱缓缓罩住大地，倦鸟"啾啾"鸣啼着归林，农夫"哦哦"吆喝着回家。此时，树梢上和西天边那一抹最后的晚霞，则由黄变红由红变紫，最后彻底与长天一色，黑茫茫起来。夜，就这样来临了。

沙窝子哈尔沙村的百姓，天一黑就关门闭户，吹灯拔蜡，早早儿地钻被窝。前些日子"闹狐"，这两天"闹蝙蝠"，虽然旗里来一帮医生，打针吃药采取各种手段，稳住了全村女人们不再群体性发疯，但人们的精神上却垮了，时时提心吊胆，如惊弓之鸟，霜打的秋草，唯恐那可怕的"魔怔"病又席卷全村。由于人变得萎缩，那狐们便野起来，不时地钻出那墓穴中的老窝，往村街上逛一逛。农民的鸡们可遭殃了，明明知道鸡窝传出惊恐的"咕咕嘎嘎"乱叫声，主人也不敢出来轰赶或打杀那偷鸡的野狐，随那畜生随心所欲逮住鸡后，气定神闲地叼走；更有甚者是那些拜祭"狐大仙"最为心诚的人们，他们一到黄昏，则把自己舍不得给老娘小儿吃的鸡炖烂后，香喷喷地放在自家鸡窝边，等候"狐大仙"驾临后享用，或者干脆悄悄送到那坟地老树那儿供奉。其实，不就是四条腿的狗般大小的见人就逃遁的野兽吗？如果大家齐心协力，乱棍粗棒地举着，勇敢些地轰打起来，那些放肆的野狐，不夹着尾巴远遁到大漠深处才怪哩！可谁敢啊，精神上萎缩的人们，被"狐大仙"迷住后犯过病的女人们和看自己女人脸色行事的男爷们儿，哪有胆量去抗击那些披上神秘外衣，变得神圣而权威起来的小小野狐们！那可是"狐大仙"呀，别降祸给我个人就阿弥陀佛！让那些不怕邪门儿不怵妖狐的像老铁子那样的傻大胆儿去赶狐吧，我可要蒙着被子睡大觉，外边的慌乱世界与我没多大关系。这就是村里多数人的内心想法。而"傻大胆儿"老铁子呢，他的确有杀狐之心和杀狐之勇，但是野狐出没在自家坟地中那棵百年老树洞，这牵涉到家族荣誉和祖坟风水及将来家族发达之事，于是又有些投鼠忌器，不敢捣其老窝。也正好这时节，住在野外窝棚上鼓捣他的治沙事，不知道村里后来这两天发生的事。

　　现在，轮到手握哈尔沙村生杀大权的胡大伦村主任等出场了。他们思考问题跟平头百姓又不一样，首先从自己在村中的权力和利益得失作为出发点，灭狐赶狐并不是他们的真正目的，而是通过灭狐我能达到什么目的或获得什么，这才是真正的想法。他们甚至有些暗暗欢迎"闹狐"之类的乱事出现，可以通过此类事件，更能达到树自己权威，整治对手，以显出自己"英雄本色"的目的。乱世好投机，乱世出英雄啊。当然，他们也反感"狐大仙"的权威在村中超越了自己，反感村民们无形中受到某种精神或其他的控制，忽略了他们的存在。现在，胡大伦们觉得时机到了，该出手了，于是抱着赌徒般的冒险心理，来逞英豪，来表现救世枭雄之气概。胡大伦走向铁家坟地时，有些手舞足蹈。

　　他们摸准了野狐出没的时机，来到铁家坟地后，三个人悄悄趴在离老树不远的一座坟丘后边，端上枪等候着。墓地一片死静，笼罩着阴森森的气氛。树上的猫头鹰忽然怪咦一叫，吓得三人一哆嗦，浑身起鸡皮疙瘩。

"真他妈怪吓人的，这么趴着可不是滋味儿……"那个民兵排长胆怯地低声牢骚。

"咋没有动静呢？不是说有好多野狐出没吗，都哪儿去了？"古顺也有些耐不住，问胡大伦。

"别吱声，再等一等，只要有总会出来的，村里见野狐的人多了，不会有假。"胡大伦安抚着两个人，再坚持一会儿。

他们三个人的眼睛，因盯着那黑乎乎的老树洞而发酸。而黑洞依旧静悄悄，淡淡的星光月色之下更显得神秘而可怖。老树的枝杈偶尔传出"吱嘎吱嘎"声响，不知是老树因年老而禁不住自身重压后发出的叹息声呢，还是野鸟在上边的窝巢中骚动。

那只老银狐和它的同类们，始终不出现。充满灵性的老狐狸，是否闻出了怀有敌意者的气息？或者今日不住在这边的洞穴中，为找食儿远走大漠荒野而未归？它们毕竟是来自荒野的兽类，不可能长久蛰伏在洞穴中。三个人有些失去耐心。趴卧在冰凉阴冷的雪地上，呼吸着几分腐朽阴森的坟冢气息，神经和肉体都得经受一种难以承受的煎熬，他们实在难以继续保持"英雄本色"。

"我可受不住了，咱们撤吧……"古顺说。

"嘘！别说话，来啦！"胡大伦赶紧示意。

"哪儿呢？哪儿呢？我咋看不见？"那位民兵排长紧张万分，握枪把的手在颤抖。

"大树下边，大树下边！没看见吗，大树下边的那个黑影？"胡大伦悄悄伸手指了指，紧张万分。

果然，有个模模糊糊的黑影，趴伏着出现在老树下边。四肢朝地，一拱一撅的，远远看去在黑夜的掩护下其形不大清晰，那兽类好像在啃吃着什么食物，隐隐约约地在蠕动。

"是狐狸！是野兽……"那位紧张过分的民兵排长，不知是由于紧张而失去控制，还是想抢功，那哆哆嗦嗦的手指无意中扣动了快枪的扳机。

"砰——砰——"两声枪响,从黑夜的墓地中传出,震耳欲聋,树上的雪尘纷纷掉落,夜鸟惊慌失措地啁啾叫着飞走。

"呜哇——"一声兽不像兽人不像人的尖叫,从老树下传出。

"我打中了!我打中了!!"那民兵排长从原地一蹦而起,手舞足蹈,疯疯癫癫地拖着枪就朝老树下的猎物跑去。

"他妈的,这么早开枪,这小子疯了……"胡大伦嘴里这样骂着,拉上古顺,从那民兵排长的后边追过去,并提醒他喊道,"等一等,先看清了死没死!小心它反扑!不行,再补它一枪!"

先跑到的那个傻乎乎的民兵排长,此时爆发出更为声嘶力竭的恐怖尖叫声:"天啊!它、它、不是狐狸!打中的不是狐狸!我的妈呀,我打中了一个人!一个人!!"

随后赶到的胡大伦和古顺也被吓傻了。

地上躺着一个人,黑乎乎的血,正从那人的肩部往下流淌,洇湿了白白的雪地。那人动弹了一下,抽搐着四肢,低弱地呻吟起来:"'狐大仙'救救我呀,我要死了……他们用枪打住我了……'狐大仙'快来……救救我……"不一会儿,这人又昏迷过去了。胡大伦等三个人见状,大眼瞪小眼,乱作一团,惊恐中那个民兵排长"哇哇"号哭起来:"我打死人了,我打死人了,呜呜呜……"

"她是杜撇嘴儿!"还是胡大伦先从惊呆中清醒过来,俯下去伸手翻过来那个趴伏者的身子,"号哭个啥!熊包蛋窝囊废!她还有气,没死呢!"胡大伦不由得骂起来。

子弹从杜撇嘴儿肩胛那儿穿过去,伤势挺重。老巫婆的前边儿不远处,有一盆香喷喷的炖鸡正散发着诱人的香气,看来她是给"狐大仙"来上供的,伏地磕头时,被那位冒冒愣愣的民兵打中。唉,这好像都是天意,让这本来够乱乎的哈尔沙村不得安宁,继续乱乎下去。

"呜呜呜，我打死人了，呜呜呜，我打死人了……"那个民兵排长精神崩溃了，坐在地上号哭，捶胸顿足，把枪扔在一边，涕泪俱下。

"哭啥！你这窝囊货，亏你还是民兵排长呢！真丢人现眼！"古顺扇了一下那位排长的耳刮子，才使他安静下来。

"这该死的老巫婆，真会找时间上供！活该她倒霉，谁叫她搞迷信活动，撞枪口的！没你事儿，小子，快背上她，送乡医院抢救！她死不了！你再哭号着耽误工夫，她小命可说不准了！"胡大伦强作镇静，给二人也是给自己打气。

那位民兵排长这才回醒过来，背起老巫婆杜撇嘴儿，就往几里外的乡医院飞跑而去。胡大伦捡起他丢下的那杆枪，而且很有心计地掏手绢把枪栓处包好，以防留下自己的手印，然后与古顺两个人紧随其后，一步不离。他们二人知道，人命关天，一旦老巫婆真的一命呜呼，追究起来这责任可不小，尽管有千万个理由，毕竟是个重大死人事件，就是把这倒霉的排长推出去，他二人岂能脱得了干系！

心急夜路短，他们终于赶到乡医院，叫醒了酣睡的医生护士，进行紧急抢救。杜撇嘴儿伤处虽不致命，但流血过多，加上年老体迈，还是有生命危险。他们三个人捏着心提着胆守护了通宵，当太阳升起来时老巫婆终于呻吟出声，哼哼唧唧地狐仙长狐仙短了。三个人吊着的三颗心，这才"扑通"一声落了地，归了位。

胡大伦让古顺和那位民兵守着老巫婆，并嘱咐他们和医院医生们暂时封锁消息，不张扬出去，他自己急匆匆向乡政府汇报此次"意外事故"去了。

刘苏和乡长闻讯，急忙赶到乡医院看望杜撇嘴儿，见伤者已脱离生命危险这才松了口气，又把三个人带到乡长办公室怒骂起来。

"胡闹！简直是胡闹！胡大伦啊胡大伦，你可真是胡'抢'大

'抡'啊！一个村主任，正事不干，深更半夜去伏击什么狐狸！这这这，成何体统！你还有没有个脑子！啊？！"刘苏和又拍桌子又喊叫，"还有你，古顺同志，你是民兵连长，副村主任！那枪是让你们民兵训练打靶用的，不是去打猎！不是去打什么闹鬼的野狐狸！还带了那么个傻不傻呆不呆的二百五排长，惹出这么大的祸！要是出了人命，你们能担负起这个责任吗？啊？！"

胡大伦这时候很乖，一声不吭。这刘乡长的脾气他知道，火辣辣地骂你时，你一定得装老实装孙子闭起双眼耷拉耳朵听他训斥，千万不要解释什么或申辩什么。最好的解释是等自家或村里杀猪宰羊时，给他家切个十斤八斤送过去，再或者把他请过来灌个半斤八两"烧刀子"，全齐了。当然，秋后村上有收入了，瞅准乡长大人或他家什么人过生日或贺寿什么的喜事时，送些千儿八百的票子是理所当然的。去年旗里一位书记荣升到盟里工作，他们一个小村就送过去五千块的欢送费哩，送的感到应该，收的也感到应该，都没有其他的意外或疙疙瘩瘩扭扭捏捏的感觉。人有时是无可奈何的。这叫随大流，一两滴水难以逆大流而动的，反之就招祸。

瞅准时机，胡大伦见消了气儿的刘乡长正端茶杯润嗓子，便这样请示道："刘乡长，你教育得很对，我们一定吸取教训。只是咱村的那个事儿，可实在没法儿解决呀……"

"啥大不了的事，把你老胡给难住了？"刘乡长出够了气儿，也顺了气儿。

"唉，就那棵老树啊，前几天闹'狐仙堂'的事儿，乡长知道吧，这两天又出怪事了！从那树洞蹿出数万只蝙蝠，大白天的瘆人不说，还一到夜晚，从那树洞老跑出老多老多野狐狸，吃村里的鸡呀鸭的！可村里老百姓'闹狐仙'后都吓破了胆儿，谁也不敢惹那野物儿！有些人还见着那些野狐，顶礼膜拜，下跪磕头，往它的老窝儿送吃送喝的，要不然咋打着那老巫婆杜撇嘴儿呢？你说说让我这村主任咋办吧？"别有用心的胡大伦装得极为无奈和委屈，显得让人同情。

"妈的，还真有点邪门儿，啊？"刘乡长挠了挠板寸头，"干脆，刨了它，他娘的，刨了它老窝儿，全灭了它！"

"乡长的意思是说，刨野狐的老窝儿？"胡大伦等的就这句话，心中大喜，赶紧追问。

"对，把那棵老树给刨了，看野狐还搭不搭窝儿了！"

胡大伦的心扑腾扑腾狂跳，他庆幸终于拿到了尚方宝剑！

"乡长的决策英明！现在的确只有刨了那棵老树，才能断了野狐的根儿。"胡大伦手舞足蹈般拍手应和，并不失时机地站起来告辞，"那我先回去落实刘乡长的指示，先开村支委村干部的会议，统一下思想，大家的意见一致了，思想统一了，事情就好办了，也不怕个别人有不同意见。"

"那老树是谁家的？"刘乡长忽然想起什么，这么问一句。

"铁木洛老汉家的，其实多年没用的老树了，刨了也没啥。做做工作就通了。"胡大伦赶紧解释。

"也好，就这样吧，你想得还挺周到。先给铁老汉做做工作，别让他有情绪。为了全村的平安嘛。"新调到哈尔沙乡不久的刘苏和，并不太了解哈尔沙村历史渊源、家族纠纷等等情况，草率地做出决定，轻易地钻进了胡大伦设计的"套儿"。

胡大伦高高兴兴地回村来，连夜召开了干部会议。会开得很长，虽然没有太激烈的争论，并且有刘乡长的明确意见，习惯于一边倒的村干部们闷了半宿，终于达成了一致意见，做出最终决定：砍伐老树。

当然，尽管胡大伦一再强调，让干部们不要先把砍树的消息传出去，但是农村的人际关系盘根错节，错综复杂，你中有我，我中有你，亲戚套亲戚，关系套关系，这消息没过当夜就传到了老铁子儿子铁山的耳朵里。

当时，铁山把自己老婆反锁在东屋，自己正在西屋呼呼大睡。"当当当"，有人敲破了他的窗户才把他弄醒。

一听这消息，铁山吓出一身冷汗。可他老子铁木洛还在野外窝棚里，这可怎么办？那个送信儿的亲戚说："还犹豫啥？连夜去黑沙窝棚，把老爷子叫回来啊！这事儿十万火急，等不得半个时辰！"

"好好，我这就去找老头子！这还了得，天要塌了！"铁山一咬牙，穿衣套鞋，一边对那位亲戚说，"你再通知一下咱铁姓家人和亲戚，大家提早心里有个准备。"

就这样，黑夜里他们二人分头行事去了。

面对黑夜茫茫的大漠，铁山尽管有些胆虚，但他想到事关重大，便手提一根杏树粗棍，腰里又别一把砍刀，深吸一口气，一跺脚，一头扎进那茫茫夜幕中去了。

天有些阴沉，似乎又有一场暴风雪来临了。

五

村主任胡大伦心情极好。

一大早，催他的病恹恹老婆爬起来烧火做饭，自己烫了壶酒就着萝卜条咸菜有滋有味地喝下去，然后啃了两个硬邦邦贴饼子。接着，往小炕上盘头一坐，闷上热乎乎的红茶。

这时候上来人了。民兵连长古顺，领着七八个挑选出来的民兵骨干，每人手里或拿斧子或拎镐，有的还扛着一把大锯，另外每人还背着平时训练打靶用的半自动步枪。老树洞里除了蝙蝠还有狐狸，谁知还有没有其他狼豹之类更凶恶的野兽？反正村领导们开会定了，这是一次大的行动，可以说是半政治半军事任务，马虎不得。

胡大伦给每人倒了一杯酒，碰着酒杯说："我们今天是去打仗！去拔掉一直危害我们村的祸根！这是个大好事，大喜事，大快人心的事！为我们马到成功，为我们村的平安，为我们的女人们不再受'狐害'，大家干杯！"

"干杯！"民兵们扯着嗓门喊。

大家很兴奋，烧嗓子眼的老白干一饮而尽。大家的情绪，被胡大伦的一杯酒一段话，给提得老高老高，有一种歃血为盟或者赴汤蹈火的感觉。尤其一提女人们，他们就来劲，自己的女人不能再受那些该死的狐狸的迷惑，犯魔怔发疯了。为了女人，别说砍树灭狐，就是杀人他们也敢干。

他们雄赳赳气昂昂地出发了。

古顺走前头。胡大伦把大家内心的火点燃起来后，悄悄走在后边。他要观察动静，看事态发展，不能自己冲锋陷阵。走了一阵儿，他想起什么，跑到前边，向古顺耳旁嘀咕了几句，然后他急匆匆离开队伍，向乡政府方向走去。显然他又要去布什么局。

当古顺他们赶到铁家坟地老树前边时，发现那里已有了人。是铁姓家族的几个人。每个人手里拿着棒子棍子叉子，脸上挂着冷漠，一字排开站在那棵百年老树前边。

古顺吃了一惊。心想，消息传得真快。干部班子里没有姓铁的呀。

"你们这是干啥？"古顺口气和缓地问。

"你们要干啥？为啥闯到我们铁家坟地？"一个二十七八岁的铁姓青年气呼呼地反问，他就是连夜送信给铁山的那个小伙儿。

"村委会、党支部决定要砍掉这棵老树，消灭闹事的狐狸。铁虎，你们让开吧！"古顺命令说。

"砍我们祖宗种的老树？做你的春秋大梦！砍你个头哩！"有人

从铁虎后边嚷。

"刚才谁说的?"古顺怒问。

"我说的,咋的?你把我吃了不成?这老树是你们家祖宗种的?你们姓古的搬这村来才几年?说砍就砍,这是你们村干部的老树吗?说得轻巧,你们问过我们姓铁的吗?"有一个三十多岁的汉子理直气壮地挺着胸脯嚷嚷。

"你们、你们……无理取闹!瞎捣乱!……"古顺不知说啥好,气得直哆嗦。平时仗着大哥是"旗王爷",自己是副村主任、民兵连长,耀武扬威,威风八面,觉得谁都惧他三分,没承想,到了关键时候还是有人敢不把他放在眼里。他觉得挺丢面子。

"谁无理取闹了?我们在自家祖坟地,保护我们祖宗的老树,有啥错儿?你们倒是仗势欺人,无理取闹!"铁虎冷笑着回敬。

双方僵持不下。气氛有些紧张,铁姓人家为了宗族利益,为了不让外姓刨了祖坟边的树,一个个视死如归,拔腰挺胸,手里攥着棒子棍子直出冷汗,心头直冒怒火。古顺带来的几个民兵,是为了执行村干部和党支部决定,是为了办公务,是为了全村利益全村平安,为了村里女人们的安危。尽管民兵们多数是姓胡姓包或姓古,有些"子弟兵"的味道,但举的是"公家、公事、公办"的旗子,名正言顺,另外还有坚强可靠的后盾,他们也有一股绝不后退的气势,何况喝了胡村主任的祝酒,誓师般出来的,岂有后退畏缩之理!

村里的各家各户的百姓们,姓铁也好,姓胡也罢,一听铁家坟地这儿要出乱子了,纷纷丢下手里的活儿,都急匆匆赶往铁家坟地。这一下热闹了,人越聚越多,男的女的老的少的,姓铁姓胡姓包老"三家",外加张王李赵百家人,都赶集过节看戏般拥挤,聚集在这平时谁也不敢来的铁家坟地。有些站在民兵们的后边,有些加入到铁姓人的行列,多数则站在一旁瞧热闹,添油加醋地拱火儿放作料。有人为了赶着看热闹忘了穿鞋,只穿着袜子;有的抱着露屁股的孩子，冻得小娃直号；有的则拿着擀面杖手上沾着面；有的手里提着杀猪的刀，刀上滴着血；有些老头儿老太太不知道来了啥戏班子，也颤悠悠地往坟地赶，直叨咕演戏怎么在坟地里搭台子呢？坟地围观的人群中，议论更热闹了，请听：

"嘿！这下有好瞧的了嘿！一个要砍，一个不让砍，啧啧啧！"

"还是人家'老三家'，没咱外姓人的事，瞧热闹吧您哎！"

"有名的'三家村'嘛，争来争去，还不是争坟地风水！"

"不不不，说是为了灭狐！老树洞里有狐穴老窝儿，不灭狐咱村难得安静！"

"灭狐是借口，没听说'喇嘛上炕，图的不是经'吗？"

"图的是东家媳妇！哈哈哈……"

"咦？咋没见到铁老汉这大主角呢？"

"他？可能还在他那窝棚那边，撅着屁股挑黑土改沙地哪！有他更热闹了！"

"他可是铁姓家的挂帅人物，啧啧啧，怎么会少了他呢，可惜了。"

这世人的心态就这么坏，看人家好看人家发财吧眼红心里堵，看人家倒霉看人家出事看人家不顺吧幸灾乐祸、添油加醋，甚至落井下石，唯恐天下不乱。

古顺和他的民兵们正没辙的时候，胡大伦村主任从人群后边出现了。他一脸笑容，背着手，迈着方步，踱到老树下铁姓家人群前边站定。咳嗽一声，清清嗓子，瘦长脸上堆出千层笑纹，和颜悦色地说开了：

"老少爷们儿，铁家的老少爷们儿，你们这是干啥呢，啊？这狐狸闹得全村女人疯了几天，至今还没好利索，你们不知道啊？你们家的女人没闹病吗？也闹了，也疯了，是吧？这鬼狐的老窝儿，就在你们身后的这老树洞里，这是全村好多人看见的事实，是吧？不把老树放倒，这鬼狐的窝儿就破不了，破不了鬼狐窝儿，咱们村女人们的疯病就去不了根儿，是这个理儿吧？老少爷们儿，你们拍着胸脯想一想，是不是这个理儿？我们村干部决定砍这棵老树，绝不是跟谁有成见，跟谁过不去，更不是家族姓氏争斗！跟姓啥名啥毫无关系毫不搭界！我们这么做，全是为了咱村的利益，为了咱村的平安，说白了，就是为了咱们天天搂着睡的女人们，不再疯癫癫地瞎折腾！为了全村老少女人们的平安，我们才不得不这么做呀！"胡大伦喘一口气，暗暗观察着众人的反应，态度依然和蔼，脸上依然笑容可掬，接着又劝导起来："再说了，这么大的事情，关系到咱村姓氏家族和睦的大事，我们村干部自己能拍板儿定吗？不是的，为了慎重起见，我们请示过乡政府领导，告诉大家吧，这砍树的事儿，是乡政府的决定，是刘乡长批准同意的！这回大家没有说的了吧？乡政府也考虑到这棵老树这儿老出怪事，闹啥'狐仙'啊，蝙蝠啊，闹鬼啊等等，搅和得咱们村不得安宁，女人们传染起怪病没个完，所以上头的这个决定嘛，也是符合咱们村大伙儿的利益的。我们村委会和支部决定，坚决贯彻乡政府的指示！各位铁家老少爷们儿，这回你们听懂了吧？理解我们的砍树的意义了吧？其实，也是为了你们的利益为了你们的女人，所以呢，请你们让开些，都回家去吧，让民兵们过去锯老树，伐了老树，咋样啊，老少爷们儿？"

"去你妈的！姓胡的，别在这儿假模假式儿吹得跟真的似的，谁不知道你打的啥鬼主意，揣着啥见不得人的一肚子坏水儿！你这是假公济私，借机刨树羞辱我铁家祖先！"铁家队伍中的愣头青铁虎颇有胆量，毫不客气地骂过去。

"对！你这是借公家名义，想办你们祖宗没办成的事儿！"

"砍我们铁家坟地的这棵老树，做你的美梦吧姓胡的！"

"谁说老树中有狐狸窝儿？有狐狸你们这么闹为啥不见跑出来？说狐狸传染了魔怔病，谁证明？现在来了这么多妇女在这儿围观，为啥没有发疯的？啊？！你明明是借这机会，掘我们祖坟，破我们风水，姓胡的，你这么做缺不缺德？你他妈的心黑不黑？"

　　胡大伦脸色唰地苍白如纸，又变铁青，气得他光嘎巴嘴说不出话来，举手指着铁虎等人骂也不是说也不是，浑身打哆嗦。村里姓胡的人家为数不少，也不乏血性愣头青小伙子，这会儿见他们胡姓代表人物村主任胡大伦，叫人骂得如此狗血喷头，说不出话来，岂能见死不救袖手旁观！只见有一位二十几岁穿皮袄的小伙子跳出来，骂开了：

　　"操你们铁家祖宗！胡村主任是为了你们好，为了大伙儿好，你们他妈的还这么欺负他这么骂他！你们姓铁的咋的？谁怕你们？今天砍的就是你们铁家坟地的老树！掘的就是你们铁家这闹鬼的坟地！！"

　　"对！说得对！骂得好！"

　　"就砍他们铁家这老树！几百年了，该砍了！"

　　"老得他妈成精了，还护着它！"

　　"砍吧！砍吧！！快砍！还客气啥！！"

　　这边的胡姓、包姓以及他们的亲戚朋友、三邻四舍跟着呼叫乱骂起来。这一下，形势急转直下，形成了鲜明对垒的两股势力，点火就着。基本按家族划分，吵吵闹闹，乱骂乱嚷，群情激愤，骂赶骂话赶话，指手画脚，捶胸顿足，渐渐两股队伍挤到一起，开始时脸红脸子粗地对骂，很快转成推推搡搡，动手动脚，转眼变成大打出手，群殴群斗混乱局面了。

　　一场悲剧就这么开始了。

　　两边的人打得性起，抡棍子的，舞棒子的，挥拳头的，抬脚踹的，每个战斗者是一团燃烧的火，一梭仇恨的子弹，一股愤怒的海潮，他们搅到一起迸发着团团火焰，卷起阵阵大潮，刮起了一场空前的血雨腥风！有人倒下了，有人额头流血，有人胳膊折了、小腿断了,有的双双在雪地上打滚,有的揪对方头发,有的咬住对方耳朵,骂声、打声、哭声、叫声乱作一团!乍开始,在旁边看热闹的其他姓氏的人们并未参与,等两边骂起来后有些好心者还劝解平息,可一动手打起来,可不分青红皂白了,不知怎么回事呢挨一拳头受一棒子的,于是不知不觉中看热闹的人们,也参与殴斗动手打起来了。这是一场劫难。哈尔沙村几百年历史上,从未发生过的群众性打斗的流血事件。一个惨不忍睹的场面。

吓傻了的胡大伦这才感到大事不好,从旁边大声嚷:"别打了!我求求你们,别打了!快别打了,要出人命了!"

可谁听呢?谁能听得到呢?压抑在人们心中一隅的兽性,一旦爆发起来,不可能就轻易收回去。胡大伦绝没有想到会变成这种局面。他赶紧往人群外边挤,这时一个棒子飞过来正好击在他的右肩上,他"啊"的一声一个趔趄,同时左脸上也挨了一柳条子抽,顿时鲜血渗流,他抱头鼠窜。

他跑到外边,是要等候人的。

这时,果然见从乡政府那边跑来三个穿制服的人。是警察,三名乡派出所的治安警察。胡大伦当时怕铁家人不服出来捣乱,很有预见地向古顺耳语之后,去的就是乡派出所。他向杨所长说明情况,说明按刘乡长指示办事,在维护全村治安。另外详细介绍了砍老树的重要性和有关情况。

一看眼前的混乱局面,杨所长和两名警察惊呆了。伐树怎么变成了打架,而且是头破血流的群众性斗殴?杨所长立刻大声喊:"不许打架!我是警察!不许打架!!"可谁也不听他的,也听不见他的,没人理他这茬儿。

杨所长掏出手枪,朝天空扣动扳机。

"砰!砰!"震耳欲聋的两声枪响,立即发生了作用,群殴的人们顿时停下来,寻找枪响的地方。

"不许打架！我是乡派出所杨保洪！大家都停下来！不许打了！谁再打，我就抓谁！"杨保洪所长威风凛凛地喝令道。

人们你瞅我，我瞅你，愕然之下终未再动手，同时见满地爬滚的受伤者正哭的哭，流血的流血，昏迷的昏迷，惨不忍睹，人们的良心开始复苏，纷纷过去扶伤救死，架昏拖哭的，忙活起来了。老树下边倒着的一大批情况最严重。铁姓人家的人，几乎全倒在老树下边了。毕竟一姓对两姓，外加两姓亲戚朋友以及由于村里掌权势力大，吃亏的还是铁姓家族。但他们全围着老树倒下，即使是受了伤流血不止，也不离开老树半步。

"大家快把受伤的人送乡医院！还愣着干啥，不赶快抢救，要出人命了！"杨所长招呼那些没参加打架的吓哭吓傻的女人们。

"这可咋整，老杨，老树没砍成，大家先打起来了，这可咋整，老杨！"胡大伦脸流着血，跑到老杨跟前，急得快哭出来。

"你问我，我问谁去？这么多人打架，谁挑起的？这简直是无法无天了！"杨所长观察着场面，想找出肇事者。

"是有人捣乱，没错儿，杨所长，你说得没错，铁家的几个后生不服从乡政府和村里的决定，不让砍老树，还辱骂我们，两边一对骂就变成了对打群殴的局面！"古顺赶紧说明情况。

"这老树就那么难砍吗？"杨所长和他的两个部下，向老树下边走去。

那里，铁姓家的女人们正在给那些受伤者包扎伤口，一边哭哭泣泣，骂骂咧咧。但那些受伤的男人们，无一人离开老树下边。

"快把他们抬走！等死哪？伤成这样还不赶快送医院！"杨所长冲铁姓家人喊。

"我们不走，不能走……"铁虎伤最重，半昏迷中呻吟着这么说。

"为啥不走，啊？瞎逞能，瞎捣乱！女人们，快抬他们走，死了男人，你们想当寡妇吗？啊？！受伤的一律送医院，闲散人员都回家去！不要在这儿逗留了！有啥好看的，这热闹还没看够哇？快走，快走，大家都走开！"杨保洪所长领着两个警察驱散人群。

铁姓家的女人们，觉得抢救受伤的男人们更重要，一旦有个三长两短，这可不是闹着玩的。于是她们劝着、拖着、架着那些固执死硬的男人们，不顾其叫骂乱嚷，开始撤离。他们一撤离，其他的人也就散了，慢慢地，乱哄哄的铁家坟地安静下来。一场血腥斗殴就这么收场了。唯有那棵老树依然故我，傲然屹立在原地，冷漠地俯视着愚蠢的人们可笑地表演，似乎在低声哀叹，被正在刮起来的西北风吹得沙沙出声。

老树前边只剩下杨所长和他的两个部下，还有就是村主任胡大伦和民兵连长古顺，他也挂了彩，衣服撕破，鼻青脸肿的。

"老杨，咋办？几个人捣乱，咱们这些干部们就这么算了？老树就这么不砍了，这么多人就这么白白受伤了？"胡大伦愤愤不平地说起来。

"那你还想砍这老树？"杨所长问。

"当然了，刘乡长的指示，我们村委会的决议，当然还要执行，不能听任村里的歪风邪气占了上风，让他们得逞！"古顺从旁边也咬牙切齿地说。

杨保洪所长沉思起来，又抬眼望了望回村去的逐渐消逝的人影，他似乎拿定了主意，这么说道："好吧，我支持你们。趁现在没有别人，你们俩村干部就自己动手锯老树吧，我给你们压阵，给你们把着，看谁还敢捣乱！"

"好，好！真是人民警察为人民！"胡大伦拍手叫好，捡起扔在地上的那把大锯，招呼上古顺，向那老树走去。

这时，从老树后边的远处冒起一股雪尘，有一团黑影越滚越快地往这边靠近。原来是一匹马飞驰而来，接着从马背上跳下一个人影，几步跃到老树前边，叉开双腿一站，犹如一尊黑铁塔矗在那里。

"想砍倒老树，先把我砍了！姓铁的人，还没有死绝！！"

这个人当然是铁木洛老汉。骑来的那匹马，累得扑哧一声倒地不起，汗如水洗般往下淌。铁山夜里迷了路，亮天儿后才摸到黑沙窝棚报信儿，老铁子终于在关键时刻赶回自家坟地。只见他一脸怒色，浓眉紧蹙，黑胡子拃挓着，一双眼睛如刀子般闪着寒光直视着胡大伦他们。

一看从天而降的老铁子，吓得胡大伦古顺二人不由得倒吸一口冷气，后退两步。胡大伦机关算尽，就是为了趁这又臭又硬的老倔巴头不在村里的工夫，先把老树给放倒了，等树砍了，老倔巴头知道也晚了，生米做成熟饭，不可能重新复活了老树，顶多他到处骂骂人罢了，还能怎么样。如意算盘打得是不错，可是人算不如天算，越怕什么什么就来，胡大伦心里暗暗叫苦。

杨保洪一看情况，心想该自己出面了。他认识老铁子，也知道这老汉不好对付，可心想他毕竟是一个平头百姓，自己堂堂一个派出所所长，岂能怵了他？何况自己行得正，办的是合理的事，维护着乡政府村委会两级领导的决定，没有什么错。于是，他心里踏实了许多，理直气壮了些，向前走上两步对铁木洛老汉这么说道："喂，老铁子，好久没见了，气呼呼的，干啥呢这是？"

"你说干啥呢？村里丢牛盗驴，不见你这大所长的影子，前一阵儿谁家被拐卖了孩子，也没见你把孩子给找回来，现在有人要砍我家私人坟地的祖传老树，你这大所长倒出现了！怎么着，是不是村里胡大伦家杀猪了？啊？"老铁子的话如冰冷的刀子，刺过去。

"你这是啥意思？嗨，你这咋说话呢？"杨所长被噎得脸上挂不住，气冲上脑门儿。

"没啥意思，咱们平头百姓只会这么说！这时候你还想听好听的？没有！"老铁子早已看清杨保洪也被姓胡的利用，说话依旧不客气。

"你走开，我们这是执行公务！你知趣点，快麻溜让开！"杨保洪摆起谱儿，装出平时街头训斥人的架子，一脸横肉，一脸严肃正经的样子。

"执行公务？谁家的公务，是姓胡的公务吧？"老铁子冷嘲。

"砍老树是刘乡长的指示，村委会的决定！我这是维护现场，执行公务！"

"刘乡长的指示？你有刘乡长批准的条子吗？啊？"

杨保洪赶紧问旁边的胡大伦，有无刘乡长的批条子，胡大伦告诉他只是口头儿批准没有文字的。杨保洪摇摇头，只好向铁木洛说："刘乡长是口头批准的，这还能有假吗？你这是瞎捣乱！"

"我说刘乡长没有口头批准，你信不信？不信咱们一起问问刘乡长去！"

"这……"显然，杨保洪有些犹豫有些心虚，"这是你们村委会的决定，一样管用，一样是公务！"

"哈哈哈……"老铁子大笑起来，数落着杨保洪说，"你这大所长咋这么笨呢，我们家那头驴也比你认得清方向！那村委会，你参加了吗？你知道有没有齐林老支书参加？没有，是吧？老支书缺席的村委会决定，算哪门子公务，算哪门子决定？明明胡大伦假公济私，滥用职权，想达到他个人目的！杨所长，你知道不知道我们村里几百年来的家族矛盾、家族斗争？啊？你可别上了别人的套哟！"

一番话说得杨保洪脸上红一阵儿白一阵儿，尤其骂他是笨驴的话气得他七窍生烟。他一变脸，怒叫起来："姓铁的，今天我不是来听你骂叫的，我管不着你们家族几百几千年的烂事儿，我今天就管放倒这棵老树的事儿！"

"那你试试。"老铁子冷冷地回一句。

"你再不躲开，我把你铐起来！"

"铐起来？量你也没那个胆子，你头上那顶乌纱帽儿，还要不要了！"

"你……你！小李小罗，给我上！先铐起来他！"气得哆嗦的杨保洪手伸进枪套，霍地掏出手枪，向老铁子走过去，后边跟着两个部下。气氛一下子紧张了。火药味十足。

老铁子"噌"的一下，从后背上卸下那杆老猎枪，"咔嚓"一声拉上枪栓，也端在胸前，依旧冰冷地说道："你有家伙儿，我也有，我这也不是吃素的！我打了一辈子狼狐，还从来没有朝人开过枪！你姓杨的非要蹚这趟浑水，那好吧，咱们俩就枪上见吧！你别把人逼急了，这是我祖宗留下的老树，为保卫自家的财产，为我们家族荣誉，我今天非跟你拼个死活不可！小子，来吧！"

这一下，杨保洪扛不住了。握枪的手渐渐出冷汗，双腿哆嗦了，迈不动了。心中暗暗移恨起胡大伦来，让自己无意中卷进这种可怕的不好收场的纷争中，这下咋办？他可从来没有想过，为这棵跟自己毫无关系的老树，与他人拼命，甚至丢掉性命。那个黑洞洞的枪口正朝自己心脏瞄着，那个天不怕地不怕的死老倔头，会毫不犹豫地扣动扳机的，而且早就耳闻他枪法百发百中，自己要是真的向前迈一步，今天可真的死定了，小命可玩完了。

杨保洪终于没有迈开那个要命的一步。见着厌人搂不住火儿，见着硬茬只好缩脖儿。

双方僵持着，举枪瞄准着。

这个刚才曾充满血性气息、发生混乱不堪的群众殴斗的墓地，难道还要接着演出枪杀事件吗？雪地上的斑斑血迹还未干，到处乱扔着丢弃的帽子鞋子棍子，从村子那边隐隐可闻伤者的呻吟及女人的哭泣声，哦，哈尔沙村的穷百姓哟，面对日益侵蚀他们田野土地的沙漠，毫无办法，毫不关心，而对一棵老树，对自己同胞兄弟，相斗相恨起来是多么投入，多么激情百倍！

老树在叹息，苍天在叹息。

第七章　一棵神圣老树訇然倒下

你知道天上的风无常,

啊,安代!

就该披上防寒的长袍,

啊,安代!

你知道人间的愁无头,

啊,安代!

就该把儿女肠斩断!

啊,安代!

——引自《萨满·宰师》安代唱词

一

当那两声枪响时,那只九尾老银狐姹干·乌妮格正好趴伏在树洞口。

它准备率领自己的子孙和已聚集不少的族类们,出去觅食,黑夜和村民的尊敬,使它们的生活安全而又富足。它们大大方方地进村,大大方方地捕鸡,然后又大大方方地出村,班师回巢。甚至有时不必远游,只要下到老树下便可吃到可口香浓的熟鸡、烧鸡、麻辣鸡等人类竭尽智慧炮制的鸡系列供品。生活美极了。

老银狐为自己闯出这番天地,享受如此"元首"级礼遇而自豪,并福荫子孙,功及族类。孩儿们变得有些骄纵,除了偷鸡还干些摸狗的勾当,对此自己也睁一眼闭一眼,反正村民甚至是他们的狗,对自己这些黄皮毛长尾巴的显赫漂亮的"狐仙家庭",是不会有什么倒戈举动的,百姓们已经习惯于跪伏权威,山呼万岁。它觉得一切都很自然很应该,天下是自己打出来的,其他狼啊狈啊的不用眼红心妒。不服,你也去迷倒那些顽劣的村民试一试,容易吗?

枪声使它心惊肉跳,浓烈的火药味弥漫在老树周围,它非常熟悉这气味,这是非常危险的气味。它看见那位跪伏在老树下送来"鸡供"的老太婆,中枪后尖叫呻吟,随即被三个从暗处跑出来的持枪者抬走了。

老银狐机警地跃下老树洞口,叼起那只老太婆留下的还有热气的烧鸡,重新跃上树洞。下到洞底时,五只崽子已扑上来抢夺它嘴里的烧鸡。其实它自己也已经很饿了,自从洞里的族类增多,繁殖过剩,弄得有时"供"不应求。当然,墓穴中还有蝙蝠,但毕竟什么财富也有用尽的时候。

老银狐任孩儿们抢走嘴里的美食，微闭双目，倚洞趴卧下来。它似乎有一种预感。还是那枪声，使它心神不安。它似乎知道，那枪口不是瞄准那位送鸡的老太婆的，而是瞄准洞口，瞄准出入洞口的它们狐狸家族的。它感觉出某种危险正在来临。它抬头望了望上边的洞口。危险在洞口，这么多只狐狸出入一个洞口，只要枪瞄上洞口，那它们毫无逃脱的办法。

于是，本能的警觉促使老银狐一跃而起，它要改变这种现状。它在老树洞底部四处嗅嗅，很快找准一个方向，伸出两只前爪子迅速挖起来。它这只狡猾而聪明的兽类，要从老树洞底部另外开辟出一个新的出入洞口。遇土刨土，遇老树根就咬断，不一会儿的工夫它就挖进去不少。它有些累，一声吠哮，蹿上来几只大狐，在它的指引下，接过去挖洞。土好挖，只是老树根盘根错节不好挖，然而在狐狸们的坚硬的牙咬下，又有何难。漫长的黑夜里，在老银狐的率领下，众狐们齐心协力，轮班换工地挖洞不止，终于天亮时在老树洞底部挖掘出四个新口！可怜的老树，埋在土里的几个主根被咬断的咬断，咬伤的咬伤，连接主根的小细根须更是被毁无数，时时发出"吱嘎嘎，吱嘎嘎"的声响，如在叹息，摇摇欲倒，至于开春之后能不能抽芽吐绿活下来，就很难说了。

狐狸们高兴了。再也用不着跳上跳下地出入树干中部的高处洞口了，直接从老树根部的地面洞口钻出钻进，既方便又迅速，而且适合它们这些四肢着地的动物。

老银狐——姹干·乌妮格，伸了伸懒腰，站在老树下的洞口，望着东方日出的方向。地平线上，刚露微白，大地仍然黑暗重重，离黎明还有一段时间。它望着东方出神，那双微绿的眼睛异常的专注和深邃，似乎陷入某种深沉的思索。它一动不动地注视着，谛听着，然后缓缓迈动起四肢，向墓地外走去。

它，充满灵性的这只神秘老银狐，此刻有什么感应了吗？它闻到什么了呢？

嗅嗅停停，寻寻觅觅。老银狐直走到村西北最边儿上的那一户门口，便停下了。它认识这户人家。老冤家对头，此刻在干什么呢？它站在大门口的黑暗中，不吠不叫地仰起尖嘴嗅起来。寒冷的夜的空气中，有门口冻粪的气味，还有牲口棚里牛驴的活血的气息，以及农家院那种柴垛、土房、水井、谷草等等，组合而散发出的特殊的人类生活环境气息。除了这些，它还是敏锐地捕捉到了那一丝似有似无的，它自己过去曾传播过后遗留下的"狐气"。

那气味来自老土房的东边那屋。

不知出于什么原因，它一跃而进这户农家院。

院子里很安静。那只它熟悉的老黑狗不在院子里，甚至它嗅不到那位老冤家对头的气味，看来都不在家，西屋是空的。它循着那一丝熟悉的气味，来到东屋窗户下。于是，它听见了低低的抽泣声。那个身上有它狐气味的女人，正在嘤嘤哭泣。它听见那个女人一边哭泣一边推门，可门推不开，似乎从外边上了锁。女人哭得更伤心更厉害了。女人在喊叫，女人使劲撞门，可西屋空空荡荡，无人来给她开门。女人继续哭泣。女人似乎已绝望。屋里窸窸窣窣传出一种不祥的动静。

老银狐一跃而起。

它用身子和头颅猛地撞破那一扇窗户，闯进屋里。那个女人的脖子，已经套在从房梁上悬下来的白条布带的圆口，然后两脚轻轻蹬开站着的木凳子。人，就这样吊挂起来了。女人看见从窗外撞进的银狐，眼睛瞪得更圆了，可是无力喊叫，只乱踢着光光的双脚。这工夫，她的舌头开始往外伸长了。哦，可怜的女人。

老银狐看了一会儿那布绳子，便从地上往上跃，可够不着那白条布绳。聪明的老银狐跳上炕，从窗户那儿起跑助跳，一个漂亮利落的纵跃，它的身子如一条白色的闪电划过，越过上吊女人的头部，同时，它的利牙尖齿咬住那条白布带子，使劲扯撕，没有几下白布绳便断了。"扑通"一声，那女人摔落在地上。但没有动静，不知是昏过去了还是断气了。那银狐蹲坐着，在旁边静静地看着那女人。它似乎意识到什么，站起来，伸出红红的舌头去舔那女人的脸、眼睛、嘴唇、鼻子。同时，它的臀部对准女人的鼻子施放一股气体出来。霎时间强烈刺鼻的这股异香异臊的气味，弥漫在屋里，那女人连连打着喷嚏醒过来，一边揉着鼻子一边哭哭啼啼地嚷："我要死，让我死……"她迷迷瞪瞪，黑暗中也看不清谁救了自己，也顾不上那么多，摸摸索索地爬起来，重新捡凳子放凳子，再站上凳子套那白布带子。可白布带子已断，不能再用，她只好从凳子上下来，重新摸索着什么。

此时老银狐一直躲在房里一个更黑的暗角，观察着女人的动作。它看见那个女人终于从炕边摸索出一把剪子，软软地坐在地上，身子靠着土炕沿打开了剪刀，然后往自己的手腕处轻轻割起来。它闻到了一股人血的芳香喷薄而出。黑红的液体从那女人的手腕上汩汩流出，沿着她歪坐的大腿淌流在地上。银狐走过去，贪婪地舔舐起那摊血，一直循着血线舔到女人的手腕上。经它的湿漉漉阴凉阴凉的粗糙如石砬子的舌头，来回舔那么几下，女人手腕处剪子割的那个伤口，神奇地不再流血了。女人又处在昏迷中，软绵绵地瘫坐在地上一动不动。银狐把那把血腥的剪刀叼起来，跳上炕，再跳上窗户台子，丢在窗外。然后，它又跳回来，蹲坐在一旁，等候女人醒过来。还不时走过去，舔舔女人的手腕伤口。

不知过了多久，那女人终于"哎哟，哎哟"地苏醒过来。

"让我死吧……"她发现自己还活着，又伤心地哭求起来，同时似乎无意识地伸出双手，抱住了正舔她手腕的老银狐，哽哽咽咽地抽泣，不停地重复，"让我死吧，让我死吧……"大概她神志不清，搞不清自己抱的是何物，或许当成丈夫铁山了吧。

那老银狐一动不动,温驯得像只猫般任由那女人搂抱着,揉抚着,那双野性的闪出绿光的眼睛,也变得十分柔和迷人,通人性地微微闭合,享受着多少年来一直仇视为敌的人类的温存。

哦,人和兽,其实都是一样的。

这时天已大亮,红红的晨霞,照在破碎的窗户纸上和土屋墙壁上,透出一种色彩立体,富有层次的如油画般的景色来。这是一幅绝妙的油画,那人,那狐,那霞,那窗,那悬梁的白布条,还有那带血迹落在窗外白雪地上的剪刀,这一切组合成了不只是涵盖人类生活的大自然之生命组画,这是一幅人工的拙劣画笔画不出来的画,这需要生和死,需要血和阳光,需要主宰人和兽的天道自然的显现。

此刻,村子里开始骚动起来了。

二

这一夜,白尔泰过得也很不安稳。

他暂时住在古桦的二哥古顺家的一间西厢房。村部办公室虽然闲着无人住,可烧没烧的,喝没喝的,大冻炕一点火就倒烟,炕烧不热不说,还把活人呛得死去活来,鼻涕眼泪一起流,满屋子冒黑烟。古桦说通二哥古顺,把自家那间过去她在村里时单住的西厢房清理出来,让白尔泰住进去。她忙前忙后,扫地烧炕糊窗户缝儿,小土炕上又换了一领新炕席,墙上贴上几张从挂历上扯下来的影星歌星和风景画,小屋一下子焕然一新,干净利落。她欣赏着自己拾掇出来的新屋,喜上眉梢,内心涌出几分企盼几分激荡,嘴角不经意挂出一丝微笑，陷入遐想。

"哟，布置得这么漂亮，是不是就手儿当洞房了吧！"说话的是古顺媳妇，从外边推门进来，一边"啧啧啧"，一边跟小姑子逗笑。

古桦吓了一跳，这才从遐想中惊醒过来，赶紧望一眼在院子里压水井的白尔泰，红着脸冲嫂子嗔道：

"你这缺德鬼，嘴巴不会闭紧点儿？净胡说八道，不怕别人听见啊？"

"听见怕啥，就怕他听不见呢。"古顺媳妇也望一眼窗外，索性更提高了嗓门儿，"这窗户纸呀不捅不破，这个理儿上的话呀不说不明白！咱们家的大小姐可是金枝玉叶，一般的还看不上呢，看上的呀，也别想跑……"古顺媳妇的话还没说完，嘴巴被扑过来的古桦捂得严严实实的，咯咯咯乐起来，古桦不依不饶地伸手胳肢她的胳肢窝，怕痒的二嫂笑得喘不过气来，一边躲闪一边求饶："姑奶奶，饶了我吧，你爱嫁谁就嫁谁吧……"笑得浑身散了劲儿的古顺媳妇憋不住，噗的一声放了个响屁，这一下古桦更是哈哈哈大笑起来，放开嫂子，倒在小炕上笑得前仰后合，四肢乱颤。

"咯咯咯……"

"哈哈哈……"

白尔泰从外边提一桶水进来，见状，奇怪地问道："你们乐啥呢？有啥好笑的事，让咱也乐一乐。"

古桦一听更乐了，指了指嫂子："你问她……"

"问她？她怎么啦？有啥笑话？"

"她后门炮响，响彻云天……咯咯咯……"古桦笑弯了腰。

白尔泰依旧傻头傻脑地向古顺媳妇打听："啥叫后门炮响，哪儿放炮了，我咋没听见……"

古顺媳妇大红着脸，笑流出泪，抢白一句："听你个头啊！多吃点黄豆，哪天再放给你听！哈哈哈……"古顺媳妇张嘴乐着，大大咧咧地跑出屋去。

晚上，白尔泰在那间暖暖和和的西厢房灯下整理材料，古桦提着一壶开水进来说："白老师，给你送点开水，你洗洗脚吧，这个盆专给你洗脚用。"

"谢谢，谢谢。"白尔泰不知所措，放下手中的材料要接那盆。

"我给你倒上热水，你洗脚吧。"古桦的手轻轻拨开白尔泰的手，两只手一接触，犹如碰了电一样，白尔泰身上一颤，心里有股异样的感觉。他很久很久没碰女人了，这轻轻的手之间的碰撞使他激动不安，内心闪出硕大的火花。

"洗吧，水不冷不热正好。"古桦温情脉脉地看着他，微弱的灯光下那张年轻清秀的脸显得绯红妩媚，一双水灵灵的眼睛大胆而充满了企盼。

"好，好，我洗我洗。"白尔泰机械地脱鞋脱袜，把脚伸进盆里。古桦看着他洗脚，没有走的意思。白尔泰已经隐隐感觉出什么，更加慌乱起来，不小心把洗脚盆给弄翻了，水洒了一地。

"咯咯咯……"古桦笑起来，拿门后的笤帚扫水，白尔泰站起来也抢着要扫，于是两个人相拥到一起了。古桦顺势靠在他的怀里。白尔泰的心扑腾扑腾乱跳，一股女孩子身上特有的异性气息使他昏昏欲醉，那柔软而富有弹性的丰满胸脯紧紧挤靠着他，使他的浑身血液在沸腾，每根毛细管涨涌起一个男人该有的欲望。他不由得丢掉手中笤帚，双臂搂住了她。开始时轻轻的，恐怕弄疼了对方，渐渐地，这种抚摸式的搂抱变得强烈了，变成抱紧使劲才足以表示内心的欲望了。何况冬天的衣服太厚，太多。于是，感受男人的古桦仰起脸来，那双红唇微微颤抖，等待着触摸。白尔泰犹豫着，有些害怕，不知那红红的肉乎乎的双唇，是幸福的爱河还是危险的陷阱，他一时分不清。尤其可怕的是，他至今搞不清自己对这位投怀送抱的女孩儿，有什么感觉。是爱的冲动，还是性的冲动？被压抑了很久的男性的欲望冲破了理性的防线,还是对这位处处关心爱护自己的部下,真生出了几分情愫?他浑浑噩噩地俯下头,终于把自己有些紧张而冰冷的嘴唇,叠印在那等待已久的滚烫的双唇上。不管性也好,爱也好,此时此情,此种幽静暖和的小屋,拒绝一个异性女孩的双唇是一种犯罪,是对人性本身的摧残。双方都活受罪。于是这种接吻变成了享受,变成了天道自然,变成了欲望的发泄和回收。他们就这样接吻着,一个三十多岁压抑很久的男人,一个二十六七岁小镇上看不上谁又等待理想男人太久了的大姑娘,自然而然地疯狂起来。渐渐,接吻的方式又不足以表达内心冲动了,白尔泰那男人的手不知不觉中摸索起来,伸进那隔绝自己的对方毛衣里边,继续摸索着,颤呼呼地触摸到了那柔软又坚挺、热烫而又圆鼓的双乳上。古桦的浑身战栗起来,双手紧紧揪着白尔泰的双臂,欲制止而又松开,反反复复,嘴里哆哆嗦嗦轻声呻吟着呼叫:"别……白老师……别这样……"

白尔泰光着脚站在湿漉漉的地上,开始没有感觉,逐渐那湿地上的水变得冰冷冰冷,强烈地刺激起他的脚心。他浑身激灵一下,于是理智又回到他脑子里。他那双刚才还很放肆地探索的手,突然被猫爪子抓了一下一样猛地抽回来,同时抽身后退,梦游般地喃喃低语:"我这是怎么了……我在干什么……"

他坐倒在炕上,有些负罪般地不敢看古桦。一双光脚相互搓动着,嘴里嗫嚅:"我对不起你,我不应该这样,对不起……"

"有什么对不起对得起的,这时候了,还说这个……"古桦红着脸低声说,抻抻毛衣和外套,眼睛不敢抬起来。

"啥时候了?你是说……"他茫然,就这么一次拥抱接吻,她说的啥意思他已明白,他不知道这是收获还是损失,他似乎没有足够的思想准备,他有些慌乱。在省城时经历过各种人生变故的他,此刻有一种闯了祸的感觉。

这时，从正屋传来古桦妈妈的喊声。

"我妈叫我呢，白老师，我走了，咱们的事明天再说。"古桦嫣然一笑，双眼陶醉地盯了白尔泰一眼，然后转过身，满怀着幸福感飘然走出屋去了。留下这傻呆呆、慌乱不知如何是好的白尔泰一个人，愣在那里出神。

他就这么干坐了半宿。

他终于理清了思绪，天亮时，便伏在小书桌上，写了一封信留在桌子上。

古桦：

感谢你对我的情意。我太莽撞，对不起。

我是个漂泊不定的流浪者，日后谁知命运又把我抛向何方？我不一定是你理想的情郎，你对我又知之多少呢？我的过去，我的经历……我愧对你的钟情。我一直拿你当同事当小妹妹，可昨晚一切又在瞬间改变了，来得太突然，因而缺少了平衡。我真的很喜欢你的纯情、浪漫、青春的魅力，但我需要时间考虑一下能否担得起这种责任。

目前，我唯一的愿望是把萨满文化的概况彻底搞清，将来出一本书。萨满教崇拜大自然，崇拜长生天长生地，那我们也顺其自然，但愿天地作合，赐给我们经历漫长时间仍留住纽带的那份缘吧。

我去黑沙窝棚找铁木洛老爷子，要在他那里住些日子，我相信迟早能打开铁老爷子的嘴巴。你就留在村子里，继续"缠"住老喇嘛吉戈斯，问出点我们所需要的东西。

几天后相见时，我们的已经冷却的心会有些新感觉的。

我就不等你醒来，留下便条告知。见谅。

白尔泰匆匆

- 九尾狐扬起尖长的嘴巴,冲那轮从东方沙线上冉冉升起的红金太阳,不停地悲嗥,似乎是向那轮火球倾诉自己的哀怨。

- 地下宫殿中，群狐围剿蝙蝠。

• 九尾狐智斗猎犬

• 狐狸盗食灵芝，修炼成精。

- 九尾狐跳上炕，从窗户那儿起跑助跳，一个漂亮利落的纵跃，它的身子如一条白色的闪电划过，越过上吊女人珊梅的头部，同时，它的利牙尖齿咬住那条白布带子，使劲扯撕，没有几下白布绳便断了。"扑通"一声，那女人摔落在地上。

- 大风中，老铁子拼死守护坟地的老树。

• 洞穴口，胡大伦领人开枪扫射狐群。

- 荒漠中，老铁子和白尔泰在寻觅九尾狐与珊梅。

- 一只雪亮晶莹的九尾狐,从大漠深处飞奔而出,迎接那回归的人们;而前前后后三个人影,相互追逐着,迈动轻松愉快自由的步伐,向那只神奇而美丽的银狐和其身后瑰丽诱人的王国——大漠,义无反顾地走去。

● 十三孛神的诞生。那些陆续从缸中走出来的其他十二名大"孛",手击皮鼓,晃动彩衣,作歌而来。这些安然无恙的十二名"孛""列钦""幻顿"——科尔沁蒙古萨满教·孛的精华们,缓缓走过来,围站在铁喜老"孛"的身后,静静地注视着面前的一帮残暴的王爷们。

白尔泰背着书包轻轻出门时，外边天刚蒙蒙亮。地上的雪化后特别冻，异常的寒冷，牲口棚里的驴骡冻得不时轮换着抬腿三足立地，而寄宿趴伏在驴骡脊背上的小鸡们，则缩成一团暖暖地酣睡。大地、村庄、古顺家人，都在这寒冷中昏睡不醒，冻裂的土地上没有任何活物在行走，人吐的口水落地时已冻成冰球嘎嗒嘎嗒响。

白尔泰走过空荡荡的村街。从村的东头古顺家，去村最西北头铁山家，几乎穿过大半个村子。酣睡的村庄很安静，鸡不叫狗不吵，唯有走过村主任胡大伦家门口时，他奇怪地发现这家人起来得还挺早，烟筒冒出直飘的炊烟，屋里传出人说话声。他纳闷，听说胡村主任是较懒惰的人，这么早起来吃饭定是要办什么急事吧。他再回头看时发现古顺和几个民兵背着枪，扛着锯，还有的拎斧子提镐的，匆匆走进胡大伦家。他想起昨晚古顺好像一夜没在家，他们在忙啥呢？昨儿的两声枪响又不知咋回事，难道铁老汉或谁在猎杀那只老狐吗？

白尔泰隐隐有个感觉，村里似有好多他不知道的秘密。几天来他已强烈感觉到，这小小的哈尔沙村，池小风浪大，不定何时冒出个令人咂舌的神神道道事来。别看是没有文化的农民，干出的事却能惊天动地。那么，还将发生什么事呢？他似有某种预感。

村西北头，戳着孤零零一户土房，他知道那就是铁山的家。他那个患病的女人怎么样了呢？一想起珊梅，他内心有一股说不出的异样感觉，或许在这女人身上发生的事，太奇怪太不可思议了吧，他内心里有一种特别想接近这个女人、了解或解开那神秘之因的欲望。

院子里静悄悄的。院门未关，可房门从外边上了锁。他感觉出一种奇特的气氛，晨光初照，发现窗户底下的雪地上有一把带血的剪刀！白尔泰飞步走过去，捡起那把剪刀，同时发现窗户是破碎的。于是，他的目光便瞧见了那一幅美妙如幻觉的美丽图像。

一幅绝妙的狐女图。

玫瑰色的晨霞照射在屋子里，紫气朦胧中，地上歪坐着泪流满面的珊梅，双手正搂抱着一只雪白色的银狐！那银狐安详而温驯，时不时伸出尖尖的嘴巴，舔舔珊梅渗出血珠的手腕，毛茸茸的大长尾拖在地上占了很大一片，异常的豪华而美丽。它那灿若白雪的修长狐体，则亮得耀眼夺目，妩媚迷人，使人目光一触便不想移开。而珊梅此时是另一番风景，上身穿的小花衬衫内衣半敞着，上边的纽扣儿脱落掉，半掩半裸的那双白白的丰乳，似乎要挣脱出那过于紧巴的内衣，丰腴而白皙的肩头挂出血丝，红一道白一道，乌黑的长发披散在肩头和后背，苍白而圆润的脸没有一点血色，亮晶晶的双眼静静地流着泪，病态中显出另一种悲情女性的美，与雪白色银狐相映相衬，在火红色霞光映照下，形成一幅天地间绝美的美女仙狐图！

当微风，吹动了从房梁上悬下来的断布条时，白尔泰才感觉到眼前的这一切不是梦境不是幻觉，同时他闻到了一股异香从屋内飘散而出，吸进他鼻子里，透进五脏六腑，顿时使他的血液发胀，浑身涌起冲动的春潮。他隐隐记起，过去读过的哪本古书中说过此种香气，也就是那种狐臊的香气，一时会使人迷乱本性。他咬牙稳住神，掐了一下鼻下人中才清醒。

同时，他脱口而叫："珊梅！你抱着野狐！抱着野狐！"

人狐，乍分。惊醒。图动。

白影一晃，从白尔泰的身侧流星般闪射而出，旋风带出香气、臊气、仙气、鬼气，在院子里雪地上，长尾一点一晃便消失得无影无踪，大地长天一色没任何一物。

"等着我！铁山，等着我，别丢下我呀！"珊梅孱弱的身体摇晃着站起，茫然若失地从银狐身后呼叫，显见她把野狐当成丈夫铁山。

"珊梅，你怎么啦？那野狐怎么会在你的屋子里？你这儿出啥事了？"白尔泰万般不解。

"呜呜……我要死，铁山他不让死，你瞧，他把我上吊的布带子都给弄断了，呜呜呜，他又走了，他不要我了，他嫌我不能给他生儿子，呜呜呜，我可咋办哪？我的剪刀也被他扔了，我要死，我要死……"珊梅晃荡着半裸的身子，又哭泣起来。

"珊梅，你清醒清醒！我是白尔泰，不认识我了？你丈夫铁山去哪儿了？怎么屋里反锁着你？"白尔泰从破碎的窗户跳进屋子里，想唤醒疯疯癫癫的珊梅，同时想找一件衣服给她穿上，遮掩住她那裸露的白胸白肩和丰乳。

"你是谁？你会生孩子吗？你让我生一个怎么样？让我生一个，让我生一个……"珊梅现在并没有什么羞耻的感觉，拨拉开白尔泰披给她的外衣，一下子抱住了白尔泰，那双高耸的胸部紧紧贴蹭着白尔泰的胸，发烫的脸颊也贴在白尔泰的脸上。同时那股银狐身上的异香气，也从她身上散发出来，熏得白尔泰有些神魂颠倒，诱发着他原始的冲动。好可怕的香气，他闭住呼吸，极力保持清醒，同时用手推拒着珊梅那充满诱惑的身体。

"咱们一起生个孩子吧，生个孩子……"珊梅哀求着，楚楚动人，可怜巴巴，以一种与她弱身子不相符的蛮力抱着白尔泰不放松，弄得白尔泰尴尬至极，挣脱不开急红了脸。他十分担心而紧张，万一此时被别人瞧见了，他可跳进黄河也洗不清了。

"珊梅，快松开，你不要这样，快松开，你放手呀，你不要这样……"白尔泰使出吃奶的劲儿推珊梅。珊梅那张泪一把涕一道的脸，却紧紧贴着他的脸，他左右躲闪着，挣扎着。

正这时，怕什么来什么，院子里传出一个人的喝叫声。

"白老师！你在干什么！你、你、你怎么这样！欺负人家媳妇，你这流氓！"骂者是古桦。她也一夜未眠，激动之中幻想着未来幸福美满的小家庭小爱巢，似睡似梦中过了一夜，一大早就起来去看心上人。于是就发现了那张便条儿。

她生气、伤感，片刻后，很快清醒过来，不顾一切地赶到铁山家想找白尔泰问个清楚，结果，恰巧撞见了这一幕。

"不是，不是的，是她抱着我不放，她又犯病了，你不要误会……"白尔泰红着脸，忙不迭地申辩，同时掰着珊梅紧抱着他的那双手，推拒过猛，一下子两个人滚倒在地上，纠成一团。

"你胡说，你把人家撕成这样了，还想骗我！没想到你是这种禽兽！"古桦从窗口爬进来，气白了脸，怒不可遏地从旁边"噼啪"扇了白尔泰两耳光。

"你干吗打他？他要跟我生孩子的，你干吗打他呀？他要跟我生孩子……"珊梅从一旁挡着古桦的巴掌，嘴里疯疯癫癫地说。

"啊，原来你们是两厢情愿，勾搭成奸！你们这对儿混蛋！"古桦丢下白尔泰站起来，气喘吁吁。

"你不要误会，不要胡说，她的确疯了，犯病了，我来时她还怀抱着一只雪白的野狐哪！"白尔泰终于挣脱开珊梅的纠缠，爬起来面如苦胆，有口难辩地结结巴巴解释着。

"哈，真会瞎编，你蒙谁呀，还编出一只野狐狸！谁信啊，野狐狸还能让人抱住？你这流氓，是她这两条腿的骚狐狸吧？叫我给搅黄了你们的好事，是吧？"古桦由爱生妒生恨，口无遮拦地辱骂起来。

"唉，我可真是跳进黄河也洗不清了，唉，我、我……"他自己一想可不，谁能相信野狐叫人抱着搂着的这种事，恐怕自己若不是亲眼所见，别人这么说他也不会相信。他突然瞧见头上飘荡的白布带，急忙说："你瞧瞧，珊梅犯病后还想自杀上吊，可这白布带可能被那只银狐给咬断了，才救了珊梅，你看还有这把带血的剪刀，再看珊梅手腕的伤口，这都说明珊梅被丈夫反锁在屋子里，又犯了疯病，想自杀，正好来了一只通人性的银狐救下了她……你不信，真的有一只银狐，我来时正巧看见珊梅抱着银狐哭呢……"

古桦有些半信半疑了，抬头看看那上吊的布绳子，炕上那把带血的剪子，再看着的确有些疯疯癫癫不太正常的珊梅，她开始有些怀疑自己的判断了。

"它不是狐狸,你们胡说啥呀,它是我丈夫铁山,是铁山,他要跟我生孩子,我要给他生一个大胖大胖的小子,大胖大胖的小子,你会不会生大胖小子呀姑娘?咯咯咯……"珊梅疯笑起来,放浪而野性,令人生畏,转而她又啼哭起来,"可他走了,他不要我了,他嫌我不会生孩子……这位大哥,求求你,咱们俩一起生一个孩子吧,好不好,生出来给我丈夫铁山看看!怎么样?我求求你了……"

珊梅闪动着充满期望的美丽动人的双眼,依依可人地又扑过来要抱住白尔泰。白尔泰吓得赶紧往旁一闪,珊梅扑空,摔碰在炕沿上。

"呜呜呜……你也不肯要我,不肯跟我生孩子,呜呜呜,我还是去找铁山,去找我丈夫……"珊梅爬起来,去推门,门推不开,她又爬上炕从窗户跳出去,半裸着上身子,只穿一条单布裤,向院外疾速跑去。

"等一等,珊梅,穿上衣服!等一等!"白尔泰从炕上拿起她的棉衣服,也往窗外跳出,同时回过头对傻愣在原地的古桦说:"回头咱们再说,先去救回她,这样子她会冻僵的……"

白尔泰边说边跑,很快消失在院子外。

古桦目光痴呆地望着白尔泰的后影,嘴里喃喃自语:"要是他对我也这样多好啊,我也真想跟珊梅一样疯了……"

三

在遥远的大北方啊,

居住着萨满·巴拉尔（原始）祖先哟，
头上戴有七穗八瓣儿的法冠啊，
白发长长如银丝雪瀑哟！

在广袤的蒙古草原啊，
居住着字师·通天祖先哟，
额头上戴有鸢鹰法帽啊，
黑须密密像森林草丛哟！

他们摆上岩台般大的案板，
成群的牛羊做"寿色"；
他们燃上狼草般粗的九炷香，
请下那十万精灵"翁格都"[①]！

他们呼唤：
蓝色的天，
呼和·腾格里[②]！
请下来吧！
他们呼唤：
祖先的神灵，
鄂其格·德都·汗[③]们！
请附体吧！
……

---

① 翁格都："字"师行"字"时所需的辅助护神。
② 呼和·腾格里：蓝天之神。
③ 鄂其格·德都·汗：泛指祖先和历任蒙古可汗神灵。

爷爷铁喜老"孛",端坐在那间秘密隔绝的毡房里,向七岁的孙子铁旦传授"孛"法。小铁旦跪在点香烛的桌前,爷爷唱一句,跟着唱一句。他学"孛"时,任何人不得走近这座毡房,甚至小铁旦的妈妈和奶奶都不许进来,饮食由铁旦的爸爸铁诺民"孛"专程按时送来。

其实,小铁旦跟爷爷学"孛"已有两年了。五岁时,他随爷爷等六位"特尔苏德"叛逆"黑孛",投奔奈曼旗的门德"孛",结果爷爷的这位师弟因大沁塔拉草场要"出荒",躲避到北边达尔罕旗境内的叫别尔根·塔拉的草原居住,他们只好继续由"九头狼"的二当家"黑狐"护送着,去别尔根·塔拉草原寻找门德"孛"。好在门德"孛"在那一带还是较有名气,他们终于找到他,并靠着他的帮助,在一个叫教包营子的小屯子落下了脚。倚仗铁喜"孛"的功法本事和六位叛逆"特尔苏德·孛"的名气,他们这帮从库伦喇嘛旗来的众"孛"们,很快在别尔根·塔拉草原和整个达尔罕旗闯出了名号,生活较为安全。而且,当时在达尔罕旗,也远没有像库伦旗那边的喇嘛与"孛"教斗得你死我活,互不相容的程度,因而爷爷"孛"他们的活动还很自由,学"孛"信"孛"的人也很多,几乎村村乡乡都有行"孛"的人,流派也较繁杂。

按爷爷的传授,蒙古"孛"是蒙古人从老祖先起就信奉的原始多神教,产生于母系氏族社会,"孛"是这一多神教巫师的通称。"孛",也称"孛""孛额""孛格",这词起源于古老的蒙古语尊称"别乞",大致含有"高师""尊贵"之意。对蒙古"孛",外边称其为"萨满""珊蛮"等。"萨满"这说法是书面语,主要出现在汉文字记载的史料中(也写"珊满""萨蛮"等),蒙古人和蒙古文字史料中一般均称"孛额BOO"(后简称"孛"),还有其他几种称呼如"幻顿""列钦"等,但泛称"孛"为比较普遍。其实"萨满"这词也可能源于蒙古语,是蒙古语"萨班""萨本"的变化音,词义为"手脚乱挥乱摔打",这与德国学者海西希说法"疯狂的舞者"基本相同。有趣的是,"孛额BOO"这词蒙古文写法同摔跤手"孛客"的写法一个样,在蒙古族历史中摔跤手享有很高荣誉和地位,是勇士的象征,值得一提的是,摔跤手上场比赛前也有一段炫耀自己威勇而跳起来的模仿雄鹰的舞蹈,正好与"跳孛的人"舞姿颇为相近。由此可见,蒙古族原始宗教"孛额BOO"和其原始体育活动"摔跤"有着很深的渊源,把萨满"跳孛的人"和"摔跤手"写为同一词"孛额BOO"就不足为奇了。

当然,学界也有另一种解释。"萨满"这词起源于"通古斯—满语"的汉音拼写,意为"由于兴奋而狂舞者",可好多科尔沁蒙古"孛"师并不知这一称呼,只知自己称为"孛"或"孛额BOO"。"孛"的流派分类就比较多了,如"黑孛"与"白孛","世袭孛"与"非世袭孛",细分类有三种,即"幻敦""孛""列钦"。喇嘛教进入蒙古地后,叛逆或不投降的"孛师"被称为"黑孛",而投降或掺杂喇嘛教佛法的,就被称为"白孛";"世袭孛"则是世代相传,可上溯到几代甚至十几代,以至追根到成吉思汗时代,这样的"孛"比较荣耀和高贵,自称为"幻敦",也称"通天孛",那位门德"孛",则是相传十三代的"幻敦"的后人;而"非世袭孛"被称为"陶木勒·孛",意思是普通百姓被"孛"的神灵所相中后当"孛",这样的"陶木勒·孛"比起世袭的"通天孛"来说,道行功法是浅薄些,能治的病和能做的"卓力格"(驱鬼的巫术)也少,也不会有"祭天""祭吉亚其"等大祭祀活动的本领。

至于"幻敦""孛""列钦"的区别,按爷爷的说法就是一个家族的三个儿子。"幻敦"因是世袭的,功法高,主要主持祭天、祭雷、祭吉亚其等大祭祀活动,据传"幻敦"是天的外甥,所以天打雷时敢骂天,并以此类祭祀、祷告等来消灾降福。因这一支出自成吉思汗时代的"呼豁初·孛"后裔,在远古他们都担任氏族部落的首领或领主，只有他们才有权主持部落的祭祀仪式，主要特点则有四面法幡，挥法幡念咒语可叫天、降天、呼风唤雨，神通广大，古代蒙古军中也称札亦赤，据记载具有阵前呼风唤雨的本领。"孛"，既是蒙古原始多神教巫师的泛意上的通称，又与"幻敦"和"列钦"有细微的差别，那就是具体含义的"孛"，主要指靠行"孛"来治病驱邪，其中还细分几个不同专项，如："亚斯别拉奇·孛"，是专指接骨正骨的"孛"，具有相当精湛的技术，宾图旗著名的女"孛"娜仁·阿白，就属这类"孛"，曾参加通辽市十旗三百多位名"孛"正骨和法术比赛，获首名受王爷玉石腰带、七星宝剑等奖赏；还有"安代·孛"，则专治鬼怪邪物造成的病和因妇女不孕、爱情婚姻不幸而患的精神方面病；"得木齐·孛"则是专门从事接生的"孛"，沿袭相传，后来将接生婆都称"得木齐"了；"图乐格其·孛"则专门从事占卜看卦和预言，以及助人寻找失物等活动。"列钦"这门类，出现得就比较晚了，是喇嘛教传入科尔沁蒙古地之后的产物，行巫时念喇嘛经，动作时手呈佛教的兰花指，舞蹈也像喇嘛教的查玛舞，是混合了喇嘛教和萨满教的为数不多的一个派别。

爷爷"孛"铁喜把这些鲜为人知的相传知识，细细地如数家珍般地教着小孙子铁旦牢牢记住。天性聪慧、胆识过人的小铁旦，脑子好，记忆力强，这些繁杂的"孛"的常识，他一听就能记住，爷爷每每捋胡子夸奖他："天生就是当'孛'的料儿！"

因爷爷师承著名的"世袭孛"——"幻敦"传人郝伯泰"孛"，后自己又勤学苦练，通了"孛"教最高层次的九道关，所以爷爷的"孛"法高明。不过他，常因两儿子诺民、诺来资质鲁钝无法传承其"孛"法而苦恼。如今，见小孙子这般聪明悟性高，老爷子由衷地高兴，开始向小孙子倾囊相授，想把他塑造成一位超过自己的"通天孛"，为多灾多难的蒙古草原和百姓们服务。

小铁旦这般学"孛"又过了两三年，已经长成一位面如冠玉的十岁英俊少年。此时的他,已掌握了爷爷的踩火炭避火脚功、舔火烙铁吐气治病法、施放"卓力格"精灵法等深奥功法,往下就学比较大的主持祭天、祭雷、祭山河树林、祭吉亚其畜牧神等祭祀知识和功法了。

这一天,爷爷坐在燃香的法桌前,把一个布制的神灵放进供龛里,珍重地告诉小铁旦说:"这是畜牧神吉亚其的神像,要想在草原上当一名有威望的'孛'师,首先要学会祭吉亚其的本领。"爷爷显得郑重和严肃,接着说:"吉亚其是普通牧民的畜牧保护神,而且是蒙古人常祭拜的先神的典型代表,草原上的蒙古人家家户户供奉着这位神灵。"

接着,爷爷给他讲述起吉亚其的传说。

在遥远的北方蒙古草原上,有一位叫萨如勒的巴彦(富贵牧场主),他家有一个一辈子给他家放牧的奴隶叫吉亚其,这奴隶忠诚老实,勤劳能干,让主人非常放心。

> 当太阳刚刚露出东方草山,
> 他就把羊群赶到洒满露珠的草滩;
> 当晚霞渐渐红浓的时候,
> 他便把畜群平安圈回牧栏;
> 他放牛马,牛马变得星星一样繁多,
> 他放羊群,羊群长得如骆驼般肥壮!

许多年了,吉亚其渐渐年老体弱,患上重病无法痊愈,临死时却还挂念着畜群,奄奄一息不肯闭目,让人请来萨如勒·巴彦恳求着说:"等我死后,给我穿上放牧的衣服,挎上套马杆,把我埋葬在我经常去放牧的高山上,好让我看见我放过的畜牧群吧!"巴彦点头答应了他的要求,吉亚其这才闭上眼睛,满意而终。

可是，萨如勒·巴彦早把自己的诺言忘在脑后，没有按吉亚其的恳求去办，随意把他扔在野沟里草草埋了。没过多久，人们发现了一个情景。

每当夜晚天上出繁星的时候，
吉亚其的身影就在草原上游荡，
骑着他的沙尔格勒①骏马，
胳膊上挎着长长的套马杆，
把他放过的畜群，
赶进常去的草滩。

每当黎明升起在东方时分，
吉亚其的身影又在荒原上出现，
骑着马，挎着套马杆，
把畜群赶回草甸上的圈栏。
……

然而，从此牛羊马群不像过去那样肥壮了，可怕的瘟疫也开始传染了。萨如勒·巴彦惶恐了，急忙请来"孛"消灾驱邪。"孛"说这是死去的吉亚其的冤魂在闹鬼，巴彦问怎么办才好，"孛"说给他做个神像供起来就能好。于是，在"孛"的指导下，找来没有婚配的美丽纯洁心灵手巧的少女，拿绸缎制成身段，拿珍珠和龙棠做成眼睛，绣制出惟妙惟肖的活如真人的吉亚其神像。人们把它供放在毡房里，在像的周围悬挂着五谷和香草，献上寿色和奶酪等供品，牧民们便虔诚地祭奠起来。

---

① 沙尔格勒：黄色骏马。

在巍峨的高山上，
神明的吉亚其老人，
你夜夜都要降临，
是放心不下你的牛马羊群？
珍珠做眼睛，
绸缎绣金身，
供在毡房面朝草场啊，
看到牛群你总该安心。
胸前挂接羔袋，
袋里装五谷香草，
供在蒙古包朝南方啊，
看到羊群你总该安心。

鹿皮制成的披篷遮在身上，
风吹雨淋熬尽艰难，
虔诚地献上丰盛的寿色哟，
祈求你保佑畜牧兴旺、草原平安！

如此一祭祀，夜晚的草原上，再也见不到吉亚其的身影游荡了，瘟疫也消失了，牲畜开始兴旺起来。于是草原上家家都请"孛"来制作吉亚其的神像，供奉起来，从此，吉亚其就变成了整个草原上蒙古人供奉的畜牧保护神了。并在每年当秋季草茂畜旺时，牧民们请来"孛"举行祭吉亚其仪式，进行祈祷。

在草山南麓出现的神灵，
是尊贵的吉亚其在放羊；

在宝贝岭北麓出现的神灵，

是慈祥的吉亚其在放牛；

在花山脚下放羊的吉亚其，

是保佑牛羊的神明；

在金贝岭上显灵的吉亚其，

是蒙古人尊奉的神灵；

供桌供案摆好了，

香火祭羊备好了，

双手捧着哈达和鲜奶，

祭奠神明的吉亚其仙灵！

保佑我们五畜兴旺，

保佑我们幸福安康！

……

正当小铁旦跟着爷爷潜心学艺的时候，在别尔根·塔拉草原上，又开始沸沸扬扬地流传起一个可怕的消息：达尔罕旗王爷又要"出荒"了！

有一天晚上，爷爷的师弟门德"孛"从邻村赶过来，身后还领着一位魁梧的"胡伊根·额日"——旗丁。

"大师哥，不好了！达尔罕王爷要把这一带别尔根·塔拉草原，出荒卖给奉天府的老爷。"门德"孛"人未坐定，急着说。

"这消息可靠吗？"铁喜老"孛"放下手中的一部正在赶写的蒙古书卷，问道。

"可靠，是他从王府那边得知的消息。"门德"孛"推了推站在身后的那位旗丁。

"这位是？"铁喜"孛"这才注意到，门口暗处站着一个年轻人。

"他是我一个远房侄子，叫孟业喜，在达尔旗王府当旗丁，就是旗王爷的马队骑兵。他们家是旗王爷'壮丁户'，男孩长大都要去王府服役，他的消息不会有假。"门德介绍。

"哦，那就假不了了，这位贤侄儿，你还能讲得具体点吗？"铁喜老"字"仔细打量起站在眼前的这位在未来的岁月中将把科尔沁草原搅个天翻地覆的青年人。他黑瘦高挑的个头儿，两眼冷峻有神，一张长挂脸显得很刚毅而不露声色，使人一望就感觉出某种不怒而生畏的威严。阅人无数的老"字"铁喜，暗暗吃惊这个年轻人的定力和神态，感觉到此人身上有一股令人一望而不可忘却的非凡气质，一个典型的蒙古汉子。

"老巴格沙①，往后管晚辈叫老嘎达就行了，晚辈在家排行最小，是我爹最小的儿子，大伙儿都叫我老嘎达，有的干脆叫嘎达，很少叫我孟业喜这真名字了，呵呵呵……"年轻人稍显冷峻的脸上绽出爽朗的笑容，一笑嘴很大，声音透出洪亮和力度。

"好，好，嘎达贤侄儿，呵呵呵……"铁喜"字"受他感染，也随着笑起来，"那就嘎达贤侄儿详细讲讲，我们也好有个准备啥的。"

"我们达尔罕旗的王爷，祖上是从成吉思汗胞弟哈萨尔，清初开始世袭王爷爵位，达尔罕的意思就是永远世代相袭。我们王爷平时长住奉天府那儿新盖的王府，奉天府长官，又把自己一个干女儿嫁给老王爷，当压府小福晋太太，花销越来越大，再加上抽大烟，这银子就显出紧巴了。这么着，跟奉天府商量，把这一带别尔根·塔拉草原卖给奉天府的军爷们，换成银子贴补开销。奉天府的老爷们呢，正准备往关里打，需要准备粮草军需，决定派兵屯垦。两边就一拍即合，咱们别尔根·塔拉草原就倒霉了，唉。"老嘎达长叹一声，两眼流露出深深的忧虑之色，"祖上留下的草地快卖光了，前一阵儿，我随马队去琼黑勒大沟一带，嗬，真没法儿看了，那章武一带草原

---

① 巴格沙：晚辈对长者智者的尊称，意为先生。

是五十年前出的荒，现在全成了沙地了。那草原能开垦种地吗？地面半尺以下全是沙质土，犁铧子一旦翻开草皮，那沙子就翻出来了，头几年还能长庄稼，现在全完啦，成了瀚海沙地！你说说，老巴格沙，这草原一片片地卖，一片片地开，早晚不得全毁喽啊？！唉，我们的王爷们，你卖一块儿，他卖一块儿，互相比着卖，咱们牧民们可快剩不下一片好草场啦……"

说着，老嘎达愤愤起来，攥起拳头，眼睛里闪动着一股无法压抑的怒火。铁喜老"孛"给二人倒上奶茶，让坐在土炕上。继续聊着话。

"达尔罕王爷现在人在哪里呢？"铁喜问。

"王爷还在奉天府享福呢，卖地的事儿是谈定了，消息是让韩舍旺管旗章京①，从奉天府带回来的。"

"不知道啥时候开始迁民开地？"

"具体的日期我也不大清楚，咋也得熬过这一冬了。昨天章京老爷给我们训话说：'你们老实本分点，王爷快回来了，王爷今年春节回草原王府庆六十大寿，你们每人都备一份自己的礼品吧！'现在王府里里外外忙碌着呢，准备给老王爷祝寿，唉，我这穷壮丁户还真不知道送啥好呢。"老嘎达犯愁地说着，端起桌上的一碗奶茶一口喝下去。

"现在是阴历十一月，快进腊月，离过年没有多少日子了，估计老王爷快回草原了。门德师弟，咱们是不是联络联络各村各乡的'孛师'们，议一议这件事咋样？"铁喜老"孛"向门德用商量的口吻提议。

"我同意师哥的意思，咱们通过'孛'师走村串乡的机会，多联络些人，尤其联络些各乡村的诺彦②、巴彦们，等老王爷回府时联名

---

① 管旗章京：清朝时蒙古旗的官职，等于帮助旗王爷管理旗务的总管。
② 诺彦：乡绅、乡官之类。

递呈子,恳求王爷别卖了祖上留下的这片好草原。"门德"字"也是个聪明人,很爽朗地把话说开。

"师弟说得比我想的还透。你是这里的坐地户,又熟悉情况,你就出面联络吧,我毕竟是个外来户,不好出面,也没啥号召力,在这里我也没有草场。你出面联络,大家伙儿肯定听你的。"铁喜坦诚地说出自己的想法。

老嘎达的一双眼睛,很注意地盯一眼铁喜"字"的那张脸,在心里想:从库伦来的这老"黑字",到底有些深算,轻而易举地把别人推上前,自己留在后面,而他说的也在理,建议也很对路,别人无法拒绝,真的能够联络上草原上的众多牧民,还有那些牵涉到本身利益的诺彦、巴彦们,一块儿上诉老王爷,或许能让老王爷回心转意,取消了出荒呢,这可真是一个不错的主意。老嘎达转而流露出佩服之色,望着铁喜"字"说道:

"还是老巴格沙高明,门德叔叔,你就照铁巴格沙的意思活动活动,真备不住能保住咱这片草原呢!"老嘎达从旁边鼓动门德"字"。

"好,师哥说得对,我应该出面。到这时候了,总得有人出面,不能眼瞅着咱们的家乡就这么割肉似的,一片一片割着卖光了,是吧?好,拿酒来!"门德"字"豪情大发,粗爽地嚷起来。

一直在炕角,静静听大人们议论的小铁旦,这时"噔噔"下炕,从靠北墙的红木柜里拿出一瓶烧酒,又拿出四个小木碗,"咕嘟咕嘟"倒下四碗酒,声音脆生生地说:"请!"

爷爷铁喜老"字"捋着胡子乐了:"这小鬼机灵,腿脚还挺利索,把我舍不得喝的老酒,都拿出来孝敬你的二爷爷和老嘎达叔叔!哈哈哈……咦?这第四碗给谁喝呀?"

"我!"小铁旦拍拍胸脯。

"你?"三个大人同时问。

"对!我也反对王爷出荒,我也入份儿!"小铁旦豪爽地说。

"哈哈哈……这小巴拉①,行,有种!"老嘎达很欣喜地抚摸一下小铁旦的头,与两位长者老"孛"一起端上酒杯,又把小铁旦的酒往自己碗里倒出大半,然后才递给小铁旦,于是四个不同年龄层次的热血蒙古人,"当"地碰酒碗,一仰脖,"咕嘟"一下喝下这盟誓般的烧酒,从此拉开了科尔沁草原上一场波澜壮阔的反对出荒保护草原斗争的序幕。当然,他们一开始完全没想到,往后的事情会发展成由善良的恳求演变成一场血与火的载入史册的斗争,他们自己的名字从此也流传于世,让后人相颂。这是始料不及的,历史造就的。

老嘎达告辞二位老"孛":"我先回王府,有啥新消息再来告诉你们,用得着小侄儿的地方,你们尽管给信儿,我义不容辞!"

"我要跟老嘎达叔叔学打枪学骑马,当马队骑兵多威风啊!"小铁旦酒后小脸通红。

"嘎达叔叔就收你这徒弟了,改日找时间叔叔好好调教你!"老嘎达也很喜欢这个聪明伶俐、有胆有识的少年,拍了拍他的肩膀,然后转身走出屋去,外边传出一阵疾速远去的马蹄声音。

从第二天开始,在这广袤的科尔沁草原中西部的别尔根·塔拉一带,由"孛"师们起头鼓动和串联引发,恳求达尔罕王爷停止卖草原的活动,如一股不可阻挡的潮流,在底下民众当中涌动了。由于符合民心民意,参与者日益增多,本来在当时的达尔罕旗,"孛"、"幻敦"、"列钦"等非常盛行,人数也众多,几乎每村每乡都有"孛",有的村甚至家家户户都有学"孛"当"孛"的,这些"孛"师们,利用每天的走村串乡行"孛"时机传播和鼓动此事,可以想象那功效之大和普及气势之广了。逐渐,此活动及议论已超出别尔根·塔拉草原的范围,蔓延到南部的巴彦·塔拉、东部的架玛吐、北部的洪格尔·塔拉一带,几乎是全达尔罕旗范围之内,民众沸沸扬扬。"孛"

---

① 小巴拉:小老虎、小鬼之意,大人对小男孩的昵称。

师们活跃异常,因老百姓心里没底,不知道他们的这位昏庸穷奢的老王爷,一缺银子又把哪块草原给卖了,所以人们在"孛"师们怂恿下都很踊跃,义愤填膺。

同时,一封恳求王爷停止卖地的诉信,由铁喜"孛"和门德"孛"起草后,很快在达尔罕旗的百姓当中传阅起来。此信详文如下:

尊贵如父的达尔罕王爷明鉴:

自远祖大帝成吉思汗,把广袤的科尔沁草原赐给其亲弟哈布图·哈萨尔大王作为领地起,传至您尊贵的达尔罕王和图什业图旗大王已经是第二十九代之久,放眼瞩望,南至奉天府铁岭以北,东至公主岭以西,北至索伦山麓,西至赤峰敖汉以东,科尔沁草原当时是何等广袤无际和富饶丰美啊!而从清皇朝为防蒙地起事实行"移民实边"政策,大量开垦蒙地草原百多年以来,如今的科尔沁草原已萎缩到南至郑家屯,东至保康,北至图什业图北山,西至奈曼境内,只剩下巴掌大的草原,不足原来的十分之二三!尊贵的王爷,请再看已开垦多年的旧科尔沁草原出荒地带吧,南部昌图以西的章武台等地,都已沦为寸草不长的"八百里瀚海",东边保康地带全呈盐碱地也无法耕种,只长碱儿蒿,西边敖汉、奈曼、库伦地带也都沙化日益退败,百年历史证明,这草地实在是不宜开垦成农田啊!

尊贵的大王,这别尔根·塔拉草场,是科尔沁草原仅剩的一块最好的草牧场,这里居住着您的十几万忠诚勤劳的牧民百姓,祖祖辈辈在这里放牧为生,繁衍生息,岁岁年年为您大王供奉牛马羊驼,从未犯上作乱,忤逆王爷旨意,如今一旦王爷把别尔根·塔拉卖给奉天府老爷开垦为农田,您的这些十万之众的蒙古百姓可如何生活、拿什么精马肥羊来供奉王爷您呀?

尊贵的大王,您爱民如子,体恤百姓,承先祖成吉思汗之大德,怀长生天长生地之胸襟,为我们这些永远忠诚于您的牧民百姓生存之着想，收回出荒别尔根·塔拉的一时之误念，那将是蒙古祖先之灵光普照，千万蒙古牧民万世之福音！

　　我们这些永远牵马坠镫追随于您的旗民百姓，在此以泪洗面，啼血叩拜，长跪恳求王爷的仁慈明鉴。

　　您的别尔根·塔拉草原十万属民

　　啼血叩拜上奉

　　此信开始时以手抄本在"孛"师当中传诵，后来渐渐流传到牧民百姓当中，有些蒙古说书艺人在民间聚会说书时，把信的内容改成曲艺形式演唱，于是更加广为传扬，影响极大。

　　通过反对出荒的活动和宣传，"孛"师在达尔罕旗百姓当中威望日益升高，深得牧民拥戴，学"孛"和信"孛"者日渐增多，"孛"的信仰如祭天、祭祖先、祭吉亚其畜牧神、祭天地山河等等，更是成了蒙古百姓每天每日遵守遵行的规则。

　　当然，早有探子把民间这一动态，密报到达尔罕王府。管旗章京韩舍旺得知后，深感此事大有隐患，于是老谋深算的他写了一封详细的折子；飞马送往奉天府的达尔罕王爷那儿，恳请王爷早些回归草原王府，坐镇处理此事，不然民心将不稳，或许会酿成祸乱，因以往蒙地各旗王爷出荒卖地而招致牧民百姓反对，叛乱之事足足有几十起，不可小看此事。

　　其实，达尔罕旗内早已孕育了一场罕见的风暴，将不可避免地席卷整个科尔沁草原，甚至整个东部蒙古地，现在只是等待着时机和导火线而已。

四

西北天际出现的那团黑色云雾，原来是一股强风暴，正以不可阻挡的气势，向这边滚滚卷来。

老树的枝丫树梢开始瑟瑟抖动，雪地上露出的草尖也摇摆起来，栖息在老树枝尖的乌鸦们，"呱呱"啼叫着，高飞而逝。

可老树前边的双方仍在持枪僵持。

杨保洪平时威风八面，此刻丢不下这面子收枪撤走，如果传出去他的脸往哪儿搁？输给一个平头百姓，他心中一万个不愿意，可又不敢冒死冲上去，也不好叫部下上，那老铁子说谁动先打谁，此刻他心里唯有叫苦暗骂胡大伦那老狐狸的份儿了。

一直躲在后边的胡大伦，这时冲老铁子喊道："姓铁的，你可放明白了，砍你们家这棵老树是乡、村两级决定的，你竟敢拿着枪对准国家警察，武装抗拒，你想造反吗？你不要脑袋了？快放下枪回家去，要不然这后果你心里想清楚，吃不了兜着走！"

"我心里明镜着呢，胡大伦，都是你这只缩头乌龟在背后捣鬼！想一石二鸟，借这'闹狐'的机会想破我们铁家祖坟的风水，这是你们胡家打了上百年的主意！告诉你，姓胡的，别做春秋大梦！今天，你有种自己上来，别牵扯别人，让不明真相的杨保洪为你垫背，你好意思吗？咱们俩今天，要不在枪上分你死我活，要不一起去见刘乡长古旗长，问问他们，砍伐这样一棵有几百年岁数的老树，对不对？告诉你，这个大天，你一巴掌是遮不住的！"铁木洛老汉义愤中黑胡须抖动，说出的话像一块块重重石头般，句句砸在胡大伦的心头上。

杨保洪回过头，怪怪地盯一眼胡大伦那张阴阳不定的黄瘦脸，瞅得胡大伦不好意思，"嘿嘿"干笑着赶紧说："老杨，别听他瞎说，他在挑拨我们……"

正这时，墓地传出一串放荡不羁的笑声。

"咯咯咯……哟，这儿真热闹！你们跑我们铁家坟地来干啥呀？咯咯咯，都大眼瞪小眼的，咯咯咯……"来者是珊梅，披头散发，光着双脚踩着雪地毫无感觉，白白的胸脯裸露着，两只圆隆的奶子很自由地挤出单布褂半敞的胸口，脸蛋绯红，双眼色勾勾地盯视众人，让在场所有男人顿时目瞪口呆，大眼瞪小眼。

"珊梅！你这贱货！怎么弄成这个样子？成何体统！赶快回家去！"老铁子见是自家儿媳妇，如此放浪形骸，丢人现眼，大声骂起来。

"哟，铁山啊，你也在这儿呀，咯咯咯……"珊梅完全不认识了自己的老公公，把他当成了自己丈夫铁山，扭胯摆臀地走过去，"我跟你生儿子，好不好？我会生儿子……咯咯咯，你怎么把咱家烧火棍也拿来了？咯咯咯……"珊梅摸一摸老铁子手中的猎枪，迷乱的眼神求饶般地盯着老公公，"铁山，你别丢下我，好吗，我给你生儿子……"

"给我滚！别在这儿丢人了，快回家去！"老铁子感觉到儿媳妇珊梅情况不对头了，当她挨近他时闻到了一股特殊的臊香气，令人心神激荡，他不得不一把将珊梅推离开去，大喊一声，"滚！"

"咯咯咯……"珊梅放荡地媚笑着，走向正色迷迷地瞅着她的杨保洪。自打珊梅出现在墓地，杨保洪的两只眼睛就如被磁铁吸引般，没有离开过珊梅的胸脯，"他不是铁山，你是铁山，是吧？咯咯咯……我跟你生儿子，我会生，我真的会生……"珊梅手臂搭在杨保洪的脖子上，冻红的脸蛋，几乎贴住杨保洪的也开始发烫变红的脸颊，松软的胸部，顶着他的有些发颤的胳膊，珊梅的另一只手拨开杨保洪手中的手枪,"铁山啊,你怎么把咱们家小笤帚疙瘩也给带来了?你不会扫炕,给我吧,我给你扫……咯咯咯……"珊梅不由分说地拿过去那把手枪,摆弄起来。杨保洪自打闻到她身上那股异香起,就变得神魂颠倒,双眼色迷,完全无力推拒珊梅的诱惑。那珊梅发现了站在杨保洪身后,同样流着口水、目不转睛盯着她胸脯的胡大伦,就撒撒嘴说道:"铁山,这个人是谁呀?看着怎么这么恶心啊?你看他那两个眼睛,瞪得像是玻璃球似的,你小时没见过你妈的奶子呀,看个没完,干脆你过来吃吃得了,咯咯咯,要是这笤帚疙瘩是手枪就好啦,我就一把打瞎了你那双贼眼!咯咯咯……"说着,珊梅把手中的那把"笤帚疙瘩"举起来,慢慢瞄准起胡大伦的那双色迷迷的眼睛。

"别、别、别,那不是笤帚疙瘩,是真枪,你别瞄我……"胡大伦吓得腿肚子发软,脸色发白,双手乱挥着,边说边躲闪。

"真枪?那好,啪,啪!"珊梅学着打枪的样子,嘴里发出枪声,手指就扣动了那板机。

"砰!"

那"笤帚疙瘩"真的发出了震天动地的声响。珊梅一愣,吓了一跳,手枪丢在雪地上,嚷嚷起来:"这真是真枪,不是笤帚疙瘩,真枪,咯咯咯……"

可那边的胡大伦却惨了。子弹不偏不倚正好穿过了他的右耳朵,血流如水。他捂着耳朵,倒在地上杀猪般地叫嚷:"她打中我了!我被打死了,我死了,她的笤帚疙瘩打中我了,唔唔唔……"

杨保洪被枪声惊醒,这才发现自己手中的手枪,不知什么时候被这位露奶子的疯女人拿过去了,还朝胡大伦开了一枪,当笤帚疙瘩开了一枪。他的脑袋"嗡"的一下,浑身吓出冷汗,心里叫,这一下完啦,全完啦!

那胡大伦捂着耳朵在地上打滚,杀猪般地叫嚷,从手指缝里渗流出的血沾满了他脸颊、脖颈、手臂，成了半个血人，杨保洪一见更是腿肚子发软，不知所措地只重复一句："这一下完啦，出人命了，全完了……"当他的一个手下把珊梅丢扔的手枪赶紧捡起来，递到他手上时，他不肯接过去，嘴里说道："这是凶器，我不要，这是凶器，我不要……"弄得手下不知怎么办才好，又不能扔了，叫那疯女人再捡过去当笤帚疙瘩瞎扫一气，那倒地的就不是一个胡大伦了。

"所长，胡村主任没死，只是耳朵被打穿了一个洞，现在不赶紧抢救止血，那可危险了。"部下提醒六神无主的杨保洪。

一直躲在一旁没有说话的古顺，刚才也被珊梅那袒胸裸怀迷蒙了一阵，由于他离得比较远，没有被珊梅身上那股异香迷了本性，所以还清醒些。他心里暗暗想：铁山的这个女人，没想到还这么迷人，裸露的胸部还真够意思，平时却看不出来。此刻他见胡村主任中枪倒地，这才慌忙跑过去，冲胡大伦大声呼叫："老胡，别嚷了，你清醒一下，你没死！你只是耳朵受伤，没有死！你镇静点！"

"我没死？我真的没死吗？哦，我没死，我还活着……"胡大伦这才意识到自己还活着，停止了乱滚乱嚷，坐在雪地上，"哈哈哈……我没死，我真的没死，哈哈哈……"

古顺拿出手绢给胡大伦包扎耳朵，手绢太小包不过来，他干脆撕开胡大伦的衣襟，掏出他棉衣里的棉花，捂在胡大伦的耳朵上，再用手绢布绳之类的缠裹起来。

"咯咯咯……真好玩，笤帚疙瘩是真枪，嘭！好大的动静，嘭！咯咯咯……铁山，别愣着了，咱们回家吧，生孩子要紧……"珊梅又发出荡人心魄的媚笑，向她认定的铁山——杨保洪所长走过来。

"你别过来！你这疯女人，你这女妖精，快点滚开！"杨保洪吓得见了狼般往后退，嘴里骂骂咧咧，两眼再也不敢盯视她那诱人之处。

老铁子这时大步走过来，一把揪住珊梅披散的头发，"啪啪"狠狠扇了两个耳光，大声骂道："你这贱货，还没闹够吗？铁家的脸都被你这骚货丢尽了，还在这儿丢人现眼，再不走我杀了你！"老汉气得浑身哆嗦，胡子乱颤。

老铁子还要抡起胳膊打珊梅，这时有一个人一边跑进墓地，一边大声喊："不要打她了，她发疯了，犯病了，你没见她光着脚，穿着单裤子吗？正常人会这样吗？"

来者是白尔泰，跑得气喘吁吁，手里还提着珊梅的棉衣。

珊梅一见白尔泰，挣脱开老铁子，两眼激动地流出泪水，好像终于见到了要找的亲人一般，向白尔泰扑过去，嘴里喊着："铁山哥，你怎么才来呀，我找你好苦啊，他们都欺负我，他们都是坏人，快带我回家吧，铁山哥，咱们接着为生儿子努力……"

白尔泰见这可怜的女人，双脚又冻又撕裂出大口子，流着红红的鲜血，淌在雪地上非常醒目，而且对自己袒胸露怀毫不知情，长发被老铁子揪打后脱落出一绺一绺，鼻涕眼泪一起顺着冻红的脸颊和嘴唇往下淌，而把他这陌生人当成最亲的人，白尔泰的心灵深深被震动了，似乎被尖利的刀子刺破刺痛了。他被内心涌出的巨大的爱怜之心催动着，顾不上在场所有男人各种各样不怀好意的冷冰冰的目光，抱住扑进自己怀里的这个冻僵的女人，把带来的衣物一一给她套穿上，同时在嘴里答应着："好，好，咱们回家，我是铁山哥，咱们回家生儿子，先把衣服穿好，再把鞋子穿上，咱们回家，我是你的铁山哥……"

这时的珊梅果然老实了，安静了，非常温顺而幸福地依偎在白尔泰的怀里，任他给她穿衣套鞋，给她擦鼻涕擦眼泪。刚才的那疯劲儿、浪劲儿、荡笑媚态劲儿都不见了，只是依旧神志恍惚，嘴里喃喃低语着铁山哥长铁山哥短的。

白尔泰搀扶着穿戴好的珊梅，正哄着她准备离开墓地送她回家的时候，有一个人挡住了他的去路。

"站住,你扶着我老婆上哪儿去?你倒挺会占便宜啊?!"

"铁山,珊梅她犯病了,我准备送她回你们家,你来了正好……"白尔泰一见是铁山,高兴了,急忙这么说。

"我知道我老婆发疯了,可用不着你来发善心,这么摸摸索索,搂搂抱抱的倒挺大方的啊!"刚从野外徒步走回来的铁山,见自己老婆跟白尔泰如此亲热的状况,尽管已对那疯女人内心生厌,可还是打翻了醋缸,这样冷言冷语地说起来。

"你听我说,铁山,她不光是发疯,她……还发生了好多事情……到你们家,我详细告诉你。"白尔泰还想解释清楚。

"真有你的,还想去我家!是不是还想跟她上床啊,你这小白脸,打的算盘不错嘛!"鬼迷心窍的铁山哪里听得进白尔泰的解释。同时他大步走过来,一把揪住珊梅的胳膊往外拽,嘴里骂道:"你这贱女人,过来!还真想跟这野男人跑啊!不要脸的骚货!"

刚安静下来的珊梅,又尖叫哭嚷起来,死活不离开白尔泰的身边,大声喊叫道:"我不跟你走,你是谁呀?我不认识你!铁山哥,快救救我呀,这坏人要拉我走!我不跟他生孩子,我要跟你生孩子!"珊梅向白尔泰求救,伸出双手乱舞乱比画着,被铁山拽得她的双脚在雪地上拉出一行深沟。

白尔泰的那颗善良的心深深被刺痛,他木木地站在原地未动。任由铁山把珊梅死拉硬扯着,从他怀里拖走。他不好阻拦,不好再出面保护这可怜的女人,毕竟人家是一对儿夫妻,自己是外人,自己好心好意出于怜悯跑来送衣送鞋,结果弄成这个结局,他不能再接着伸出自己十分可怜而稚弱的翅翼,去呵护那个不幸的女人了。

珊梅在哭叫。珊梅抱住墓地一棵小树死活不松手,回过头又冲白尔泰呼救:"铁山哥,快来救我,求求你,救救我!"

铁山的大巴掌抡下去,打得珊梅嘴角挂血。手拽不动,用脚踢蹬,咬着牙骂道:"打死你这贱货!打死你这贱货!叫你找野汉!叫你找野汉!"

白尔泰实在看不下去了,走过去大喝一声:"住手!你想打死她吗?"

"打死也是我老婆!滚开,关你啥事!"铁山继续打。

"她是人!不是牲口!是人!!"白尔泰震天动地般地大吼,冲过去挡在珊梅身前,"我不许你再打!我是旗下乡干部,我是旗志办组长,我要告你!你这么虐待妇女,还是个有病的妇女,你这是犯法!你身为一个国家教员,有文化的人,还这样野蛮,要是出了人命,要你坐大牢!!"白尔泰一反常态,变得勇敢,义正严词地逼住铁山。

铁山一下子愣住了,同时白尔泰说的话句句击打他心中,一琢磨感到不妙,尤其自己还真是国家教员,别因这事砸了饭碗。他冷静下来,停下手脚,呼哧呼哧如一头笨牛般喘着粗气。

这时从树后走出一个人来,踱着闲步,嘴里"呵呵"冷笑着,走到白尔泰前边站住,嘲讽地说道:"白老师,你还真勇敢,当着人家老公的面呵护这不认人的疯女人,你还真有两下子啊,不过,好心没好报哟,好心都叫人当驴肝肺了,你还在这儿充二傻子!图啥呀?"

此人是古桦。

"我啥也不图,只是可怜这又疯又冻僵的女人,这里谁都不拿她当人,作为旗里干部,我们总不能眼瞅着她被他们折腾死吧?"白尔泰抬起眼睛正视着古桦,义正词严,"我们是文明人,从旗里来的文化干部,在我们眼皮底下发生着这样惨无人道的事情,袖手旁观是一种耻辱!可耻!假如,有一天你遇到这种遭遇,我同样会这样对待你!"

"阿弥陀佛,你可饶了我吧!别让我遇上这种倒八辈子霉的事!杀了我,也不会嫁这种畜生般的男人!"古桦被白尔泰的话激动,心里有些热乎乎,指着铁山又说,"你这傻小子,还是个念过书的老师呢，真丢人，黑白不分，好坏不辨，你老婆抱着白老师可嘴里喊着铁山，心里除了你没有别的，你他妈还吃这种八竿子打不着的烂醋！要是没有白老师，你老婆可能早就上吊了或者这会儿冻僵过去了，回家瞧瞧你们家房梁上吊着的布绳儿，你就明白了，傻小子，别这样畜生一样对你老婆了！"古桦仗着气势，毫不客气地训骂铁山。

"上吊？我老婆上吊过？……"铁山被骂愣了，嘴里嘀咕着，刚才的气焰全没了。

古桦走过去推开白尔泰，轻轻扶起倒在雪地上呻吟的珊梅，哄劝着说："我送你回家，我也是'妖精'，记得吧，你也是'妖精'，咱们都是一伙儿的，白老师也是'妖精'，可他当着你丈夫当着这么多人的面儿不好扶着你走，他们会吃了他的，咯咯咯……"

珊梅果然很信任古桦，看了看她，很听话地由她搀扶着，脸上紫一块青一块的，用衣袖擦了擦流血的嘴角，露出白牙天真地笑着说："是是，姐姐，妹妹，俺们都是妖精，妖精跟妖精是一家的，嘿嘿嘿……"

那边的杨保洪见古桦扶着珊梅要走，大声叫道："她是凶手！你不能带她走！"

"凶手？她一个疯子，怎么啦？"古桦停下问。

"她刚才开枪打伤了胡村主任！"杨保洪说。

"她哪儿来的枪？"古桦问。

"我的枪……"杨保洪说不下去了。

"哈！挺大的派出所所长，你的枪怎么会到了她手里？大所长管不住自己的枪，叫一个疯子拿走开枪出事，你还好意思往她身上推！今天在这儿出了这么多事，杨所长，还有你，胡村主任，光荣负伤的大村主任，你们还是赶快回去料理这惹出的后事吧，可别吃不了兜着走！"

古桦连嘲带刺儿地挖苦。

杨保洪哑口,又是"旗王爷"的亲妹妹,不敢计较,由着古桦扶走"凶手"珊梅。

正当这些人疯的疯,伤的伤,累的累,没气儿的没气儿,也无心无力去计较万事根由那棵老树该不该砍的时候,那老树本身出现了众人谁也没有料到的事情。

从西北荒漠卷起的那股大风,这会儿呼啸着铺天盖地刮到了墓地。

顿时,雪尘烂屑飞扬起来,小树毛子激烈地摇荡着击打地面,沙蓬子被抛到空中像气球般飘荡,强劲的风把雪粒沙粒草屑卷起来,往人们脸上身上击打,疼得人们举衣袖手臂遮挡头脸。树上的小鸟,惊恐慌乱地"吱吱"乱叫着,飞起来后又由不得自己,顺着风势飞卷而去,不知是自己在飞,还是被风裹卷着走。天一下子昏暗下来。人们睁不开眼睛,开始四散。

这时,那棵老树摇晃起来了。

摇晃得非常缓慢而笨重。先是树梢儿动,接着是四棱八翘的枝丫呼啸着摇荡,积压在枝丫上的厚雪纷纷飞落扬洒。随着风势的渐增,几根粗大的主枝也摇摆起来,干裂而冻后变脆的枝杈,开始被吹折击断,"噼噼啪啪"发出声响,断枝折丫狠狠被抛落在地面上,又被风卷着跑。高枝上搭建的鹊巢和乌鸦窝儿,可就倒霉了,尽管由手指粗的干树条子穿梭在四五根密连的树枝中间,巧妙而牢固地编织而成巢窝,但经不起狂风一阵吹荡,纷纷散落,十几个禽巢全部倾巢而覆,有些跟搭靠的树枝一起摔落。那些惊恐的乌鸦,"呱呱"哀鸣着飞起,与大风搏斗着在高空中消逝,有些受伤的病鸦则在狂风中没飞起多远便掉落在地面上挣扎,仍被无情的风吹卷着滚走。

"呜呜呜——"老树悲鸣起来。

狂风,从大漠里吹来的这罕见的狂烈风暴,摧枯拉朽般地席卷着整个大地，无情地冲击着这棵百年老树，如雷霆万钧、万马奔腾、气势磅礴。

　　老树的主杆连根摇摆起来了，缓缓地由上边无数个枝丫牵拉着主杆，随着风势前后摇摆，同时发出"呼——哗，呼——哗"的巨响。可怜的老树，它的深埋在地里的根，由于被狐狸们咬得七折八断，使得主根失去了大地的吸力和依托，再加上主杆早年被雷火击中后自燃，已成空心，如缺少了腰力精气，此刻已经顶不住大风的袭击和摧动，连根摇晃着，主杆连连发出"吱嘎——吱嘎——"的可怕的断裂声响。接下来，它的庞大的根部那儿，地面的冻土开始崩裂了，它的根部渐渐从土里被拔出来。整个老树开始倾斜了，激烈地颤抖着，不停地呻吟般"吱嘎、吱嘎"哼叫着，如一个绝望的老人在无望中哭泣和呻吟呼救。顷刻间，树身一经倾斜，底下的根部从土里裸露拔出得更多了，老树完全失去了依附大地的力量。

　　"呼啦啦——"

　　一声訇然巨响，老树终于震天动地地倒下了。如千尺高瀑落地，如万仞耸岩塌陷，这棵经历了几百年风风雨雨，阅尽生命之枯荣兴衰，象征着大地之精华生命之强大长久的老树，终于不堪重负，不堪风击，不堪兽侵人辱，"呼啦啦"地呼啸着倾覆倒塌了。只见它在地上砸出一片尘烟，卷起一股强大的风团，犹如一条黑色的怒潮直冲云霄！

　　"呜哇——呜呀——"老树倒下时，似有一声尖利惊魂的生命绝响，从老树身上传荡而起，随着，有一条白气冲出那股扬起的黑尘团，直直蹿入高天大气中而殁。

　　当前的人们，被这眼前的景象惊呆了，吓蒙了，都驻足静望不敢出声。

　　"老树！祖宗的老树——"老铁子一声撕心裂肺的惨叫，向老树跑过去。他跌跌撞撞，扑向老树，跪在地上双手拍地拍胸，号啕大哭起来,"天绝祖宗的老树啊!天绝我们铁家呀!天啊!老树死了!老树死了!长生天啊,我一生祭拜你,跟随你,今天你为啥绝我们老树,绝我们铁家呀?!长生天啊!"

老铁子老泪纵横,捶胸顿足,双手一会儿撕扯胸口一会儿猛击大地,跪在老树前边抱住那粗壮的树杆号啕大哭,怨天咒地。伤心加疲累,不一会儿,只见他"哇!"地嘴吐一口鲜血,昏厥过去了,倒在他的祖宗老树跟前。

"爹!"铁山见状,大叫着跑过去,抱住他爹大呼小叫。

这边的其他人谁也未动,惧于老树的可怕威力,谁也不敢靠近那一恐怖场面。人们面面相觑,心惊肉跳。唯有胡大伦捂着耳朵在一旁冷笑,掩不住内心的喜悦,心中叨咕:报应,上天的报应啊!不让我砍,不让我伐,老天来帮我砍,啥能躲得过天的惩罚呢?哈哈哈!

白尔泰见铁山仍旧救不醒老铁子,着急了,也跑过去,帮助他照料察看。

"老爷子伤心过度,昏过去了,铁山,你快背他回家请大夫吧,别在这儿耽误了!"铁山这才醒悟,在白尔泰的帮助下背起老父亲,飞速往家走。

大风,依然吹刮着。飞沙走石。

倒地的老树那儿,被风吹打后发出"哧啦啦,哧啦啦"的鬼叫兽喊般的怪声,吓得人们抱头鼠窜,谁也不敢久留在这充满阴森恐怖气氛的铁家墓地了。

大风,依然吹刮着。

大地,一片混沌。人心一片混沌。

五

当晚。风势稍减。

白尔泰灯下就座,想读书,可书里写着什么一句也读不进去,满脑子还是白天经历的惊心动魄的事件。尤其是那棵老树,那么悲壮,那么令人揪心地倒下死亡,使他难以平下心来。

他忽有灵感,抽出一张纸,挥笔写出一首诗来:

老 树

在那茫茫的大漠边缘,
在那无边的荒原上,
有一棵年迈的老树……

当漫漫的风沙从春天里吹过,
它摇摆着树冠呼唤绿色;
当无际的大漠把草原埋没,
它抖落着老叶呼唤绿色;

啊,绿色,绿色,生命的绿色,
请快些遮盖这茫茫的沙漠!

熬过了无数个春夏秋冬,
抵御了无情的风击沙夺,

老树，它终于年老枯折，
唯把期望深埋进根的部落。

等那春雨赶走了干涸，
绿色的幼苗就从老根下发出，
继续向茫茫沙线吐露嫩芽，
勇敢地迎接生命的赞歌。

啊，呼唤绿色的老树！
啊，迎接春天的小树！
风沙线上一代一代傲然挺立，
瀚海中日日夜夜呼唤绿色！

在那茫茫的大漠边缘，
在那无际的荒原上，
曾有一棵绿色的老树部落……

白尔泰正要把乱写的这首诗，揉成团扔掉的时候，古桦进来了，拿过去展开读后说："喃，白老师，没想到你还会写诗！写得真好，干吗扔啊！"

"这不叫诗，乱涂着玩的。"白尔泰有些拘谨，自从发生了昨晚和今天的事情，他一见古桦就有些发怵或者不好意思，不知说什么好。古桦似乎也有意回避着他们之间那根敏感的神经，变得冷静些了。

白尔泰说："古桦，正好铁木洛大叔也回村了，咱们找个时间好好跟他谈一次，然后再走访附近村的老人，找一找过去还当过'孛'的其他人。"

"好吧，工作上的事情，听你安排，其他的交给我好了，联系个人啊派出个胶轮车送一送啊,还有伙食问题呀等等,全交给我好了。"古桦说。

这时,从窗外村街上突然飘来隐隐的歌声。

深更半夜,村街空空荡荡,虽然风已停,可清冷清冷,哈尔沙村经历了如此大的动荡,谁还会有闲心深夜里吟歌而行?

你知道天上的风无常,啊,安代!
就应该披上防寒的长袍,啊,安代!
你知道人间的愁无头,啊,安代!
就应该把儿女肠斩断,啊,安代!

是个女人的歌声,如泣如诉,像是安代曲。明月如钩,万籁俱寂,唯有这哀婉伤感的古老"安代"的歌声,隐隐约约传荡在空荡的村街,平添几多凄凉。

流不尽,流不尽的哟,
是那老沙河的水嗳,
淌不完,淌不完的哟,
是这两只眼的泪嗳!
……

白尔泰说:"好像是珊梅的声音。"
古桦说:"是,就是她的声音,唉,这个不幸的女人。"
"她怎么又跑出来了?这寒冬腊月的深夜……"
"两条腿的活人,想跑还不容易。"古桦看一眼白尔泰,"铁山可能光顾着老爹,忘了把她反锁在屋里了吧。"

杏黄哟缎子的坎肩呀，
是我在月光下给你缝的，
早知你离开我的话，
还不如把它一把烧成灰，
哎哟我的你呀，后悔也来不及！

大红哟缎子的坎肩呀，
是我用心血给你缝的，
早知你要变心的话，
还不如把它撕成条！
哎哟我的你呀，后悔也来不及！
……

珊梅的人影，如幽灵般在村街上游荡。入睡或未入睡的村民，谁也不敢出来搭理这疯女人。在人们眼里，她已变成不祥的女人，尤其是她身上散发出一股异味，女人闻到便会发疯，男人闻后则引发兽性般的欲望，她几乎成了一个有魔力的邪恶的女人。

"白老师，听说珊梅受那只老银狐的传染，身上有股异香，让女人发疯，让男人也……那个发疯，你接近她有这种感觉吗？"古桦侧过脸问。

"这事看怎么说，就像是一个适当的温度，会使鸡蛋变成小鸡，却不可能让石头也变成小鸡。我看到的只是一个可怜的伤透心的疯女人，没有别的，别的男人看着大概没有这些了，只有光着的部位和引发出的联想罢了。"

"你倒把自己说得那么圣洁，你也不是什么石头……"

"我不是石头，我作为男人也有欲望，可人的欲望毕竟能自我控制，之所以称之为人就是这个道理。"

白尔泰望着窗外。

"另外,我一直在琢磨珊梅身上发生的怪现象,为什么会是这样?那个奇异的气味来自何处,果真是那只神秘的老银狐所为吗?那大自然中真是无奇不有,人类的所知可太有限了,我们面对它除了统统骂成'邪魔''闹鬼'之外毫无办法,无可奈何……"

"铁山哥,你在哪里?等等我,铁山哥……"珊梅轻轻呼唤着,如飘忽的风般从古桦家门口闪过。

"这么晚了,她这么疯疯癫癫瞎跑没人管,会出事的……"白尔泰眼睛落在门上,显得十分忧虑。

"是不是又引动了你的侠肝义胆,想'英雄救美'?白老师,现在可是半夜了,你们孤男寡女的在一块儿,不怕村里人和铁山活吃了你?"古桦问他。

"古桦,咱们俩一起去把她找回来,好不好?那样他们啥也说不着了,帮帮我,不,帮帮她,一个可怜的女人,好不好?"白尔泰真诚地请求。

"好吧,谁让你是我的组长呢,只好舍命陪君子了。"古桦笑着说。

等他们两个人穿好棉大衣走出门外时,村街上已经空空荡荡,不见了珊梅的身影。他们沿着村街土路走过去,继续寻找。

那珊梅迷迷糊糊中好像听见有人在轻声呼唤她。声音来自那条土街的小胡同。

"珊梅,我是你的铁山哥,过来呀……"

黑暗中,有个人影躲在旧房角的暗处轻轻地呼唤珊梅,声音透着亲切和热乎。

"铁山哥,你在哪儿?别躲着我呀,铁山哥……"珊梅循着那亲切的声音,懵懵懂懂走进那黑暗的胡同,心智不清的她不知道害怕,唯有一个愿望就是找回已经不要她的铁山哥。

第七章 223

"我是你的铁山哥,来吧,来吧,跟我来吧……"那个黑影沿着墙根的暗处走,见珊梅跟着他过来了,不一会儿,他站在一所旧仓房门口停住,轻轻推开板门。这是一处堆积牲口草料的旧仓房,墙上有一透气的小方口子,没有窗户,屋里弥漫着潮湿而发霉的草料味。

"珊梅,过来呀,铁山哥在这儿呢,这里暖和,快进来呀……"那个声音有些急切起来,站在草料房门口,冲不远处的珊梅使劲招着手。

"铁山哥,你跟我捉迷藏哪……我来啦……"珊梅刚走到草料房门口,那个黑影迫不及待地一把将珊梅拽进了屋里。用力过猛,两个人都倒在地上,下边是软绵绵的干草料。那个黑影的双手顺势抱住了倒在他怀里的珊梅,嘴里不停地轻声呼叫着:"我的心肝,想死你铁山哥了,我就是你的铁山哥,小宝贝,咱们就在这儿亲热亲热吧……"

"铁山哥,这是在哪儿啊?你别这么急呀……铁山哥,铁山哥,等一等……"珊梅用力推挡着一张臭烘烘的散发着大蒜味的贴近自己脸和双唇的大嘴,可一只更有力的手趁机伸进了她的怀里,轻轻摩挲起她那丰满而敏感的胸部。她不由得呻吟起来,浑身颤抖不已,"铁山哥,铁山哥,你好久不对我这样了,你老觉着我不会生孩子,可我会生的,我会生的……我要你……"

珊梅完全放松了自己,任由这位"铁山哥"折腾起来了。

那位"铁山哥",在黑暗中摸摸索索地脱扒着珊梅的衣裤和自己的衣裤,在草堆上紧紧搂抱着珊梅来回滚拥起来。尽管天气寒冷,在冰凉的草料堆上,这两个人热血沸涌,气喘吁吁,竭尽全力进行着云山雾海,日进月出,尽男欢女爱之事。"铁山哥"如一头野兽,蹂躏着这位神志不清然而又充满欲望的可怜的女人,呼哧带喘地发泄着。对这个充满性感让任何男人发疯的女人,他盼望已久,梦寐以求,多少次暗中跟随,多少次想方设法接近都未能成功,今天终于轻而易举得手了,而且得来毫不费功夫,神不知鬼不觉,踏"雪"无痕，不留下任何蛛丝马迹，甚至满足他兽欲的这个可怜的女人，也不知道他是谁，还拿他当成那个有艳福不会享的傻小子铁山！真是天助他也。黑夜，掩护了这一切丑陋和罪恶。

"好啦，宝贝，完事了，这回你一定能下个小崽儿，嘿嘿嘿……"那位"铁山哥"提着裤子，从半裸着的珊梅身上爬起来，大手使劲儿拧了一把她那丰乳，意犹未尽地说道，"下次，铁山哥再来好好侍候你，嘿嘿嘿。"

这时，从远处传来白尔泰和古桦的呼叫声。

"珊梅，你在哪里？别再跑了，我们送你回家！"

这下"铁山哥"慌了，匆匆忙忙系上裤子，拔腿就如一只野狗般蹿出草料房，沿着黑暗的土街，向远处飞逃而去，很快消失在夜的黑暗中不见了。

"铁山哥，别丢下我！等等我！……"珊梅提着裤子追到门口，从"铁山哥"的身后凄楚可怜地呼叫，"呜呜呜，铁山哥又跑了，干完事，又跑了，呜呜呜……"

珊梅手里攥着从"铁山哥"身上哪处拽撸下来的一块儿布，伤心地哭泣起来。

白尔泰和古桦闻声跑过来了。暗淡的月光下一见珊梅的样子，他们二人不由得吃了一惊。在草料房门口，珊梅毫无遮拦地裸露着胸部，披头散发，一手还提着没有系上的棉裤，向远处一个已跑走的黑影，哭哭啼啼地呼叫着。

"珊梅，发生啥事啦？你怎么了？"古桦和白尔泰隐隐感觉到刚才这里发生了什么事，"珊梅，那个跑走的人是谁？快告诉我们！"

"他……他是我的铁山哥，干完那事他又不要我了，呜呜呜……"珊梅哭诉。

"他是铁山？！"白尔泰和古桦二人都大为诧异。

"是铁山哥，他要跟我生孩子，咱们刚才在这儿做了那事，咯咯咯……"珊梅又破涕为笑,眼睛重新怅然若失地遥望着月光下的远处。

白尔泰和古桦明白了一切。心情一下子变得沉重。有个王八蛋畜生冒充铁山,黑暗中欺侮了这个神志不清的疯女人!铁山绝不会深更半夜跑到外边,在别人家草料房里跟自己老婆做那种事。他用不着这样,何况他忙着侍候病倒的老爹,而对自己老婆早已顾不上了。那么,那个丧尽天良,禽兽不如,诱奸了这位神志不清的疯女人的人,究竟是谁呢?

古桦轻轻掩上珊梅的衣襟,扶着她深深叹口气,说:"珊梅,我们送你回家,你的铁山哥肯定在家等着你呢……唉,你要是不瞎乱跑多好,能出这种可悲的事吗?唉。"

白尔泰心里充满了悲愤。深深感到人世间的黑暗,罪恶,龌龊,丑陋,是多么令人发指。

他攥着拳头怒叫:"我一定找出那个混蛋,绳之以法!"

"怎么找?她自个儿都没认清楚,还当他是她的铁山哥……"

"狐狸终有露尾巴的时候!他这种人不会就此罢手的,尤其珊梅这样容易对付的女人。"

当他们两个人搀扶着珊梅,送她回家时才发现,家里没有人。

铁木洛老汉住进了乡医院,铁山在陪床。

第八章　九尾狐撕裂胡大伦

那棵老树——
訇然倒下！
那只银狐——
悲鸣泪洒！
开枪吧，开枪！
今天是个好日子，
江山是老子天下，
岂容异类纵横自由！
杀狐啊，杀狐！

——引自民间艺人达虎·巴义尔说唱故事《九尾狐的传说》

一

　　翌日，天气格外晴朗。

　　大风吹过后，天空、大地干净了许多。原先积聚在半空中的灰云雾气，滞留了几乎一冬，压得人们喘不过气来，现在全已不见踪影。头顶呈露出冬天少有的万里晴空，如被狗舔过的孩子屎屁股，干干净净；而地面上的残雪、污垢、枯草碎叶等等不是被大风卷来的黄沙盖住就是被清除卷走，田野啊、村街啊、土路啊，全显得光溜溜甚至空旷了许多。唯有在房后、渠沟、牲口栅栏旁，则堆积了厚厚的流沙，农民们吐着口水懒洋洋地去清理。

　　这场大风，预告漫长的冬天即将结束。而更为漫长的无雨干旱的春季，就要来临，到那时，风会更多更大，卷来的沙子将会更多，长年生活在沙地的农民将天天祈祷，乞求老天降下能播种的春雨，期望这年有果腹之收成。

　　这里的农民，一代又一代让风沙、干旱、沙漠折磨得除祈祷之外再没有别的能耐了。除了靠天还能怎么样，曾经为了胜天，人类把地球搞得百孔千疮，到头来还不得承受天的惩罚？

　　铁家坟地那棵老树，就那么悲壮地躺在地上，占去了很大的一片地。七棱八翘的粗长枝杈，乱糟糟地挤压在一起，折的折，断的断，有些残枝断杆也向上伸张着，犹如无数只手指伸向天空祈求或诉说着什么。大风来临时飞走的乌鸦呀灰鹊呀，此时又飞回来，可不见了高挺的老树，不见了老树上的老窝儿，都"呱呱""喳喳"地叫着，围着躺倒的老树上空盘旋，有的落下来探究，穿梭在枝枝杈杈间。

老树根部洞中的狐狸家族，此时也惊恐不安地聚集到洞口来。它们的巢穴，这会儿已是洞口大开，黑洞洞地朝天张着大坑口，已是毫无隐蔽可言。原来有大树作为屏障，从老树中部洞口跳进跳出，一般不易发现，不易灌进寒风，不易灌进雨水什么的。现在倒好，狐狸们为了进出自由，为了免去老是跳上跳下的麻烦，它们齐心协力挖通了老树根部，咬断了碍事的老树根系，方便是方便了，可没想到把老树给毁了，失去了根部维系于大地的老树，经不起大漠狂风一阵猛吹便轰隆倒地，把洞口全部裸露在天地间，倒是把充分的出入自由留给了狐狸们。然而，自由多了的狐狸们，会有什么结果呢？

老银狐姹干·乌妮格站在那个敞开的大洞口，哀鸣般地吠叫几声。

洞口旁，横倒的老树根部，带着泥土在那里撅得老高，断裂的根须向四处伸张，空心的树洞也震散，四分五裂。

有几只小狐狸，围着那个老树根部跳上跳下地嬉戏。姹干·乌妮格在洞口四周走走嗅嗅，它似乎有某种预感，跳上老树根部撅起的高处，向东南方向村庄那边瞩望。与人类相处相斗了这么多年，它深知那两条腿的家伙们，尤其那个扛着猎枪追踪了自己一辈子的老对头，不会轻易放过这个洞口的。

老银狐跳下老树根，围着洞口四周的几处遗下尿，然后几声吠叫。那些游玩的小狐狸一听它召唤便都回过来，随着它跳进洞里去。

地下深处的墓穴中，老银狐和家族的众狐聚集在一起。敏感的老银狐，决定大转移，这里已不安全，变成易受攻击的危险洞穴，生命的本能告诉它，不能继续留在这里。

等到天黑后，它们将全部撤出这一生活多年的老巢穴，重新回到大漠深处。

然而，一切都已迟。

漫长的一个白天，什么事都会发生。

在黑暗的洞穴中，飘进了一丝烟气。姹干·乌妮格第一个从闭目躺卧中跳起来，警觉地仰起尖嘴嗅闻。

渐渐，烟气大起来，狐狸们惊慌了，全都跳起来，吱吱唧唧吠叫着，围在老银狐周围。

烟从哪里来的？姹干·乌妮格有些不安，它从未遇到过这种情况。当年，它在大北方的汗·腾格里山生活时，遇到的那次可怕的山火中，曾闻到过这种气味，但那是在外边的山野，可以四处逃窜；而现在却不同了，在地下深处的洞穴中，无处可躲可藏，这就具有致命的危险了。

烟气开始在墓穴中弥漫，空气更加浑浊，狐狸们呛得纷纷咳嗽，喘不过气来。老银狐姹干·乌妮格率领众家族成员，向上边的甬道和洞口拥去。唯有洞口外边才有它们所需要的新鲜空气。

可一阵阵涌进浓烟的上边那个洞口，会有什么情况等待着它们呢？

二

"熏它！放烟，快放烟！熏它们出来！熏死它们！"

胡大伦站在那个黑乎乎的洞口边，大喊大叫。左耳全用白纱布包裹着，连着半拉脸半拉脑袋，用白胶条贴牢，人不人鬼不鬼的，但他异常兴奋，手舞足蹈。

原来，胡大主任早晨还蒙头睡觉时，古顺跑进来一边推他醒来，一边嚷嚷："狐狸洞！铁家坟老树根那块儿，真有个大狐狸洞！捡柴火的老汉看见，有狐狸进进出出！快起来，去打狐狸！"

一听狐狸，尤其在铁家坟地，胡大伦"噌"地坐起来喊："快招呼人！带上枪！先看住那洞口，别让那狗日的们逃出去了！"

古顺去招呼人。胡大伦顾不上吃早饭，扛上他领来还未交的那支快枪，急匆匆地走出门朝铁家坟地跑去。

当他上气不接下气地跑到那儿时，古顺带着几个背枪的民兵也赶到了。看到在老树根部原址上显现出的大黑洞，胡大伦不寒而栗。小房基那么大的大土坑中，往侧旁伸延进去一个大锅口般的黑洞，显得很深，从里边徐徐散发出阴冷之气，拂在脸上麻麻的凉凉的，令人很不舒服。由于洞很深，人又无法钻进去，而且谁还有胆量敢钻进去呢，他们就想出了老祖宗传下的绝技："熏狐之法"。

胡大伦立刻命人回村，用车拉来沙巴嘎蒿和大量的潮湿羊草，统统倒进那一大坑洞中。

"点上火！别点明火，慢慢引燃，熏它！熏死它们！"胡大伦指挥着古顺等人，跳上跳下。村里的好多人一听说胡村主任熏狐，都闻讯赶来了。大伙儿普遍因为深受"狐仙"之害而厌恶那兽类，包括铁姓家族的人，老树已倒，又有狐洞，铁姓人家也不出来阻挠了，何况狐狸穴居其祖先的墓地，毕竟有辱于先人之灵。人们都拍手称快，男女老幼纷纷都赶集般往这边拥，昨天还在这儿相互间血性殴斗，你死我活，而此刻相互见面后不好意思地笑一笑戏谑两句或者拍拍肩拉拉手，就算完事了，毕竟在一个村住着，抬头不见低头见，共负一个青天翻土坷刨食儿吃，何必结深仇大恨呢。

干蒿子和羊草是点着了，可那浓浓的黄烟不往洞里走，只往外朝上冒，却把围在坑边的胡大伦他们先熏得咳嗽连天，眼泪鼻涕一起流。

"这不行，这哪儿是熏狐，熏人呢！"胡大伦用衣袖擦着眼泪，冲古顺等人又喊，"快回村！把碾道房扇糠的手摇鼓风车拉几个来，妈的，我就不信熏不出来！快去，越快越好！"

不一会儿，古顺等人真拉来了几个木制鼓风车，大家七手八脚架放在坑边。坑里又推倒进不少沙巴嘎蒿子和羊草，往上边洒些水，然后重新点燃。潮湿的草和蒿子，冒出了浓浓滚滚的黑烟和黄烟，尤其沙巴嘎蒿子平时就爱冒烟不好起火，洒上水后更是黑烟冲天，遮天蔽日。

"快摇鼓风车！对准那坑底的黑洞使劲摇风车！"胡大伦指挥着众人摇风车，接着疏散围观的人群，"大家都往后撤，这儿没什么好看的！万一那狐儿们出来咬着人吓倒几个，犯不上，都往后靠！古顺，你们几个带枪的民兵都过来，趴在坑边一起瞄准那黑洞，妈的，那狐狸出来一个撂倒一个！这可是你们民兵练活靶子的大好机会，听我口令一起开枪！这回看你们的了！喂，你们几个快扇风！"

这一下胡大伦，像一个指挥战争的将军，头上裹着沾血的纱布上蹿下跳，煽风点火好不热闹！围观的人群被疏散到五十步外，留几个壮后生摇风车，七八个民兵由古顺率领埋伏在坑边，子弹上膛，屏息等候。

风车摇起来了，吱吱扭扭，祖先发明的这些木轮风车这回派上大用场了。强劲的风从那几个风车口里摇出来，往那个坑底黑洞口吹进去，于是浓浓的黑烟随着风一起滚滚灌进那狐洞里。

不一会儿，狐洞里有动静了。

接着"吱吱叽叽"乱响一起，很快从那弥漫着黑烟的洞口，飞蹿出一些动物来。

"开枪！"慌急中，胡大伦大喊一声，下命令。

"砰，砰，砰！"

"嗒嗒嗒……"有人扣动半自动步枪连射起来。

"停！停下！别打了！"胡大伦又喊起。

原来，从黑洞里飞蹿出来的不是狐狸，而是蝙蝠！无数只蝙蝠，黑压压汹涌如潮地飞蹿出黑洞，有些被子弹击中后落在地上挣扎，有些被浓烟中的火苗燎着了翅膀，掉进燃着的蒿草中，烧得它们"吱吱"乱叫乱扑腾。而多数黑蝙蝠从坑洞里飞腾而出，有的随黑烟往上飞，有的脱离出烟柱往旁边飞，密密麻麻又星星点点，然而今天天气好，白晃晃的太阳光很强烈，一向怕光而夜间活动的这动物，没飞多远又纷纷往下掉，有的寻找着黑影，围观的黑乎乎人群便成了理想目标，便都投奔他们而落。于是，人群炸了窝儿。喊着妈呀爹呀的，惊恐万分地闪避着这些可怕的黑色飞物的袭击，担心是毒蝙蝠，怕被咬上一口。人们挥舞着手臂，四散乱逃，胆大一点的折些树枝抽打那些照样惊恐乱飞的蝙蝠。那可怕的会飞的鼠样小动物，被人打落地后，露出两排细密而白白的毒牙，冲兮龇牙咧嘴，恶狠狠地"吱吱"乱叫，顽童们举起石头或土坷垃把它们砸成肉酱，血肉模糊。可怜的蝙蝠，它们招谁惹谁了，遭此横祸！

"快摇风车！快了，蝙蝠被熏出来了，狐狸也快了，小子们，加油啊！你们手上咋这么没尿啊？摸娘们儿裤裆了？啊哈哈哈哈，加油摇啊！"胡大伦狂呼乱叫，猥亵地说笑，如灌了半斤老白干似的兴奋。

因蝙蝠出洞而停下来的鼓风车，重被摇动起来。有人往坑里继续倒卸蒿草。黑烟接着往那狐狸洞里灌进去。

"噌，噌！"有两只黄狐狸，从黑洞里蹿出来。

"打！快打！！"胡大伦手一挥。

"砰砰砰……"快枪响起来。

两只狐狸跳了两步便倒下。

"打中了！打中了！！"有人狂叫。

接着，从那黑烟滚滚的狐洞里，一下子拥出十几只大小狐狸来。

"开枪！快开枪！这是一窝子狐狸！"胡大伦慌乱中呼喝着，也扣动手中枪的扳机。民兵们的枪，炒豆似的响起来，"噼噼嘭嘭"连续不断，震耳欲聋，硝烟弥漫，如一场规模不小的伏击战。平时经常有组织地打靶，作为基干民兵，都有出色的表现，此刻面对手无寸铁近在咫尺的兽类，他们可大有用武之地了。可怜的狐狸们纷纷倒下，有些受伤的，则獖獖吠叫着往坑上边蹿越，也被补上两枪打下去。然而，为了生存，为了逃命，狐狸们的冲击还未结束。那十几只刚倒下，紧接着又连续不断地蹿出几十只大小不等的狐狸来，它们不畏死活不畏枪弹，前仆后继，像一股股示威洪流勇敢无比地从洞里拥出，往坑上边蹿越。

开枪者们惊呆了。

人们谁也没有料到，那个黑洞里会藏着这么多的狐狸！而且如此的不怕死，明明响着放鞭炮似的枪声，它们依然义无反顾地从洞里往外拥，前边的倒下了，后边的跳开或踏着倒下的狐狸尸体，往那闪射着子弹的坑口上蹿越，以图冲出火力网，逃得性命。这是生命的本能，面对死亡，它们没有别的选择。与其在洞穴中被熏死，不如冲出来一拼。活着是美好的，有生命的活体是美好的，兽类草木亦如此，都知道爱惜自己生命和懂得生命的珍贵，因为每个活着的物体，不管人或兽或植物，对它们来说生命就只有一次，这是上天的安排，只有一次。世界上不存在死而复活的九头鸟、九头狼、九头人之类的生命体。更不可能长生不死，只要死了，枯萎了，那么任何生命体便无法享受阳光、雨露、空气，这些对死者都成了多余，生命便失去了价值，失去了意义。生命不在的世界是个多么可怕的世界，请想象一下，没有了流动的河流，没有了飞翔的小鸟，没有芬芳的花朵，没有树木，没有虎狼牛羊，没有海鱼河虾，以至没有了人这更为复杂妄图称霸宇宙的狂妄生命群体，那这世界是个多么暗无天日的毫无价值的死亡世界！

"给我打！给我打！统统打死它们！让它们闹狐！让它们折腾！全打死他们！！"胡大伦可是杀红了眼。他如一个杀生不眨眼的刽子手，撸胳膊挽袖子，脑袋上的缠纱布的绷带脱落掉一节，在他耳旁脑后飘荡着，像日本鬼子又像一个疯狂的土匪。据说他爷爷过去曾在库伦旗喇嘛王爷的"马队"里当过兵，又跟随大土匪"黑头豹"干过打家劫舍，因此嗜血成性的传统基因也遗传给了这位后代子孙。胡大伦虽不是杀人如麻者，杀"狐"却如麻照样也可满足他的欲望，发泄他内心中压抑已久的见血取乐的邪火。

狐狸们一批批倒下去。枪声不断，上来一批扫下一批，如割韭菜，黄狐都成了血狐在土坑中挣扎、狂嗥，在冒着黄白色烟气的大坑中积尸如堆。狐狸的血，如流水般地淌涌，黑红黑红地汪起一片片，浇灭了正蔓延的蒿草暗火，同时新倒下的狐狸身上继续"咕咕"冒着殷红色血泡。

这是一个极恐怖的场面。

这是一次很罕见的屠戮。

这是一次强大的人类，对毫无反抗能力的狐狸群的集体杀戮。只是因为狐狸住进了人类的死人广场——墓穴，并蔑视了人类尊严和权威使他们感到不安。顷刻间，黑洞内血肉横飞，鲜红的血色涂满黄沙地，哀鸣不绝于耳，令人不忍目睹。

终于没有狐狸拥出了。

枪声停止。枪声戛然而止。杀红了眼的胡大伦们，瞪大了血红的眼睛，往坑里注视。周围一下子变得死静。没有了枪声，没有了狐狸的惨叫，没有了指挥者胡大伦狂呼乱嚷，这世界一下子沉寂了，安静了，连空气都凝固了。唯有那些死狐狸身上还未流尽的血，"滴答滴答"地流滴着。狐狸们乳白的胸脯，全浸染成血红色，未闭的眼睛死死地瞪着天，瞪着杀戮它们的人，似乎在不解地问："这是为什么？为什么？你们为什么如此屠杀我们？"而从坑洞中散发出浓烈的血腥味，令人头晕眼花，令人作呕，有两个年轻杀戮者忍不住呕吐起来。

而那黑乎乎的狐狸巢穴，空空地张着口子，再也没有一只狐狸从那里蹿出，如一次事先说好的集体自杀般，完成了任务便没有了其他活狐了。

人们静静地注视着堆尸如山的坑洞。

"哈哈哈……"胡大伦狂笑不止，挥动着手中的快枪，"打光了！全他妈打死了！该死的狐狸，这回咱们可以消停了，咱们村起码他妈的安稳个十年二十年！能保住我们安定团结的大好江山天下！妈的，我们终于赢了！对这些闹事的狐，就得来硬的，就得镇压，绝不能手软！这天是我们的天，山是我们的山，水是我们的水！江山是我们的！岂能容忍这些叛类胡来胡造！"

"好好，说得好！"

"还是咱们的老村主任老胡！多亏了你足智多谋，指挥果断！"

"老胡英明啊，老胡万岁！老胡千岁！"猎手们高呼。

"瞎鸡巴喊啥！万岁千岁的那是王八！百岁就够了！"胡大伦得意地大笑，拍拍胸膛，又拍拍旁边亲密战友古顺的肩膀，"还有古连长哩，这小子也敢干，还听我的指挥，不愧是当过兵去过农垦兵团守过边疆，枪法也准，好多狐狸是他打中的！简直他妈百发百中！神枪手啊！"

"哪里，哪里，还是你胡大村主任功大盖世！咱们全库伦旗全大草原沙漠，哪儿还打到过这么多狐狸！历史上没过！啊，真他妈的过瘾！这么多年，没朝活物开过枪了，今天可真他妈来劲儿！今天是什么日子？几月几号？好日子啊！"古顺咧嘴大笑着，大有发泄之后的满足之感。谁好像提醒一句正巧是十二月四日。

"真是个奇迹，也绝了，这铁家坟的狐洞里，他妈的怎么会藏着这么多的狐狸！这肯定是上百年的老狐穴了，妈的，这么多狐狸！"胡大伦感慨万端，又蹲在坑边往下俯视，"看来，打绝了，没有动静了，我下去点一点狐狸，看看到底有多少只。完了我们他妈的分狐狸皮，按参加这次行动的人数分狐皮！"

"好啊！一张狐皮，现在可值好几百呢！"猎手们齐声欢呼，热烈拥护他们领袖村主任的爱民决定。

胡大伦跳到坑里，踩着血狐的尸体，开始清点战利品。人们都佩服他的勇气，别人都惧于"狐仙"的威力，不敢下到坑里，去碰这些平时都披着神秘色彩的四条腿野兽。

"怕鸡巴啥！古顺，你也下来，帮我点一点！有啥呀，不就是死狐狸吗！"胡大伦骂骂咧咧，笑着招呼上边的古顺。

"好，我也豁出去了！他娘的，老胡讲话了，不就是死狐狸吗，狗大的玩意，而且都他娘的死翘翘了！"

古顺壮着胆子也跳下去了，踩在一只软绵绵的死狐身上，滑了一脚，差点摔个跟斗。

上边的人们哈哈乐了，下边的胡大伦瞅着古顺的样儿也乐了，说："小心点，别叫狐大仙勾了魂儿！哈哈哈……"

上上下下，一派胜利后的欢声笑语，喜庆气氛。

正这时，从那阴森森的黑洞内传出一声尖啸！

"呜——嘎——！"

这是一个刺透人耳膜心肺的尖利长嗥，犹如狼嗥，又像罴啸，声音凄厉而悠长，含满悲愤、仇恨之意，听着人毛骨悚然汗毛孔直竖。

随后，黑洞内有条银白色的物体如闪电般激射而出。这物，眨眼间扑在胡大伦身上，一张尖嘴咬住了他握抢的手腕。

"银狐！是那只老银狐！！"人们惊呼。

"啊、啊，它咬住我的手了！它咬住我的手了，哎呀妈呀，我的手流血了！"胡大伦惊慌失措，吓白了脸，拼命地甩着手腕，想摆脱掉银狐。可老银狐的嘴巴大张着，两排尖利的牙死死咬住胡大伦的手腕不松口，而且狐身灵巧地贴在胡大伦身上，四肢爪子乱挠乱抓着胡大伦的身子和衣服，恨不得撕碎了这个毁灭了它家族的罪魁祸首。足智多谋而坚忍不拔的老银狐，凭它多年功力屏住呼吸熬过了烟熏，一直等待着这个复仇的机会。它终于等到了。

胡大伦杀猪般地鬼哭狼嚎起来。枪也丢了，脸上脖子上被银狐抓得血淋淋的，胸前的衣服全被撕烂，露出流血的瘦胸脯。他的双手也拼命挣着，击打着狐头狐身，可那老狐毫无感觉，似乎不知疼痛，不顾了死活，依旧咬住他的手腕不松口，尖牙已深深咬进手腕肉里，咬到了骨头，"嘎吱嘎吱"直响。还有它的白色大尾巴，又幻化出九条来，抡打扫击着胡大伦的身体部位，入骨地疼痛，使其撕心裂肺。

"快救救我！救救我！疼死我了！"胡大伦哭叫着，顶不住狐狸的抓挠和推搡，脚下一绊，摔倒在地上，跟老银狐滚打成一团。

事发突然，古顺在旁边惊呆了，坑上边的民兵们也惊呆了。古顺回醒过来，举着枪，可不敢打，人和狐滚打在一起，他打哪个？他在旁边又害怕又慌乱，不知如何下手，又担心着从那阴森森的狐洞里，再蹿出一只要拼命复仇的狐狸来。他胆怯了，心虚了，额上冒出冷汗，两腿发抖，悄悄往坑边上退，正这时脚下的一只还没完全咽气的大狐狸，"汪"的一下咬住了他的裤腿儿。

"哎哟妈呀，还有活的，咬住我了！"他大喊，丢下枪，屁滚尿流地往坑上边爬。毕竟是半死的狐狸，没有咬住他，古顺魂飞魄散地爬出土坑，丢下他的亲密战友、村主任胡大伦在坑内一个人跟老银狐滚打，自己逃之夭夭了。

可怜的胡大伦。

刚才还得意忘形，狂傲神勇，天下无敌，转眼间被老银狐袭击得手。由于没有想到还有这么一只凶残可怕的老狐狸，他精神上完全崩溃了，吓得没有魂了，手脚发软没有一点力气了。只剩下在老银狐的乱爪子下边呻吟、哭叫、哀求的份儿了。而在这样要命的时刻，那位亲密伙伴古顺只顾自己命弃他而逃，那些个在上边的一群民兵们一见古顺爬上来更是慌乱不堪了，以为又要发生什么可怕的意外事情波及自己，都一哄而散。此时此刻危急关头，自己的命是最重要的，顾个人是第一位的，天下什么比自己个人的命还重要呢？

"把老狐狸留给我！把老银狐留给我打！"

这时，从村子方向，有一老汉一边狂喊，一边朝这边疯跑而来，后边追着几个人。他是铁木洛老汉。他昨日住进乡医院抢救，可今早一听说老树根处发现了狐狸洞，胡大伦他们正在熏狐灭狐，他一急，拔掉输液管，起来就往外跑。当时白尔泰正好来看望他，跟铁山两个人也急忙从后边追赶过来。

"快去救救胡村主任，老银狐快咬死他了……"有一民兵拖着枪，一边逃一边跟老铁子喊。

"熊货！快把枪给我！"老铁子一把抢过那个民兵的枪，迅速往老树根处跑去。

他被眼下的景象惊呆了。

打了一辈子狐狸，他哪儿见过这么多狐狸？而且都在一个洞穴中生活，那地下的巢穴该有多大！他有些不可理解，不敢相信，可眼皮底下就摆着这么多的死狐。他哪里想得到，他铁家祖先的坟墓下，正好连着一个很大的辽代王墓。他顾不上惊叹这些死狐，站在坑边发现正在挣扎相打的银狐和胡大伦。胡大伦声音微弱地呻吟着，老银狐还在蹂躏着他，撕扯着他。

"砰！"有经验的老铁子，立刻朝天放了一枪。

"老畜生，快给我住手！今天老子要打死你！！"老铁子冲那只令人眼花的银狐狸怒吼。

枪声震惊了老银狐。一回头，便发现了正朝天举枪的老对头。老银狐浑身一颤。

"哦——呜——嗯儿！"老银狐丢下胡大伦，一跳一蹿，如一只飞狐般向老铁子扑过去。

老铁子来不及开枪，急忙一闪。老银狐扑空，重新急如风转过身，再向老铁子攻过去，龇牙咧嘴，张牙舞爪，老铁子一个枪托把老银狐击倒在地，老银狐似乎具有天生的抗击打能力，毫不在乎地就势一滚，重新跳起来。

老铁子重新举枪瞄准，要一枪撂倒这只跟自己斗了一辈子的老狐狸。

"别开枪！别打它！它是铁山哥！"一个女人的急喊声，从墓地树后传过来。随着，珊梅披头散发地跑过来，不顾死活地抓住了老公公的枪托，哭求起来："爹，它是铁山哥，你不能打死它！它是你的儿子呀！我求求你，别杀它，别杀它……我还要跟他生儿子，给你老爷子生孙子，咯咯咯……"原来，珊梅昨夜由古桦陪着回家睡了一夜，一早又跑出来，只见古桦也正从她后边追过来。

珊梅疯言疯语地抓着老铁子的枪托不放，不知怎么在她眼里老银狐总是被看成丈夫铁山。

"砰！"老铁子的枪打歪了，子弹击在老银狐旁边的土包上，冒起尘土。

老银狐得空，转身就逃，向西北的大漠方向飞蹿而去。

"混蛋！给我滚！"

老铁子一脚踢开了儿媳珊梅，重新从银狐后边瞄准，开了一枪。可狡猾的老银狐一会儿左一会儿右，不按直线跑，子弹没打中，从狐狸头顶呼啸而过。同时，它又使出生存绝招儿，甩动着雪白尾巴，幻化出九条白影，左右上下晃动甩打，闪挪腾移，虚虚实实，回回令老铁子的枪弹无功飞过，根本伤不着它！

"等等我！铁山，等等我！别丢下我！"珊梅爬起来，踉踉跄跄地从老银狐后边追过去。

"回来！珊梅！我他妈的在这儿呢，你追狐狸干啥呀！你给我回来！"正好赶到的铁山看到了这一幕，从媳妇后边急喊。

可是珊梅好像没听见一样，根本不理会铁山的呼叫，继续追赶着老银狐而去。

"妈的,叫它给跑了,都叫这贱货给搅和了!妈的,我一定要杀了它!杀了它!"老铁子咬牙切齿地狂啸着,提起枪就从老银狐后边追过去。

一只狐狸,两个人,很快一前一后消失在远处的大漠荒原上。

"救救我……"从坑洞里传出微弱的声音。

"谁在坑里?谁在那儿受伤了?"白尔泰奇怪,靠近坑边往下瞅。

他一下子被坑里的惨状刺激得目瞪口呆,简直不相信自己的眼睛。狐狸们的死状,这种屠杀的场面,刺激得他想起了什么,浑身战栗起来。这种群体杀戮,这种残忍、凶恶,这种违背天道自然的兽行,在他心中再次引起愤怒的大火。天啊,人类变得多么无可救药!他默默地注视着死狐,注视着在坑里微微蠕动着的人不像人、鬼不像鬼,血肉模糊的胡大伦,在白尔泰的眼里可能以为是一只受伤没死的狐狸,或者他的大脑这时一片空白,什么也没有,唯有这些大大小小的无数只死狐狸使他心灵哭泣、撕痛、震颤,所以他一时对求救的胡大伦视而不见。

"救救我……"胡大伦在呻吟,哭泣。

白尔泰这才惊醒,勉强认出活人胡大伦。

"老胡,是你呀?你怎么在下边?成了这个样子?"白尔泰惊叫着跳下坑内,去搀扶胡大伦,可他拖不动胡大伦。

"铁山!快下来帮我一把,胡主任受伤了!"白尔泰朝坑上边的铁山喊。

可铁山不动窝,冷冷而轻蔑地看着半死不活的胡大伦,丢下一句:"这叫报应!呸!我救他?铁家祖宗答应吗?我还要去找我老婆我老爹呢!"说完拂袖扬长而去。

白尔泰无奈,摇摇头,只好一个人全力扶着胡大伦想让他站立起来。可胡大伦已经处于半休克状态,哪有力气站得起来。他没有办法只好拖着胡大伦,往坑上边爬,同时大声呼喊:"谁在上边?有人在上边吗?快来帮帮我!"

这时,跑走的古顺他们见老铁子赶跑了老银狐,又走回来了。见土坑内再没有危险的迹象,这才都小心翼翼地下到坑里来,帮助白尔泰把胡大伦拖到上边来。

胡大伦上来之后嘴里不知说了一句什么,昏过去了。他的脸上、手腕上、胸脯上,处处皮开肉绽伤痕累累,渗流着黑红黑红的血,跟狐狸们流的血差不太多……同样的黑红,只是已经人不像人鬼不像鬼了。头上裹着的那条脏兮兮纱布,散开来挂晃着,脸上无血色,简直如一具半死的恶鬼头。

三

达尔罕王府。

一片平展展的草地上,矗立着高耸雄伟的古式建筑群,飞檐、琉璃瓦、石狮、高大的紫红色围墙,森严而威风,显示着科尔沁草原上至高无上的权力象征和尊贵地位。这片草滩叫乌力吉图,意思是吉祥如意,北部有两座高耸的土山,上边长着黑青色榆树林,这一带被称为青龙横卧岗,风水极佳,达尔罕王代代稳坐王位全靠了这片青龙风水的保护。

年关将近,王府里里外外张灯结彩,喜气洋洋,处处洋溢着喜庆气氛。

前几日,达尔罕王已从南边千里之外的奉天府回到草原王府,还带回来了那位新宠小福晋太太，让她感受一下大草原上蒙古王爷府的富贵生活。可是，过惯了奉天府大都会的热闹而丰富多彩的生活，小福晋没有两天就觉得这里太乏味太寂寞，太单调枯燥了。没有了东陵一带的闹市，没有了旧故宫街的繁华，没有了总督府的骄奢而诱人的灯红酒绿，成天只有大块儿手把肉，大碗马奶酒，不是杀全羊就是宰小牛，缺少蔬菜和南方精美食肴，第三天起小福晋就噘着小嘴闹着要回奉天府了。达尔罕王拖着臃肿肥胖的身体，前后转圈哄她，说着好话，答应着开赛马会，跳安代舞，请邻近汉县的"二人转"团，再想想其他什么大热闹事儿等等。最后还是跟随小福晋从奉天府来的丫鬟小玲，暗中提醒她别忘了总督大帅交给她的大事儿。

监督和催促达尔罕王，尽快落实出荒别尔根·塔拉草原的事儿，这是小福晋这次随王爷回草原的首要任务。闹脾气的小福晋太太放下噘着的嘴唇，嗲声嗲气地对王爷说："大王爷，回来几天了，你咋还不去你那衙门问事儿啊？我干爹还等着你的回信儿呢，这出荒的事儿可耽误不得了，咱们可是把人家的银子全领出来抽了，喝了，花了，再不把出荒的草地划给人家，那干爹变脸我可就管不了了。"

"对了，对了，我还把这码事差点儿给忘了，哈哈哈……好办，明儿个我让韩舍旺他们去办就是了，你小姑奶奶不闹性子就行了！哈哈哈……"这位贪恋女色，骄奢淫逸的达尔罕王虽然五十多岁，但长得又丑又老，由于大烟瘾很大面黄肿胀，而且从小有些愚钝。只因为他是大福晋所生的儿子，老王爷才把达尔罕王位传给他，但长这么大从未自己过问过全旗署务，全由韩舍旺等几位要员章京、梅林①，管理处置。他的同族弟弟温都尔王则是个精明强干、骄横霸道的主儿，看不起傻不傻慑不慑的掌印大哥，也不愿在他眼前受窝囊

---

① 梅林：仅次于章京的旗官职，分军事梅林、文职梅林等几种。

气，于是很具远见地分出去，搞了一个独立的巴彦塔拉小王府，向外边也号称"达尔罕王"。这就是后来历史资料所称末代达尔罕王有两个的原因。

第二天，太阳升到近午时，达尔罕王爷才起来。宿酒未醒，头还隐隐作痛，但还是被小福晋撒着娇，发着嗲，揪着耳朵弄起来了。

小高其克①跪着请安："王爷吉祥，今日个大驾向何处起轿？"

"毕扯根·格尔②！"王爷用鲜牛奶漱着口，随口便说，他身穿当年朝廷赐予的蟒袍，头戴花翎顶戴圆遮官帽，真是一副上衙门办官事的打扮。

"喳！"小高其克这可慌了神儿，那座毕扯根·格尔，王爷几乎几年没去坐过，落满尘土，又冰冷冰冷，不知这两天打扫没有，他赶紧禀道："王爷，奴才这就去备轿，王爷先用着早点。"

小高其克急速退到二门外，又传话给外庭的仆从，火速派人去收拾毕扯根·格尔。

达尔罕王爷又传出话来，叫韩舍旺等所有旗署衙门官员，全体到毕扯根·格尔，听王爷训话并准备向王爷禀报各自管理的旗务。

王爷的指令一出，那些各自在家纳福清闲的官爷们可就慌了，以往王爷从北平大都或奉天府回草原，往往是先在王府设宴请大家喝酒吃肉，赏赐些京都新鲜玩意，讲讲外边的乐子事，哪里有过先上毕扯根·格尔那个空洞冰凉的大衙门办公训话这一说。大家深感意外，马虎不得，都飞马快轿，赶往位于王府东南边上那座清冷的黑门红房大院。

将近中午，达尔罕王爷才落座于毕扯根·格尔衙门那张雕虎刻龙的红木太师椅上，接受众旗官员们的拜礼。空荡的大厅中竖着三五个大铁炉子，烧着炭火，但大厅里依然有阴寒之气，因匆忙打扫，空

---

① 高其克：侍从。
② 毕扯根·格尔：处理旗务的衙门公房。

气中还飘浮着灰尘，有些呛嗓子。接着，官旗章京韩舍旺开始禀报全旗状况，无非是些税务、人丁、牧业、匪情等等而已。达尔罕王爷哪有兴趣听这些，早已不耐烦了，挥挥手，打断了韩舍旺冗长啰唆的禀报："好啦好啦，这些鸡毛蒜皮的事完了再说，你和各位梅林大人商量着办就行了。"王爷呷一口桌上的奶茶，身上有些发冷，骂起来了："奶奶孙子，这屋子咋这么冷！夜里没烧火呀？"

杂役管家赶紧跪在案前打着哆嗦："禀报王爷，这毕扯根·格尔衙门太大，烧个两三天才能暖和起来，奴才恳求王爷还是回王府议事吧，这里待久了，恐怕受寒，影响了王爷贵体。"

"都是你们这些该死的奴才王八羔子，吃饱了不干事！为啥不早几天生火？为啥不早点打扫？你看看这屋，墙上挂着蛛网，玻璃窗全黑乎乎，墙上的图上沾满了灰土，这儿哪像个旗衙门，倒像个大棺材！！"

"奴才该死，奴才该死……"杂役管家浑身如筛糠般打战，叩头如捣蒜。达尔罕王爷不讲理，自己两年三年的不回一次草原，就是回来也很少坐这毕扯根·格尔衙门管理旗务，这里其实是个空架子。再说，当时清朝已亡，天下混乱，一会儿袁总统复辟，一会儿又是东三省总督，或者是热河都统，其实哪个都顾不上蒙旗事宜，哪有那么多衙门公事可办理？

还是新提升得势的章京韩舍旺出来说话："王爷息怒，咱们先移驾王府说事吧，这里空了两三年，现在又是寒冬腊月三九天气，把这大屋子烧暖和了的确不易，难为了这些奴才们。"

达尔罕王爷翻着白眼，看了看韩舍旺，不再说什么，因为对这位新宠他还是谦让三分，全倚仗人家管理着旗务不好拂他面子，便说："好吧，就依你，大伙儿散了吧，也不必全到王府了，明天王府设宴，那时大家再去王府赴宴。现在就请韩章京和军事梅林甘珠尔大人，随我去王府议事吧！"

于是，三年来达尔罕旗王爷首次上衙门办公事，就这么草草了事，匆匆散摊儿，各自回府，准备着明天赴王府大宴上大吃大喝了。

随王爷赴王府议事的韩舍旺和老军事梅林甘珠尔大人，却并不轻松。韩舍旺心里明白，找他主要是谈出荒之事，可甘珠尔却不明白了，找他是要干啥呢？达尔罕旗虽有些匪情，但还没达到群乱之况，南北左右各旗为出荒之事闹过多起叛乱，但这些年来达尔罕旗百姓还算安静，没闹出过大乱子，这位年老的军事梅林实在猜不透王爷特意召他去王府的含义。他有些提心吊胆了。这位反复无常又愚鲁的王爷，会跟他谈什么呢？

到了王府，这位达尔罕旗主管军事的梅林大爷那颗悬着的心才落下来。原来，达尔罕王的老母亲——御赐三品夫人老福晋太太，在奉天府时相识了一位来自锡热图·库伦旗的葛根喇嘛，听了三天老喇嘛讲经，一下子变成了虔诚的信徒，对喇嘛教崇拜得五体投地，并许愿一定亲自到库伦旗大庙上金塑宗喀巴佛像。于是随儿子达尔罕王爷回草原后，天天催着儿子，派人送她去库伦旗大庙朝拜还愿。库伦旗离达尔罕旗王府有三四百里，路途遥远又艰险，达尔罕王放心不下，一时拿不定主意，所以才招来老军事梅林商量此事。

一听，甘珠尔笑了，拍着胸脯说："王爷，这是小事一桩，包在我老梅林身上！我从旗马队里挑出二十个精兵强将，护送老福晋去库伦，万无一失！"

"不，我要你自己带队护送，另外，二十人太少，要派五十个人，全副武装，带快枪，每人两匹快马，老太太要乘八匹马拉四轮轿车！"王爷一挥手就决定了。

这一下，轮到老梅林甘珠尔傻眼了。本来自己想讨好，可这位傻王爷一下子连他也派出去了。几百里路的鞍马劳顿不说，更主要是半路上的李旺旗、奈曼旗、库伦旗三角边界"胡子"很多，尤其有个叫"九头狼"的"胡子队"，令人闻风丧胆，万一遇上他们，自己老命休矣。

旁边的韩舍旺喝着奶茶偷乐，脸上露出幸灾乐祸的微笑。他们二人为争夺达尔罕旗的实权，一向不和，明争暗斗，长期以来互相算计，谁也不服谁。

"我说甘大人，这是应该的，老福晋太太可是皇上御赐的诰命夫人，你亲自出马护送一下，是义不容辞的。再说了，你大人亲自出马，咱们王爷才放心哪，是不是，王爷？"韩舍旺不失时机地落井下石，又谄媚地笑着讨好王爷。

"是啊，是啊，还是韩章京理解本王心意，甘梅林你就辛苦一趟吧，代替老王亲自侍候着老太太去一趟，回来后本王不会亏待你的，哈哈哈……"达尔罕王一仰头，爆发出大笑。

一看大事已定，无法推辞，甘珠尔老梅林也只好咬咬牙，答应道："好吧，既然如此，卑职就为王爷效劳，亲自跑一趟吧，请问王爷，老太太准备何时动身啊？"

"过完年，老太太本想赶正月二十五日的库伦庙会，可我想现在天太冷了，等开春暖和了才动身，二十天里也该赶到了。"王爷数着指头算日子。

"快赶，应该能到，但老坐车怕老太太吃不消，最好是中间找个安全地方歇歇脚，休息两天，慢慢走。"甘珠尔说。

"这事你就具体跟老太太商量。好了，你就先回去准备准备吧，别先声张出去，悄悄准备。"王爷吩咐。

甘珠尔军事梅林告辞走了，从韩舍旺身边走过时狠狠瞪他一眼，恨不得用眼睛吃了他，可韩舍旺冷笑着装作没看见。

接着，达尔罕王向韩舍旺询问起最重要的大事：出荒的情况。

"王爷，您先看看这个……"韩舍旺从怀里拿出一张纸，恭恭敬敬捧给王爷。

"啥玩意，必扯其①，拿过来念念！"王爷吩咐。

必扯其吞吞吐吐地念起来。这是一封手抄信，是别尔根·塔拉十万牧民恳求王爷，收回出荒打算的请愿长信。

"反了！反了！奴才们反了！"达尔罕王这回火了，一把摔碎了手中的茶杯，"出荒出定了，谁也别想阻挠我！谁捣乱就砍谁的头！王八羔子们，还敢劝我，真吃了豹子胆了！韩舍旺，这信是谁写的？你要给我查出来！"

"禀王爷，这信传得极广，几乎全达尔罕旗都传遍了，小人也查了很久，就是查不出具体执笔写信之人。但还是有点线索。"韩舍旺阴沉着脸，观察着王爷的脸色。

"什么线索？快讲！"王爷喊。

"王爷三年不在草原，可这期间草原上发生了许多事情，眼下，咱们达尔罕旗'孛'教很兴盛，学'孛'信'孛'的人特别多，几乎屯屯户户都有当'孛'的人。这信，好像最先是由那些'孛'师传起来的。"

"是吗？那就把那些狗日的'孛'师们统统抓起来！给我押进大牢！"达尔罕王拍案。

"不行啊王爷，'孛'师人数众多，不可能全抓起来，再说也没有抓人的理由啊。"韩舍旺说。

"依你之见，怎么办才好？"

"王爷既然问到小人的意见，那我说后王爷先别生气，"韩舍旺清清嗓子，"依我琢磨，这出荒的事暂时先往后放一放，缓一缓，现在百姓中议论挺大，办急了容易出事。打蛇先打七寸，我们先解决了'孛'的事，再谈出荒的事。"

"这哪儿行，奉天府那儿瞪着大眼等着我回信儿呢，出荒的事一

---

① 必扯其：文书之类的随从。

天也等不得！"王爷着急了。

"王爷，其实这个也用不着拖很长时间的。"韩舍旺似乎深思熟虑，胸有成竹，"现在这'孛'们发展太多太快了，几乎屯屯户户都有当'孛'的人，多数没啥本事，滥竽充数，糊弄百姓混饭吃，再说有些'孛'太讲排场，动不动搞血祭杀宰很多牛羊，对草原牧业破坏也很大。"

"是啊，这'孛'现在越闹越大，西边蒙古地早就取消了，杀头的杀头，赶走的赶走，都改信喇嘛了，我老娘这次认识的那位大喇嘛讲，喇嘛教的佛爷管人的三世，能知后世，不杀生只修德就成。往后啊，咱们东蒙这边还是多搞点喇嘛教吧！"王爷寻思着说。

"王爷说得英明，现在咱们东蒙通辽市十旗盟主，是图什业图旗的道格信大王①，前几日他也派人送函给我们旗，谈到取消'孛'的事宜。"

"哦？他也有这个意思，那就好办了，他是盟主，说话占地方。"王爷点了点头。

"他的计划是，把全通辽市十旗的'孛'都集中起来，搞一次比赛，大型的'孛'功夫比赛……"

"搞比赛管屁用，不是更把他们扇乎起来了？"

"不是的，王爷，这是一次特殊的比赛，"韩舍旺这会儿阴险地转动起一双小眼睛，放低了声音，"道格信大王的意思是，举办一场'火炼'比赛，让他们比试真本事。"

只见韩舍旺把尖嘴附在王爷耳旁，轻轻嘀咕一阵。

"哇哈哈哈……好好，好主意！他意思是烧'孛'，哈哈，烧'孛'好！他姥姥的，看他们还闹不闹！哈哈哈……"达尔罕王张着大嘴狂笑起来，震天动地。

---

① 道格信大王：凶暴的大王之意。

就这样，震惊历史的科尔沁草原烧"字"事件，就如此密谋而定。

这一天，小铁子正在院子里练扔"卓力克"面鬼，他见自己天天念叨的老嘎达叔叔，这会儿正骑着快马和二爷爷门德一起来他们家了。

铁喜老"字"在屋里正伏案书写着他那一大卷蒙古书，不知什么内容。一见二人来，也放下手中毛笔，迎候他们。

"老巴格沙，我每次来都见你写这厚厚的书，到底在写啥呢？可以告诉我吗？"老嘎达好奇地问。

"嗨，我老了，没有几天活头了，咱们这行'蒙古字'，从古到今从来没有写成文字的东西往下传，都是靠口传心记。口传这方式，虽说是保密不乱传，可也有毛病，容易传断了，传歪了，传不全了。所以，我老朽到我这辈儿上想破一破这规矩，给我的孩子们留下个文字的记载。"铁喜老"字"捶着腰，苦笑着说，"可实际练'字'容易，用文字写下来就困难了，很多绝活只能意会，岂可用文字能写出来，唉，我这也是自讨苦吃啊！坐坐，大家上桌，先喝上两杯，正好你们有口福，今日个家里杀了羊，快过年了，大家高兴高兴！"

酒桌摆上了，大家边喝边聊起来。

"老巴格沙，如果真把一身本事全记录下来留给后人，这可是功德无量的事，西部蒙地的'字'都绝种了，就我们东蒙还有些'字'，现在叫喇嘛们排挤得也快完啦，要是用文字把'字'教写成书传下去，老巴格沙你还真是深有远见啊！"

"老嘎达，王府那边有啥动静，听说王爷回来了，出荒的事咋说？"铁喜老"字"从老嘎达脸上看出有什么事，关切地询问。

"出荒的事还没传出啥消息，但听送茶的高其克讲，王爷跟韩舍旺章京密谈了很久，好像谈的都是有关'字'的事。"老嘎达说。

"看样子，那封恳求王爷的信，可能是传到王爷耳朵了，不然不会谈论'字'的,这事有些怪,韩舍旺是一只狡猾的狐狸,不知道要搞啥鬼呢。"门德"字"分析道,不太放心。

"唉,说实话,一封信不可能阻止住王爷卖地换银子的想法,谁知这位昏庸的王爷,欠了多少奉天府的银子!看下一步咋说吧。老嘎达,你是不是还有啥事?"铁喜盯着问。

"是,有点小事。过完年开春后,我们王府马队要护送王爷的老母亲,去你们库伦大庙朝拜!"老嘎达把心里事说出来。

"哦?这位老福晋信佛了?"铁喜奇怪。

"听说是在奉天府认识了一位你们库伦大庙的喇嘛,被说服了,天天吵着要去库伦庙上还愿,还要我们护送。王爷点着名让老梅林甘珠尔自己去,这几百里路,也不是通衢,兵荒马乱的,谁知道会出啥事?唉,我们马队算倒霉了。"老嘎达显得很担心,闷闷不乐。

"我这位侄儿啊,舍不得新娶不久的年轻老婆了!"门德从一旁逗说。原来老嘎达前妻得病死有两年,几个月前才从东边敖日木屯娶了一位如花美貌的新媳妇,名叫梅丹其其格①。

老嘎达微红了脸,申辩道:"那倒不是,做一个男子汉大丈夫,哪能让女人捆了手脚?二叔,你可别把小侄儿当成离不开女人被窝的孬种。我主要是担心这一路责任重大,不同一般,有啥闪失,可是要掉脑袋的。你们也知道,我们那位带兵的军事梅林甘珠尔老爷,动嘴儿可以,动真格的,他哪儿是个会打仗料儿?连骑个十里快马,都要散架子的主儿哟。"

"老嘎达,这趟你可真是摊着一个苦差事了。可话说回来,'塞翁失马,焉知非福'呢?"铁喜老"字"仔细观察一阵儿老嘎达的脸上气色,喝口酒,低头不语。

"老巴格沙,都说你老是神机妙算,我脸上是不是有啥不好的预

---

① 梅丹其其格:在民间艺人中传诵时此名被改成牡丹其其格,其实有误。

兆？"老嘎达不放心地问。

"倒不是有啥预兆，但你整个脸相大有文章，不是指这一次……"铁喜老"孛"斟酌着词句。

"老巴格沙，听说你老会打卦，能否帮我详细算一下？我不让你算我一生，一生的事都由天定，不去管他，我这人很实际，只问这趟出门的祸福之事。求你老，给我指点迷津，明点说吧。"老嘎达说着，斟满一杯酒，双手捧着，单腿跪在铁喜老"孛"前边。

"这这，使不得，贤侄儿，不要这么重礼，老朽为你打一卦就是。"铁喜老"孛"急忙接过老嘎达的酒，一饮而尽，便说，"坐着说话，贤侄归座吧。"

接着，铁喜老"孛"从一个红丝绒口袋中掏出杜尔本·沙[①]，放在香桌上，手指天地，嘴里念叨起咒文。那杜尔本·沙，只有四色，个个油亮光滑，打磨或使用多年后变得光润精致，像是四只小古董。

"呜——呀——先祖图勒克沁[②]可汗明示！这次请先灵显示老嘎达孟业喜远赴库伦之祸福，哦，噗！"铁喜老"孛"往手中紧握着的杜尔本·沙吹了三口气，然后向天向地祈祷着晃了三遍，接着便把杜尔本·沙往香桌上一掷。

那杜尔本·沙随着老"孛"的手劲儿，在香桌上急速地翻滚旋转起来，良久，四只羊拐骨落定，呈出四种样式：一只黄帝朝上，一只白帝朝上，一只"布克"朝上，一只"齐克"朝上。落定的方向也不同，头尾均各异，形成三角，一只则孤零零落在远处桌角。

铁喜老"孛"皱起眉头，根据杜尔本·沙的呈式，暗暗掐指算起来。沉吟片刻后，他才对老嘎达缓缓说话："老嘎达贤侄儿，这一卦可是很有说道儿，恕老朽直言，你们这趟出门，凶多吉少啊！"

这句话，掷地有声，闻者俱是目瞪口呆。

---

① 杜尔本·沙：绵羊拐骨，由四只组成，"孛"们主要用来算卦占卜等事。
② 图勒克沁：主管占卜的祖先。

"听我劝告，贤侄儿最好辞掉这趟差事吧，不然，轻则有牢狱之灾，重则有刀枪之劫！"铁喜老"孛"面对杜尔本·沙自己也惊愕不已，嗓音微微抖颤。

老嘎达脸色骤变，转而又有些疑惑："老巴格沙，有那么严重吗？我辞这趟差事谈何容易，在马队里，我的枪法骑术都顶尖第一，最近老梅林又提我当了'井安'——小队长，管十几个人，他不可能准我辞呈请假，要是不去倒有可能把我关进大牢，难啊。"

铁喜老"孛"又细细地观看起老嘎达面相。

"你这一生必经多次劫难，方可有大成，这次便是最重要的一次了。"

"五尺男儿，志在四方。老梅林甘珠尔对我也有知遇之恩。这样时刻，我哪能袖手退出，我不能这样做人。老巴格沙，有没有破解之法？我只能是听天由命了，不去不可能。"老嘎达说得很是果断，铿锵有力。

铁喜老"孛"重新审视起杜尔本·沙，指着那只孤零零落在桌角的红色羊拐骨，说道："本来你若像这只'沙'置身事外，或许可以逃过此劫，但你执意投身于此行，那只有求老天保佑了。如果，小侄儿听老朽的话，真遇着啥事，到时候学那只跳出三界外的红色羊拐骨，保持一定距离，脱离出事点，再求生存，或许整个血光之灾会有挽救的余地吧。这真叫'祸兮福所倚，福兮祸所伏'，祸福相替的可能是会有的。只要你闯过这一关，定有大的前程！"

老嘎达当场下跪磕头，感激地说："多谢老伯指点，老嘎达铭记老伯的忠告，闯过这趟鬼门关后再回来见你！"

铁喜老"孛"扶他起来，摸须感叹："不必这样，其实，生死由命，祸福天定，我一个看卦的老朽，岂能扭转天意，这都是说着玩的，不必太当真的。到时候，还得全凭你贤侄自个儿的造化，看自己如何灵活应付了！"

他们重新入座坐定,喝了半天酒,才散席。

由此,老嘎达开始迈出艰难一生的第一步,想安全闯关回来,谈何容易!

四

这两天哈尔沙村发生的一系列事件,很快惊动了旗、乡两级政府。

古治安旗长去盟里,参加全哲盟治沙会议刚回来,正准备在哈尔沙乡召开一次现场会议,重点推广哈尔沙村铁木洛老汉的治理沙窝子经验。却听到了哈尔沙村发生的墓地斗殴、开枪、杀狐等等事件,于是他立即带着几个人,马不停蹄赶到哈尔沙村来。

先在村部办公室召集村干部们,又叫来乡长刘苏和,还有那位派出所所长杨保洪,让大家汇报情况。在哈尔沙村调查萨满文化资料的旗志办白尔泰和古桦也列席了这个会议。

唯有差着村主任胡大伦。去叫的人回来报告,胡村主任病在炕上起不来。古治安说抬也要把他抬来。那个人说胡村主任的病很特殊,脑子一阵清醒一阵糊涂,不宜参加会议。古治安皱着眉头说:"惹出这么多事儿,他自个儿倒病糊涂了,早点儿糊涂多好,一会儿我去看看他!"

尽管有病也叫来参加会议的老支书齐林,这会儿一边咳嗽着一边插言:"咱们村出这么多事,我也有责任,身体一不好吧,老胡找我商量事也就少了,就说这次斗殴事件的起因,砍那棵老树的事,他们深夜开会，可能嫌我老，身子有病，以为不能参加会吧，就没通知我，第二天打架打完了我才知道，唉。"

老支书齐林轻轻地推卸了责任，说的倒也是事实。可那些村干部中不少人翻白眼，嘴角露出冷笑。

听了一阵子大家七嘴八舌的谈论之后，古治安问："伤了多少人？"

"二十五六个吧，有十几个住在乡医院。也没啥大事，擦破头皮，弄折手脚啥的……"

民兵连长兼副村主任的古顺，大大咧咧地说。

"没啥大事，你说得倒轻巧！不分青红皂白，瞎胡闹打群架，听说你还是主要功臣哩！"古治安一见自己不争气的弟弟那个样儿，就气不打一处来，"稀里糊涂，没有头脑，跟着别人瞎撞胡干，那国家的枪是让你们搞民兵训练，保卫国家的！不是叫你们朝巫婆杜撇嘴儿开枪，朝狐狸群扫射的！都像你们这样，国家不乱了套！刘乡长，叫乡武装部来人，把哈尔沙村民兵连的枪全收走！放在他们手里，谁知他们还干出啥傻事来！"

"收枪我没意见，不让我当这民兵连长也没啥说的，可这砍老树的事，老胡说是乡里批准同意的呀！没乡里的话，我们也不敢啊！"古顺有些不服气。

"刘乡长，你们谁批准的？"古治安问。

"这……我……我，"刘苏和的额上顿时渗出细汗，"老胡倒跟我讲过，既然老是闹狐狸，弄得村里不安宁，我寻思砍就砍了吧……唉，我太信老胡的话了。"

"哼，作为一个乡长，刘苏和同志，新来乍到，应该多做些调查了解，不要人云亦云随便表态！就这小小的哈尔沙村，我土生土长，也很少参与村里的事，很少表态，你才来了几天？啊？瞎表态，让人举着你的尚方宝剑办事，你是不是吃喝人家的多了点？"谙熟乡下情况的古治安，毫不客气地批评刘苏和。

刘苏和额上冒汗，脸上红一阵，紫一阵，频频点头，承认领导教训得很对，很深刻。

"还有你，杨保洪所长，听说你的枪被一个女疯子抢下了？还朝老胡开了一枪，打穿了他的耳朵，真热闹啊！你的本事也不小嘛，砍不砍树的事，也属你派出所管辖范围吗？又是被胡大伦招呼上来的，是吧？唉，你们都行。你向旗公安局去谈你的事吧。"

古治安继续巡视着众人，向齐林说道："齐支书，你派个人把铁木洛老汉找来。我要听听他怎么说。"

不久，派去的人回来告知，老铁子追踪老银狐进了大漠，但最后还是无功而返，一气之下喝个酩酊大醉躺在家里。尤其是祖宗坟地的老树倒下后，对他打击很大，现在是啥事也不想管了，生不如死的样子。

古治安摇了摇头，回过头对坐在身后的旗农业局长说："金局长，这可又麻烦了，咱们还想推广他的治沙经验呢，他却弄成这个样子，唉，这小小的哈尔沙村，可咋整哟！"

"那老倔驴还能有啥治沙经验……"古顺嘀咕了一句。

"你给我闭嘴！"古治安一下子火了，脸变铁青，两眼冒出火，声色俱厉地手指着弟弟的鼻子骂开了，"他比你强百倍！他知道自己要干什么，知道自己是吃几碗干饭的！你以为自己多大能耐，还真以为有点本事哪？你能当村副主任，当民兵连长，那是人家看在你哥哥当大旗长的面儿上选你的！你还真以为自己有两把刷子哪？扛了两天枪不知自己姓什么，胡、铁、包三家在这村里生活和争斗了几百年，你姓古的才来了几天？偏袒一方，瞎掺和事，人家墓地私人老树，活了几百年，你们想砍就砍，想放就放，也不经过人家主人同意，找个理由就砍，你们这不是倚仗权势欺压百姓吗？啊？！有狐狸，谁说有狐狸就砍树？狐狸闹村，那是狐狸的事吗？那是你们人的事！愚昧、落后、迷信，再加上其他不可告人的个人目的！作为一个民兵连长，不干正经事，随便开枪伤人，挑起群众斗殴，多人受伤住院，震动了全旗！这挑事的主儿，还是我这大旗长的亲弟弟，你说我这旗长怎么当？！应该把你扣起来送公安局！！不好好想自己的问题，还有闲心对别人说三道四，明儿个你去老铁子窝棚上看看，看看人家是咋个活法儿！！"

古治安越骂越来气，浑身哆嗦。

众人谁也没有见过平时很温和平易近人的古治安旗长，发起如此之大的脾气。尤其是古顺，他哪儿见过大哥有这么大的火儿啊，这才感到自己惹的事不小，给大哥脸上抹了黑，影响很坏，吓得赶紧低头缩脖，闭紧嘴不敢出大气了。

古桦从旁边扯了扯大哥的袖子，低声劝一句："大哥，消消气……"

"这气能消得了吗？还有你，还有白尔泰同志，村里发生着这么大的事，作为旗里下乡干部，你们怎么一点儿不过问呢？啊？"古治安质问起白尔泰和古桦。

白尔泰刚想解释，古桦嗫着嘴囔囔了："哎，大哥，别把矛头对准我们呀，我们招谁惹谁了？那天早上，我们俩去照顾那个差点上吊抹脖子的疯媳妇珊梅，赶到铁家坟地时，人家都打完了。再说了，咱们的任务是调查资料，村干部谁向我们透露要发生的事啊？你可别冤枉我们……"

"我们还是有责任的，在我们身边发生着这么大的事，我们没起到作用，尤其是闹狐狸的事，我们应该正确引导群众的。古旗长批评得很对。"白尔泰倒很平静地检查着责任，自我批评般地如此说。

古治安较欣赏地点点头，没再追究此话题。的确，要这两个书呆子过问此事，实在是难为了他们。

"好吧，刘乡长，你通知旗公安局，让他们派人来，按法律程序调查哈尔沙村的几起开枪和斗殴致伤事件始末，做出处理，该抓的抓，该关的关，作为一次典型事件通报全旗，让各村各乡吸取教训！"

一听这话，闻者全傻眼了。

"大哥，这，我……"古顺更是慌了神儿，嗫嚅着，用恳求的目光可怜巴巴地望着古治安。

"你也一样，等着接受调查处理，有多大责任负多大责任。不能因为是旗长弟弟就受到保护，受到照顾。脚上起泡，全是自己走的！"古治安板着脸，毫不留情，铁面无私。

在场的人们用佩服的目光看着古治安。

"金局长，你跟刘乡长一起到乡政府那儿，筹备北部沙化地区治沙现场会议，派两个秀才和科技人员到老铁子的窝棚上，总结和整理出他的治沙典型材料，准备重点推广。我们半个月以后在老铁子窝棚上召开现场会议。"古治安旗长停一下，环视着众人，"另外，刘乡长，你们乡政府派组织部长和主管党组织的副书记两个人，进驻哈尔沙村，这个村的村干部班子需要调整。这个班子，不能再是这个样子了！马上要开始大规模的治沙运动，他们这种精神状态，完全不适应新的形势。我的意思是，谁实干，谁苦干，谁能带领哈尔沙村农民治住沙漠，走向富裕之路，就让谁当这村的头头儿！不管他有没有资历，是不是党员等等！我们要打破常规，要适应农村改革开放的新形势！"

古治安的话，再次一石击起千层浪，在人们心上引起强烈的震动和波澜。

"好，我们照办！"刘乡长和金局长表态应诺。

"好，大家散了吧。齐支书，我们一起去看看胡大伦和铁木洛大叔。"古治安说。

当古治安一伙人走进胡大伦那座围着院墙的"一面青"砖房子时，胡大伦正蜷缩在炕上呻吟。一见有人来，身子更缩进被窝里，两眼惊恐不安地闪动着亮晶晶的光束，嘴里直说："别咬我，别咬我，求求你……快救救我，救救我……"

他显然是吓出了毛病，吓出了精神恍惚症，按老百姓说法是"失魂症"。有人在古治安耳朵旁，低声介绍了那天胡大伦差点被老银狐撕烂咬死的情景。

"唔，杀了人家那么多家族成员，当然要付出些代价了。俗话说，兔子急了也咬人呢，何况狐狸！"古治安伸手揭开胡大伦的被头，看看他脸和脖子上的伤。没一处好地方，一条条被狐爪子抓破的伤全结起黑紫色血痂子，深一道浅一道，惨不忍睹。胸脯处伤得厉害的地方已经化脓，散发出一股狐臊臭气，呛鼻子。胡大伦正发着烧，身上滚烫滚烫。

"怎么，没请医生看呀？"古治安回过头问胡大伦的老婆、儿子和姑娘。

"请乡医院大夫打过破伤风的针。"大姑娘说。

"破伤风的针？瞎弄！这哪儿成？伤处化脓，人发烧说着胡话呢，你们还让他这样躺在家里？想要他的命啊？快送进乡医院住院治疗！"古治安吩咐。

心疼钱的胡大伦家人，这才出去套驴车。

古治安俯下身子问："老胡，我是古治安，你感觉怎么样啊？"

胡大伦费力地睁着眼睛，可还是认不出古治安，嘴里直叨咕说："别咬我，我认罪，我向'银狐大仙'认罪……我给你修个大狐仙堂……呜呜呜……"胡大伦说着哭将起来，浑浊的眼泪吧嗒吧嗒往下掉。

古治安苦笑，摇了摇头，说："他这真是吓出了魂，灵魂出窍了。唉，真没想到，好好的大活人，图个啥呀，就那么恨狐狸？非把人家狐狸家族赶尽杀绝？想的招儿还挺狠挺毒，放烟熏，开枪扫，亏你想得出来！老胡呀，你真是不应该呀，好吧，你已经弄成这个样子，我也不好说啥了，等你的病治好了，神志清醒了，咱们再好好谈一次。哈尔沙村的这三姓家族纠纷，应该有个彻底了结了。"

这时套好车的胡大伦的儿子走进来，跟他姐姐和妈妈一起，抬着胡大伦出屋，安置在外边驴车上。

古治安离开胡家院子，朝村西北的铁木洛老汉家走去。半路上，古治安向一起来的白尔泰和古桦询问起铁山媳妇珊梅的情况。于是白尔泰和古桦轮着介绍起他们知道的事，然后二人相互看一眼，中途打住了。

"你们好像还瞒下了什么事情。"古治安敏锐地看一眼二人神色，笑着点破。

"这……这，有些不好说。"白尔泰嗫嚅。

"照直说。有啥不好说的，我最烦别人吞吞吐吐。"古治安命令。

白尔泰看一眼古桦，于是把那天夜里，有人冒充铁山，在草料房诱奸神志不清的珊梅之事，如实汇报给古治安。

"无耻！"古治安怒骂起来，"一定要查出这个畜生！乘人之危，干出这种猪狗不如的事情！等公安局的人来了，你们俩一同报案揭发此事。"

"好，我们一定照办。"白尔泰说。

"那草料房是谁家的？"古治安问。

"第二天，我去核对了一下，就是那间！"白尔泰抬手指了指身后，那是挨着老胡家院角的一间土仓房。

"是胡大伦家的草料房吗？"古治安惊疑地问。

"是的，所以这事儿，有些，那个……"白尔泰支支吾吾。

"当然了，事情没查清以前不好说谁干的。这只是个线索。"古治安皱起眉头，看着正往乡医院方向赶去的那辆驴车，不再说话。

没有多久，他们就到了铁木洛老汉家。

老铁家的里外门都敞开着，屋里跟外边一样冰冷。满屋子酒味，地上全是醉后吐出的秽物，那只大黑狗正在舔吃那些脏物。铁木洛老汉横躺在土炕上，鼾声如雷。他的嘴边脸上沾着脏兮兮的吐物，脸色发紫，显然冻得浑身发僵，由于醉酒不醒他已不知道寒冷。

"再这么躺着，这老汉非冻过去不可。古桦，你去生火烧炕，这屋子像个冰窟似的，要命呢。"古治安盼咐。

齐林支书走过去，推一推铁木洛老汉。老铁子昏睡不醒，像根木头，这边推，他就滚过那边，那边推，他就滚过这边，浑身酒气熏天，一时半会儿没有醒过来的样子。齐林摇了摇头，说："他这个样子，明早晨见了。"

"铁山上哪儿找媳妇去了？"古治安问。

"听说跑遍了附近几个村子，都没找见，谁知他这会儿跑哪里去了。"齐林答。

"你们多派几个人帮着找一找，大冬天的，别冻死在野外了。一个疯疯癫癫的女人，啥事都会出的，马上派几个人去找。"古治安对齐林说。

"好好，我这就去派人。"齐林答应着往外走。

"这老汉咋办？"

"古旗长，他一时半会儿醒不过来，我留下来陪着他吧，正好我有好多事要问他，借这个机会跟他接近接近。"白尔泰主动请求。

"也好，你就留下来陪他吧。夜里等他醒来时，给他弄个热汤喝一喝，把炕烧热乎点。"

"放心，这些活儿，我都能做得来，我插过队，啥都干过。"白尔泰笑着说。

"我也留下来，帮你弄饭吧。"古桦回过头，"行吧，哥？"

古治安看一眼妹妹，至今他还是看不透这二人的关系，但这种有些形影不离的情景，毕竟还是说明了一些问题。倘若，自己这位心比天高的妹妹，真能跟这位书呆子白尔泰谈成对象，他这个当大哥的可举双手赞成。

"好吧，好吧。我把铁木洛大叔就交给你们二人了，他过些日子可是个重要人物,你们俩把他哄好了,弄服帖了,我就给你们记一大功!"古治安说完,带着一干人走了。

白尔泰明白古旗长说话的含义。铁木洛老汉不仅在古治安旗长的治沙战役中,是个举足轻重的人物,而且对他白尔泰来说,也是揭开萨满教"孛"在库伦旗的历史以及在东部蒙地的历史的重要线索,他岂敢怠慢。

傍晚,老铁子没醒过来。由于屋里暖和了,炕也烧热了,他睡得倒更舒服了。送走古桦回家睡去之后,白尔泰简单喝了一碗粥吃了点咸菜,便挨着老铁子躺下来打盹。铁山还是没有消息。

后半夜,铁木洛老汉哼哼着醒过来了,一个劲儿喊头疼。他要喝水,白尔泰倒了一杯温水给他,他一把拨拉开,要缸里的凉水喝。白尔泰没有办法,从水缸里舀了一瓢冰凉的水给他。他如牛饮水般"咕嘟咕嘟"喝个精光,直说"痛快、舒服"。此时他睁开眼看了一下递水的人,才觉着不对。

"你不是铁山?"

"我是白尔泰。"

"铁山呢?"

"出去找媳妇还没回来。"

"你啥时候来的?"

"昨天下午。还有古旗长,他也来看过你。"

"古旗长也来过?"老汉拍拍额头,"我可一点也不知道,喝得多了点,一点都不知道,一点都不知道,这酒喝的,唉。"

"岂止多一点,多得太厉害了。要不是古旗长领我们来看你,烧暖和了你这冰窟,谁知道你到这会儿会咋样了……"白尔泰笑说。

"那就冻挺了呗,嘎嘎嘎嘎。"老汉粗犷地笑了,"那倒痛快了,省得老受这些窝囊气,受小人折腾!"

"现在呀,折腾你的老胡更倒霉了,差点被那只老银狐扯零碎了，没魂似的说胡话，已送医院去抢救了。"

"活该！人他妈鬼事办多了，肯定叫'鬼'给缠住！唉，可惜了我家祖坟的老树。"老汉黯然神伤。

他肚子饿，白尔泰把温在火盆上的大馇子粥和热汤给他端过来。

"侍候人，你倒比我儿媳妇强。"老汉说。

"这是古旗长安排的。你要谢，就谢他吧。"

"他是个正经人，办正经事，办实际事。他也不会在乎我这个草民谢不谢的。"老汉看一眼窗外黑沉沉的夜色，"现如今，在当官儿的中，有那么几个办正经事办实事的，我们草民就受益匪浅了。"

"是啊，不过，这次古旗长可能挺在乎你的感谢。"

"哦？为啥？咱们可是啥也不是的白丁儿一个。"

"但你在他看来挺重要的，过两天，他会找你谈话的，到时候你就明白了。"白尔泰考虑古旗长的工作，不过分多说。

"谈啥呀？他们家老二跟'骚胡'穿着一条裤子。"

"白天古旗长可把古顺狠狠撸了一通，恐怕他的民兵连长、村副主任也很难保了，弄不好还吃官司呢。"白尔泰说。

"那小子是应该敲打敲打，太给他大哥丢面子了，没脑子的浑球一个。"老汉不吱声了，"呼噜呼噜"喝起粥来。

吃完，他们二人并肩躺在热乎乎的炕上。

"你干吗留下来侍候我？"

"旗长的安排。"

"没有别的了？"

"你救过我的命。"

"还有别的吗？"

"有别的。你老爷子当然心里有数。"

铁木洛老汉不吱声了，似乎考虑着什么。

半晌，老汉说："萨满'孛'的事，对你真的那么重要？"

"那是我的终生追求。"白尔泰说得恳切。

老汉侧过头,眼光锐利地看一眼白尔泰,嗓子眼里"哦"的一声,又沉吟片刻才缓缓说道:"那你跟着我吧,过些日子,抽空我领你去一个地方。"

白尔泰心里一阵猛烈惊喜,心扑腾扑腾乱跳,试探着问一句:"那是一个什么地方呢?"

"到时你自然就知道了,别再多问。睡觉吧。"老汉翻过身去,很快进入梦乡,打起呼噜来。

白尔泰可是睡不着了。睁着眼睛盯房顶,想入非非。整夜似睡非睡,昏头涨脑中做了一个梦:自己突然变成了一只会飞的银狐,后来又变成穿五彩法衣的"银狐·孛"。

第二天醒来后,他想一想就兀自笑。

酒彻底醒了,铁木洛老汉的情绪也正常了好多。一大早起来,开始张罗着干活儿。正这时候,铁山回来了,垂头丧气的样子,显得疲惫不堪。

"还知道回来呀?"老铁子没好气地数落,"还是没有找到?"

"臭娘们儿,真可能死在哪儿了,要不叫野狼叼走了。"铁山也没好气,"我他妈再也不找了,爱死哪儿就死哪儿!一个疯娘们儿,找回来也是累赘,哪有空侍候她呀!"

老铁子白了儿子一眼,没再说话。他扛起铁锹铁镐等物,对儿子说:"走,跟我一块儿去把那老树的坑给埋了,要不那空下的狐狸窝,别的野兽又接着做巢了。"

"我困死了,我要睡觉,你自个儿干吧。"铁山头也不回进屋去了。

"没用的败家货!"老铁子扛着家什往外走,对身旁的白尔泰说,"你也回去忙你的吧。"

"你不是答应让我跟着你吗?"白尔泰笑一笑。

"好吧,那你扛着这个。"老汉把铁镐塞给他。

铁镐挺沉，白尔泰扛在肩上，紧跟上老汉的又快又大的脚步。

他们走到铁家坟地那棵老树那儿。那些被打死的狐狸，依旧血糊糊地堆积在坑里，冻得棒硬棒硬的，没有人动它们。大概由于银狐显威，撕咬胡大伦致使"失魂"，村里人谁也不敢再上这儿来惹这些死狐狸了。尽管狐皮诱人，但还是顾及自己的命要紧。

老铁子拍了拍横倒着的老树主杆，忍不住伤心，十分愧疚地说："对不起你了，老树，晚辈没能保护好你。"

站在坑边，白尔泰望着老铁子又望着那些死狐，脸上依旧有些骇然。

"把狐狸都埋了吧？"他轻声问。

"不。先别急，我要扒这些狐狸的皮。"铁木洛跳进坑里，捡起那些死狐往外扔，"一张好狐皮，现在都值五百多呢，我可不在乎老银狐迷人魂，正好用这些卖狐皮的钱，买些草籽儿，种在我窝棚那儿的沙洼子里，再买些'刺儿鬼'、化肥啥的。明年我在黑沙窝棚那里大干一场！扩大改造面积，再多种点粮和草。"

他们俩数了数，不多不少，大小正好是六十四只死狐。拢了一堆火，把死狐狸挨着火堆不远处放着烤一烤，等稍为变软之后，老铁子就把死狐挂吊在树枝上，开始扒皮。他干这个很内行，很熟练，咬着腮帮，挥着牛角刀，干净利索地扒着狐皮。扒下皮后，就把血淋淋的尸体扔进那老树坑里，白尔泰就填一些土进去。

扒皮的活儿进行得很顺利，老铁子额头上渗出细汗。没有发生什么意外。老铁子扔进一个，嘴里嘎嘎乐着报数："十七……十八……二十……"同时，嗓子里不时哼出两句不知名的老歌：

你色迷迷地缩在我家炕上干啥呀，喇嘛哥哥，
小心打黄羊的丈夫回来剥你的皮呀，喇嘛哥哥！
哲咳呀——哲咳咳哎——哲咳！

"铁大叔,这回你可发了!"白尔泰说。

"嘎嘎嘎……"

五

北部沙区的治沙现场会议,一直拖到春节过后才开成。主要耽误在哈尔沙村的村领导班子调整,以及调查处理哈尔沙村发生的几起重大事件上。

经历了一连串的事件,哈尔沙村百姓这个年过得很不平常。人们都提不起精神来,不爱说话,各自默默过着自己的穷日子,村里开个会都召集不起人来。人们都懒得出头露面,没有了心气儿,似乎伤了元气一般。

旗公安部门经过深入细致的调查取证,重点拘留了几个那天在墓地斗殴中,重伤他人的愣头青,还有开枪击伤老巫婆杜撇嘴儿的那位倒霉的民兵排长。经过讨论,鉴于胡大伦的身体状况,先是暂停了他的村主任职务,等他清醒后党内再进行处分。同时,撤销了古顺的副村主任和民兵连长职务,做出检查。那位乡派出所杨保洪所长也受降级处分,调离此地。刘苏和乡长则受到通报批评。

在找谁代理村主任职务的问题上,大家犯难了。讨论来讨论去,找不出一个合适的人选来。这一天,古治安旗长盘腿儿坐在铁木洛老汉的土炕上,喝着红茶,聊完老铁子治沙经验和改造黑沙窝子的想法,他琢磨着这么说:"老铁叔,我有个想法。"

"啥？"老铁子问。

"依我看，你出来当这个村主任得了。"古治安眼睛盯着老铁子的脸。

"我？得得得，'王爷'大人别拿草民开涮吧。"老铁子笑起来。

"不是开涮，真是这个想法。"古治安不笑，很认真的样子。

"那不成！我哪儿有那本事？往沙窝子里垫土还成。"见古治安当真，老铁子慌了。

"你就把如何往沙窝子里垫土的经验告诉大伙儿，然后领着大家去干就行了。"

"垫土谁都会干，只要舍得力气。"

"那也得有个人振臂一呼：大家跟我来呀，挑土去！"

"算啦算啦，你就另找这喊口号的吧。我又不是党员，在村里连个小组长都没干过。"老铁子一个劲儿摇晃脑袋。

"不是党员怕啥，也不是让你当党支部书记。领着大伙儿去住窝棚，改造沙漠，这个村子我看就你合适。"古治安坚持着说服铁木洛老汉。

"旗长，你真的铁了心让大伙儿去住窝棚，改造沙窝子呀？"老铁子眼盯着古治安问。

"你以为是开玩笑啊？除了这条路，这北部沙乡还有其他法儿吗？可耕土地越来越少，没几年沙子就淹过来了，再不能等了。"古治安说得斩钉截铁。

铁木洛老汉不吱声了，吧嗒着烟袋锅。

"这样吧，你先还是让老齐头兼着村主任，我先考虑考虑。到动真格干的时候，我帮着张罗张罗，把我干过的一套说给大家。"老铁子最终咬咬牙这么表了态。

古治安摇摇头，看着老铁子笑说："你可真是个倔巴头，名不虚传。"

老铁子自个儿也乐了："不是老倔巴头，是老倔驴，大家都这么叫。"

"不管咋着，你得把你干的那一套办法，先在现场会上介绍给大家。参加会的全是北部沙区各村的头头脑脑，还有旗林业局、农业局的干部和技术员们。"古治安说。

"我的老娘哎！我可要风光一番了，呵呵呵，这不是要我老命吗？"老铁子把烟袋锅磕在炕沿上，眼睛眯成一条缝。

"先让秀才们帮你整理出个材料来。到时候，你照着念。"

"我不认字。"

"你不认字？不会吧。"古治安肯定地看着他。

"呵呵呵，会是会点，认几个老字儿，拼读拼读还成。"老铁子遮掩着干笑。

"那你就到会上去拼读吧。"

就这么着，农业局金局长派来两个秀才，跟了老铁子一个星期左右，又跑到黑沙窝棚的实地去调查，终于搞出了铁木洛老汉的大会发言典型材料。

其实，后来材料成了多余。到了会上发言时，老铁子把材料撇在一边，就信口开讲起来。反正就那些事，讲起来比念材料省事。他的发言概括起来有几点：一、科尔沁沙地地下水位高，尤其沙洼地往下挖个一二尺便可见水；二、改造沙漠先从改造水位高的沙洼地开始，每块沙洼子承包给个人；三、具体办法是，往洼地拉垫黑土再掺进牛羊猪粪，少用化肥，多用有机肥，由小到大，慢慢向四周发展扩大；四、要保护改造成功的沙洼地，必须把沙洼地四周的流沙固定住，在沙洼地周围种出一圈儿耐旱防沙的沙柳丛和沙巴嘎蒿丛，以防流沙侵入洼地。

他的发言有轰动效应。更是由于他实际干出了成果，去年在黑沙窝棚的沙洼子里，打出了几百斤粮食，他的发言更具有了说服力和典型意义。

会议中间，古治安带着与会者去黑沙窝棚实地考察参观，大家心服口服。人们看着愣是靠肩挑车拉垫出的巴掌大的庄稼地，不由感叹，只要肯干，沙漠并不是不可改造的。

旗农林部门的专家们，给老铁子的经验起了个学究式的名称：家庭经济生物圈。就是说，在沙洼地里先形成一个小小的生物圈，然后慢慢像滚雪球般扩大，这圈越滚越大，以至改造整个沙地。

老铁子的经验，无疑给整个沙漠沙乡带来了生存的希望。原先，古治安和大多数人的意见，基本上想放弃北部沙地，把沙地屯落迁走，以期望沙地自己恢复自然植物群落。其实，这是行不通的，放弃改造，那沙漠便越滚越大，沙化面积将席卷整个草原大地，人还能撤到哪儿去呢？除非离开地球。

会议上形成决议，北部沙区的每个乡政府，首先调查摸清第一批可改造的沙洼地，然后动员各村每家每户住进这些沙洼子，承包给他们。旗里鼓励和物资上奖励这些承包者，发放贷款，给予各种优惠政策。工作必须开春前落实，两年内拿出第一批改造成功的沙洼地即家庭经济生物圈。

会议开得很成功，古治安心里勾勒着一幅美好的蓝图。

离开哈尔沙村前，他又一次光临铁木洛老汉的破土房。他脾气也很固执，非得说服老铁子出任这村主任不可。

"风光了一气，老铁叔，你该答应我了吧？"古治安笑着说。

"旗长，不行，眼下真不行。"老铁子依旧不肯。

"眼下不行？你还有什么更重要的事办吗？"

"是的。"

"啥事比当村主任更重要？"

"我要进莽古斯大漠。"老铁子说，他诚实地看着古治安，"古旗长，请原谅我。解冻之前，我要进一次死漠。"显然，老铁子深思熟虑，早有自己的计划。

"进死漠？那可危险，进那儿干啥？"古治安惊疑，看着老铁子的那双沉思的眼睛，想得到解答。

"我要追踪那只老银狐。"老铁子这样说，"我想那只老银狐可能在死漠里，它的另一个老巢就可能建在死漠中某一处，而且我能猜出它的具体地点。"老铁子很有把握地说。

"你追踪它干啥？你们有仇啊？"

"对。不能便宜了那该死的畜生。它穴居我家祖坟里，又把老树的根全啃坏，我不宰了它，哪能对得起我铁家的各位祖先！我要扒它的皮！"老铁子咬牙切齿。

"你呀，别把这事看得太重。家族的兴旺，哪能寄托在祖坟风水的好坏上。咱们村，你们三姓明争暗斗了上百年，也没有搞出个啥名堂。"古治安半劝解半开导着说。

"我们铁家人从来没有去斗过别人，一直是别人斗我们，包括狐狸。这次，要有个了结。我跟它早晚要有个了结。"老铁子木木的脸上没有表情，口气凿凿，"有人看见我那儿媳珊梅也在大漠里，说是跟那银狐混在一起。"

"哦？有这事？"古治安感到奇怪。

"那只老银狐，不是一般物儿。我要看看它到底有多少道行。"

老铁子沉默了。古治安见这情况，只好打消了劝他马上出任村主任的打算。

老铁子送走古治安旗长，叫儿子铁山到西屋子说话。

"我要进大漠，找那只狐狸，也顺便找你的媳妇……"

"我有课，我没空跟你去。"儿子铁山赶紧这么说。

"哼，没有良心的东西，当初跟人家搞对象时要死要活的，今天到了这份儿上，你却不管不急了，你真是个没有心肝的畜生！我怎么养了你这么个儿子！"老铁子不由得怒骂起儿子来。

"我有课嘛。我也去找过，我也不能全耗在这上吧！……"铁山争辩。

老铁子挥挥手,不想再说这烦人的事,停了一会儿。

"我走后,你要做几件事,一是照看好咱家坟地,别再出啥事;二是准备春耕的东西,今年咱们要在黑沙窝棚那儿扩大种耕面积,你到库伦镇采购好粮种,再购进些沙打旺草籽儿。"

"沙打旺草籽儿?"

"对,沙打旺种在沙洼子四周,固定流沙。沙打旺适合沙地,只要种活了,年年自个儿长,咱不用管,咱们省事,让它替我们挡风沙。"

"好吧,这些我都可利用星期天去干。"铁山讪笑着,似乎对老爷子放过自己,不再生拉硬拽着进死漠表示感谢,"爸,进死漠可要小心,一定要赶在春季风沙起来前出来,困在里边可够呛。"

"用你教我?我对死漠里边的情形,比你对天天讲的课本还清楚!"老铁子瞪一眼儿子,向院外走去,"我去高力陶家借骆驼,你在家做晚饭吧。"

"人家会借吗?"

"我租用,也不是白使。实在不行用咱家的马交换使用。"

老铁子说完,走出院子。

铁山看着老爹远去的背影,摇摇头。

这时候,白尔泰来找他爸。

"哎,我说白组长,你咋老追着我爹屁股后头?你到底想干啥呀?"铁山不大高兴地问一句。

"我们这次下乡,主要是调查过去萨满文化,还有'孛'在库伦旗的活动情况。"白尔泰耐心解释。

"你觉得我爸了解这些?"

"是的。我的分析,他不只是了解这些问题。"

"哦?"

"你应该知道的，新中国成立前，你们铁家中出过'孛'，后来喇嘛教兴起，你们铁家的'孛'就无声无息了。"

"嚆，你对我们铁家历史比我还清楚。"

"主要是你的兴趣不在这上头。再说了，除了我，也不会有多少人对这感兴趣的。铁老师，你能告诉我铁大叔去哪儿了吗？"

铁山看他一眼，心中似乎有了个主意，微笑着从灶口站起来，靠近白尔泰，压低声音问："白老师，你真想从我老爸那铁嘴钢牙里，掏出点东西来？"

"那当然。"

"好，那我告诉你一个绝妙的好主意。"铁山卖起关子来。

"你有啥好主意？"

"你陪他进大漠，陪他去找那只该死的银狐！"铁山指点迷津。

"老爷子要进大漠？"白尔泰诧异。

"是啊。他刚才出去借骆驼去了，一会儿就回来。你在这儿等他吧。"铁山毕竟是亲儿子，对老爸独身一人进大漠不放心，如果把这书呆子鼓动活了，陪他老爸一起进大漠，两个人互相有个照应，岂不是两全齐美的好办法？其实他哪里知道，白尔泰用不着鼓动，还巴不得呢。他一直寻找或等候着一个这样的接近老铁子的机会。

掌灯时分，老铁子牵着两匹骆驼回来了。

"到底老爸有一套，还真把人家骆驼给'骗'来了。"铁山给老爷子盛着饭说。

"啥话？现在的人都比猴子还精，谁等着让别人去'骗'？"老铁子往嘴里扒拉着大馇子饭。

"那你出了啥高招儿？"

"我答应送给他两张熟好的狐狸皮！"

"两张狐狸熟皮子，可值一千块呢！"铁山心疼地啧啧嘴。

"你心疼，那你给我驮水驮吃进大漠！"

铁山吐吐舌头，不吱声了。

"老铁大叔，我陪你进大漠吧，给你驮水驮吃，怎么样？"白尔泰说。

"你？"老铁子这才发现炕沿角的暗处，坐着白尔泰，"你啥时候来的？"

"人家早就来了，一直等着你回来。爹，你就带人家去吧，好歹有个伴儿。"铁山说。

"不行！"铁木洛老汉一口回绝。

"咦？老铁大叔，你可是答应过我跟着你的。"白尔泰说。

"这次可不同。"

"为啥？"

"这次危险，有生命危险。我担不起这个责任。"老铁子头也不抬，脸无表情。

"我立个字据，如有意外，责任不在你，我咎由自取，自取灭亡。"白尔泰笑说。

"那也不行。这不是儿戏。你跟着去了，让我分散精力，又消耗食物。"老铁子毫不松口。

白尔泰有些着急，可他知道这老汉的脾气，不敢再央求，于是求救般地悄悄看铁山的脸。

铁山摇摇头，往外努努嘴。

白尔泰知道他的意思，告辞走出铁家。铁山送他到院门口，白尔泰问："铁山老师，你有啥好主意？你爸想定的主意，让他改变可是难了。"

"嘿，这有啥难的。知父莫如子。"铁山走近白尔泰，悄声说，"老爸主要担心，两匹骆驼拉的食物不够两个人吃喝的，沙漠里时间长，没有水是不行的。"

"那我怎么办才好？"

"真笨！你不可以也准备个骆驼驮自己食物啊？"铁山点拨道。

"妙！高！"白尔泰一巴掌拍在铁山肩上，"铁老师，村里谁家还有骆驼？我没有狐狸皮，可有人民币，有票子！"

"我再教你一个招儿吧，"铁山神秘兮兮地附在白尔泰耳朵旁说，"这个事啊，你去找村里齐林老书记，你就说工作需要陪老爷子进大漠，让老齐头给你摊派个骆驼！这不齐了，还省了你那笔钱。"

"啊？这成吗？说到工作需要嘛，这倒也是为了工作，可增加了农民负担。不成，我还是掏钱雇吧，你领我去找找有骆驼的人家。"白尔泰挺老实地想想这么说。

"你呀，真是一个书呆子。算啦，算啦，我陪你去找骆驼吧。另外，我再告诉你，老爷子要是还不同意，你就码着他的驼印儿跟踪，一直走到大漠里，他就不好意思再赶你走了。"铁山细心地教着他。

"真谢谢你。你铁山，对你老子倒挺看重的，不像对媳妇。"白尔泰笑着点一句。

"哪儿啊，这都是为了你好哇，为了你能开展工作，有所收获呀！你老白真是'狗咬吕洞宾'……"

铁山说着自己也乐了。

两个人都心照不宣，开心地笑着，相互拍了拍肩膀。

一轮弯月升上来了，斜挂在光秃秃的树梢上，像一把磨得光滑的镰刀，放射着冷光。谁家养的猫儿，开始闹叫起来，好像婴儿在啼哭。

春天可能不远了，猫们已经开闹了。

第九章　十三神字的传说

头戴红顶子帽冠的王爷们，
是阎王殿的刽子手托生；
从通红的火阵中走出的十三神字，
是天父地母孕育的精灵！
啊——哈——咳——
神奇的蒙古字！
啊——哈——咳——
烧不灭的十三字！

——引自科尔沁草原民歌《十三神字》

一

"呜——"

老银狐扬起尖长的嘴,冲那柱"大漠孤烟"发出长嗥。嗥声尖利,刺耳。

它孤独地伫立在一座狰狞的沙丘上。

这里是莽古斯大漠的边缘地带。那些逶迤的沙丘,经季风冲刷后怪态百出,如奔舞的群兽,又似无边的波谷浪峰,显得奇异而诡谲,给人感觉是片危机四伏的陷阱。近处的一片平沙上,一股冲天的旋风疾速旋转着,把黄沙碎草裹卷其中往上直拨,形成一根连接天和地的巨高柱子,呼啸着滚滚而来。远远望去,此景好比古时的狼烟冲高拔起,也许正因为如此才被人称奇,发出"大漠孤烟直"的慨叹吧。

老银狐久久瞩望着越来越近的"大漠孤烟"。一双漠然的眼睛,又不时往远处的东南方向眺望。那片人类生活的地区,它曾有过一处温暖的地下巢穴,还有随时可逮吃的蝙蝠,以及它众多的家族成员。如今,那一切都不复存在,老巢被捣,众狐被枪杀,它孤独一身逃出此劫,徜徉在这片荒漠野坨上,显尽疲惫、孤单、失落之态。

一切重新开始了。远离人类居住的地区,在茫茫大漠中开辟出另一生存环境,这里缺水少吃,没有很多植物和鼠虫,唯有眼前这种"大漠孤烟"随处可见,可成为孤寂生活的伴侣。当然,好处是这里没有人类的枪声,没有那两条腿的残忍东西。白天和黑夜,它都可以自由地行走出没,不必顾忌有什么伤害自己的敌人。

此时,它的目光里,流露出一种关注之色。眼睛紧盯着沙丘下边的一个"影子",因为那股"孤烟"龙卷风,呼啸着,旋转着,正卷向那个"影子"。

"影子"已经跟随它很多天。长发披散,蓬头垢面,有时疯笑有时傻哭,还叫它是"铁山"。它早已熟识她,甚至怀有一种感激之情,要不是当时她紧抓住那死老汉的枪,也许它已倒在那老汉的枪口下了。它和她,若即若离地在沙漠中转悠已经好多天了。它已经丢不下她。没有生命的大漠中,它们相互还是个伴儿。

那个"影子"趴卧在黄沙上,玩着自己的长发,风吹着她褴褛衣衫,直瞪瞪地瞅着那股越来越近的旋风发愣。她坐起来,抓一把沙子冲旋风扬一扬。旋风毫不客气地裹卷了她,吞没了她。从那混沌浑黄的风柱中,传出她似哭般的狂笑:"啊哈哈哈……"

银狐如箭般射出去,甩动着它那美丽的大白尾巴。

龙卷旋风已刮过去。沙地上,昏倒着口吐白沫的那个"影子"。它围着她转,焦灼地甩尾巴,使出前爪子动一动那昏迷的躯体。"影子"毫无反应。它吠嗥两声,伸舌头舔她嘴边的白沫,一遍又一遍,舔得干干净净,"影子"依旧没有动静。

银狐来回奔窜转悠。

它发现不远处的一个小洼地,积雪和沉冰在阳光下融化后,汪了一点点水。于是,银狐用嘴巴咬住"影子"的衣领处,拼命把她拖往积水处。狗一样大的兽类,拖一个百八十斤的人体,很是有些费力。"影子"在沙地上被拖出一片深印儿,一米,两米……终于到达那片水洼坑。

银狐伸出舌头舔一下水,然后把舌上的水滴进"影子"的干裂的嘴唇里。一次,两次,三次,它再用尾巴沾沾水,往"影子"脸上洒扫。

"啊哈哈哈……"那"影子"终于狂笑一声,翻身坐起来。她揉着双眼,迷茫地说:"该死的旋风,该死的旋风……"她发现了在一旁善意地盯视自己的银狐,喜叫一声:"铁山!"便把银狐抱住不放了。而银狐,并不挣脱开,微闭双目,接受着来自人类的这种温存,毛茸茸的大尾巴轻缓地摇摆。

"铁山,你老跑,我追得你好苦哦!我饿了……"她脸贴着银狐的头,有着无限幸福的感觉。

"呜——汪!"银狐似乎听懂了,向沙洼地的枯草处寻觅而去。银狐跑跑停停,从这片洼地蹿到另一片洼地,不知过了多久,它终于又跑回来了,嘴里已叼着一只小野兔。

她经不住饥饿的诱惑,抓起那只野兔。尖利的指甲剥开兔皮,于是,她就开始了祖先的茹毛饮血的原始生涯。

银狐很满意地盯着她,有滋有味地生吞活剥那只野兔。它已经感到,她与自己一样了。

它和她站起来,要走离这一带了。

这时,太阳已偏西,它们要寻觅一处可供栖住的暖和的窝穴。

它和她,向那茫茫的莽古斯大漠深处走去。累了,相依偎着歇息,亲亲密密。漠风缓缓吹拂着它们,夕阳暖暖照射着它们,软软的平沙上留下它们一人一兽奇特的足迹。

于是,大漠中出现了一对老银狐和少"狐婆",双宿双奔不离不弃的身影。它们的大漠中求生存的艰难生涯,就这样开始了。

大漠展开宽阔的胸怀,欢迎这一对被人类驱赶和遗弃的人和兽,接纳它们成为大漠的骄子和成员。

哦,大漠,宽厚的大漠。

二

主人老包头把那匹骆驼牵出了栅栏。

骆驼高昂着褐黄色的头,下巴微扬着,又圆又大的黑眼睛漠然地俯视着他。或许因为冬季营养不良,骆驼身上很瘦,黄毛一把一把脱落后露出一层黑皮,唯有身材伟岸,双峰高耸,短小的尾巴有力地甩动着。

"啧啧啧,老包啊老包,看你把骆驼侍弄的,喂成了一条瘦驴!"铁山摇着头苦笑。

"没办法呀,去年大旱没打着多少草,又喂不起料豆儿,你想,光啃干苞米秸子,能长出膘儿吗?"老包头摸着稀稀的黄胡子叫苦。

"对付着使吧,老白,全村就这么几头骆驼,差不多都这个德行,好不到哪儿去。"铁山向旁边的白尔泰说。

他前后转着圈看骆驼,不说话。闯荡那无边无际的大漠,不是闹着玩的,全指望骆驼了,万一是一匹有毛病的骆驼,他可就交代在那大漠里了。

"看你这架势,好像懂骆驼?"铁山看着白尔泰的样子,嘲笑。

"当年我插队去内蒙古西部的阿拉善盟,放过几年骆驼。"他并不在乎铁山的口吻,依旧端详着骆驼,"这匹骆驼四岁的样子,看它的眼神儿,今春它可能发情。"

"嗬,厉害!有两下子,一个白面书生有这两下子!哈哈哈……哈……"包老汉很是服气地点点头,"岁口不差,发情也有可能,去年它没闹春。"

"哇,老白,你连骆驼发情也能看得出来,是有点门道儿哎!发情会咋样呢?"铁山这才变得谦逊些,好奇地打听。

"要是春天野外遇上发情的骆驼,你可得当心点,不管是公的母的,脾气变得都很暴烈,叫疯骆驼,会追人的。"他轻轻摩挲那匹骆驼的脖子,交流着感情,"有一次,我们集体户的一个男生从公社开会回来,沙坨子里遇上这么一头正处发情期的疯驼。那骆驼满嘴喷着白沫,没完没了地追踪他,时间长了,人肯定跑不过骆驼,那知青也听说过发情期的骆驼追上人后,就把人撞倒,再用身体狠狠趴压在人身上,直到把人压死为止。"

"我的妈呀,这么吓人啊!我们东部草原和沙地养骆驼的少,没听说过出这路事。"铁山摇头感叹,"后来你们那个同学咋样了?"

"我们那个同学急中生智,想起了当地老百姓说过的一个办法,就跳进了沙洼地的一眼干井,骆驼就没办法压撞他了。你说绝不绝,这匹骆驼愣是用庞大的身躯封压在那干井口上,还卧着不走。我们那同学困在井下出不来,骆驼卧半天还没有走的意思,他又怕又累,后来他又想出一招儿来,划火柴点着了一把草,从下边燎那疯骆驼的肚皮,那匹骆驼这才嗷儿嗷儿咆哮着跑开了。"

"呵呵呵,有意思,这事真新鲜!你可当心点这匹骆驼,它也快发情了。"铁山逗他。

"没事的,发情的骆驼再疯,也认得主人。"白尔泰说。接着他和主人老包头谈起了租用的价钱,看在上边下来的干部面子,齐林老支书又打过招呼算是一半公用,老包头答应,等白尔泰从沙漠里回来后,再按时间计算租价,或者村委用其他的办法顶农业税啦土地税啦等等来解决。

回到村部办公室,齐林老支书也已让人准备好了白尔泰需要带的所有东西:人吃的水、干粮、用具;骆驼吃的盐巴、豆料等物。白尔泰千谢万谢,并嘱咐着铁山,千万别让他家老爷子先知道了这事儿。

这时古桦来了。

"白老师，你真的自己一个人去，不带我呀？"

"古桦，抱歉了。我跟你说过，就这一匹骆驼，两个人不够用，另外大漠里生活艰难，有危险，你一个女孩子去不合适。留在村里，你还有好多事可做呢，首先要撬开老喇嘛吉戈斯的嘴巴，让他倒出自己知道的所有萨满字的事儿。这事儿很重要，你去攻他，我攻老铁子，我们俩分头拿下这两座最重要的堡垒，我们的工作就有收获了。"白尔泰耐心地向古桦解释。

"你这是想着法子摆脱我，不让跟着你……"古桦不悦地看白尔泰，神情颇有些伤感。

"不要误会……"白尔泰看一眼在旁边的齐林、铁山等，有些不好意思地闪避古桦那幽幽的眼神，"这都是为了工作需要，工作需要。等我从大漠里回来，咱们再好好谈谈，好不好？"

"也只能这样了，我也不能把你拴住不让去呀。"古桦噘着嘴巴，不免流露出担忧，"大漠里小心点，多听听铁老爷子的话，那里可不是进城逛大街。"

"我知道，你放心，我会照顾好自己的。"白尔泰奇怪地发现自己内心对古桦变得很淡漠，甚至为离开她进大漠暗暗高兴。他要利用这段漫长的孤寂的旅途，好好反思一些问题。如爱和性、沙漠和宗教、人与自然、人与兽等等让他迷惑不解的种种问题。

借助于铁山及时传递消息，他准确地掌握着铁木洛老汉的动态，以及动身的日子。

这一夜，他躺在村部那铺还烧得暖和的土炕上，辗转反侧，浮想联翩。自己着迷的东蒙萨满教历史之谜，能否揭开其神秘的面纱，成败全在此一举。老铁子曾许诺过的，领他去观看一个地方，或许这次能够实现。半夜，院子里的黄驼似乎受惊，呼儿呼儿地喷鼻。他披衣出去查看，原来一只闲荡的夜狗，受冻后挤睡在它毛茸茸的暖肚子下边。他笑着,挥棍子赶跑了那只骚扰骆驼的"入侵者"。他亲昵地拍拍驼脖儿,抓一把盐巴加进骆驼嘴边的草料盆里。明天赶沙漠路,骆驼需要养足力气。

他回屋一睡,便睡过头了。

铁山呼哧带喘地跑过来报信,见他还在呼呼大睡,一把掀开了被子,喊开:"老白,老白,你这样子还想进沙漠呀!快起来快起来,再不走,你可跟不上老爷子了,追丢了老爷子的驼印儿,你自个儿闯沙漠小命可危险!"

白尔泰一骨碌爬起,慌乱不堪地往黄驼上套鞍架,挎放携带的东西。铁山和看村部的老查头也帮助他弄着东西。一切弄妥之后,老查头跑回自己家,往塑料兜里装了几个玉米面贴饼带给他当早饭,还装了一大塑料桶艾日格(奶酸汤)送给他带上,说:"这玩意又解渴又去毒,沙漠里比水都管用,臭老铁子可没这好玩意,等他答应了你的事才给他喝点!"

"查大叔,你可真够偏心眼的!"铁山笑。

"我只管上边来的干部,你那倔老子我可管不着。"老查头也笑着解开骆驼缰绳,牵上骆驼,"老白,我送你到沙漠口儿,帮着找那死老头的驼印儿,别没上路就迷了道儿!"

"谢谢,谢谢。"白尔泰不胜感激地表示着,与铁山一起跟着老查头,走出村部院落。

古桦也赶来了。自行车上拖着一大口袋炒米。默默地架放在骆驼鞍架上。

"当年,成吉思汗打天下,他的部队全靠了炒米和马。马等于现在的坦克,有速度有冲击力,有了炒米就不用起火搭灶,行动方便迅捷。"古桦一改昨日的埋怨神态,显得很欢快和轻松,逗着笑话,"有了这一袋炒米,你足可以征服整个莽古斯大漠,可别辜负了成吉思汗发明的炒米作用!"

"好啊，谢谢你古桦，有了你这一袋炒米垫底，什么样的沙漠我都能对付！"白尔泰见古桦想开了，他心里也轻松了许多，开起玩笑。

村西北的沙坨子边缘，残雪还留的沙地上，他们发现了一行清晰可辨的驼印儿，椭圆形的，中间带岔的，好像把两片弯月合在一起的大驼足印儿。这行驼足印儿，义无反顾地伸向西北方向的大漠深处，两边的稀稀落落的沙柳条子被折断了不少，那是骆驼边走边啃的。

树梢上有只灰鹊在叫。

白尔泰告别送行的铁山、古桦、老查头等。

"保持距离，走远点再跟老爷子会合，别让他没走几步，就把你给轰回来了。"铁山教导着他。

"我有数，反正啊，这次他打死我，也把他缠住，不见棺材不回头。你们回去吧，等着我们凯旋的消息吧。"白尔泰乘上骆驼，挥手告别。

古桦怀着留恋的目光，不再说话，只是招招手。眼睛有些微红。

就这样，白尔泰和他的黄驼，开始了那不可知的、神秘的、无法预测结局的远行：瀚海征程。

清冷的冬末早晨，地上挂着白霜，遥远的东南方向有朦胧的晨曦微露，那是太阳正在懒懒地醒来，先散射出微弱的信息告知万物：新的一天开始了。近处的沙包更加清晰起来，晨鸟"啾啾"啼叫着从头顶飞过，钻进沙坡上的黄柳丛中觅食，前边连绵的沙漠丘包渐呈莽莽逶迤的雄阔之色，似乎向人类发问：谁敢踏进我疆域一步？

白尔泰面对着茫茫前路，心潮难平，坚定地抖一抖缰绳，无畏地上路了。他沿循沙上驼印，不急不慌地跟随而行。他知道，沙漠里行路不能心浮气躁，时时注意节省人和畜的体能。由于还没解冻，沙的层面还很硬牢，骆驼的圆面大足，撑受面大不易踏进软沙层，故而行走起来还不很费劲。白尔泰也放心，冬天沙漠里很少起风，沿着前边老铁子的行迹不至于跟丢。

于是他，慢悠悠地在驼背上摇晃着，边欣赏大漠风光，边思考着萨满字的事，缓缓行进。

登上一道沙梁，身处高丘，整个远近沙漠一下子一览无余了。此时，一轮红红日头已从东南方升上来，大漠里不仅明亮了许多，也暖和了好多。苍莽的沙漠沉静而平缓地起伏，曲线柔和又宽阔，坡下湾处的残雪依旧很白，与稀稀落落的苇草乱蓬冰结在一起，从那里偶尔飞出一两只野禽来。科尔沁沙地毕竟是从草原演变成沙漠的，生命的痕迹还是不时发现。当然从这边缘地带的沙漠，再往深处的死漠挺进，那就另当别论了。

白尔泰手遮额前向前遥望。在很远的一片平沙上，有一黑点在蠕动。他嘴角一乐：铁大叔，我终于看到你的影子了。他加快了骆驼的步伐，准备在中午时分赶上他。沙漠里寂静得可怕，不是担心跟丢了那老汉，而是他急需有个人说说话，要不他无法忍受这四周空寂的挤压，大沙漠无声的挤压。没有声音的世界，是一个多么可怕的世界，沙漠里单人独行时间久了，会让人发疯的。

结果，他苦苦追到傍晚，才赶上那老汉。那还是对方歇息骆驼，准备住宿了。沙漠里的距离，看着很近，可真的走起来，可不是那么回事了，白尔泰判断出错，差点黑夜里一个人迷失了方向。

这是依傍一座沙山的小沙湾子。三面环沙坡，避风又暖和，沙湾里还可捡些干树根和干苇草生火。落日的余晖照在东边的沙坡上，湾子里已是阴影模糊。老铁子燃起篝火堆，白烟升起老高，当白尔泰突然悄至时，老汉着实吃了一惊。

他的黑脸立马儿耷拉下来，怒耸着浓眉冷冷地问："谁叫你跟来的？"

"这……老铁大叔，我想……"白尔泰支吾起来，一路上想好的词儿，此刻一见老汉那冰冷的脸，全吓没了。

"你啥也不用想，马上给我走，回村去！"老铁子不容他再说，下了逐客令。

"天黑了,这黑夜茫茫的,你叫我咋回去?"白尔泰苦笑绕圈子。

"那等天亮了走,我不许你跟着我。"

"这是为啥呢,我也不吃你的不喝你的,还可以对你有个照应……"

"我不需要别人照应,你只会添乱!我是为你的一条命着想,我担不起这责任!我这趟进大漠,谁知遇着啥事,我这次豁出这条老命闯大漠……"

"那我也豁出这条小命陪着你!"

"不行!"老铁子一口回绝,斩钉截铁,"我不要陪葬的,你跟这事无关!"

"有关!我要为自己的追求负责,为萨满教的历史负责,必须抢在你老汉死之前把材料搞清楚!要不是为这个,我撑的?死缠着你,还看你的死脸子!"白尔泰也生气了,一改温文尔雅,变得强硬,急红了脸毫不客气地回敬老铁子,"你这死倔巴头,身为萨满文化大'孛师'的后人,不为失传的'孛'做点事,遇着我这样千载难逢的记入史册的机会,你也不动心,死守着老榆木脑袋中的那点秘密,你对得起你的萨满教历代'孛'祖吗?你把知道的全带进棺材就满意了?见到你的那些'孛'祖们,你还有啥脸面?你说!!"

铁木洛老汉一下子被骂蒙了。

这辈子,他哪儿挨过这么厉害的羞辱和训骂呀。他的脸唰地变青了,两眼闪动出火光,霍地从火堆旁站起来,篝火映红了他那张铁青的脸,胡须抖动着,握拳冲白尔泰走过走。

白尔泰手里攥着自己的驼缰,一动不动地迎着他站在原地,脸不改色地说道:"你想打我,是吗?打吧,来吧!但是能打走我刚才说的那个道理吗?能打走你心灵的错误吗?能打走你的'孛'祖们对你的谴责吗?"

铁木洛老汉走到白尔泰面前，站住了。一双眼睛如刀子般盯着白尔泰，但举起的拳头终没有砸下来。

正这时，从附近沙漠深处传出一声怪叫。

"咯咯咯……呜呜……"

像鬼叫，像狐吠，又像人的疯笑。怪嗥、刺耳、凄厉，听得他们毛骨悚然。

"啥声音？啥物在叫？"老铁子敏捷地一跳，从篝火旁抓起猎枪，然后再趸身跑向旁边的沙梁上看。黄昏中四野迷茫，景物模糊。莽莽黄沙重归寂静，那声音忽然消失，了无痕迹。

老铁子独立沙丘，谛听了良久，然后摇摇头，只好满脸疑惑地走下沙梁。

"老爷子，啥玩意？"白尔泰看着老汉的脸色，缓和下口气问。

"大概是'夜猫子'叫吧……"老铁子并不看他，但态度显然有所好转，把枪扔回火堆旁。

"哦，原来是猫头鹰啊，怪吓人的，听着真不舒服。"白尔泰窃喜几分，心中感谢那只猫头鹰，丢下驼缰，去帮助老铁子堆积沙湾子的干净白雪。经验老到的老铁子先不用自己带来的水，而准备化雪取水。他们俩一声不响地往洋铁桶里装雪，然后提来倒进架在篝火上的洋铁锅里。干树根和苇草火，燃得很旺，洋铁锅里很快冒出白色的蒸汽，水在锅里沸腾。

老铁子舀了一茶缸水递给白尔泰，自己又舀出一缸，然后往锅里倒进两木碗碾碎的玉米馇子，开始熬大馇子粥。

"那就别愣着了，先让骆驼卧下来卸东西，你想让骆驼驮着东西站一宿吗？"老铁子对受宠若惊端着水发呆的白尔泰，这样说了一句。

"好，好，我这就卸东西，卸东西，呵呵呵……"白尔泰挠挠头，把水杯放在沙地上，赶紧去卸东西。老铁子仍是不动声色地搅着粥，又往粥中加了些干菜叶子和盐巴。

"苏库！苏库！"白尔泰抖动驼缰，冲黄骆驼吆喝着。那"苏库"是驼语，"跪卧"的意思。只见那匹站久了的黄骆驼，"噢噢"叫着，似是感谢着主人的恩赐，先跪下前两腿，再弯下后两腿，安静地等待着主人卸货和喂东西给它吃。白尔泰从驼背架上卸下所有物品，堆放在篝火旁，再舀出一小碗盐巴，搅在塑料盆中的草料和豆饼末中，递放在黄驼嘴下。

老铁子默默地注视着白尔泰的一举一动，颇为赞许地说："还很在行嘛，城里的大读书人，还会弄骆驼，挺对路，不简单。"

"不瞒你说吧，铁老爷子，我在西部当知青插队时，整整放了三年骆驼！这方面，我不是吹，说不定还比你强哩！"白尔泰笑了笑，骄傲地说。

"噢？要是这样，我还真对你刮目相看了。我们这边骆驼少，我确实没怎么侍弄过这玩意。你是在哪儿插队放驼的？"

"在阿拉善盟，那边全是沙漠，骆驼比牛羊多，瀚海方舟嘛。"白尔泰抓住时机宣扬起来，"骆驼这玩意可不像牛马，脾气看着温驯，听话，可一旦来性子，你勒都勒不住，尤其到了春季，千万得小心！"

那老铁子"哦哦"应着声，心里也犯起嘀咕：自己从来没养过骆驼，看来真不是随便弄的，带上这小子在身边，兴许还真有大用呢。于是他抬眼重重地盯了一眼白尔泰。把这一切看在眼里的白尔泰，也心里有数，淡淡地说道："其实，我只会给你老爷子当助手，不会是累赘。这三匹骆驼要是闹腾起来，我绝对有办法治服它们。"

"好吧。"老铁子终于下了决心，一双眼睛炯炯盯着白尔泰，这样交代道，"先跟你说清楚，我有约法三章……"

"五章六章都行啊！"

白尔泰会心地笑了。

铁木洛老汉看着他那孩童般开心的笑样，也不由得嘴角边露出一丝笑纹。

大漠的夜降临了。红红的篝火,映染了附近的黑的沙、黑的天,映红了勇敢的这一老一少。硬树疙瘩在火里"噼啪"燃烧,作响。

他们开始喝起热乎乎的大馇子粥了。

三

小铁旦掰着指头数日子。老嘎达叔叔走了快一个月了,该回来了。走时,老嘎达叔叔答应回来后带他去打猎,他现在是按捺不住,天天盼着叔叔快点回来。

"爷爷,告诉我,老嘎达叔叔到底啥时候回来呀?"小铁旦缠住爷爷问。

"快啦,快啦,去玩吧,爷爷忙着写东西,别打扰我。"爷爷轻轻抚摸小铁旦的头,继续埋头赶写他那总写不完的文字。

小铁旦不高兴地走出那间神秘的后院小屋,正好碰见爸爸铁诺民陪着一位五十多岁的人从外边进院来。小铁旦认得此人,是那位管附近几个自然屯落的艾林·达(大屯长),名叫金巴,人威风八面,脾性暴烈,别说百姓们怕他,连村街上的狗碰见他都夹着尾巴绕道走。

小铁旦站在一旁,一双明亮的眼睛好奇地瞪着这位稀客。

"铁旦,快叫艾林·达爷爷好!"爸爸说。

他不大情愿地怯生生叫一声:"爷爷好。"

"好,好,这小巴拉看着挺鬼的嘛,是不是也学'孛'呢?"艾林·达金巴停下步子,打量着小铁旦。

"是，是，跟着他爷爷学呢，刚入门儿，还早呢。"铁诺民谦恭地笑一笑。

"不会错的，名师出高徒嘛！哈哈哈……"金巴屯长粗犷地大笑，黑胡子中央露出一个很大的吓人的血盆大口。

小铁旦从他们身后伸伸舌头，赶紧跑走找小伙伴们玩去了。

诺民"孛"领着屯长大人，走进父亲铁喜老"孛"的法事房兼书屋。

经过一阵寒暄、让座、敬茶之后，金巴屯长摸着黑胡子乐呵呵地说道："老铁大师，有个好事告诉你！有个特大好事啊！"

铁喜老"孛"奇怪道："屯长大人，这个兵荒马乱的年代，还有啥好事啊？"

"有，有啊，告诉你，我昨天接到通辽市盟主大人道格信大王的通告，下个月在达尔罕旗，召开全哲盟十旗，外加不属哲盟的库伦旗也参加的共十一个旗的'孛法大会'！"

"孛法大会？"

"对，'孛法大会'！就是把全哲盟外加库伦旗的所有号称'孛'的人，聚集到一起，开大会！"金巴的大嘴很是兴奋地一张一合，介绍着情况。

"这倒是新鲜事，我当'孛'一辈子，头一次听说王爷们参与'孛'的事，还开'孛'会，光听说喇嘛们开庙会，从来没听说过开啥'孛会'！屯长大人，这'孛会'是啥内容呀？"铁喜老"孛"心中生起一丝疑问，回想起老嘎达曾说过，达尔罕王与韩舍旺密谈"孛"的情况，更为不放心了。

"其实，我也不大清楚。这是通辽市十旗盟主道格信大王的公文，我只是奉命通知管辖的几个屯子的'孛'和'列钦'们罢了。"金巴挠着头，喝一口奶茶，"嘎嘣嘎嘣"嚼着就茶的奶疙瘩，"我听送信的达尔罕王府快马使者说，好像要搞啥'孛法'比赛，王爷们要给你们获得名次的名'孛'师们,封号赏金啥的,看样子,反正挺热闹的,像你这样的远近闻名的大'孛'师,肯定获得封号赏金,没个跑儿。所以嘛,我第一个上你这儿来报好消息,讨你的好马奶酒喝喝,哈哈哈……"

铁喜老"孛"只好吩咐儿子铁诺民,去准备酒席,宴请这位不请自来的艾林·达金巴屯长。

席间,铁喜问:"艾林·达大人,不参加'孛'会行吗?"

"咋回事嘛,正好是像你这样的高手大显身手的时机,你咋缩脖儿呢?嗯?"金巴往大嘴里"咕嘟"一声倒进半碗马奶酒,抹抹嘴巴问。

"咳,我年事已高,身体又不大好,不愿意抛头露面赶热闹……"

"不行哟,老铁大师,公文上说明,要是不参加这次'孛'会获得认可证书,往后就不准再当'孛',搞什么'孛'法活动了,王府要查办。你瞧瞧,这事还挺严的,马虎不得呢!"

"这么厉害?!真是怪事,这'孛'从成吉思汗时代跳到这会儿,哪个朝代还给'孛'发过证书呀?这世道越来越奇怪得叫人摸不着头脑了,唉,好吧好吧,到时候老朽就凑合着去吧,去见识见识那'孛法'比赛的场面。"

屯长大人喝到天黑才酒足饭饱,打着酒嗝儿摇摇晃晃地走了,还说对别的"孛"们,他就派个人送信就行,自己不再跑了。铁喜暗笑着心想,你这个贪酒鬼,岂能放过这种喝"孛"们好酒的机会,这一个月够他喝的。

第二天开始,门德师弟和邻近村的大小"孛"们,都陆续上铁喜老"孛"这儿讨教,探问详情和商议此事了。

"咱们哲里木盟的王爷们,还不错嘛,开个'孛法大会',兴许'孛'还会兴起来哪!"

"是啊,西部蒙地早就绝'孛'了,就咱们科尔沁草原上还续着这根香火！这回好了，'孛'们好好热闹一场！"

年轻一点的兴致勃勃，摩拳擦掌。

老一点的摇头怀疑，不置可否。

"也够奇怪的，咱们'孛'不像喇嘛，有庙有经文有组织团体，还分三六九等，'孛'从一开始就单打一，各行其是，没有帮会团体，也没有据点经文，好比粒粒散沙，分散在草原各地，随风飘动。这聚众开会，真透着点怪哩！"

"是啊，小心点好，谁知道黑心的王爷们安着啥心呢，搞啥比赛，我是不去了。"

"不去？往后你当不当'孛'了？不参加这次会，王府不让你再当'孛'，还说严格查办，你有招儿吗？"

从古到今，头一次遇上开"孛"会，这些流散在民间毫无系统的个体"孛"，有些不知所措，议论纷纷。又考虑到以后的生存，要靠这碗饭混日子，大家也只好顺从地先去看一看，听一听了。

既然是比赛嘛，大家便各自回去抓紧时间练自己"孛"功"孛"法，也想着到时候一试高低，露露脸。

铁喜老"孛"这回像他的孙子小铁旦一样，也天天盼起老嘎达快点回来，以便能探听些达尔罕王府内的动静。究竟是怎么回事？出荒的事不提了，突然要开"孛"会，王爷们在玩啥把戏？他几次祭杜尔本·沙问卦，也都预示出某种不吉之兆，更使得老"孛"忧心忡忡了。

一个天高气爽的秋日，"孛"会召开日期终于来临了。

老嘎达还是未能赶回来。

铁喜老"孛"无奈，也只好硬着头皮去赴会。

这一天早晨，他刚骑上马出发，只见从东南坨子根儿蹿出一小股旋风，久久盘绕在他家门口不走，接着，右侧门旁柱子上悬挂的"孛"师五色幡，就被那股旋风刮掉地上了。

"不好!"铁喜老"孛"失声低叫。

"爹,有啥妨碍吗?"诺民"孛"的声音也变了。

察看天相,又低头掐算日子,默想片刻后铁喜对儿子说:"这趟出门肯定不吉利,好像要出啥事。这样吧,儿子,你就别去了,家里有老有小,需要有男人照顾,有啥事,我自个儿还能应付。"

诺民有些不大情愿,练了这么多年的"孛",可一直处在老爹的荫佑下,很想通过这次"孛"会比赛露一手,弄个名次出来。他不大高兴地木讷着嘀咕:"爹,我……"

"你的心思,我明白。但这次会绝不比平常,也绝不是让'孛'们露脸的会,是福是祸不可预料,我们要留一手,绝不能贸然妄动。听爹的,你就留下看家吧!"

铁喜老"孛"一向家教严格,诺民不敢再开口争了,看着父亲的那张苍劲而严峻的脸,也提醒着父亲说:"那你老人家也一定小心……"

"是祸躲不过。父天在上,母地在下,我铁喜'孛'走南闯北,经历了那么多次生死劫难,还活到现在,这趟也未必能拿我怎么样!"老"孛"豪迈地说道,他走过去,捡起那一面小幡,从容地掸掸上边的沙土,重新往门口柳柱上挂上去。那象征着名望和地位的五色绣鹰幡旌——"孛"旗,又迎着秋风哗啦啦地飘动起来,猎猎作响。

铁喜向着"孛"旗默祷几句,然后,六十多岁的他依旧矫健地翻身上马,扬起了马鞭。

正这时,从院内传出一声稚嫩的喊声。

"爷爷,等等我!我也去!"

是小铁旦,今早睡懒觉,才醒过来,匆忙中提裤子趿拉着鞋就跑出来了。

"凑啥热闹!回去!"诺民半路拦住儿子训斥。

"我要去嘛,我要去开'孛'会,我也是个小'孛'嘛!"小铁旦挣脱开爸爸,跑过去抓住爷爷的马缰绳。

"哈哈哈……"铁喜老'字'听了孙子的话不由得笑起来,"他还真是个小'字'哩!有志气,口气也不小!但这次'字'会,小孙子还是不去的好!"

"我要去嘛,这么热闹的大会,我这当'字'的哪能错过!我一定要见识这场面!"说着,小铁旦不由分说,手脚利索地一下子跃上了爷爷的马背上,抱紧了爷爷的腰,"爷爷,这回你甩不掉我了!"

铁喜老"字"这回难办了,宠惯了这调皮小猴,舍不得把他推下去,而带他一同去,又怕有啥麻烦。这时邻村的门德"字"他们也过来会合了,见状便说:"好一个英俊的小'字'!就是提着裤子不大好看,师兄,还是带上他去见识见识,开开眼界练一练也好,没事的,看他那一脸福相,一般事落不到他头上的!"

"谢谢二爷爷,还是你老疼我,不像我自己的亲爷爷。"小铁旦做着鬼脸说。

"你再说,我真把你摔下去了啊!坐稳了,诺民,把他的裤腰带拿过来给他,光着屁股参加'字'会,王爷会把你打出来的!"铁喜也笑起来。

一行人就这样说说笑笑地出发了。暂时的赴会的兴奋之情,冲淡了一丝丝的疑虑和不安,阵阵马蹄踏碎了路上的草尖露珠,春天的马匹也兴奋起来,昂头扬蹄,主人都有些勒不住嚼子和缰绳。

四十里平坦的路,马走得还没出汗就到达了。他们在路上遇见一拨儿又一拨儿赴会的"字"们,沿着草原上的小路,从四面八方放歌而来。有的骑马,有的乘车,有的步行,纵笑、闹骂、比马、赛跑,在宽敞的草地上,这些"字"们边行进边玩闹,似乎不是去参加什么激烈的竞争和角逐,而是像去赴草原上的那达慕大会,兴高采烈,喜气洋洋。

达尔罕王府的所在地——乌力吉图草滩上,更是热闹非凡,处处洋溢着节日气氛。一座座白色帐篷、蒙古包,犹如珍珠般撒落在绿色草滩上，百年不遇的"孛法大会"，吸引了远近几个旗的牧民农人百姓们赶来观摩，都在草滩上安营扎寨，有些机灵的牲口贩、首饰布匹商更是不放过这等大好机会，也拉着货物赶来做生意。一时间，这里成了草原上的集日马市，人来车往，沸沸扬扬。那些个只要是节假日便不可或缺的酒肆饭铺茶馆旅店，也悄然兴起来，不乏三五成群的红脸赤脖汉喷着酒气、摇摇晃晃，或骂街，或大笑，或狂歌，或倒在路边浑然大睡。这些年，在东部蒙地，渐渐受百姓喜爱的蒙古说书艺人，背着四弦琴在游荡，个别的已经拉开场子，扯着沙哑的嗓子说唱着从内地传来的历史演义故事，什么《薛仁贵征东》啦，《隋唐演义》啦等等，引得听众悲时泣乐时笑，好不热闹。当然，也少不了好色的泼皮们，挤进姑娘媳妇堆里，东摸一把，西捏几下，弄得女人们大呼小叫，瞪眼红脸，倒也不乏风骚一些的女人开心地疯笑，如花乱颤，好像是浑身上下哪儿都发痒，只有乱摸乱捏才透心的舒服。

　　人们都把这次极新鲜的"孛"会，当成草原上的盛大节日。或许，广袤的草原太寂寥了，人们集会聚众的机会太少了，所以才如此吧。

　　小铁旦的眼睛瞪得又圆又大，跟着爷爷牵着马穿行在这些热闹的人丛中，东看看西望望，长这么大哪儿见过这场面啊，暗自庆幸自己可来对了，可怜的爸爸和老嘎达叔叔哟，却错过了这么好的机会。

　　"跟紧我啊，别走丢了！"爷爷不停地嘱咐着他，不一会儿，他们终于寻到一家可以投宿，又可帮客人料理马匹的临时旅店。说是旅店，其实就是戳起了几顶帐篷，往篷内地上铺上几张羊皮或毡褥等，再放一只木制的方桌就行了。客人可随来随走，说好价钱，一般都不付现金，而是秋后以羊、牛、马来兑算。草原上的牧民朴实憨厚，即便不认识只要说出哪屯哪乡或哪个草甸子什么什么人，欠几只羊几头牛，到时尽管去赶牲口，绝不赖账。

这是个来自甘旗卡草场的大富户伊湖达开的住店，还供一日三餐，用绳子围出个院子范围，在地上挖出的大灶锅上，炖着香喷喷的羊骨头，招来了不少投宿者。关键还供酒，供甘旗卡著名"烧锅"酿制的烈性白干儿酒"烧狼崽"。

铁喜老"孛"一行人住下此店，把马匹交给店的伙计去饮水后，赶到远处的草甸上吃草。然后，他们先去观看"孛"会赛场，以便心里有个数儿。

问了半天，好多人都不知道那个比赛的场子设在何处，人们也好像不大关心此事，反正有热闹玩就可以了，管他那场子摆在哪儿，到时肯定会知道的。铁喜老"孛"摇摇头苦笑，最后，从人群中一个巡逻的"旗兵"口里，才探清那场子设在西南甸子上。

当他们赶到西南甸子场子附近时，被这一带守卫巡逻的旗兵和马队拦住了。

"干什么！干什么！往后退！"旗兵脸上可没有节日喜庆之色，蛮横地冲他们吆喝起来。

"我们是来参加'孛'会的'孛'，想看看场子。"

"不行不行，王爷有令，场子先不许进入，开会前谁也不能入内，违者抓走押牢！"

"嗬，这么厉害！不是赛场，倒像是法场！"门德"孛"说一句。

"差不多。快走，快走，再啰唆，就不客气了！"旗兵晃一晃肩上的枪，手中的刀。

铁喜示意众人往回走，免得门德等人火气上来，跟王府兵痞们起了干戈。场子这一带的气氛很是异样，显得冷清又神秘，三步一岗五步一哨，从远处看不清场子内的布置情况。

铁喜心中很不是滋味儿，一个千儿八百人的"孛"会，也不至于弄得如此紧张，如临大敌的，王爷们到底安啥心呢？他真有些猜不透。到了晚上，他也没心思去逛街或饮酒，吃完晚饭便早早歇息，养精蓄锐，考虑明天就召开的"孛"会事情。小铁旦由门德他们领着，听蒙古书去了，他一人和衣躺在毡褥上，望着帐篷圆顶出神。迷迷糊糊中，他睡着了，做了一个奇怪的梦。在梦中，他似乎身在一座大殿，外边突然刮起大风，狂烈的黑风中，这座大殿飘摇不定，砖瓦掉落，墙壁残破，急忙中，他用一根又粗又长的煞绳把大殿从四面捆绑勒紧，以防吹散了架，直至挨过了大风。他在梦中魇住，正呻吟着醒不来时，小铁旦他们回来了，见他的着魔般的样子小孙子赶紧推醒了他。老爷子浑身大汗淋漓，惊魂不定。

"爷爷，你怎么啦？"小铁旦奇怪地问。

"我做了一个可怕的梦。"铁喜回忆着刚才的梦，心有余悸。

"嗨，爷爷，男子汉大丈夫还信那个！谁叫你刚吃完饭就睡的，你老总训我饭后百步睡香长寿，你这是窝食儿！"小铁旦童言无忌，学着爷爷的口气训斥起爷爷来，弄得铁喜老"孛"也被他逗笑了，冲淡了不少不安的情绪。

"师兄做了个啥梦，如此上心，说来听听。"门德"孛"倒有了心思。

"我身处在一座大殿，结果这个大殿风雨飘摇，快被大风吹散架，我用一根粗绳强把它绑上稳住，唉，想来真险啊！"铁喜的神情好了许多，沉思着说，"虽说是饭后窝食之梦，但毕竟是一个梦，或许是某种凶兆的预示也备不住，师弟，你研读过《成吉思汗梦解》，对梦学颇有研究，能否解释看？"

门德听后笑了笑，说："师兄有些多虑，梦有五不占：神未定而梦者不占；妄虑而梦者不占；窹知凶厄者不占；寐中撼病而梦未竟者不占；梦有终始而觉佚其半者不占。你这梦是属于一二条不占之列，就是'神未定'和'多虑'而梦，强占也不验矣。"门德口说不占，其实在心中也暗暗推算，"倘若硬占，你这场梦属'想梦'和'象梦'之范畴，'想梦'是'日有所思，即有梦忧'；'象梦'嘛，就是梦中有所象征也。大风撼殿,终有绳护,依愚弟测占,兴许有难,但定能无恙而安全渡过,放心吧,师兄。"

铁喜老"孛"频频点头,说:"佩服,师弟这番点说,令老哥茅塞顿开,颇有心得。好,好,咱们早些歇息,明日还不知有何事等着咱们去闯哩!"

翌日。

他们早早起来,洗漱和喝完早奶茶,慢悠悠地向西南甸子上的场子走去。这里已是人山人海,乱哄哄闹嚷嚷,很多来看热闹的百姓都被拦住,不许往里进,只有"孛"和"列钦"才允许先到大门口帐篷处,报名登记。由于"孛"们都没有证书,好多想看热闹者,冒称自己是"孛"后也混了进去,于是在报名处登记的"孛"数已超过了两千人。而那位胖胖的登记官员,微微笑着也不在乎真的假的,只要来报名参赛,都统统登记放行,每人发一红绸布条,上边书写"某某孛"字样,挂在脖子上,并凭这绸布条通过几道岗,才走进里边真正的场子里。

"没想到科尔沁草原上有这么多'孛',都是从哪儿冒出来的呢?"维持秩序的旗兵说。

"可不,就像是闻着血腥的苍蝇,呜闹儿呜闹儿的!"另一兵丁附和。

"待一会儿就知道他们有没有真本事了,嘿嘿嘿……"那位管登记的胖官员,如猫头鹰般阴森地冷笑。

"待一会儿怎么个知道法儿呢?"铁喜老"孛"挤过来,一边登记一边笑着问一句。

"不用多问!到时就知道了,你也是'孛'吗?"胖官员变了脸,盯着铁喜老"孛"问。

"算是吧。"

"你们这么多人都是'孛'呀?还有这十来岁的小娃子也是?"

胖官指着小铁旦喝问。

"我三岁学'字',现在已有七年了!"小铁旦毫无惧色朗朗作答。

"唔……你老就是铁喜'字'呀?听说过,听说过,挺有名气嘛,好好,这小的也算一个!"胖官看了铁喜写下自己的名号之后,态度变得热情起来。

铁喜微微笑着答:"老朽就是铁喜,承蒙官爷夸奖……"他凑近那位官爷,暗中把一卷银票子悄悄塞进对方的袖口中,低声问:"官爷,能否透露一下王爷们的考法儿?"

那位胖官收了银票,左右看一看,往铁喜老"字"的手掌里用手指比画了一个字。

"嘎乐(火)?"铁喜惊问。

"对哟,小心啦。"胖官悄声说着挤挤眼。

铁喜老"字"沉吟片刻,又低声向那位胖官说:"官爷,老朽带他们先到外边准备一下行头,再来进场子,通融一下。"

"好好,没问题,开赛前啥时候进场子都行的。"

铁喜带领门德等人又挤出登记处,走到外边,向附近的一家新开的茶馆那儿,买来两桶水,说:"看来今天的'字'会真的不同凡响了,那位官爷透露'嘎乐'一词,我想赛法儿可能与'火'有关,你们用水沾湿各自的'羊皮法鼓'和法衣,再喝足水,尽量别撒尿排水。"

众人全照老"字"的意思做了,然后才重新返回报名处,领了各自的红绸条,走进"场子"里去。

那个"场子",设在一处地势低洼的平展展草滩上,三面高坡,唯有东南显低,成为一个口子。正北面的土台子上,设着王爷们就座的主席台或者观阅台,上边搭着遮日的凉棚,用绿草野花在台两边扎出彩门。凉台的正面上头,插着通辽市十个旗会盟青旗,图案则是扬蹄的骏马和展翅的猛鹰,十面青旗迎风飘动,猎猎作响。盟主"道格信"大王是图什业图旗郡王,受清朝廷御封的世袭王爷,成吉思汗亲弟哈布图·哈斯尔的第二十六代子孙，本名叫诺尔布仁亲，由于这位王爷平时性情暴烈、手段野蛮残忍，对手下奴才说杀就杀，仗着自己是受朝廷恩宠的命官，欺压百姓，几乎是无恶不作，人们故称他为"道格信"——即"残暴"的王爷，也有叫"疯王"的。此时，这位"疯王"威风凛凛地坐在台上正中主位，两边则是被邀请来的哲盟十旗的王公贵族们。"孛"会总管，是达尔罕旗的新任管旗章京韩舍旺，正在台前台后地忙活。

土台下，站满了来参加会的十一个旗的"孛""幻顿""列钦"们，按各自旗属分别排队，人数极多，真"孛"和假冒混进来的都一起拥拥挤挤，吵乱不堪。每人脖子上系挂着一个红绸条，随风飘动十分醒目。

四周的坡丘上，布满了从十旗调集而来的旗兵和马队，还有从临近洮南县、双辽市等地借调的奉天府所辖的荷枪士兵，把场子包围得十分严密，封锁得简直一只苍蝇也飞不进来，也飞不出去。一开始，这些"孛"们处于兴奋状态，并没在意这状况，只觉得那只不过是为了王爷们的安全和会场的秩序而已。会场里没有一个其他闲散人员，戒备森严。在众"孛"们所站位置的后边不远处，有一个用矮土墙围出的圈场，大约有一百平方米的面积，不知干什么用。

这时，韩舍旺总管站在土台上，冲下边的众"孛"宣布道："大家安静，安静！现在请哲盟十旗盟主图旗郡王老爷，给大家训话！"

大腹便便的疯王爷，由下人搀扶着走到台前，一脸横肉，满嘴金牙，两只黄豆般的圆圆小眼珠闪射着两道寒光，开口训起话来："孩儿们，你们现在都是写了名号的'孛'，这台前一站黑压压挤茬茬一片，他娘的，还真他妈多，咱们科尔沁草原上，没想到养着这么多的'孛'崽子，哇哈哈哈……"道格信疯王张开大嘴狂笑起来，那两排金牙在秋日阳光下闪闪发光，"今天，老王我考考你们，你们这些领了名号的'孛'，究竟有没有真本事！哇哈哈哈……考法也简单，在

|第九章|·····299

你们身后的那座土墙里,我摆了五六百只大缸,缸是空的,里边可装两三个人,哇哈哈哈……"

"哦——"众"孛"们的嗓音拉长了,吃惊了。

"摆空缸干啥呀?考啥东西呢?""孛"们议论开。

韩舍旺挥挥手:"安静!听王爷训话!"

疯王轻蔑地俯视着台下众"孛",对他来说是一群如牛羊牲口般的奴才,冷笑着说道:"不是考!是烤!用火烤!用火烤你们!哇哈哈哈……"

疯王爷又爆发出一阵狂放而冷酷的大笑。

"火烤?火烤活人?"

"那受得了吗?这、这……"

台下的"孛"们开始不安静了,议论纷纷。

"不用担心!老爷的考法比较特殊,你们大伙儿三三两两坐进那五六百只大缸里,大缸外围都堆着干柴,用火烤大缸,听说你们'孛'师都有火功,这第一项就是,根据接受火烤的时间长短来给你们大家排名次!谁要是忍受不了火烤,随时可以走离火场子,能忍受多长时间算多长时间,熬到最后一个就是咱们通辽市第一名大'孛'!本王爷给重赏,发奖金冠、金法衣、金法鼓、金手剑!"

"噢!""孛"们愕然,那些混进来的假"孛",和平时打着"孛"号活动的没有真功法的"孛"们,开始惊恐不安了。

"好啦,我的训话完了,韩总管,可以开始让崽子们比考了!哇哈哈哈……"疯王爷大笑着,回到座位上,同一旁的达尔罕旗同族王爷交谈起来,脸上的得意笑容背后,隐藏着极其阴冷而不可告人的用心。一旁不太明白其用意的其他旗王爷们,见他这阴冷的狂笑样子,也都不寒而栗。

韩总管向疯王爷点头哈腰,谦恭微笑,并附在他耳旁说两句,见疯王爷点头首肯,才走到台前说道:"大家听着,比考马上开始,有谁不想进场子参赛，可以举手，站到左边去，但是要按照大王爷的指令，赏一百马鞭就可离开会场，好，有没有现在就想退场的！"

台下，黑压压的人群中一时鸦雀无声。那些冒充的假"孛"们，左右为难，留也不是，离也不是，怕火烤离场子吧，可那一百下马鞭也够受的，不是半死也皮绽肉开。而真"孛"们呢，也有苦衷，虽然练过些"孛"的火功，可是能忍受多长呢？坐进那大土缸里受火烤，那滋味可也够受的，好在有个侥幸心理，王爷有话，不能忍受可以随时离开火场子，所以"孛"们的心态稍微好一些，安稳一些。而且大家发现，进了这个会场，四周都被旗兵、马队、士兵层层把守包围，想不参加考赛，不挨皮鞭轻易离开，谈何容易！人们这才有些后悔起来，尤其那些假"孛"们，只为了混进会场看个热闹而受这份罪，可太划不来了，都欲哭无泪，深感到疯王爷的残暴用心和折腾人的鬼把戏！疯王、疯王，可真是名不虚传！

韩舍旺提高嗓门，连问三遍。

这时，有几十个混进来的假"孛"最后权衡利弊，还是觉得马鞭之苦比火烤好受一些，于是纷纷举手站到左边去了。接着，也有几十人学着他们的样子站过去了。

韩舍旺一招手，从土台后边的帐篷内，走出几十个手持马鞭的赤膊大汉，列队站在土台左侧，准备对退场的假"孛"执行惩罚。

"哦——"人们一见这阵势，吓得失声，还想站过去的一些人都缩脖儿又退回来了。

赤膊大汉们，开始鞭打那些想退回来又不可能了的假"孛"们。顿时哭声大起，喊声震天，皮鞭抽打声，人们鬼哭狼嚎的哭叫声，掺杂混合着在空中传荡。这边，站在场内的众"孛"们，都不寒而栗，变了脸色。

"哇哈哈哈……"疯王爷的开心笑声，从台上传出来。

铁喜老"孛"和他的人，始终站在众"孛"中间，静静观察着事态的变化。此刻,老"孛"双眉紧皱,把吓坏的孙子小铁旦护在怀里,低声安慰:"别怕,有爷爷在,放心。"

"我不怕,爷爷,你从小传我火功,现在正好用得上,验一验。"小铁旦虽然脸色发白,但还是很勇敢地如此说,掷地有声。

门德等众人本也有所畏惧,见小孩儿都这样说,也都豪气顿生,收心敛气,准备应变。

铁喜老"孛"悄悄对门德等人说:"看来登记处的那位官爷没有瞎说,果然跟'火'有关。见这架势,事情很不简单,我怀疑这一切备不住是个圈套……你们进火场子后,别为了什么名次耗时间长,快点离开,还不知道会发生啥其他幺蛾子事呢!"

门德等人应允。这时,受完一百马鞭惩罚的那些人,都被人拖出会场去了,沙地上留下了斑斑血迹和碎布烂鞋。

"好啦!该走的都走了,留下的,你们都是真正的'孛'!"韩舍旺又开始在台上阴阳怪气地喊话,眼睛冷冷地巡视着台下的众"孛"们,"现在,真正的'孛'会比赛——火烤'孛'功开始!你们大家排成两队,随两边的卫兵进场子,按照规定,两个人或三个人坐进大缸中!等火燃起之后,你们可以根据自己的承受功力,随时脱离火场子,从这扇进去的门出来,到台上来报出名号,再等待最后的名次排列!听明白了吗?"

众"孛"们都忐忑不安,不知火场子内的真实情况,大家都心中没底。但事已至此,退又退不得,只好硬着头皮往火场进了,好在随时可以自由出入。

那些手持皮鞭的打手们,拖出那些挨打的假"孛"之后,又回来带领这些留在会场的真"孛"们,走进已打开栅栏门的土墙围子里去。

土墙围出了一片很大面积的广场平地,里边整齐而密实地排列置放着几百只大缸,星罗棋布,大口朝上,真不知王爷们从哪儿的烧窑子弄来这么多大土缸！可见其用心良苦。土缸阵的周围以及隔开的行间，都堆积着山包般高的干木柴，都是些坨子里的杏树疙瘩和老榆木块儿，上边都浇洒了牛油麻油等易燃物，油光闪闪。土墙外圈，已围上来那些旗兵、马队和借调来的士兵们，虎视眈眈地监视着已入缸阵的上千号"孛"们，预防他们逾土墙逃走。

　　铁喜老"孛"选择靠中间的一只大缸，抱着孙子小铁旦坐进去，里边倒宽敞，两个人并不感到拥挤。挨着他的是门德"孛"和一起来的其他几位"孛"，都两三人一伙儿坐进大缸里。

　　那些打手们，安顿完这些上千个"孛"都坐进缸里之后，鱼贯退出栅栏门，然后关死了那坚实的大板门。

　　韩舍旺从台上看着土墙里的情况，向道格信疯王请示道："禀报王爷，一千二百三十名'孛'全部进入大缸中了，请尊贵的王爷发令吧！"

　　"哇哈哈哈……有趣！瓮中烧孛，有趣！有趣！"疯王爷拖着臃肿肥胖的身躯，站到土台前，眯缝着黄豆眼观看土墙里的缸阵，"他妈的，都给我当缩头乌龟了！妈的，这回看你们这帮平时神气不凡的兔崽子们，有没有真本事！韩总管，奶奶的，你真是神机妙算啊！"

　　"哪里，哪里，都是大王的指点，大王的决策英明！"韩总管谦卑而诣谀地说。

　　"点火！给我烧！烧！！"这位名叫诺尔布仁亲的图什业图旗郡王、通辽市十旗盟主、成吉思汗亲弟哈布图·哈斯尔第二十六世孙、外号叫"道格信"疯王的蒙古王爷，胖手一挥，阴冷地狂笑着，下达了科尔沁草原历史上最残忍最冷酷的一道命令。由此写下了东部蒙古地惨绝人寰的"烧孛"这一血腥的历史事件[①]。

---

① 据史料记载，道格信大王后被起义造反的奴隶们杀了全族。韩舍旺后投靠日本鬼子，被暗杀，也无善终。

包围着土墙的那些旗兵们,此时把手中的火把点燃,纷纷掷进土墙之内的干柴上。

"呼啦!"

"呼啦!"

木柴堆一个一个猛地燃起来了。渐渐形成了一片熊熊燃烧的火墙,把坐进"孛"们的缸阵,包围在一个很大的火圈中。环绕缸阵,堆积如山的老杏树疙瘩、老榆木块儿,一旦燃起来火力非常旺,热焰凶猛,持续时间长,霎时间,黑烟滚滚,火龙蹿动,干柴"噼啪"乱响。顷刻间,几丈高的熊熊喷燃的火焰山,吞没了由几百只土缸组成的这片缸阵。开始,火力烤不到中间缸阵,因中间本有凉爽空气,渐渐,大火越烧越旺,中间的空气愈加稀薄和炽热起来,强烈的热度开始炙烤得缸里的"孛"们难以忍受了,中间地带似乎空气也燃起来了。

外圈儿缸中的"孛"们,无法忍受了,开始往外逃窜。

铁喜老"孛"一见这架势,赶紧一脚跺碎大缸底部,接着再用脚用手刨挖出下边地面湿土层来,让孙子蹲在下边小坑中接住湿气和地气,他自己则蹲跨在孙子头上,脱下早先用水沾湿的袍衣遮在大缸上口,然后挥手"咚咚"敲起蒙着羊皮的法鼓,嘴中念念有词地做起"孛"法来。一旁的门德"孛",也学着师兄的样子做起法事。

这时,内圈儿缸中的"孛"们,也开始往外逃奔。

"救命啊!受不了了!"

"别烧了,火太大了,要出人命啦!"

"孛"们纷纷向进来的那个有门的方向冲去。有些"孛"的衣帽已着火,慌乱中就地打滚灭身上的火。可拥过去的众"孛"们发现,那道门已不见了,那扇栅栏门也已燃烧起来,门口重新堆放了山般的干柴,大火封死了那唯一的出口。

"疯王爷这是要烧死我们啊!"众"孛"们这才彻底明白,他们显然落进了一个天下最可怕的大阴谋，残暴的疯王不是要他们比"孛"法，而是要"孛"们死，要把"孛"们活活地烧死！这是一个精心设计的圈套，而且要把全部科尔沁"孛"们一网打尽，不费吹灰之力！

"救命啊！快放我们出去！"

"别烧了！快灭火呀！"

"求求王爷！可怜可怜，我们还有孩儿老小啊！"

"孛"们在大火中喊叫、哭嚷、求救，寻找出口，寻找火力弱的方向。可是四周全是冲天的火焰，茫茫火海，冲哪个方向只要掉进那大火中肯定片刻间烧焦，化归灰烬。"孛"们开始绝望了。

土台上。

那位道格信疯王带领众王爷都走到台前，从高处观望火海中的众"孛"们的烤火比赛。

"哇哈哈哈……烧得好！这游戏真他妈有趣！真他妈好玩！烧！快烧！龟孙子们快施'孛法'呀！快跳快唱啊！哇哈哈哈！"疯王爷玩红了眼，这个"游戏"大大刺激了他的欲望，脸上肥肉抽搐着，张牙舞爪，狂叫疯笑。有些心肠软的王爷，不敢目睹这惨状，低下了头，可又畏惧疯王的淫威不敢说话。韩舍旺总管陪着自己的达尔罕旗王爷，站在台前，不时向另一旁的疯王谄媚地笑一笑，那位傻不傻呆不呆的达尔罕王，也开心地大笑着，夸赞着韩总管和疯王爷，想出这么一个天下无二的好玩的"游戏"供他们欣赏。

这时，有几个身强力壮的"孛"，从原先进口的门那儿冲出火圈儿来。可身上都着起火，又被早已守护在火外的旗兵马队的恶汉们，一拥过去用鞭子抽打着他们，把他们重往火里赶，有的干脆抓起来扔回火圈之中。很快加大火势，封死了这个口子。

火海之中，外圈的土缸经不住火烤纷纷爆裂，上千个"孛"们鬼哭狼嚎着，在火海中左奔右突，冲出去的仍被打回来或抛回来。人们诅咒、哭喊、晕厥、奔突，乱成一团。也有一些"孛"们显然功力非凡，纹丝不动地坐在缸中，有的或念咒，或丢"鬼"，或挥剑，或击鼓，各显其能，拒避着火舌炙烤。唯有老"孛"铁喜的那座缸，与众不同，上边盖覆着一件大袍，湿漉漉，冒着白气，火舌蹿到缸上，又神奇地被一股从鼓起的衣袍中升起的湿气所击退。他旁边门德"孛"的坐缸则不同了，虽然上边也盖着湿袍子，可已经开始烤焦，没多少湿气，马上就要起火，情况岌岌可危。

"师弟，快跺碎缸底，接土地中的湿气往上抗！"铁喜老"孛"坐在这边的缸中，似乎感觉到了旁边的情况，大声提示。不一会儿门德坐缸情况有所好转，显然他领会了师兄的指点。他们带来的几位"孛"们，没有他们二人的功力，无法抗拒大火的烧烤，坐缸也爆裂，便纷纷逃窜出来，加入了那些寻找出口的众"孛"的群体。

大火还在燃烧。

火圈中的狭地，空气在燃烧，土地在燃烧，人也在燃烧。

可怜的"孛"们，年老体弱者，多数被烟熏火燎倒毙在地，身强力壮者或有些功力者，也几番冲撞火墙后，都毛发烧焦、衣衫起火、狼狈不堪，也只等精疲力竭之后烤死或熏亡。

干旱的天气，似乎什么都能燃烧，包括那天上的白云也被烧起来变红了，于是招来了常见的西北风。风乍起，火势更猛，烈焰满天飞舞，然而火势全被大风吹向东南方向。于是，守护在东南边土墙外的旗兵马队们受不住了，大风把火焰全往他们身上刮，一时骑兵们向两边闪开了空间。在火的缝隙中发现这一状况的"孛"们，机不可失地全都不顾死活冲过去。火和兵的包围圈，终于被撕开了一个口子，还活着能跑的幸存的"孛"们，全冲出那个口子，向荒野上逃窜。于是，原野上到处奔逃着燃烧的"火人"。

"抓回来！全给我抓回来！赶回火场！"疯王狂叫着下令。

只见韩总管把手中的令旗一挥，传达出新的命令。

于是，埋伏在外圈的士兵和骑兵们，冲过去了。他们多数人手里挥动着套马杆，骑着马追击那些逃窜者。追上后用套马杆套住，拖在马后又把他们拖进火场之内。有的"孛"动手反抗，士兵们便用刀砍，用箭射，开枪打，马蹄踏，手无寸铁的"孛"们冲出火场子已经半死不活，哪能经得住这番冲杀砍戮，在东南这片口子一带，很快尸体满地，血流成溪，惨不忍睹。很快，东南口子又被堵住，逃出去的"孛"不是被砍死射死，就是又被抓回摔进大火内烧死，基本无活口。

没有往东南逃的，只是些气息奄奄昏倒在火场之内无法动弹的"孛"们了。他们有的烧焦，有的气竭，有的烤死，整个火场内尸体堆积，一片惨状。有些靠近火的尸体，业已开始燃烧起来，弥漫着浓烈的人肉烧焦烤煳的恶臭气味，令人作呕。

这是一场天下人类间最残忍的一幕大屠杀，一次历史上罕见的科尔沁草原蒙古王爷"烧孛""灭孛"的野蛮凶残的行为。到如今，草原上的人们说起那场血腥屠戮，也都毛骨悚然，不寒而栗，如掉进恐怖的噩梦中一般不敢回想。

浓烟终散尽，大火终熄灭。

熊熊的火焰，终变透明的红雾，火场内的景象一一清晰起来。

韩总管派士兵走进场子里查看。

有一奇异的现象，呈现在士兵们眼前。

在众多的尸体和满地的缸瓦碎片中，场地内还完好无损地矗立着一些大土缸，数一数正好有十三只。当士兵们靠近那些土缸时，一股灼烫的热气逼得他们纷纷后退。

"报告王爷，场内还有十三只完整无损的大缸，不知道里边的情况，没法儿靠近，有些古怪！"士兵跑去报告。

"什么？还有这等事！走，下去瞧瞧！"疯王爷瞪大了圆眼，来了兴致，驱动肥硕的身躯走下土台，向火场里走过去。后边跟着韩总管和达尔罕王,以及几个胆大些的其他王爷。

火场里,冒着青青的淡烟,遍布着透明的红雾。士兵们清除路口的红白色火炭,请王爷们走进去。疯王哈哈笑着,踏着遍地焦煳的尸体人肉,向那十三只透着古怪的大缸走过去。

果然,大缸外皮烧成暗红色,散发着灼人的热气,无法靠近。尤其是最中间一只土缸被衣袍遮盖着缸口,那件大布袍子经历了这场大火居然依旧完好,从上边还冒着淡淡的湿气和白烟。

而且,令人心惊的是,似乎还隐约听见从里边传出的"咚咚"击鼓声。

"他娘的!这是啥妖怪?快拿水来,浇在这只缸上,本王爷我非要见识见识不可!"疯王下令道。

下人们立即抬来了几大桶水。

"浇!"疯王命令。

"卟!"

接着,"嘭"的一声响,见水后火红的大土缸立即爆裂开来,碎瓦片堆散在地上。这时,里边的"妖怪"呈露出来了,一位黑胡白发老者跨腿蹲立在那里,发须上挂着白霜,法鼓上结着冰碴儿,怒眉高耸,法眼紧闭,嘴里浑厚地呼号道:"长生天乃我父,长生地乃我母,我乃天地之子,天地间的木火乃我祭物,岂能伤害我发毛矣!"

他就是铁喜老"孛"——科尔沁草原蒙古"孛"的杰出代表人物,十三位幸存者"孛"之首。而在他的胯下,蜷曲昏迷着一个十岁小孩,身上还潮湿,生命显然无忧。

"妖怪!妖怪!你是什么人?"疯王这时才生出一丝惊惧心来,往后退着步子发问。

只见铁喜老"孛",微微睁开布满血丝的红眼,怒眉高扬,"咚"的一声击响法鼓,朗朗答道:"我乃铁喜老'孛',库伦旗人士,学'孛'六十年,微有小成,上对得起天地父母,下对得起蒙古百姓!

王爷，今天你造了大孽，会有大的报应，不得善终的！"①

"快杀了他！杀了他！"疯王战栗着大叫。

"别费心了，王爷，这么大的火烧不死我，你那几只火枪刀剑更奈何不了我！只要他们一动，你和在场的这些王爷都不会有好果子吃！我一生没杀过人，杀人不在今天。你还是当着这么多人，还有外边那些围过来的千万个草原百姓，兑现你说出去的诺言吧，赏赐这些还活着的十三名大'孛'，我们是真正通过了你这场大火比赛的蒙古神'孛'！"

这时，那些陆续从缸中走出来的其他十二名大"孛"，手击皮鼓，晃动彩衣，作歌而来。

"孛"法通天的铁喜"孛"，
架子十足的门德"孛"，
黑面黑须的参布拉"孛"，
头上冒火的李良"孛"，
脚下流汗的查列"孛"，
众人的仆人宝力高"孛"，
群鸟的主人少布来"孛"，
拜天祭地的哈尔伊烈"列钦"，
拜山祭河的包迪"列钦"，
放"鬼"驱火的敖其尔"幻顿"，
吞水祭湖的吉达"幻顿"，
吞火吐冰的阿柏"幻顿"！②
…………

---

① 烧"孛"事件，上世纪20年代发生在内蒙古东部达尔罕旗，今科左中旗境内。据史料查实，当时烧死近千名"孛"师。

② 据史料称这次"烧孛"中只幸存了四名"孛"，而民间传颂则有十三名大"孛"安全脱困，毛发无损。本书取民间流传之说。

这些安然无恙的十二名"字""列钦""幻顿"——科尔沁蒙古萨满教·字的精华们,缓缓走过来,围站在铁喜老"字"的身后,静静地注视着面前的一帮残暴的王爷们。

"好,好,本王爷赏赐你们,赏赐你们……"肥胖的疯王心里清楚,这些大火都烧不死的十三名大"字",法力无边,伤人于眨眼之间,现在千万别惹他们,再何况外边,已经围过来了海水般的赴"字"会的老百姓们,自己不能当众食言和胡来。

于是,他清清嗓子大喊道:"你们都是科尔沁草原上的'神字'!哲盟十旗王爷赏封的'十三名神字'!"

铁喜老"字"拍醒了小孙子铁旦,他正好听见了王爷的封赏,不服气地叫起来:"不对呀,王爷,是十四名,十四名'神字',还有我这一个小'神字'哩!"

"好,好,十四名,十四名'神字'!"疯王爷更是惊诧不已,脱口封赐。

"好啊好啊!我也是'神字',我也是'神字'……"可他转眼一瞅周围的满地烧焦的尸体,立即缄口了,抓紧了爷爷的衣角,恐惧而愤恨地看着那个天杀的疯王爷。

铁喜老"字"铮铮而言道:

"各位王爷,我们十三神'字'记住了王爷的封号,但你们、王爷们,也要记住你们今天干的活人的'血祭',我们蒙古'字'再杀畜血祭,但绝不杀活人'血祭'!有一句古语说:拔剑者终亡于剑,天令其亡,必令其狂!你们记住这句话吧,王爷们!"只见铁喜"字"往肩上一扛小孙子铁旦,带领十二名"神字"往场外昂首而去,不再理睬发呆的众王爷们。

从他们嘴里又飘出一曲雄浑的"字"歌来:

头戴红顶子帽冠的王爷们,

是阎王殿的刽子手托生；

从通红的火缸中走出的十三神"字"，

是父天母地孕养的精灵！

啊——咴——咿——

神奇的蒙古"字"！

啊——咴——咿——

烧不灭的十三"字"！

…………

四

篝火还未熄。白色灰烬中，依然还透出些许暗红色火光。

洋铁盆里，还残剩着大馇子粥，沙漠中散发着诱人的熟米香气。

三峰骆驼闭着眼咀嚼食物——豆饼草料再加盐巴。眼睛虽闭，但耳朵始终支楞着，可听八方任何细微动响。

两位主人却都沉睡了。他们挨着火堆，怀抱猎枪，钻进毛皮睡筒中鼾声如雷。

突然，三峰驼的鼻子"喷儿、喷儿"地响个不停，环眼惊瞪着离火堆不远的一个暗处。主人未醒，驼鼻子声响还不足以吵醒疲累后睡死的主人。

于是，有个黑影爬行着，"噌"地从黑暗处蹿出来，迅疾无比地扑向篝火堆旁的食物。这是一只野兽，只是前两肢短后两肢长，如澳洲的袋鼠。只见这只怪兽，伸出前肢，猛地一抓那个剩有馇子粥的洋铁盆,转身就向外跑。由于匆忙,撞翻了脚边的空铁壶,"噼里扑噜"一阵乱响。

"谁?!"老铁子惊醒,翻身而起,端起怀里的猎枪。只见一个黑影抱着洋铁盆,消失在茫茫黑夜中。

"啥东西?老爷子,啥野兽?"白尔泰揉着眼睛,也朝黑暗处瞩望,可已什么也看不到。

"我也不知道是啥物儿,可偷走了咱们吃剩的馇子粥,看来是米香引来了它。"老铁子摇头,仍旧盯着那暗处说。

"看情形,那物儿是饿坏了,偷走吧,怪可怜的。"

"你说得倒轻巧,把洋铁盆也盗走了,我们拿啥熬粥?用手捧煮吗?"老铁子没好气。

"别急,老爷子,我也带了全套野外用具!"说着,白尔泰从旁边的驮架筐里拿出一只铝盆。

"这还不赖。"老铁子放心了,可仍有疑虑地深思着说,"啥物儿这么大胆呢?大漠里我还从没遇上过这么大胆的偷食动物!狼?豹?沙豹不会偷只会抢,而且先扑人不会先扑粥,沙狼也这样,只对人肉感兴趣,不会对人吃的粥感兴趣的。难道是……"老铁子不说下去了,眼神一亮。

"难道是啥?老爷子,到底是啥呀?"白尔泰着急地问。

"说不准,"老铁子装了一袋烟,含在嘴里,慢慢吸着喷云吐雾,"除非是人,也只有人才对熟米粥感兴趣……"

"人?这大漠里还有野人吗?"白尔泰惊讶。

"不是野人,是真人,你也认识……"

"啊?她?!难道是她?!"白尔泰这才想到了谁,望着黑夜深处叫出了声。

"我想可能就是她了,不会是真野兽。"老铁子磕一磕烟袋锅,下了断言。

"那她不必来偷呀,她完全可以过来跟我们相认,向我们要吃的。"白尔泰不解。

"这你还不明白?她可能没认出我们是谁,也可能跟随那只老银狐,变得兽性了,另外就是她的脑子还是不正常,魔怔着呢。不过,她出现就好,说明她和它果真在大漠里游荡呢,我通过她可以摸到那只老银狐了!妈的!"

天亮时,他们又被一声凄厉尖长的怪嗥声惊醒了,还是昨晚黄昏时听到的那种被老铁子称之为"夜猫子"的声音。乍听起来,像长长的哀鸣,像失去亲人子女后的悲婉的哭泣,那悠远的泣诉般的声音中,透出一股对天地间遭遇的深深不满和控诉,是一种绵绵的哀怨和愤怒。只要这声音传入你的耳膜,就如一把不可阻挡的锋利冰冷的尖刀,穿透你的心肺,穿透你的神经,使你心灵深处震颤,为之情动,不由得生出一丝与它一起哭一起哀伤的共鸣。这是经历过旷古的大悲大哀之后,才会产生的哀鸣长嗥。

白尔泰和铁木洛静静伫立原地,谛听这晨间祈祷般的哀婉嗥声,脸色肃穆,莫名的悲伤情绪也油然而生,眼睛都有些湿润。这是一曲人类任何天才音乐家,无法创作出来的最动听的兽类哀乐。

他们看见了它。

在东方不远处沙梁上,伫立着它的身影。瑰丽的晨霞,映照着它那雪白色一尘不染的躯体,更显出无比美丽的迷人色彩。

它扬起尖长的嘴巴,冲那轮从东方沙线上冉冉升起的红金太阳,不停地悲嗥,似乎是向那轮火球倾诉自己的哀怨。它的毛茸茸长雪尾拖在地上,白洁的毛皮在霞光下,闪射着似银如雪的亮光,令人目眩。而它的旁边,也站立着一只"怪兽",它站的姿势与那只银狐一样,四肢着地,蹲在后两肢上,前两肢轻轻支着地面,而一头长发也已变得雪白,身上衣衫破碎成条状随风飘荡。只是嘴巴没有狐般尖长,脏黑的脸上也没有长出长毛,不过黄色茸毛已布满脸颊,而且"它"的肚子似乎微微鼓起来了。

"是她们吗？"白尔泰轻声问。

"是她们。"铁木洛老汉也静静地答。

他们俩再无话，似乎谁也不想打破这美丽瞬间。老铁子也一反常态，没去抓他那杆老猎枪。只是静静地注视着沙梁上那一对天地间最奇特的"怪兽"组合。他猜不透，人和兽为何如此和谐，如此和睦相处，甚至相依为命呢？白尔泰思考的是另一层意思：珊梅活得挺好，她已变成另一只"银狐"了，是个"狐婆"，美丽的"狐婆"。她已经融入了狐的世界，融入了大自然，融入了大漠，学会了狐类的生存方式。其实说开来，她只不过重新恢复了人类远祖们的生存功能而已，每个人身上都具有一种兽性，只要放进大自然中与兽类为伍，都能萌发出那种潜在的兽性功能。人本来是一种动物，只是有了高级思维后，觉得自己不应是动物而已，除了这点，人与兽有何区别呢？照样吃肉，吃得更狠更广，照样吃米，吃得更贪更多，照样占有，占有得更奢侈更无境，照样相斗，相斗得更残酷更持久。其实，人比兽更"兽"，因而称之为"高级动物"。

晨祷般的哀号结束之后，它和她从那座沙梁上消失了，无影无踪。

老铁子和白尔泰也收拾起东西，骑上骆驼，开始了漫长的追踪。

后来，他们好几次在早晨听到过那祈祷般的哀号。他们俩心里清楚，老银狐失去那么多亲族，是何等的哀伤和悲痛，它唯有通过晨间寂静，向世界，向莽莽沙漠倾诉自己无尽的哀思，呼唤同类的灵魂，呼唤新的伙伴。可它清楚，这广袤的莽古斯沙漠里，再没有一只与它共命运的狐狸了。

干硬的黄褐色沙地上，隐约可辨那两行不很清晰的遗迹。时断时续，时而消逝于沙洼地干蒿子丛间，时而出没于丘壑纵横的沙山之中，有时完全失去了她们的踪迹。老铁子下骆驼几乎一粒沙一片草地去寻觅，最终还是从另一处有水或有野鼠的沙地上，找到了那一对足迹。

"老爷子，你真是脚印追踪专家！"白尔泰面对着远远伸向大漠深处的那两行足迹，不禁感叹。

"我真纳闷儿，这只老银狐，带着我那儿媳妇要去哪里？它一直跟我们玩捉迷藏，想甩掉我们，它好像故意不回它的真正的巢穴。"老铁子也望着那行足迹出神。

"它还有一处真正的巢穴？"

"那是肯定的。它们是出来觅食，被我们撞见的。可这只狡猾的家伙一发现被跟踪后，就绕起圈子来，死活不回老巢了。它不回老巢，我们就没办法靠近它们，哦，这个老狐狸！"

"那咋办呢？"

"别急。我琢磨着，它的老巢肯定在那儿，我们干脆先直奔那地方，不跟它兜圈子了！"老铁子一拍驼背，果断地做出决定。

"那是在哪儿啊？啥地方？还有多远呢？"白尔泰望着老汉那张被沙风吹后变得更粗糙更黝黑的脸，疑惑地问。

"远喽，在大漠深处。那是一座古城。"

"古城？"

"对，一座古城。百姓管它叫'黑土城子'。"

白尔泰的眼睛突然一亮："老爷子，我听说过这个黑土城子，据史料记载，是一座被沙漠淹埋的古城。那次你说带我去看一个地方，是不是说的就是这个黑土城子？"

"对，就是这个黑土城子。"

"好哇！老爷子，那座古城里究竟有啥呢？"

"到了那儿你就知道了。其实，我早就想到了，也就在那儿，老银狐可以找到一处安全又温暖的窝儿，这茫茫大漠，别处它是无法长期居住的。"

于是，经验老到的铁木洛老汉，做出了一项大胆的决定，放弃了绕着圈子步步跟踪，而是直奔莽古斯大漠深处的那座古城——黑土城子，等待它们，以逸待劳。

"老爷子，你是啥时候去过黑土城子？现在还能找得到那儿吗？"

"早哩——"铁木洛老汉脱口说出，脸上闪过一丝回忆遥远历史的专注神情，接着突然又缄口。

"早是什么时候呢？"

"好了！别刨根问底儿了！到了时辰，我自然会告诉你的！"老铁子吼起来，显然他是极不愿提起往事，提起那遥远的往事。

白尔泰赶紧闭住了嘴，不敢再触动老铁子那早年的历史经历，往日沉埋的秘密。他再次告诫自己，耐心，耐心，再耐心，要像眼前这沉寂的大漠般耐心。他已经接近那谜底了，接近那深埋在沙漠下边的历史沉淀了，千万不要再操之过急。

他们默默地行进。整日地在驼背上晃悠，到了晚上便找一处沙湾子过夜，第二天接着走，没完没了，似乎赶着一个无头无尽的路，不知道终点在何处。

白尔泰的嘴唇皲裂，起满水泡，冬末的漠风，吹打得那张白皙的脸已经又黑又粗糙，嘴巴周围长出了长长的胡须，本已够长的头发现在更长，像个野人。人也处在极度的疲惫和虚弱中，唯有一双眼睛，始终还闪动着希冀的光芒，倔强而勇敢地直视着茫茫前路。而且，一张嘴始终沉默着，从不多说一句废话，也不打听任何赶路程的情况，一切听任铁木洛老汉的安排。他深知自己该说什么和该做什么。

老铁子心中，不得不佩服这个文弱书生的坚强和耐力。他甚至有些暗暗喜欢起这年轻人了，他那股为自己喜欢的事，敢于赴汤蹈火的劲头让他心动。要是自己的儿子铁山，像他这样多好啊，老汉心中突然冒出这样一种念头。他兀自笑了，摇了摇头。

白尔泰在后边的驼背上，听见老汉的怪笑，抬起微闭的眼睛看了看老汉的后背，没有说话。他已经很是木然。漫漫的路，茫茫的沙，他们都需要缩进各自的内心世界，回嚼自己的生活，反省人生得失。人类贤哲的感悟，不是在灯红酒绿的闹市和充斥铜臭的张狂飞扬的生活中所得，而都是在这种纯净的大自然怀抱里，在毫无巧取豪夺、世俗纷争的时候，也就是在这种天人合一的状态下，冥冥古井般的心境中，才获得真正的思考和朴拙的感悟。古时老庄如此，近代消亡的"字"师贤哲们也如此，他们都是崇尚大自然，把自己置于自然状态下，才获得思想的解脱，哲思的飞跃。现代人正在失去人的自然状态，忘却了自己是什么，来自何处，走向何处，这是现代人的悲哀，现代人变得"现代"之后反而迷茫了，反而呈现另一种的愚鲁了，只知征服，只知巧取豪夺，只知更要"现代"。白尔泰忽然感觉到，人就像那被漠风吹拂的一粒粒沙子，时停时滚，时飞时聚，时在高空舞扬，时在洼地草根下埋没，聚众时千军万马横扫旷野，单粒时孤孤寂寂可嵌进兽毛草间，一切活动、一切结局——甚至没有的结局，全听凭于大漠之风的强弱疾缓和东西南北上下左右的方向来定。漠风是沙粒的主宰。万能的大自然，是人这粒尘沙的主宰。只是，这粒尘沙被抛到空中时，却忘却了是风把它送上来的，便变得张狂起来，觉得自己是脚下边尘世的主宰。这是一粒沙的幼稚和可笑，也是它的悲哀所在。白尔泰在冥冥中感悟到，有一种启示在催动着他，要不懈地追寻"字"的贤哲踪迹，因为那踪迹正是现代人所失去的人的自然状态，人的崇尚大自然的心灵轨迹，人在大自然之中的准确位置。人应该寻回自己的自然，恢复这准确位置。其实，人不应忘了自己是大自然的产物。所谓"上帝"创造了人类，这"上帝"其实就是大自然。

想到此，他突然朗朗一笑。于是嘴唇上的水泡破裂，渗出淡淡的血水，疼得他歪了歪嘴。

前边的铁木洛老汉回头看了一眼他,然后又转过去。

不久,从他嘴里飘流出一首古歌来:

当森布尔大山,

还是泥丸的时候,

当苏恩尼大海,

还是水塘的时候,

咱们祖先就崇拜天地自然,

跳唱"字"歌"安代"祭祀万物——

哦,跳"字"来哟!

哦,唱起"安代"!

我们崇拜长生天,

我们崇拜长生地,

我们崇拜自然万物

——因为我们都来自那里!

哦,跳"字"来哟!

哦,唱起"安代"!

白尔泰明白,老汉唱的是萨满"字"歌,也就是在这大漠中亘古的宁静里,没有任何生命痕迹的空天空地空沙间,他的心灵才会被勾回往日的岁月,回想起那些充满生命活力的老歌。也就是这种环境里,人才可能重温过去,遥想当年,捕捉心灵中一闪而殁的往日辉煌来慰藉此时的孤寂。

苍凉而雄浑的"字"歌——"安代"旋律,代表了已逝去的整整另一个时代,音律沉古而高亢,如风穿行高山松林间,如溪淌过清寂岩洞中,激越而不张狂,悠远而不乏旋律,你眼前似乎浮现出蓝色的大海和浮动着一座冰山,无限的高空中,一座火山口喷发着炽热浓红的岩浆,又似风雨中顽强的蜘蛛在续吐生命的丝网。

白尔泰的内心深深感动,屏住呼吸不敢出声,捕捉和牢记着这古歌透出的所有含义。他拿出小本子,先记下那歌词,又简单勾记了那重要的旋律。

这时,老铁子的歌声戛然而止。

他的白驼也停下了。

"你看,古城,咱们到了。"老铁子扬一扬驼鞭,指着前边。

于是,白尔泰也看见了。黄澄澄的大漠沙山脚下,一座土城废墟展现在眼前。

"万岁!老爷子,你真把它从大漠里捞出来了!"白尔泰高兴地大叫,整整走了二十多天,大漠里风餐露宿,日夜兼程,受尽风沙和冬寒之苦,终于有个目的地了。白尔泰长长喘了一口气。

"黑土城子,还是老样子。"老铁子凝视着那座古城。

明亮的阳光下,在周围莽莽黄漠衬托中,土城废墟却呈现出暗褐色,残垣断壁,毫无生气,更显出荒凉而古旧。一只老鹰在其上边高空中盘旋,土城后靠的沙山,巍峨耸立又横亘如卧龙,土城前边则是一片平阔的沙地。

"走,咱们进城,今晚可以睡个好觉了。"

铁木洛老汉抖动缰绳,驱动骆驼。

骆驼们似乎也知道了将到达终点,都有些兴奋地加快了脚步,"噢儿、噢儿"地叫起来。

哦,黑土城子。诱人的黑土城子。我们来了。白尔泰如是说。

五

她，孤独地徘徊在村西北那片小榆林中。

面容依旧清秀，经历了前一阵感情的波澜，她的神色却沉稳了许多，不像当初那么激情、幼稚和狂热浮躁。抿紧双唇，眼睛里有了某种思索。

她时常到这边无人的小树林里散步。想想心事，想想自己和那位远赴大漠至今不归的男人之间的情感之事。由于远离了那个实在的人，她考虑起来冷静了许多，这是个间离作用，距离产生思想。她在小沙村长大，长大后到哲盟的通辽师范读书，毕业后回村当个小学教师，后因大哥的关系改行当了一名文职人员，在旗府工作。在小小县城，她是高傲的公主，虽然未见过大的世面，可也在不大不小的中等城市通辽，接受过几年中等文化的熏陶，自然而然地在小县城自命不凡起来。白尔泰的出现，白尔泰身上表现出的那种深层文化人的孤傲气质，一下子征服了她的心，她变得不顾一切，却忘记了若违背自然程序，"强扭的瓜"将"不甜"这一结局。于是，她要承受这种感情的折磨。她时时想，自己哪点做错了，自己的条件、地位、家庭环境，以及品行相貌，哪一点比不上那个穷酸文人？可白尔泰的态度，若即若离地应付自己，深深刺伤了她那脆弱又高傲的自尊。

她此时的心情清醒了许多。她想通了白尔泰所说的话，先以朋友相处，她不能一见对方是合适人选，便以一种功利心态追求和捕捉对方。看来错就错在这里。她兀自苦笑了，长叹一口气。斜阳，暖暖地照射在没有叶子的树木间，脚下的土地稍稍变软，冬天基本过去，沙漠这边的田野上农民们开始劳作，大地正在复苏。从土地上、从发青的树枝上、从麻雀的欢叫上,都可闻到春天即将来临的气息。

她心中也隐隐春潮泛动。一个花期稍晚的年轻女人,想委身于情郎的那种期盼和渴望,如那些从干草根下土里往上拱出的新嫩芽,使她心颤。

他为何还不归来啊?就是他不要她,她也愿意跟他在一起,工作,说话,一起寻找萨满"孛"的线索。她喜欢他那可笑的笨拙和木讷,他那固执和孤傲,有时没必要的谦卑。

她着急,也有话告诉他。经过自己几次拜访老喇嘛,甚至由老支书齐林带着她去找老喇嘛吉戈斯并抬出大哥,事情终于有了突破性进展。

据老喇嘛吉戈斯神神秘秘的介绍,铁木洛老汉的一个叔叔当年曾经是一名萨满"孛"。那会儿吉戈斯喇嘛还小,也就是五六岁不很懂事,家人把他送到库伦大庙上当小沙弥,在他七八岁时,旗上的喇嘛王爷召集了全旗的"孛"和"列钦"开会,勒令他们不再当杀生的"孛",改邪归正,让他们转信佛爷。从此,库伦旗的"孛"迫于形势,基本全归顺了喇嘛教,改信了佛爷,传说当时有六个"特尔苏德·孛"逃出库伦,不知去向,后听老人讲,其中就有铁木洛老汉的先人。留在旗里的那位铁木洛老汉的叔叔,虽然明里投降了庙上,可暗中,要是百姓请他,他还是跳"孛",后来被喇嘛王爷查禁。"土改"前几年,因参与"倒喇嘛王爷"的运动,被库伦旗最后一位王爷罗布桑·仁钦关进了大牢。后来,他从牢里逃脱出来,回村里务农,不久,又被旗保安队拉去当向导,追踪一伙儿叛匪,结果打仗时被叛匪的流弹给打死了。这就是他所知道的村里最后一个"孛"的情况。当她问到铁木洛老汉的情况时,老喇嘛说小时候他并不知道有这么一个人,他们铁家人也从未说起过,后来"土改"前后他才从外地回到村里来落的脚,其他情况老喇嘛也不很清楚。但从各种蛛丝马迹和议论判断,铁木洛老汉的历史跟"孛"定有关系,人们过去也曾议论过，他们家祖先中出过大"孛"师。

她知道了这情况，心里很兴奋。终于帮助白尔泰办成了一件大事，摸到了新线索，进一步确定了铁木洛老汉是最终关键人物。由此想到，白尔泰紧盯住铁木洛老汉是何等正确。看起来木讷的这个木头人，办起事来的确心中有数。

她抬头遥望西北方向，那里大漠茫茫。

此刻，你在哪里？还安全吗？何时是归期？她轻轻叹气。

她慢慢走在回村的路上。踩着干软的树叶，闻着春天的潮气。

在村口，她碰见二哥古顺正和在老墙根晒太阳的胡大伦说话。

胡大伦的病情显然好了许多，神志也已正常，不过脸色还是黄瘦黄瘦，一双眼睛仍有些贼亮贼亮，透出一股神经衰弱者常有的那种失眠后的过分亮晶的目光。

"小桦，一个人野外瞎走，不害怕呀？"二哥古顺远远打招呼。

"大白天的怕啥呀？老狐狸也跑了，啥玩意还能吓人？"古桦笑着看一眼胡大伦，"我待在屋里闷得慌，出来透透气。"

一听"老狐"，胡大伦身上不由得打了个冷战，苦笑着说："老妹儿别再提那鬼东西了，想起来就害怕。一个人到野外散步，有心事吧？"胡大伦不阴不阳地笑笑，村里早已传开她和白尔泰谈对象的事，他当然也清楚。

"我有啥心事啊，有心事的人才是你们俩哪！在村头叽叽咕咕，又不知神神道道地商量着啥鬼花样呢！"古桦嘴上不饶人，如刀子般叼在他二人要害上。

"小桦，你咋这么说话！"古顺瞪妹妹一眼，"人家胡大哥病刚好，说说话也犯法呀？再说哩，大哥只是让他暂停了村主任的职务，没有说撤职，等病好了再说嘛，这就是说他病好了还可以当村主任，是不是？"

"噢，原来你们俩在这儿鬼鬼祟祟，商量着如何复辟哪？真有你们的,还在做你们的春秋大梦,出了那么多人命关天的大事儿,还想着重新当官儿!唉,咱们中国人咋就都那么官儿迷呢,包括大字儿不识几个的农民!真是邪了门儿了!听说陕西农民每人都有做皇帝的梦,你们二人也差不多了!"古桦说完,扬长而去,丢下两个人愣在原地光嘎巴嘴,瞠目而视又无可奈何。

"这丫头越来越野了,不用理她,咱们说咱们的。"古顺说。

"唉,这年头,虎落平原,谁都叨咱们一口,真难咽下这口气!"胡大伦愤愤地看着身后,村庄和田野上有忙碌的村民,"以前谁见我都点头哈腰,杀猪包饺子都喊上我,现在倒好,有人路上碰见我昂着头走过去,愣是没见着我这大活人一样!我有病想借刘三儿的好驴套车去趟医院,可他愣是把我给撅回来了!你想这世道,这些势利小人,当我在台上时,都一个个小哈巴狗似的,我放个屁都说香!现在我倒成了一堆臭狗屎,谁见了都躲着走,真他娘的腿岔!"

"我还不是一样!咱们只好忍一忍了,胡大哥。那一天,我去乡里见着刘乡长,诉了诉苦,他却叫咱们别再折腾了,说上次是咱们拐带了他都受通报批评。哼,刘乡长这人现在也滑得跟兔子一样了。"

"都他妈为了保官保乌纱帽,往后不用理那孙子!"胡大伦琢磨着心事,又说,"听说你大哥上盟里开会去了,不知回来没有,咱们这事还得找他。旗里边有传闻,说你大哥要调到盟里去,上边要派个新旗长来,不知道是真的假的。"

"我也听说大哥要动窝儿,上头征求过他的意见,好像他表态不把库伦北部沙漠治出个样子来,哪儿也不去。你说他傻不傻,提拔他到盟里去当官儿,他还不干!"

"哼,你我懂啥,人家下的是大棋,将来搞出大成绩,那提的官儿还不得更大呀!可话说回来,这北部沙区的沙漠治好它,谈何容易!不小心还有陷在这儿的可能哟!"胡大伦莫测高深地说着,歪起头看一眼有些变凉的太阳。他背后是一堵矮墙。旧土墙被人遗弃不用，风蚀雨淋后变得上豁下空，不知哪一天一阵大风会把它吹倒，可此刻依旧苦撑着，顽固地挺立以显示自己还是一堵墙。

"是啊，我也觉着悬乎，啥'家庭经济生物圈儿'，名字倒好听，可村里像老铁子倔巴头那么往死里干的有几个呀？别说，我大哥还真看上他了，说是还要让他当村主任哩！"

"啥？有这事？"胡大伦立刻盯住古顺问，声音都变了。

"当然有了，都找他聊过，只是他没答应，说先进大漠，杀那只玷污了他家祖坟的老银狐回来再说。你没瞧见咱村的村主任位子，一直空着吗？你当是真留着等你复出哪？早有主儿喽！"

"不成！我是大伙儿选出来的村主任，凭啥撤我？我现在病好了，我要开始工作了！让谁也不能让那老倔驴骑到我的头上来！"胡大伦喊叫起来，黄脸发青，亮眼睛更亮更鼓起来，从土坎儿上嚯地站起身，向村里走去。

"你干啥去呀？"古顺从他身后问。

"我去找老齐头儿，告诉他我病好了，我要当我的村主任！"胡大伦头也不回地留下这句话，甩着手走了。

古顺有些后悔自己多了一句嘴，给齐林支书惹出这个麻烦来，不过转而一想，也好，让他去折腾折腾，出出气。自打被免了村副主任和民兵连长的职务，他总觉得空落落的，没有了往日的权力，在村里很不习惯，心里不顺畅、堵得慌，有时心中暗暗责怪大哥太不顾手足之情，没有关照自己。因而他常常希望村里再出点啥事，看看热闹。

齐林老支书刚从沙坨里回来，捶着腰，准备吃饭。这时，脸色异样的胡大伦走进他的屋里来。

"老胡，坐坐，你这是稀客，身体咋样？一块儿喝两盅？"齐林热乎地寒暄着，心中也犯起嘀咕：他这是啥来头儿呢？

"老支书，我现在还有啥心情喝酒哟，我有话跟你谈。"胡大伦坐在炕沿上，不冷不热地开口。

"有话跟我说？好哇，咱们俩也好久没说话了。"齐林拿出一盒烟递给胡大伦，他自己是不抽烟的，他的支气管儿就是年轻时被烟熏坏的。

"老支书，我的话也很简单，现在我的病全好了，精神也好多了，我想，嗯，该出来工作……"

"出来工作？"齐林心中吃了一惊。

"是的，村里的工作这么多，不能老让你老人家一个人撑着呀？我就出来当我的村主任，给你减轻点负担吧！"胡大伦说得一本正经，毫不含糊。

听了这话，齐林老支书似乎不认识似的看了看胡大伦，又怀疑他是不是精神上还有些不正常，可对方镇定自若，气色冷静，只是口气上有些咄咄逼人的味道。这回齐林老支书犯难了，他怎么答复呢？难道胡大伦真的至今不明白，上头古旗长他们实际上已经撤了他的职吗？出了那么多事，没对他进行明确的处分，是因为看在他病情较重，又是属于精神方面的毛病，所以把事搁置起来。可是换村里的领导班子，重新整顿班子这事，是古旗长早就明确定下来的事了，而且也早已内定，等铁木洛老汉回来后让他当村主任，带领全村人治沙搞"生物圈儿"。现在胡大伦公开要求恢复职务，自己咋答复好呢？齐林老支书琢磨片刻，仍笑吟吟地对胡大伦说："老胡啊，你想工作的心情我理解，可这事不是我老齐头能定的事，前一阵子的事，旗里决定整顿咱村领导班子，要提前换届，只是因为有些具体原因，暂时让我这老病号代理兼管着，这不，这些日子我天天往沙坨子里跑，搞调查搞测量，准备把那些能改造的沙洼子全分给各户，摊派着干，旗和乡里的治沙工作队也马上要进村了，大家都忙得顾不上啊。你的事到底咋着，那只能等古旗长从盟里开会回来，由他定了，你就直接找他提要求吧，好不好？我的情况你也不是不知道，还不知道干几天呢！"

一席话,说得胡大伦不知道怎么再开口,心中暗骂:"老狐狸,轻巧地推到上头古旗长那儿了,真他妈油滑透顶!"

"那照你的意思,村班子要是整顿我还有事了,是不是?"

"有没有事,我可不敢说。前一阵儿,抓了几个,古顺被他大哥臭骂一通就地免职,杨所长也受处分调离咱们乡,刘乡长受通报批评,老胡你想想,咱们村出的事小吗?你老胡前一阵儿有病,精神又不大好,所以旗领导没找你谈,让你好好养病,尤其考虑别再让你精神上受刺激,领导上对你还是不错的……"

听到这儿,胡大伦哑口无言,心里已经清楚,那话的意思是你老胡不知轻重再闹腾,那等于自己去主动申请处分或处理呢。可他心里不服呀,要是真的让那个死老汉上台,那还有自己的好果子吃吗?经历了这么多年大风大浪,好不容易熬到哈尔沙村的顶上位置,就这么轻而易举、稀里糊涂地下来,他实在不甘心,咽不下这口气。可这老齐头说的也是实情,别的当事人都受了处理,自己因病逃过这关,如果再提旧账,自己真备不住是主动申请处分呢。

他有些悻悻地告辞出来,回家的路上心里咬着牙想:骑驴看唱本,走着瞧,十年河东十年河西,咱们等着看,我就不信我老胡的路子走到头了!

"胡大村主任,你这是跟谁较劲呢,咬牙切齿攥拳瞪眼的!嘿嘿嘿……"有一人从路旁钻出来,阴阳怪气地冲他说。

胡大伦一见此人,更是气不打一处来,吃了苍蝇般地厌恶起来。

说话者是杜撇嘴儿"杜半仙",额头上扎着黄布带,黄不拉叽的脸上挤堆着肉皮干笑,一双眼睛比胡大伦的眼睛还贼,如水缸里掉进两只亮玻璃球般死亮死亮。那麻秆儿似的瘦小身板儿,一笑三晃,要是风吹得厉害点就能刮倒的样子。显然,她也大病初愈,拄着拐棍在村街上溜达,这都是些闲不住的主儿。

"死巫婆儿,闪一边儿去!别叫我恶心!"胡大伦恶语相加,毫不客气地把气儿向她撒。

"嗬,官儿下来了,僚儿还没下来,脾气还挺大!你别走,我有账跟你算!"杜撒嘴儿拦住了要走的胡大伦。

"耍啥无赖,我不欠你一分一毫!"

"啥,你带人开枪打伤我,就把那个愣头青推出去当完事啦?你是罪魁祸首!我住院那么长时间,我的医药费,身上的损失费,都冲你要!你得给我赔偿!"杜撒嘴儿嚷嚷起来。

"你那是搞迷信,自己撞枪口的,你赖谁呀!"胡大伦没想到杜撒嘴儿会来这一手,有些慌了。

"谁说搞迷信就可以开枪打?还有没有王法?你还是共产党员、当村主任的官儿哩!你得给我赔,不赔,我告你去!"杜撒嘴儿不是省油的灯,不是一句"搞迷信"就能吓退的主儿。其实她那医药费,大部分已由那位开枪的愣头青家承担了,她只是觉得放过了主事者胡大伦,太便宜了他,所以心里有气地来跟胡大伦搅和捣乱。

"你去告吧,我等着,我老胡怕过啥了!"说着,胡大伦绕过巫婆杜撒嘴儿,心虚地疾步而去。

"哈哈哈……看你那熊样儿!不怕?你别走啊!哈哈哈……我真告你,你等着!"杜撒嘴儿在胡大伦身后开心地大笑起来,挖苦地损说着,浑身乱颤。

村街上聚集了不少看热闹的。一只狗围着老巫婆儿,转来转去,她拿拐棍冲狗划拉了一下,狗却咬住了她的棍子,一下子把她拽倒了。人们轰地乐了,一个小孩儿叫走了狗。她从地上爬起来,拍打着屁股上的土,边骂边摇晃着走。

"这是啥世道!狗和人都欺负我!狗和人都一个德行,都鸡巴会咬毛!"

听她满嘴脏骂,人们又轰地乐了。

小小哈尔沙村,每天这样啥新鲜事都发生。

第十章　萨满显灵皈依路

人的大脑哎——

病得不轻，

六神无主哟——

走向灰蒙，

回归吧，回归——

这是九尾银狐的预言，

这是萨满孛的召唤！

记住吧，人们！

记住吧，众生！

——引自民间艺人达虎·巴义尔说唱故事《九尾狐的传说》

一

银狐又吠噂起来。

站在高高的沙丘顶上，向着东方，向着大漠，扬起尖尖的长嘴，久久悲凉哀婉地哭噂。整个沙漠，甚至整个宇宙，似乎都被它的凄厉的噂声所镇住，陷入一片死静，没有任何反响。唯有这银狐的悲啼在久久飘荡着，慢慢消逝在苍茫的天际。

"狐婆"始终依偎在银狐身边。

似乎来了兴致，"狐婆"也学着银狐的样子，扬起短嘴，冲着东方的天空尖叫了一嗓子。这一嗓子却把银狐吓了一跳，回首看了一眼"狐婆"，大概它没想到，这两条腿的人也跟它一样会发出狐的长噂，于是亲昵地拱了拱"狐婆"的脸。受到了鼓励，"狐婆"更是信心陡增，挤着嗓子，尖尖地噂叫个不停。然后，她咧开长着黄细绒毛的嘴巴笑了，"咿咿呀呀"地冲银狐似笑似语地比画起来。荒漠里的生活，"狐婆"全然已习惯，饿了，吃野鼠野草根，渴了，随银狐寻沙漠中稀少的水洼饮喝。银狐似乎对沙漠中的一草一物都熟悉，只要到了渴时，它带着她寻寻觅觅，准能找到水源和食物。有时几天不吃东西，也照样没事，照样奔跑。这一切，她自己倒似乎没有什么感觉，而唯一留在她嘴边上的一句话就是"铁山！铁山！"两个字。似乎只要跟自己所爱的"铁山"在一起，至于她变成什么、吃喝什么都无所谓，无关紧要。她在不知不觉中，在头脑不正常的情况下，在广袤的大自然中发生着演变，为了简单的生存，她使自己的所有功能适应着自然环境，顺应客观生存条件，变得强健和坚韧。

当然，她唯一无法改变的是自己的"肚子"。那悄悄隆起的"肚子",她开始时没什么感觉,渐渐,当躺在野外的沙洞中的草窝时,不自觉地摸一摸正发生着变化的肚子。那里似乎装进了什么东西,有时微微颤动。后来,她的本能终于有所意识,又惊又喜,又怕又怪,又叫又嚷,拉着银狐的前爪子摸摸自己的肚子,嘴里断断续续地说出些已忘得差不多的人类语言:"铁山,这里……肚子……有东西……草料……房……你……你……我……我……嘎嘎嘎……"她突然爆发出狂笑,为她自己期盼已久,又付出那么多痛苦代价之后,肚子里终于有了孩子而狂喜狂乐,一双变得野性的眼睛湿润起来,溢满泪水,在温柔中含情脉脉。而那只老银狐呢,似乎被她的举动弄得莫名其妙,疑惑不解地盯着她猖猖吠叫两声。她对"铁山"的笨拙和无动于衷,生气起来,学着狐狸的声音"呼儿、呼儿"低哮起来,然后不知从身上什么地方小心翼翼地拿出一物给"铁山"看。这是一卷儿裹伤的白药布,变得又黑又污脏,上边的血迹也呈出黑褐色。

"草料……房…你……跟……我……这……药布……药布……"她的手比画着,做出药布是当时"铁山"包扎头部伤的,是那一晚当他匆匆丢下她走时,她从他头上扯拉下来的。

银狐依然不懂。"哽哽"呜咽般地吠哮。

她重又拉过银狐的爪子,放在自己的肚子上,这一回,银狐似乎有所意识,不是用爪子,而是伸出尖嘴尖鼻去嗅起她的小肚子和她的两腿间。而后银狐扬起尖嘴,冲着高空,细细地辨别般地嗅嗅停停,接着便摇起尾巴显出兴奋的样子,吠叫个不停。显然银狐弄明白了。

她抱起银狐的头亲起来,嘴里低低哮叫着"铁山,铁山"个不停。她似乎沉浸在陶醉之中,终于为她和"铁山"给铁家续上香火而欣喜不已,感到一切受苦受难都很值得,算不了什么。

自从老银狐明白了同伴"狐婆"已有身孕之后,也开始变了。每天睡窝穴时,它的尖嘴伸进她那碎布条下面,用舌头不停地舔她的小腹和肚脐。这举动天天如此，开始时她不习惯，后来感到很舒服，似乎觉得一股神秘的气体透过银狐的舌尖、透过它的舔舐，热乎乎地源源不断地流进自己的小腹之内，使肚子里的小生命变得更为安稳和牢固起来。她似乎预感到她们的孩子将来出世之后，肯定是神奇无比和勇敢聪明。

每天出去寻食物时，老银狐也不像往常那样迅跑猛蹿了，时时回头关照着"狐婆"，甚至让她休息不动，它去寻回食物。

后来，老银狐领着她向大漠深处进发了。它似乎预感到什么，需要找到一个安全而温暖的、其他人和动物无法找到的秘密巢穴。她们走了很多天，几乎跨越了整个莽古斯大漠。最后，银狐和她来到一座旧土城子。在这里早有一个理想的可以孕育孩子的暖窝儿。她们在这里很安定，歇息几天，又一同出去觅食几天，老银狐很明智地把食物一点一点地储存在土城子的一间地下房窑内，那里阴凉如秋，食物不会腐烂，宜于保存。

有一天，她们在大漠中突然遇到了那位老对头。

银狐变得非常警觉，时时提防着，那"狐婆"对那两个似乎倒不认识了，只是对他们的食物感兴趣，老想围着他们的食物转。

银狐领着"狐婆"远遁。可始终甩不脱追踪者，又不敢带着他们回老巢，于是她们在沙漠里玩起了捉迷藏。

终于，老对头放弃了追踪，丢下她们的脚印直奔大漠深处而去。

老练的银狐更是起疑了。它反而悄悄跟踪起这两个人的足迹，一直目送着他们走进她们的老巢——那座旧土城子。

于是，它远远站立在沙山上长长嗥叫起来。"狐婆"也学着嗥叫。这两声怪异的嗥哮，在沙漠中回荡，传送着恐怖的信息。

那座土城子，一片死静。

银狐蹲坐在后两腿上，久久地凝视着土城子。眼中闪烁着猜疑、愤怒、不安的光泽。它意识到，那老对头的狡猾老到，一点也不亚于自己,他倒先摸进了这座土城子,占领了自己的老窝儿所在处。它和她,这下怎么办?

老银狐渐渐从焦躁中安稳下来,和"狐婆"一起卧伏在沙山上的一处隐蔽处,等候天黑下来。

当那轮火球,躲进大漠那头之后,这黑暗的世界就属于她们了。因为,它长着一双黑夜里照样燃烧的绿色眼睛,寻找方向。

二

这是一座死城。

残垣断墙是死的,碎瓦陈砖是死的,甚至空气也是死的。这都是因为,周围的沙是死的,是沙把这座原有生命的土城,活活给扼杀死了。于是变成如今这样,万古的死气和荒凉。

"老天,这里可太静了,死静死静的!"白尔泰随铁木洛老汉,踏进黑土城子,牵着骆驼待在那里感叹。

"你说对了,这里的另一个名字,就叫死城子,当然没有活气儿了。"老铁子似乎熟识这里的布局位置,向土城内的一处如迷宫似的层层土墙内走去。

"老爷子,你知道这黑土城子是哪个朝代的吗?"白尔泰瞪大了惊奇的眼睛,观察着那些半露半埋在沙土中的城墙残缺。

"听我爷爷讲,好像是辽代的。从这里往西南上百里,就是辽代的中京。这土城子好像是辽代的一座州府。"铁木洛老汉不觉中第一次说出他的爷爷。

白尔泰以前曾查阅过史料，在北方的草原上，就是建立辽代的契丹族最早开始垦荒耕种，把原先的游牧经济转为固定的农业经济，结果，农业经济使社会文化及政体结构发展了，然而赖以生存的草原土地却退化了，在地底沉睡千万年的沙子这恶魔被犁尖解放了出来，日益吞噬着良田草地。沧海桑田，日月轮回，曾雄踞北方的契丹族连它的民族、文化、经济均埋进沙漠下边，唯留下黑土城子这样的死城残墟，令后人感叹悲嘘，生出"前不见古人，后不见来者，念天地之悠悠，独怆然而涕下"的世纪末感慨。

"老爷子，我看过一篇资料，西亚叙利亚大沙原上，也从沙底下挖掘出过一座古城，叫埃布拉古城，是一座十万人口的城市，当初也被黄沙埋进地底。这座黑土城子跟它很相似，只是不知道地底下部分有没有价值，考古学家们来没来过这里？"白尔泰思索着说。

"得了得了，别提啥考古学家啦，发掘啦，他们一来，啥都毁了，叫黑土城子安静待在沙底下吧。"

白尔泰看了看老铁子，没说话。

"当年，来过那么两位，非要我带他们来找这座黑土城子，我就带他们在沙漠里转了半个月回去了，我告诉他们黑土城子还埋在沙底，啥时候被风吹出来了，我再通知他们来考察，哈哈哈哈。"老铁子得意地笑起来，笑声在死城里回声很大，传荡很远很久。

"你这倔老爷子，真有你的。"白尔泰也笑了。

他们穿梭行进在一座座旧院墙和残存废墟间。这些古建筑，地上部分都没有顶盖，砖土结构的墙壁则倒塌、裸露、毁坏、风蚀雨侵后豁牙露齿，沙土中埋着腐烂的陈物和古陶旧瓦。老铁子并不在意这些古城遗址的奇象，不像白尔泰走走停停，摸摸这碰碰那，满怀着好奇探究之心。

铁木洛老汉终于停下了。

"就这里了，没错，就这儿。"他站在一座倒塌的砖石墙壁前边。

显然这里是一座旧宫殿,墙砖坚固,面积挺大,半埋半立的宫墙呈出黑褐色,依稀辨出宫门殿前的痕迹。

只见老铁子丢下驼缰绳,向前走过去,在一堵完好的旧壁下边蹲下来看看,然后从驼架上拿下一把小铁锹,又走回旧壁下,挖起下面的经雨水浇湿后变得干硬的积沙。白尔泰想帮忙,老汉把他推开了,说别碍事。他只好静静地看着老汉一锹一锹地挖沙土,清理旧宫墙下的所有沙土和沉积物。

不久,旧宫墙下部,露出一扇石板门。

铁木洛老汉放下铁锹,用肩部顶扛那扇石板门。他顶得脸涨红,额上青筋暴突,只听"吱嘎嘎,吱嘎嘎"的声响,石板门终于被移动到一边。白尔泰发现,石板门后边原来是一个黑洞,通向地底下,黑咕隆咚的深不见底。还有个阶梯,从里边吹出一股阴冷阴冷的微风,刮在脸上凉飕飕,麻麻的。

"老爷子,这黑洞下边是啥呀?"白尔泰惊奇地问。

"地下宫殿。这上边宫殿的地下部分。"

"你老爷子,对这里好像很熟悉。"白尔泰疑惑。

"太熟悉了。"

"过去来过?"

"来过。别问得太多了。"

"只剩一个问题,你现在打开它是……"

"我们要住在里边。"

"行吗?"

"辽代州府老爷的地下寝宫,咋不行。你不愿意,可以住在上边的黄沙上。嘎嘎嘎,嘎嘎嘎……"老铁子拿白尔泰开玩笑。

"不不不,我还是随你老人家,住州官老爷的寝宫吧,上边是下人丫鬟们的住地儿。"白尔泰也笑着说,"不过,老爷子,你那老对头——老银狐住在哪里呢?"

"等安顿完了,我去找找,跑不了哪儿去,肯定也在哪个旧墙角落里搭了窝儿。别急,她们还没回来呢,我们得耐心等。"

说完,铁木洛老汉便把骆驼牵进宫墙之内,让骆驼跪下后,开始卸东西。白尔泰也照着做。他们把骆驼缰绳拴在墙角的石柱上,又拿出些豆料盐巴喂给骆驼。骆驼已释重负,安闲地吃起来,享受主人的恩赐。

"好啦,骆驼就圈在这儿。"

"这对它们够好的。"

"但有话跟你说,"老铁子严肃起来,眼睛盯着白尔泰一本正经地说,"到了下边,你不要乱动乱摸,不要瞎走,要听我招呼。"

"好好,没问题,绝对听你招呼。老爷子,下边到底有啥呀?"

"等会儿下去就知道了。"

"那咱们快下去吧,等啥呀!"

"透透气,等里边的阴冷死气,换干净了再下。你急啥呀!"老铁子白了他一眼。白尔泰顿时缄口了,伸伸舌头,整理起驮架上的东西。

"我们先搭灶做饭,吃顿热乎粥吧。这两天顿顿干嚼炒米,胃都撑硬了。"老铁子说。

"好吧,我出去捡柴火。"

"土城子后边那座沙山脚下,有柴草,你带一把镰刀去吧。"老铁子想了一下,又说,"算啦,我跟你一起去吧,别一会儿你迷路了,转不出死城子回不来了。"

"也行啊,有老爷子带路更好。"变得很乖的白尔泰不多说什么,两个人带着背柴火的绳子和砍柴的斧镰,奔城北而去。

幸亏是老铁子自己带路,左转右绕,穿过迷宫似的城北部地带,他们来到城北那座高大巍峨的沙山脚下。其实,这是一座真的由岩石组成的山,只是经过了多少年的大风吹沙,渐渐被黄沙掩埋住,那岩石也日夜被风摧沙蚀，演化成手搓可化为沙质灰土的沙石岩。一座石头山，也活活地被黄沙吞噬掉了。大自然真无情，不可抗拒，它残酷得让你面对这座沙山，浑身发抖。

"别站在那儿发愣了，砍柴吧。"

"老爷子，这石头也会变成沙粒儿呀？"

"这有啥稀奇的，有朝一日，整个地球都有可能变成一个沙球！这都是人自个儿折腾的！"老铁子不知冲谁发火儿似的，说了这么一句，便砍起那一丛丛稀稀拉拉的沙漠植物酸枣棵子。毕竟是一座山，还有储存雨雪积水的功能，山脚下的沙质土上，还能生长出些稀稀拉拉的沙生植物。

"老爷子，这块地还能长柴草，要是雨水好，这里还可以种庄稼哩！"

铁木洛老汉看他一眼，似乎心有触动，思谋着说："你的话没错儿，倒提醒了我，将来在这儿开辟一个小绿洲住一住倒不错。我烦透了村里的那些疙疙瘩瘩的事，人他妈的都像狼似的，一睁开眼就琢磨着互相咬，没劲透了！"

白尔泰理解地笑一笑，说："在这儿出家倒不错，只是水源成问题。"

老铁子向他神秘地眨眨眼："有水，这里还有一条河哩！"

"在哪儿？"白尔泰茫然四顾。

"不在上边，在地下，回去我带你下去看一看。"老铁子丢下吃惊地瞪大眼珠的白尔泰，不再说话，挥镰砍柴。

回去的路上，他们就听到了那声怪号。那个恐怖而凄厉刺耳的哀号，不知从哪面的沙漠里传出来的，久久地在黑土城上空回荡。

"她们来了，咱们快回去！"

"果然叫老爷子猜着了，这里是她们的老窝儿！"白尔泰随着老铁子小跑起来。

回到住地，撂下柴火，铁木洛老汉从驮架上抽出猎枪，对白尔泰说："走，咱先去察看一下她们的老巢在哪儿，回来再弄饭吃。"

"东西就放在这儿呀？她们来偷咋办？"白尔泰想起那一晚的事儿，担心地说。

"没事儿，天黑以前，银狐那鬼东西绝不会进土城子一步！放心！"老铁子说完，大步流星往外走，白尔泰拿起刚才的砍柴斧头，紧跟上老头子走出旧宫废墟。

他们从黑土城子的一头开始搜寻，梳头般细细地查看一处处旧墙陈隅，一座座残墟古址。经验老到、富有追踪技巧的老铁子，凭他对动物秉性和周围环境的敏锐判断，终于在城东一处半地下的暗窨，找到了银狐老巢。看其样子，这是一户富裕人家的半地下窖房，专门储藏物品用的，里边干软的沙地上，铺着一层软软而温暖的蒲草叶子，可供躺卧。房角有些破罐儿，还有些晒干变硬的野兔和山鸡等食物，显然那是储存下来的东西。

"哇哈，过得蛮不错嘛，有吃有喝——咦？她们喝什么呀？"白尔泰感叹着问。

"估计，哪块地窖中有雨雪积下的水，或者附近哪块儿还有水泡子，老狐狸，当然会找到沙漠中的这些极少的水源了。"老铁子说。

"下一步咋着，老爷子？找出了老窝儿，你怎么对付她们？"白尔泰关心起来。

"我要打死它，扒它的皮，抽它的筋！"老铁子依旧是那句充满仇恨的话，"走，咱们先回去，等老银狐归窝儿了再来。"

他们原路回到住地。

三峰驼依然安详地嚼着食物，见主人回来，"噢儿噢儿"地叫了两声。

他们开始烧火做饭。死城子里，多年来头一次升腾起人间烟火。由于无风，空气宁静，那缕炊烟拔得老高，淡黄色的烟雾直直升入高空云际才消散。他们美美地喝饱了热乎乎的大馇子粥,然后,老铁子对白尔泰说:"好了,咱们该下去安排睡的地儿了!"

铁木洛老汉从驮架上的大口袋里,拿出早已准备好的一盏马灯。装上油,点燃之后提在手上,走向旁边墙下的那个黑乎乎的地宫进口,回头吩咐白尔泰:"你扛上咱们的行李物品,小心跟在后边。"

他们沿着砖石阶梯往下走。每处拐角,都置放着一个挺大的立体铜镜,可以相互反射阳光,正好照进地下宫内。每面铜镜古朴古色,镶在黑檀木框架里,高雅而结实,足见主人的精心设计和良苦用心。

白尔泰蓦然有种预感,他正在接近自己多年来孜孜追求的那个神秘的历史——萨满教的秘史。他从老铁子那变得严肃庄重的脸色、那显得神圣虔诚的目光,感觉出这一点。他的心猛烈地跳荡起来,双手有些发颤。他不停地告诫着自己:别说话,别打搅他,别碰撞东西,一切听他安排。既然他带你下到地宫,肯定也会向你袒露那埋藏多年的秘密的!可一定要小心,千万不要惹翻了他!

转了三次弯,每段台阶有十八级,越是往下走越阴凉,不时还有一股潮湿气飘散上来,比起上边大漠的干燥空气可舒服多了。

铁木洛老汉终于停下脚步。借助从上边反照下来的日光和老铁子的马灯光,白尔泰发现,他们是站在一间精致而较宽敞的地下小寝宫之内,有几十平方米,八角形呈圆状,上顶穹隆而带装饰花边,周围墙则全是大块儿平面石板砌筑而成,上有浮雕图案,有些是狩猎图,有些是宫廷生活图,靠左侧墙,置放着一张宽大的雕刻而成的石床,古朴而华贵,床旁是石礅石几,还有石盆陶器等物。床旁墙上有凹槽,里边可以置放灯盏和书籍或其他日用品,另一墙上还镶有铜镜,镜前是石桌梳妆台。

"老爷子,这里可真棒,这位州官老爷还真会享受!夏天,上边肯定是大漠中酷热难当,所以不计费工费金,搞出这么一间地下寝宫，躲避上头的酷暑！"白尔泰感叹。

"是啊，那会儿这一带虽然没有现在这样全是沙漠，可也沙化得差不多，夏天一定是很燥热了。还有一个更神奇的，你知道下边的潮湿凉爽气，是从哪儿来的吗？"

"从哪儿来的？"白尔泰的确深感蹊跷。

"跟我来！"

铁木洛老汉提起马灯，让白尔泰把行李放在那张大石床上，白尔泰自语般地说："这回可以体验州府老爷的生活了！"然后随老铁子，向墙角走过去。只见那里有一扇半开的石门，由于光线暗白尔泰没发现，老铁子领着他由那扇门进去，再顺台阶往下走，不久，白尔泰便隐隐约约听到了淙淙水声。

"水声！流水声！"白尔泰惊呼，"真有一条河呀，这里真有一条地下河！"说着，他们顺台阶就到了河边，老汉举起那盏马灯照了照。只见一条大约有两米宽的河水，从深处的溶洞里流出来，再沿着一条狭长的溶洞往下处流过去，在灯光下闪出蓝幽幽的光泽，发出淙淙铮铮的声音，有股阴凉而潮湿之气冉冉升腾，扑面而来，令在沙漠里待久的他们浑身感到舒服。

"哇，太神奇了！神奇的大自然！太美妙太神奇了！"白尔泰一边感叹，一边俯跪下去洗手洗脸，再用手捧着畅饮那河水，"这真是上天的仙露水，阴凉又好喝！太妙了！"

"说得是，谁也不知道它是从哪里流出，又流向哪里，别看这里是大漠，可大自然，上天的创造，我们人是没办法知道它的全部的。当初，那位州官建这地下寝宫时，不知道是先知道有河而建的，还是建宫时巧合而发现的河。不过以我猜想，他可能先知道这里有条地下河。"铁木洛老汉沉思着这样说。

"是吗？那这位州官不是一般人物。"

"你说对了。"铁木洛老汉的眼睛，在灯光下突然闪射出深邃而幽远的睿哲之光,这是白尔泰从未见过的,"这位州官名叫耶律文达,他是辽国的一位很有名气和地位的萨满教大师,据记载,他通晓天文地理,还当过辽国的副国师。所以,他先知道这条地下河,一点也不奇怪。"

"萨满教大师?这位州官是一位萨满教大师?"白尔泰惊异了。

"这也没啥稀奇的,那时候,黄教没有进入北方草原之前,这里的蒙古、契丹、女真、鲜卑等民族都信萨满教,萨满巫师在朝内都享有国师之类地位。这些你应该知道的,成吉思汗的好多著名战将和智囊人物,也都是'字'师出身。"

"这些我是知道的,我研究这个。可我冒昧地问一下老爷子,这些你是怎么知道的呢?"白尔泰壮着胆子,试探着问。

"哈哈哈……"铁木洛老汉爆发出爽朗的大笑,在地下寝宫和河的溶洞中回荡,"你跟我来,你很快就知道这些内幕了,哈哈哈……"

他们又顺原路登阶梯而上,回到耶律文达的寝宫。

铁木洛老汉走到另一墙角,只见他伸手摸了摸,拉开一个栓,然后用手推了推一扇与墙壁同一花色的石门。"吱嘎嘎",沉重的石门缓缓启开,门后又神奇地呈现出一间暗室。

铁木洛老汉提着马灯走进去,后边跟着白尔泰。

这时的铁木洛老汉脸色凝重,脚步轻缓,走到这间密室的一面墙前。只见那石墙上,挂着一幅很宽长的人物图像。铁木洛老汉在这幅图像前双膝下跪,双手伏地磕头膜拜,嘴里轻轻说道:"爷爷,小孙儿前来向您老人家跪拜磕头了!您老仙灵万安!"

铁木洛老汉满脸虔诚,两眼在灯光下闪着泪珠,黑苍的脸变得哀婉而温情,久久地跪在那里,嘴中默祷着。白尔泰被老爷子的那种凝重和虔诚所感动,屏住呼吸,有些紧张地也跪在老铁子的身后。他悄悄抬头端详那幅图像。有上下两轴,丝绸上裱着宣纸,上画的是一位老人像。那老人鹰目耸眉,一张刚毅而威严的圆脸,一缕黑胡须飘在胸前，身穿长袍，端坐在一张太师椅上，给人一种高贵而超人的威慑力，令人不敢久视，那双锐利的鹰眼盯视着你，似乎能穿透你的五脏六腑。在图像的下角写有一行字：科尔沁神孛——铁喜大师遗像。

铁木洛老汉默祷完毕，站起来，对白尔泰庄重地说："到了今天，我也不必瞒你了，我爷爷就是当年叛出库伦旗的'特尔苏德·六孛'之首，威震科尔沁草原的名'孛'大师，名号为铁喜老'孛'，也就是那位受封于成吉思汗亲弟哈布图·哈萨尔的、祖传名'孛'第二十五代传人郝伯泰大师的徒弟，经历'道格信'疯王火烧千名'孛'后，幸存的十三神'孛'的为首大'孛'……"

铁木洛老汉嗓音有些哽咽，心情十分激动，神色庄严地微微低下头，似乎陷入了那遥远的往事长河中追索、思念，心中又似乎奔腾起千军万马，燃烧起万丈高焰，那波澜壮阔的历史画卷似乎重新浮现在他的眼前。

他浩叹一声。

"往事如烟，天地茫茫！三千多年的萨满'孛'，最后一拨儿精英叫一场大火烧灭！这是天道逆转，地理返轮，草原的灾难不是人力所能挽回！哦——额其克·腾格里——长生天！"

"老爷子，那您就是那位传说中潜回库伦北部的'黑孛'传人了，是吧？请告诉我。"白尔泰虔诚而恭敬地探问。

"大道已灭，我这偷生者还有啥脸面称自己是'孛'的传人！我早已放弃演习'孛'法了。"老铁子黯然神伤，一脸悲戚之容，不堪回首往事，提着灯又向前移动，从遗像前的石几上拿起一个木匣。老铁子的手微微颤抖，他轻轻打开匣盖，里边用红褐色锦缎包裹着一个东西。老铁子拿起这锦缎包裹，郑重地交给白尔泰，说："这是我爷爷穷尽一生精力所撰写的书，叫《孛音·毕其格》(《孛之书》)，记载了他老人家所有'孛'的学问，以及整个东蒙萨满'孛'的状况和有关历史。今天，我把它交给你。你的行为和为人感动了我，再说，东蒙科尔沁'字'的历史也不能永远埋在地底下，也应该让后人知道这个过去曾辉煌过数千年的萨满'字'是怎么回事。那我也对得起我爷爷，也对得起'字'教祖先了。"

白尔泰接过锦包时，双手剧烈地颤抖，胸中涌动着波涛，他感觉似乎接过了整个历史，嘴里喃喃低语："感谢老爷子的信任，我不会辜负您老的信任，一定好好学习和研究，让这部书放射出光芒！"

"那面墙上，我爷爷还画了'行字图'，在书里不懂的地方，你可以参照那些图。"铁木洛把手里的马灯交给白尔泰，又说，"侧面墙上，还刻着一段文字，记述着这寝宫的主人——那位辽国契丹族萨满巫师耶律文达的身世，从中也可以了解到一些契丹人的萨满文化状况。好了，你在这儿自己先看吧，我上去照料一下骆驼和我们的东西，夜里我还要去对付那只老狐狸哪！"

"老爷子，什么时候给我讲讲你和你爷爷，为什么躲到这座黑土城子里来，老太爷的晚年情况如何？这些对我都是个谜。"白尔泰在老铁子身后恳求。

"你不要着急，我会慢慢全告诉你的，这是一个漫长的历史，也是一部痛苦的故事。你先看看书和墙上的画吧！"

铁木洛老爷子的身影消失在石门外边。密室里又寂静下来，模模糊糊的光线中周围显得更为神秘朦胧、不可提摸，犹如身处一个梦幻般的境地。唯有那张图像上的老人，鹰眼如烛地俯瞰着他，白尔泰身上不由得打了个冷战。此时此刻，他手捧珍贵的"字"书，面对这位一代名"字"遗像，心潮澎湃，感到数月来的辛苦追索，多年来的孜孜钻研和探求，今天终于有了丰厚回报。他感谢苍天，感谢深藏不露的"字"教传人铁木洛老爷子。

白尔泰抑制住自己心情，手捧锦书，举着马灯，走向那神秘的"行字图"和契丹族萨满巫师耶律文达的石壁文字。

他正与那神秘的历史接轨,耳旁似乎回荡起激越雄浑的萨满"孛"师的安代旋律。

蹦波来——
唱安代——
天是我父!
地是我母!
万物自然是"孛"的崇拜!
啊嗬咳——
天久地长,
自然永恒,
"孛"道在万物!
"孛"道在天意!

三

草原在悲鸣。
天上的风在呜咽,地上的水在哭泣。
乌力吉图草甸上,人体烤焦的气味和血腥气,向科尔沁草原的四方溢漫,空气中弥漫着令人窒息的恐怖和压抑。千万个百姓被这赤裸裸的烧人、杀戮所震惊,尽管老实而软弱的百姓只敢怒而不敢言,但这种血腥烧杀被人铭记心底,载入史册,同时这也在人民心里埋下了一颗永不熄灭的仇恨的火种。既然是火种,总要燃烧成大火，总会有一天清算那历史的欠账。果然，没有几年，在科尔沁草原上席卷起嘎达梅林起义、陶格陶胡起义、华连勋兄弟起义等等多起声势浩大的牧民农民百姓，反抗道格信疯王、达尔罕王等蒙古王爷残暴腐朽统治的运动，果然应了铁喜老"孛"那句话：拔剑者终亡于剑。道格信疯王被造反的家奴围在旧庙中上吊而亡，众人将他鞭尸分肉后喂狗。

铁喜老"孛"站在乌力吉图草甸一处土坡上，向身旁的那十二名幸存的"孛"师们沉痛地说："各位神'孛'兄弟们，大家就此散了吧，记住这次王爷们的阴谋，记住这次血腥事件，记住这次科尔沁蒙古'孛'被浇灭的历史！我想，王爷们对我们十三人也不会放过的，大家往后多加小心，提防王爷们变着花样地迫害！先潜伏下来再说吧，不能到了咱这儿就断了孛的根！"

老"孛"长叹一声，眼泪顺着他那黑红的脸颊静静流淌下来。

十三"孛"们相互抱头痛哭一场，然后相互安慰和祝愿着，各自回奔各自的家园去了。从此这些"神孛"们在草原上隐姓埋名，销声匿迹，永远地流散于民间了。时至如今，再没出现公开亮出"孛"的旗号行走草原的"孛"师。然而，在二十世纪五十年代末，库伦旗的下养畜牧村、白音花村等地突然兴起了群众跳唱"孛"安代舞的风气，并受到政府扶持，作为蒙古族民间舞蹈来整理发掘。当时的内蒙古自治区主席乌兰夫题词鼓励，他的女儿、当时通辽市副盟长云曙碧，亲自到下养畜牧村蹲点，挖掘"孛"安代舞的唱跳方面的已埋没多年的历史资料。很快，安代舞风靡全内蒙古草原，作为优秀的民间文艺，保存和发扬在广大的蒙古民族中间。历史证明，植根于民间的萨满"孛"文化，不是一场大火和一场刀剑便能烧杀歼灭的。那些上千个被烧杀的"孛"的亡灵，知道这一结果之后，应在九泉下含笑了。同时，近些年来，草原上的蒙古人中间，不时冒出一些神奇的亚斯·别拉齐（接骨神医）、乌吉耶齐（占卜神手）、额木齐·道木齐（蒙医及助产婆）以及蒙民至今保留的祭敖包、祭天祭地等等习俗，都与"孛"文化遗产有关，是萨满"孛"的新一种形态的表现。毕竟"孛"文化与蒙古族的诞生和发展息息相关，是本民族的有根的文化，不是外来的，不是为了某种需要而人为弘扬的移植宗教。

铁喜老"孛"领着小孙子铁旦，和师弟门德"孛"匆匆赶回镇上租住的旅店，算清店账，携带好一同来后被烧死的另几位"孛"的遗物，然后三人骑上快马，飞速驰出乌力吉图草甸。

他们星夜回村，铁喜和门德商量好，分头收拾家物，准备一同搬离达尔罕旗，远走他乡，去投奔大东北的呼伦贝尔草原。

三天之内，他们变卖家产，会合在一起，赶着几辆帐篷车走出村子。

在村外的路口，一位骑者正飞速而来，认出他们之后，这位骑者滚下马鞍，跪在门德"孛"的车前，哭诉道："门大叔，快救救老嘎达吧……"

门德从车上往下一看，原来是老嘎达的女人梅丹其其格，她风尘仆仆单骑奔来报信，他急问："出啥事了？快站起来说！"

原来，老嘎达随老梅林甘珠尔，护送达尔罕王爷的母亲老福晋太太去库伦大庙朝圣后，回来路上就遇上土匪抢劫，老梅林甘珠尔枪战中中弹身亡，老福晋太太被土匪绑票拉到琼黑勒大沟[①]。老嘎达单人独马身负重伤闯出土匪包围，前来王府报信儿，结果被恼怒的王爷大骂一通关进了大牢。

"天意，真是天意。老嘎达还是应了我那都尔本·沙的占卜，血光之灾呀！他能留一条性命活着回来，已经不错了！"铁喜老"孛"摸须长叹。

---

① 琼黑勒大沟：现称大青沟，国家一级自然保护区，位于通辽市南科左后旗境内。

"师兄,这可咋办?咱们得想办法救出老嘎达呀!"门德焦灼起来。

"袭击他们的土匪报出名号没有?"铁喜问梅丹其其格。

"听说是叫'九头狼'的胡子队,我去探监时老嘎达讲,那个老胡子枪法极准,人又凶狠……"

"九头狼?"铁喜老"李"一声惊呼。

"师兄,知道此人?"门德问。

"'九头狼'是我干爷爷!他还送我一把宝刀哪!"小铁旦在车上欢叫起来,旁边的他爸爸诺民赶紧捂住他的嘴,紧张地左右顾盼。

铁喜老"李"摇头苦笑:"'九头狼'是我们来达尔罕旗的路上,在黑风口结交的一个朋友,他也带人劫过我们,后来慑服于我的'李'功阵法和咱们师父当年的威名,结交成朋友,还认了小铁旦为干孙子。要是真的是'九头狼',这事还有些转机!"

"铁大叔,求求您,一定要救出老嘎达,我愿捐出我的所有家产!"梅丹其其格"扑通"一声,跪在铁喜前边,哭泣着哀求。

"快起,快起!你也不要这么说,以我们和老嘎达的交情,哪能见死不救!放心,咱们一起想办法,这儿不是说话的地方……"

"你们这是要去哪里?"梅丹这才疑惑地问。

"我们准备逃难,远走呼伦贝尔草原。"

"唔,那正好,干脆先都住到我家去。我们家单门独院住在敖烈来毛都,离附近村子都有十多里路,别人不会知道你们的行踪。"梅丹是位干练果断而很有主见的女人,马上做出决定邀请他们。

铁喜老"李"看看门德,考虑片刻说:"也好,那我们就不客气了,只好打扰府上了。"

于是,他们回转车头,由梅丹其其格骑马引路,直奔老嘎达家居住的草甸子。

这是一片地势较高的草甸子,有三棵长得粗壮又高的胡杨树,老远看去非常显眼。七八间土房，房后是牲畜栏，房子前边三里处呈现着两面小湖，中间由稍高的坨包隔离开，被称为"二龙戏珠"，据说有位阴阳先生看了此处后曾说这一带有风水，要出惊世人物。

老嘎达兄弟三人，两位哥哥都分出单过开门立户，按照蒙古族的习惯，这里老宅子和大多财产留给小儿子与老人过生活。老嘎达的父亲已经过世，他自己又成天忙活在王府当差，家里只有老母亲和新娶的媳妇梅丹其其格照料。他们还算是中等富户，牲口群雇用牧人放牧，按季节还雇人种些糜子。老嘎达曾娶过两房妻子，第一个因产后风而死，第二个肚子疼，婆婆给她找来大烟土吃，结果给吃死了。梅丹是老嘎达娶的第三位妻子，老人们说老嘎达的命硬克妻，必须遇上相当命硬的女人才能站得住，这才看着八字，从几百里外的达尔罕旗东部敖日木屯子，娶来了合适人选梅丹其其格。梅丹人长得漂亮，又能干聪明，很快获得婆婆喜欢，也在附近一带出了名，帮助婆婆把家治理得井井有条，顺顺当当。

她把铁喜、门德两家人分别安顿在东西两个厢房，又准备了一顿丰盛的午饭，一边商量搭救老嘎达的办法。

"'九头狼'陶克龙是专劫富人大户、看不惯王爷们卖地开荒的有名儿的侠盗'胡子'。这次他是冲达尔罕王爷来的，要不是老嘎达小兄弟夹在里边，我老朽对他这次袭击达尔罕王老福晋，拍手称快！大出了我胸中的恶气！我也恨不得为那么多被烧死的蒙古'孛'兄弟，向达尔罕王爷讨还血债！"铁喜老"孛"放下酒杯愤然而说，"当然，为了救出老嘎达，咱们还得把脑子动在救出老福晋安全回来这点上，跟达尔罕王爷的这笔账，放在以后再算了。"

"这事儿还得求你老铁大哥出面周旋了，我和儿媳都是妇道人家，有啥能耐？花费钱财方面，你老铁大哥尽管吱声，我们尽全部家当做准备。"老嘎达的老母亲，也是个懂得事体的女人，好酒好肉招待客人，说话也很有分寸。

"师兄,是不是你亲自出马,去一趟琼黑勒大沟?"门德笑笑说。

"琼黑勒沟是肯定要去的,'九头狼'也肯定给老朽一个面子的。问题是我们把人救回来了,达尔罕王爷还拿老嘎达保护老福晋不力、失职为由,不放老嘎达怎么办?"铁喜老"孛"不无担忧地分析。

"那简单,让老嘎达叔叔去救出那个老福晋不就得了!"小铁旦在一旁随口说出。

"着!还是我的小孙子,说到爷爷心坎儿上了!"铁喜老"孛"摸摸小铁旦的头,呵呵一乐,"我有主意了,梅丹侄媳明天去探监转告老嘎达,让他向达尔罕王爷自告奋勇请求,有办法救回老福晋,嗯,就说老嘎达有一家亲戚在奈曼旗,跟出自奈曼旗的'九头狼'是世交,有把握不费一枪一子儿救回老福晋。我想达尔罕王也不会有啥良策,肯定会放出老嘎达去试一试的。"

"好!这主意高!只要老嘎达送回老福晋,那还是有功之臣,达尔罕王还会犒赏他哩!"门德高兴地支持师兄的主意,老嘎达的老母亲抱起小铁旦亲个没完,夸他聪明,还赏了他好多好玩的沙格、咕日耶等草原儿童喜欢的玩意。

第二天,梅丹其其格依计行事,去牢里探望丈夫老嘎达,转告了铁喜老"孛"的主意。老嘎达心领神会,等梅丹离去之后立即喊来牢卒要求见王爷,表示想出了救老福晋的良策。

那位愚鲁肥胖的达尔罕王爷,这时正如热锅上的蚂蚁,为救回老母亲而伤透脑筋,焦虑万分,摔碎了无数茶杯酒碗,罚打了所有丫鬟侍从,骂得旗里其他官差老爷们狗血喷头,灰头土脸,仍旧无计可施。而且,那个大土匪"九头狼",已经捎过话来了:本来"绑票"老福晋,起初是为敲诈达尔罕王丰厚的赎金这一目的,现在不图这笔赎金了,而是要拿老福晋点"天灯",祭奠那些被达尔罕王爷他们烧杀的上千名蒙古"孛"的冤魂,因为九头狼的有些当"孛"的朋友和亲戚,也在被烧杀的那些"孛"当中。点"天灯"的祭奠日,定于烧灭蒙古"字"的第四十九天"祭日"这一天。这一下整个达尔罕王府炸窝儿了,达尔罕王又气又恼又怕,想派兵武力征讨吧,旗里已无精兵强将可派出;向兄弟旗王求援吧,谁还为他的私事两肋插刀派出旗官兵增援,再说,那琼黑勒沟,本是远近闻名的杀人越货之地,一个近百里长、里边长满上千种原始森林和野生植物的野沟,别说几百名旗兵,就是上万人马开进去,也不一定能搜索到土匪老窝儿。这一下达尔罕王爷六神无主了,就拿那个出坏主意的韩舍旺开骂泄气,都怪他心狠手辣,和道格信疯王联手烧杀了上千名"字",造下了那么大的冤孽,遭世人唾骂,结果现在,连他老母亲都要为此事付出代价,她老人家的老命被土匪点"天灯"泄愤了。

正这时,牢卒前来禀报,那名被关进大牢的旗兵队小"井安"老嘎达要求见王爷,有救出老福晋的重要计策献给王爷。一听,王爷赶紧吩咐带老嘎达来见。

老嘎达见王爷后,就照铁喜老"字"设的计,如此这般地细说一通,并发誓王爷若不信,可以派一名可靠的官爷随他一同去见"九头狼",监督此事。达尔罕王喜出望外,拍着老嘎达肩膀连连夸奖他忠诚,危难时自告奋勇,不顾个人安危,这才是可用的良将!并答应真的救回了老福晋,王爷他定有重赏绝不亏待。

指定监督官员时,王爷见章京韩舍旺正在拼命往后缩脖,立刻胖手一指说:"韩章京,你去吧!你陪老嘎达去见'九头狼'!"

韩舍旺浑身一激灵,脊梁骨那儿发凉。怕什么来什么,当初是他挤对人家甘珠尔老梅林,护送老福晋去库伦大庙,送了命,没想到轮回无常,现在报应落到自己头上了。

"王爷……奴才我……身体……身体不大好呢……是否另派另派……"韩舍旺擦着额上的冷汗,嗫嚅起来。

"派谁?放眼王府,派谁还有比你更合适的人选呢?事情是由你出点子引出来的,你要是不去救回老福晋,本王爷先砍了你的狗头!"

达尔罕王爷见这自己平时宠用的奴才，在重要关头却如此胆小，往后缩脖，还不如一个士兵小"井安"，他一下子火了，拍案大骂。

"王爷息怒，王爷息怒，奴才去……奴才去……去救老福晋回来……"韩舍旺吓得脸都白了，赶紧下跪，磕头如捣蒜。

老嘎达在一旁暗暗冷笑。他是个聪明人，拿这一石二鸟之计，既可让王爷对自己放心，又可让这个奸恶小人受这趟罪，为已死老梅林出口怨气。

在王府大门口，临别时老嘎达对韩舍旺不冷不热地说："韩大人，我回家准备一下，先联络联络我家那位亲戚，约定了出发的日子，再通知你韩大人。"

"你小子耍啥鬼点子？你只不过是想金蝉脱壳，却找本大人给你垫背！这明明是想着给你的那位老死鬼出气，徇私报仇！"韩舍旺恶声恶气地骂道。

"韩大人这话说哪儿去了，别让王爷听见了，这都是为了老福晋的安危着想，小的并没想过什么'金蝉脱壳'！天地可鉴我老嘎达是一心想救回老福晋，以此立功赎罪！"老嘎达朗朗高声回敬韩舍旺。吓得他赶紧挥挥手，回头看了看王府门口的卫兵，悻悻地转身而走。

老嘎达回旗兵营，骑上自己亲爱的战马"沙日格勒"——黄骠马，迅速赶回敖烈来毛都的家院。

铁喜、门德以及家人见他脱离牢狱之困，安然回来，都欢喜不已。

老母和梅丹摆上酒宴，为他洗尘庆贺。席上，老嘎达恭恭敬敬地给铁喜老"孛"敬上一杯酒，下跪施礼说："小侄儿多亏铁老伯帮助，今日才脱离牢狱之灾。想当初，也是铁老伯给小侄儿指出明路，我才遭遇'九头狼'时没有死扛，只受点皮肉之伤逃出伏击报信，不像甘老梅林那般命丧黄泉。铁老伯对小侄儿有再造之恩，受小侄儿三拜九叩之礼！"

"请起，请起，贤侄儿如此大礼，实在见外，我们这都是一个字：缘。哈哈哈……"铁喜老"字"仰脖儿饮尽老嘎达的敬酒，扶老嘎达起身后又爽朗而说，"当初贤侄儿赴库伦之前，老朽给你占都尔本·沙之卦，最后曾预言过：若贤侄儿临事置身事外，学那只跳出三界外的红色羊拐骨，躲过那血光之灾全身返回，定有更大发展，前程无量。现在，老"字"告诉你，这个时机已经来临，还望贤侄儿不要错失良机！"

"全凭老伯指点，小侄儿心里有数。"老嘎达说着，接着给门德、诺民等人敬酒，以表示谢意。

"老嘎达叔叔，'九头狼'可是我的干爷爷，我陪你一道去，肯定马到成功！"小铁旦学着大人的样子，豪爽地拍胸而说，引得众人大笑不止。

酒席后，铁喜与老嘎达等人详细商量起此次行动的细节来。

铁喜称赞老嘎达，找一个垫背的韩舍旺一同去，这是绝妙的一步棋，非常之好。到时候，可以把这老狐狸交给"九头狼"出气，甚至拿他交换老福晋，再让他倾家荡产赎老命，这样又可安慰那些已死众"字"九泉之灵。另外，要王府准备一套厚礼，带去送"九头狼"。铁喜拿笔写出具体礼单：草原骏马九匹、奉天府购进的杭浙丝绸九匹、洮南府酒窖老白干九缸、科尔沁肥羊九双、科尔沁黄牛九双、汉阳造快枪九双（每支配一千发子弹）、老银锭九盒。接着商定，出发时，铁喜老"字"只带着老嘎达和王府监督韩舍旺，押着礼品前往，其他人都不必去。小铁旦哭闹着非要跟着去见"九头狼"爷爷，铁喜老"字"没办法，一想让他去调节一下气氛也好，就答应了带他去。

礼单第二天就送到了王府。达尔罕王爷救母心切，礼品中除九双快枪和子弹让他心疼之外，其他都是九牛一毛，不在话下。三天后，按数备齐礼品，通知老嘎达和韩舍旺出发。

铁喜老"孛"择一吉日，和老嘎达、韩舍旺、押送礼品的五六名侍从，以及接老福晋的红顶帐车一辆，就悄悄向西南三百里之外的琼黑勒大沟出发了。

刚一见面，韩舍旺对铁喜老"孛"似曾相识，心有疑惑地打量着说："这位高人，好像在哪里见过……"

"韩大人，老夫是老嘎达的一位远亲，过去跟'九头狼'有点私交。说你我相识嘛，贵人多忘事，大人应该记得前些天你们搞的'烧孛比赛'吧。"铁喜不卑不亢，气宇轩昂。

"唔，记起来了，你就是那位十三神'孛'中领头的！叫、叫啥来着？"韩舍旺心中更是惊悸不已，收敛起乍开始的那股狂傲之态。

"草民叫铁喜，库伦人士，这次全都是为了老福晋安危，才豁出老脸去碰碰'九头狼'。要不是老嘎达贤侄儿对王爷的耿耿忠心感动了我，我老朽啊，却根本无心蹚这趟浑水的。我们这些当'孛'的，现在是啥心情，韩大人想必心里也清楚吧。"

"唔唔，铁大师肚子里能撑船，胸襟豁达，不计前嫌为王爷效劳，事成之后，王爷不会亏待大师的。"韩舍旺这会儿深感此趟差事荆棘艰险，凶多吉少，自己已落入这位心怀大仇的神"孛"手掌里，又无退路，只好满脸笑容地奉承铁喜，听天由命了。

"还望韩大人，在王爷面前多多美言，给我们这些还活着的'孛'们多留些活路吧，草民先在这儿感激不尽了。"

"言重，言重，铁大师的安危我韩某包了，放心吧。我韩某交定你这位'神孛'朋友了！"

其实，在往后的风云岁月中，韩舍旺与嘎达、铁喜等恰恰势不两立，搅起了科尔沁草原上的血雨腥风，谱写了一段惊天动地的历史。

且说铁喜老"孛"一行，晓行夜宿，日夜兼程，奔向三百里外的琼黑勒大沟。好在铁喜"神孛"的威名远扬，一般宵小不敢染指打他们主意，五六天之后，他们终于赶到琼黑勒大沟的边界地带——一个叫甘旗卡的小镇子落下脚。铁喜想好，百里野沟，上哪儿找"九头狼"的老窝儿，还不如以静待动，在此住下，安心等候"九头狼"自己出头来见他。于是，在甘旗卡镇住下之后，铁喜老"孛"就让大伙儿传出铁喜"神孛"前来会"九头狼"，还带了丰厚的礼品，其中还有汉阳造快枪等等消息。

很快，镇中"胡子"埋下的眼线，早把此信儿传递到琼黑勒大沟中的"九头狼"老巢。

第三天夜晚，铁喜老"孛"避去屋中其他闲人，又让韩舍旺大人早早安歇之后，他自己在屋中火盆里温着酒壶，小方桌上备放两套碗筷，还有下酒好菜，独自秉烛读书恭候起来。大约三星偏西之后，有一黑衣人闪进屋里来。铁喜老"孛"头也不抬，手一指桌旁，笑曰："'黑狐'二当家的，这么姗姗来迟，我老朽酒凉又温，酒虫又出动，还真有些等不及了！"

"哈哈哈，铁大师，神机妙算！我蒙着头，还是叫大师猜出来了，哈哈哈………""黑狐"摘下蒙头巾，大大咧咧往桌旁一坐，热乎乎地寒暄起来，"大师咋就猜得这么准，日子和来人一点不差呢？"

"嗨，这还不简单，从送出消息到来人按行程计算，来人也就今晚到达，至于来人是谁，想必'九头狼'陶老弟不可能亲自出马，也只有派出你这位跟我相识，又有交情的外交官'黑狐'老弟，来接引我了。哈哈哈……喝酒喝酒！"二人高兴之余，连干三杯。铁喜老"孛"又说："我给你引荐一人。"说着击掌三下，不一会儿，从隔壁走进来身材高挑、鹰目钩鼻的老嘎达"井安"。

"黑狐"眼睛一亮，精明地说道："认识，认识，那天单骑脱困而去的，就是这位骑士！我们大当家的从他后边赞赏半天，阻止我们追击，说此人是个明白人，没向我们弟兄开枪伤人，咱们也留个交情吧！"

"多谢大当家、二当家手下留情,老嘎达才小命安在,这也是受铁老伯的指点,留了点心眼儿,没有傻打傻冲傻卖命!哈哈哈,先世缘分,今日又得见二当家的,真是三生有幸啊!"老嘎达与黑狐携手入座,相见恨晚,痛痛快快饮起酒来。

酒酣半晌,"黑狐"就告知铁喜老"孛",大当家的已安排,明晚由他"黑狐"引领客人到达琼黑勒沟的一处秘密入口,那儿有大当家的恭候迎接,一切话见了面再说。大当家的又吩咐,把韩舍旺暂留在甘旗卡屯子,不必带他一起来。

第二天夜晚,他们按照大当家的意思,留下韩舍旺,带着礼品,跟随"黑狐"悄悄来到琼黑勒沟的一处入口,果然,从密林中走出"九头狼"陶克龙。依旧那么豪爽粗直,威风凛凛,抱住铁喜老"孛"喜极而泣,连连说:"我差点以为这辈子见不着你铁大哥了!操他娘的王八蛋羔子达尔罕王、道格信疯王他们,把你们'孛'烧杀了那么多人!开始那阵儿不知道大哥的下落,急得我真想带着弟兄们去杀了那些狗王爷们!正好那会儿,我们逮住了狗王的老娘,要是你老哥真被狗王们烧没了,我就拿狗王的老娘点天灯祭你们冤魂!哈哈哈哈……你老哥真是神通广大,法力无穷,咱们又见面了,哈哈哈……"

"陶老弟还惦记着老哥哥,我铁某真是感激不尽,心里热乎乎的。狗王们的那点火,还不至于烧伤我一根毫毛,只是烧死了那么多无辜'孛'道兄弟姐妹,心里实在是不好受,不是滋味儿,唉……"铁喜老"孛"凄然,难抑悲愤之情。

"好,好,这笔账咱们往后跟那些狗王们一一清算,现在,先到草舍落脚,喝酒叙叙旧吧。"说着,"九头狼"正转身带大家走,从后边车上跳下来一人,扑过来就抱住他喊:"陶爷爷,这回你该给我讲那'九个头'的故事了吧!"

"九头狼"一见是小铁旦,哈哈大乐,抱起来就狂亲:"哈哈,我的小干孙子也来啦！真是高兴死我老狼了！哈哈哈……"

铁喜等人无不为"九头狼"的真挚感情和侠肝义胆所感动，心里都涌动着暖流，喉头哽咽。接着，铁喜老"字"就手把老嘎达介绍给"九头狼"说："陶老弟，要不是他被狗王押进大牢，我才不来管这趟闲事哩！"

"他呀，真是一条汉子！咱们蒙古人有汉子！""九头狼"一拍老嘎达的肩头，欣赏着他的英武神态，"那天我站在高处观望，一切看得清楚，老嘎达兄弟办事有分寸，知道自己回天无力，一开始就不随便伤我弟兄，也不轻易投降，有勇有谋，单骑冲出包围回去报信，要是我是达尔罕王，定要重用这种人才，哪能关进大牢！昏庸啊！"

"多谢陶大叔夸奖，更感谢大叔手下留情，放我一马，小侄儿终生铭记大叔的恩德！"说着，老嘎达屈膝下跪，"当当"地磕下三个头，弄得"九头狼"没有准备，惊愕片刻才恍然大笑，扶他起来。

"我交你这条汉子了！够味儿，合我脾气儿！哈哈哈……""九头狼"仰天长笑。

一行人，很快消失在百里野沟中。

这一条远近闻名的琼黑勒大沟，后人称大青沟儿，由远古时期的一个地球断裂带形成，平展展的沙地上，似乎谁用利刃划开了一条道儿一样，上百里长，深达一百多米，里边生长着千百种原始树种和茂密森林、自然植物，其中不乏外边大地上已消失的稀奇植物，名花异草。这里地处偏远，人烟稀少，狼豹出没，渐渐也成了土匪胡子们杀人越货、避世躲祸的好地方。茫茫百里深沟，森林茂密，洞豁纵横，沟下边还有一条小溪常年流水，只要躲进这里，外边的人没个找到。好多野狼也群集这里，不时从此出发，奔袭草原上的牧群。所以，附近百姓一提琼黑勒沟都闻风丧胆，心惊肉跳。

九头狼把大家安置在一处秘密木屋，吩咐下人准备酒席。

"陶老弟,你本来在库伦北部,奈曼南部的黑风口一带活动,怎么跑到这库伦东边的宾图旗所辖地界,藏进这条黑茫茫的琼黑勒沟里来了?"铁喜老"孛"在酒席上问。

"咳,不用提它了!还是你老哥当初预料得对,库伦马队的苏山老贼,最后还是出卖了我,跟奈曼旗的马队联合起来夹击我,我误入埋伏,九死一生,带几个弟兄拼死冲杀才逃进这野沟儿来的。""九头狼"万般感慨。

"原来是这样!那在这儿怎么样,原来我听说这沟儿里也有好几拨儿人马呢,他们咋容得下你这后来的绺子?"

"打了几场,不服的打老实了,打跑了;服气的呢,各干各的,相安无事,反正百里长沟儿大着呢。"陶克龙往他有九条疤的脸上撸了一把。

"哈哈哈,真有你的,那老哥我就放心了。"铁喜老"孛"大笑,拍拍他的肩膀。

接着,老"孛"击击手掌。随从就一一献出那些带来的王府礼品。

"九头狼"的眼睛顿时亮了,拍着秃脑门直嚷:"老哥哥见外了,见外了,还带这么多东西来干啥呀?这不是骂老弟一样吗?"

"别介,客气啥,这可是人家达尔罕王爷孝敬你老人家的,我只是个跑腿儿的,没花我一分钱!呵呵呵,不要白不要,都是你老弟用得着的东西,这次我可是把老昏王狠狠宰了一刀,让他吐出了血,哈哈哈……"铁喜抚须大乐。

"嘎嘎嘎,小弟真服了老哥哥!那我就不客气了,尤其枪和子弹,来得真及时,我们快断顿了。不过,铁老哥,你真想接回那个昏王的老娘啊?"九头狼歪着头问。

"不接回不行啊,老嘎达兄弟脱不了干系哟。再说,老嘎达在王府当差,将来有发展,对大家都是个照应。你老弟就给老哥哥一个面子吧!"

"好!既然老哥哥这么说,我'九头狼'当然不敢不从,再说老嘎达也已成了我的兄弟,这事儿就这么着了,你们把人接回去。不过,还有个条件……"

"哈条件?"铁喜老"孛"的心,不由得提起来。

"你们留在这儿,陪我喝三天酒!"

"哈哈哈……"

众好汉开怀大笑。

接着三天里,大碗喝酒,大块儿吃肉,琼黑勒沟里洋溢着无拘无束自由自在的欢乐气氛。他们撒出的尿都带着几分酒,熏倒了来舔吃的狗和鼠。

三天后,铁喜他们告别"九头狼",悄悄走出琼黑勒沟儿。

"黑狐"二当家的陪他们回到甘旗卡镇,会合了等在那里着急万分的韩舍旺。一见老福晋真的安全归来,他又惊又喜,下跪请安,忙个不停。

"黑狐"一把薅起韩舍旺的脖领子,阴冷地笑着说:"韩大人,别忙着张罗,我们大哥有话,叫我带你一只耳朵回去,给那些被你烧死的'孛'们祭奠时放在祭盘里!本应该留下你的狗头祭他们亡魂的,但老嘎达好汉为你说情,我大哥才改了主意,你的头先暂时寄放在你脖子上,以后到时再取!"说着,"黑狐"二当家唰地抽刀一挥,割下韩舍旺一耳朵,一气呵成。看着自己耳朵血淋淋地被包在布巾中,韩舍旺大人才感到疼痛,杀猪般地喊叫起来,摸着光秃的耳根蹲在地上哭号。

老嘎达和铁喜等人护送老福晋,半个月后,便到达了乌力吉图草甸上的达尔罕王府。

达尔罕王一见老娘安然归来,喜出望外,论功行赏,又鉴于老梅林甘珠尔已身亡,位置空缺,于是王爷一高兴,就提拔老嘎达代替甘珠尔当了王府军事梅林职务。

从此，科尔沁草原上，头一次出现了不是贵族出身的壮丁户子弟担任的军事梅林。果然应了老"孛"铁喜早先的预言。

几天后，老嘎达苦苦挽留执意要走的铁喜老"孛"，继续留在他的梅林府给他当巴格沙——先生，并报请达尔罕王爷获得批准。

半年后，科尔沁草原上，重又刮起王爷们出荒卖地的风潮，同时揭开了以嘎达梅林为首的广大牧民百姓，反对王爷出荒卖地的波澜壮阔的嘎达梅林起义序幕。

这是后话，有心者可去读本人作品《嘎达梅林》。

四

白尔泰沉浸在《孛音·毕其格》中。

他完全陶醉于这部书所描绘展现的萨满教·孛历史的壮丽画卷中。

这是一部奇书。不仅记载了东蒙科尔沁"孛"的历史与现实状况，还详尽介绍了练习"孛"法的入门知识、唱词、曲谱，以及一些类似气功的"孛"功练法。另外一大部分则是记述了作者对天、地、自然、万物的认识。"孛"教有崇拜长生天为父、长生地为母的传统习俗，其中有很多深奥又奇异的观点，如："人对万物自然不可征服，只有依附或融入""人与兽虫一样，都是地球之母身上寄生的虱子""人不可失去对自然、对宗教的神秘之感，一旦失去了将变得无法无天，无所不为，所以在人类头顶要永远高悬不可知的神秘大自然之斧刀"等等，同时处处流露着对蒙古人正在失去"孛"教信仰的忧虑，认为没有了"孛"教的信仰，等于将失去长生天、长生地对自己的保护，将跌落无限的黑暗中，将失去绿色故乡草原等等。在书的后部，也长篇记述了他们祖孙二人的经历，如疯王烧"孛"事件、嘎达梅林起义前后、潜隐黑土城子等等历史经过。这是一部浩瀚的、令人灵魂震颤的大书。

白尔泰掩卷思索，感慨万千。

后半夜，铁木洛老爷子从外边回来了。

黑暗中，白尔泰对铁木洛说："老爷子，你隐瞒了一个重大而荣耀的历史：你参加过嘎达梅林起义！"

白尔泰声音有些颤抖，两眼闪着亮光。

"那时我才十一二岁，啥也不懂。"铁木洛老汉一边脱衣，一边上那州官耶律文达的睡床，口气淡淡地说道，"你觉得荣耀，我觉得是麻烦，没完没了的麻烦。当年跟着老嘎达叔叔干过的几个人，'文革'中死的死，残的残，'左'的时候是坏蛋，'右'的时候是英雄，反正坏蛋和英雄都得挨折腾！幸亏谁也不知道我这段事，别人也想不到，我那时才十多岁小孩嘛！"

"我在七十年代末去达尔罕旗，用一年时间调查过嘎达梅林起义的史料，走访过当时还活着的嘎达梅林两个'炮手'，还有他那位神奇的夫人梅丹其其格！"白尔泰这样幽幽而说。

"你见过梅丹——婶婶？"老铁子惊问。

"见过，那是个偶然的机缘，在舍伯吐的新艾里村，当时她是跟后嫁的丈夫所生的孩子在长春一起生活，从长春回故乡探亲。"

"哈，你小子行！有心！看来你这小白脸的历史，也不简单，挺复杂的嘛……哦，我也听说过她从长春回故里探亲的事，几年后她就去世了……唉，说起她，真不知道是啥滋味。"老铁子黯然神伤，一脸复杂的神态。

"根据我调查的资料,嘎达梅林牺牲后,她嫁给敌人胡宝山的历史非常复杂,有很多外人不晓得的隐情,不可轻易下结论。有人给她定论:'成也萧何,败也萧何',有点片面。"白尔泰感叹着,怀着某种深思,这么说一句。

"噢?"老铁子盯他一眼,"难道你有什么新发现吗?"

"当时,我快接近那个世人全不知的最后秘密了,可惜,我还没来得及寻访到一个关键人物,就离开了那里……"白尔泰陷入十分懊悔中,低下头。

"离开了那里?"

"对,当时,突然从天上掉下来一块馅饼,让我马上去北京读大学……唉,真是熊掌和鱼翅不可兼得呀!"

"难怪呢,要不你这脾气,怎能那么轻易放弃呢!"老铁子笑了笑。

"等这边搞完萨满字的调查,我一定抽空重返达尔罕旗,完成那一夙愿!"白尔泰坚定地表示。

"你是不到黄河不死心!很好,没这样劲头,这世上还能干成什么事呢?"老铁子颇为赞许地点点头。

"老爷子,找到你那老对头银狐了吗?"白尔泰转移话题,口气轻松地问。

"找到了,鬼东西后半夜才悄悄进窝了。可我那儿媳跟它形影不离,没法儿下手。明日天亮了再说吧。"

"老爷子,非杀它不可吗?"白尔泰小心翼翼地补问一句。

"废话!干啥来了?你小子给我闭嘴!"

白尔泰伸伸舌头,果然闭嘴了。

不久,老铁子鼾声大起,白尔泰却百思涌心,辗转反侧,久久不能入睡。

第二天。

简单吃了早饭后，白尔泰到后山脚下捡柴草，老铁子背着枪，提着铁夹子去对付老银狐。走时，他抬头看了看太阳，有些担心地说："这两天可能起风，你不要走远。"

白尔泰也抬头看了看，那轮升在东南沙漠上空的太阳周围，有一层淡淡的黄晕。

当他走到古城北沙山脚下时，正好迎头碰见了那一对冤家——银狐和珊梅。当时，珊梅坐在沙滩上歇息，老银狐正在草丛间寻觅野鼠洞。

由于意外相逢，双方愕然。

"珊梅！珊梅——"白尔泰急叫。

"你……你……"珊梅则有些惊恐，对他似曾相识，又好像不全认识的样子，从沙地上站起来，愣在那里。她的双唇干裂，起着白皮，浑身乏力，肚子挺鼓，头发全白如乱草蓬，显然她严重缺水、缺钾、缺营养，身上遮蔽的只是些零碎布条。

"珊梅，你别害怕，我是白尔泰，咱们认识，我是白尔泰……"他轻轻安慰般地说。见她整个人不像人，兽不像兽，身上飘荡着的那几缕碎布条裹不住她身子，基本裸露，而皮肤上起着全是黑黑硬茧，对大自然的风寒已没什么反应。白尔泰心中，油然生起一股深深的怜悯之情。

"你……白……"珊梅的语言功能正在艰难地恢复。

"对，我是白尔泰，别怕，我给你水喝，水喝！"

"水……水……水……"珊梅的双眼顿时亮了起来，急切地喃喃言语。

白尔泰立刻解下身上的水壶，慢慢走过去，递给珊梅。这时，那只老银狐始终站在珊梅身后的不远处，也并不逃走，似乎知道对方并没有恶意。

珊梅疑疑惑惑，但终于抵不住水的诱惑，走过来把水壶接过去，然后又走开，保持一定的距离，接着就是"咕嘟咕嘟"一顿猛饮，她感谢地看看白尔泰，然后转过身走过去，把水倒给银狐喝。显然，那只神奇的老银狐也渴急了，仰着脖子，向上张开尖嘴，接舔那珊梅洒在它舌尖上的水。

此时，一支枪口从附近土坡后伸出来，紧紧瞄准起那只银狐。但由于珊梅与狐挨得太近，那黑洞洞的枪口始终没有冒出吓人的火光来。

"珊梅，快闪开！快闪开！"土坡后传出老铁子的喊叫。

"噌"的一下，老银狐闻声而逃。随之，"砰"的一声枪响，子弹呼啸着从银狐的头顶上部飞过。珊梅也从惊愕中醒来，拔腿就追随银狐跑去，嘴里还喊着："铁……山……铁……山……等……等……我……"

铁木洛老汉拎着枪，从土坡后边站出来，嘴里叫嚷："又叫它跑了，妈的，早晚要叫它吃我枪子儿，妈的！"

"老爷子，还有你的儿媳哪！小心伤着你儿媳妇！"白尔泰面对如此固执的倔老头，不知说什么好，只是摇摇头。

"不是考虑她，我的枪子儿早他妈把老银狐给撂倒了！咦，奇怪，你看见没有，珊梅的肚子鼓得老大，好像有身孕了，是不是？"铁木洛望着它们逃走的方向，疑惑不解。

"是的，她是怀孕了。"白尔泰说。

"说得这么肯定，你好像早就知道！珊梅跟我儿子结婚五年，没有怀孕，她现在怀的肯定也不是铁山的种！"老铁子怪怪地盯白尔泰一眼，没有好气地说。

"别这么看着我，没有我的事，怪吓人的！"白尔泰笑起来，接着便把那一晚发生在草料房的事，告诉了老铁子。

"畜生！乘人之危，不是人！我他妈回去后，一枪崩了他！"老铁子怒吼起来，一拳砸在沙地上出个大坑。

"别急,老爷子,你没有证据,没在当场抓住,他会抵赖的,弄不好你还闹个诬陷罪!当务之急,先把珊梅弄回来,给她治病,让她恢复正常,到时一切就清楚了!"白尔泰劝道。

"那好吧,你想法接近她,她好像不怎么惧你。"

"不是她不惧我,而是因为她们缺水,严重缺水!"

"春旱开始了,雪水都融化干了,她们肯定缺水,咱们正好利用这个做文章!"老铁子乐了,似乎心中有了主意,去捡回珊梅走时丢掉的那只水壶琢磨良久。

"你想怎么对付?"

"水壶里放迷药,放倒她们两个,一举两得!"老铁子已然胸有成竹。

"主意是好主意,不过嘛,只可惜……"

"可惜啥,你小子又要可怜那老狐狸!"

"不是可怜,应该感谢!它对你那发疯的儿媳珊梅照顾得多好!几个月来,相依为命,珊梅还安然无恙,没出啥事,你应该好好感谢老银狐才对!"白尔泰大胆地为银狐辩护。

"小白,别跟我说这个,我跟老银狐势不两立!它把哈尔沙村搅得天翻地覆,把我铁家祖坟捣得乱七八糟,又迷我儿媳,变得人不人鬼不鬼的,你还要我感谢它!我吃它肉,喝它血都不解恨!往后,在我面前,你别再提同情银狐的话!"老铁子气呼呼地甩下铁壶,提着枪追踪银狐的足印而去。

白尔泰苦笑着摇摇头,捡起铁水壶,背着柴草慢慢走回住地。

下午,白尔泰下到地下寝宫,继续研读《孛音·毕其格》,以及那铁喜神"孛"遗留的壁图。驰骋在那神秘而遥远的世界里,他脑海中突然萌动起一个念头:我要学"孛"!这似乎是一种远古的召唤,他顿时热血沸腾,心情激动,甚至有些迫不及待了。

晚饭后,等铁木洛老爷子要上床歇息时,他便走过去,"扑通"

一声跪在老爷子面前。

"老爷子,请您收我为徒吧!"

铁木洛老汉被他弄懵了,瞪着眼睛看他。

"我要跟你老学'字',当一名'字'师!铁大叔,请您教我吧!我要拜您为巴格沙(师父)!"

"哈哈哈……笑话,现在谁还信'字'?你当'字'干啥?有啥用?"

"我学'字',当然不是为了行走社会,只是为了继承这门民间的宗教艺术和萨满文化,别到我们这一代就失传了!"白尔泰说得诚恳而坚定,令铁木洛老汉不得不沉思起来。

"唉,你的诚意我理解。可是我老汉实在不配当你的巴格沙,这么多年我完全放弃了演习,我哪有本事教你哟!"

"不,我相信你的功力。你直接拜你爷爷为师学习'字'法多年,肯定功底扎实,哪能那么容易说丢弃就丢弃了,你老爷子就收我为徒吧!"白尔泰"当当"地磕起头来。

"你先别忙着磕头,让我考虑考虑。"铁木洛老汉只好这么说,"当年,我爷爷一直教我学到八重关,也就是在这里,过最后一道九重关时功亏一篑!唉。"

"那是什么原因呢?"

"我和爷爷,在沙漠里发现了一棵多年灵芝,精心守护着它,准备到季节时收取,帮我通关,结果可能就是现在的这只狡猾的老银狐捷足先登,抢走了那棵灵芝。弄得我没法通那九道关,爷爷也气得大病一场。"

"难怪这老银狐那么神奇呢,人斗不过它!哎,老爷子,你和老太爷怎么躲到这里来的?"

"说起来话长,也是缘分。当年,老嘎达叔叔的起义失败后,我们到处躲避官兵追捕,最后,爷爷就带我来到了这里,他说他的师父郝伯泰祖师爷,发现了这个黑土城子,还有这地下寝宫,正好供我们躲避乱世和达尔罕王、张大帅部队的追剿。唉,好像这都是天意,草原的兴衰、蒙古'孛'的灭绝,这都是天意啊,人力不可挽回的,所以我也早已心灰意冷,放弃'孛'的演习了……"铁木洛老汉不堪回首往事,神色凄然。

"其实,老爷子你并没有放弃'孛'教的信仰,你对长生天长生地的崇拜,你对大自然的认识,以及对大漠的不服气、在黑沙坨子里搞的试验等等,你全是按照'孛'教的宗旨在行事,只不过你是没有天天去跳'孛'唱'孛',没做具体'孛'事而已!"

"我也就只能做到这一点了,'不常拜孛只求心中有孛,时而祭天唯念意升九天'了。"

"好一个'不常拜孛只求心中有孛,时而祭天唯念意升九天'!"白尔泰赞道。

"这也是我爷爷留给我的最后一句话,不是我的创造,我哪有我爷爷的悟性哟。"铁木洛老汉抬眼,凝望寝宫上顶无限的高空说,"你要是真有诚意,那我勉为其难,尽我所能开导开导你吧,这样也对得起我爷爷的一片苦心了。"

"巴格沙在上,受学生三拜!"这回白尔泰规规矩矩磕头,行了拜师大礼。

"其实,你好好研读我爷爷那本书就成了,不懂的地方,我再指点指点你,慢慢来吧,既然这样,我也恢复演习我以前的'孛'功了,重新捡起来还很费事哪!"铁木洛老汉伸手扶白尔泰站起来,心中虽有些高兴,但脸上仍呈出复杂的表情。

从此,白尔泰日夜勤练起"孛"的功法来。

铁木洛老汉则白天继续固执地追踪那只老银狐,可每每快成功时,都因珊梅的出现保护而功败垂成。老银狐在黑土城里与他捉迷藏,老汉也曾把灌迷药的水壶放在她们的窝边儿,可那只老银狐再也不碰他们的水了，也不让珊梅喝那壶水，恨得老汉咬牙切齿，无计可施。

第三天，从下午开始刮起了大风。果然被铁木洛老汉说中了，风刮得很大。

开始时，风头在沙面上飒飒轻卷小沙粒儿，渐渐从沙坡上如风车般喷吐起沙幕，很快搅得天昏地暗，黄沙漫天，天地间除了呼啸的风，狂卷的沙，再没有其他了。这就是北方闻名的春天的黄毛风。地面解冻，又加干旱，风从大漠中形成后向四方席卷，形成强烈的沙尘暴，向东南绿色的田野、草地、村庄袭击而去。

老铁子他们在大风开始时，就把能搬的东西全部挪进地下寝宫中，三峰骆驼无法入内，只好让它们跪卧在外边的墙角避风处。他们再用木棍柴草等物挡堵上入口，以防流沙灌进地宫之内。

"巴格沙，这回好了，这是老天爷叫咱们在地下安心练'孛'，不叫咱们出去走动。"白尔泰开心地说。

"这场风沙来头不小，我在担心拴在外边的骆驼。再说，这春季的风天一开始，咱们回去也成问题了，我们虽有水源，可带出来的吃的可快没了……"老铁子不无担忧，脸色凝重。

"那咱们风停后就回去，想法子带上珊梅一块儿走……"

"不，我一定要打死老银狐！实在不行，你们先走，我留下继续追踪老银狐！"老铁子说得斩钉截铁。

"那哪儿行啊？没吃的，你在大漠里咋过呀？"

"老银狐能活，我也能活，他吃啥我也吃啥！都是天地间的大自然造的东西，我比它差哪儿去！"

外边的大风沙改变了一切，也改变了他们的命运。

从刮风后的第二天开始，他们在地宫之内感觉不对了，胸口愈来愈发闷，呼吸也变得非常困难，地宫里显得很压抑。地下寝宫里的新鲜空气越来越稀薄了。老铁子和白尔泰立即爬上去，察看那入口。可那入口黑咕隆咚，原来堵着柴草的入口全被流沙堵死了，堵得严严实实，一丝气也不透了。

"天啊！"老铁子失声叫起来，扑过去，扒开挡门的柴草，接着又奋力去扒那流沙。

白尔泰也过来帮忙。他们找来了铁锹，轮流倒扒不知有多厚的流沙。可是，这场罕见的大沙暴不知卷来了多少流沙，似乎把整个外边的州府旧墟全掩埋了。他们开始绝望了，这样把流沙不停地灌进下边的寝宫，很快会填满了寝宫，他们自己也一同被流沙埋在下边的。

"长生天啊，今天你绝我们生路啊！"老铁子大喊一声，双手拍打那无尽无头的流沙，由于空气窒息，再加上扒沙疲累，他的鼻孔流出殷红的鲜血来。大概是空气稀薄的缘故，旁边挂墙上的风灯也弱得欲灭欲燃，摇摇摆摆，暗暗淡淡。

"巴格沙，你说过，这都是天意……"白尔泰大口大口喘着气，趴伏在老铁子身旁，安慰着断断续续地说，"老天……真要绝我们……那我们……顺天意，就留在这儿吧……"

"不……我，要……杀那银……银狐……"老铁子似乎不杀死银狐死不瞑目，人已经奄奄一息，仍然这样愤怒地说。

"巴格沙，何必哟，你马上可以陪伴老太爷了，还……还……放不开……这疙瘩……那银狐也是一条命，大漠里所有生命都……不容易，它的所作所为也都是为了活命……人类对它们、对动物都快杀绝了，从来不留情……可它们有啥罪呢，人为啥对它们赶尽杀绝……我有时真希望宇宙也冒出一个比人类更厉害的生命群体，把人类也杀它个片甲不留、鬼哭狼嚎，哈哈哈……"白尔泰艰难地说完，有些开心地笑起来。然而他的肺腔里几乎要爆炸般的窒息，与世隔绝的紧闭和挤压，使得他的笑声渐渐停息，无力地终止，接着人就入了睡般地昏过去。安安静静，软软绵绵，一动不动。

老铁子摸了摸他粗糙的脸，发软的身躯，长叹一声，喃喃自语："你也何必跟着我来这里殉葬呢……这都是天命吗……也好，我也累了，这辈子活得也够够的了，该歇息了……好在，我爷爷也在这儿……还有那《孛音·毕其格》……跟咱们的'孛'道一起埋这儿吧……"

老铁子低语着，艰难地拖抱着白尔泰，往下沿着台阶向寝宫里走。一步，一步，呼吸愈来愈局促，身上愈来愈虚弱。他已经万念俱灰，唯一的想法就是走到爷爷那儿躺下，好有个伴儿……结果，还没走到最后台阶，他就"扑通"一声栽倒在那里，不省人事。

外边，风已停息。

初春的阳光明媚。

经这一场大沙暴的洗礼之后，大地似乎干净了许多，也似乎疲倦了，万籁俱寂，大漠和黑土城子又恢复了往日的那种死静。没有鸟叫，没有虫鸣，唯有沙在静默，唯有阳光在普照。然而，风沙也改变了黑土城子原来的布局。东半部全被狂风吹裸了出来，好多原先埋在沙中的旧城下部根基，这回全被吹出来，轮廓鲜明，恢复了古城旧貌；而西半部，多处原先的旧址全被埋进流沙下边，如大海中半沉没的船只和礁石岛屿一般，那座州官旧殿也半埋在沙里，难怪老铁子他们从里边挖不透这厚厚堆积的流沙。

此时，这里出现了一个身影。是那只老银狐，拖着白尾。

它神情奇异，不时回过身去咬咬不爱走动的珊梅。由于她们所处的东边没有流沙掩埋，再加上银狐的本能，显然她们安然渡过了这场沙暴袭击的灾难。也许是三天的干沙风暴，熬干了她们身上的水分，也许是其他的生命本能，老银狐带着珊梅寻寻觅觅，停停走走，出现在老铁子他们住宿的营地旧址。三面环墙的旧殿，半埋在沙里,有一只骆驼倒毙后被埋在沙里,只露出驼峰尖部,而其他两只不知去踪,也许都埋在流沙下边,也许挣脱开绳子跑散在大漠里。

只见那只老银狐,慢慢停在原先入口处的位置附近。

它冲发愣的珊梅吠哮两声。珊梅依旧茫然。

银狐冲墙下堆积如山的流沙,又吠哮两声,同时用前爪去扒了扒那流沙。

"水……白……"珊梅指指那墙下的流沙,不由得说出人类语言。

"噢——呜——"银狐似乎同意般地长啸。

接着,老银狐拼命挥动两只前爪,扒挖起那堆积的流沙。前两爪挖,后两爪往后扬,再用幻化的九条尾巴不停地扫打清理那堆流沙,珊梅也似乎感悟到了什么,也过来加入了银狐的挖流沙行动。一人一兽就这样挖起了流沙。那银狐神情似乎很是迫切,不停歇地挖着,而珊梅挖累了,呼哧带喘地想休息,可银狐却不让她休息,咬咬她的脚,带动她一起继续挖沙子。堆如小山的流沙,从外边挖还是好挖多了,不知干了多久,她们终于清理出一条通道,通向那入口处,两边堆着半人高的流沙。

于是,外边世界的无穷尽的新鲜空气,源源不断地流进那黑幽幽的地下寝宫去了。

哦,空气,万物离不开的生命的空气。

银狐累趴在那洞口,红红的舌头伸出老长,"呼呼呼"地狗样喘着气,四只脚爪都渗着殷殷鲜血。它似乎已完成使命,不再急迫,神态显得十分安然。

珊梅也累坐在银狐旁边。她的两个眼睛惊奇地盯着那深不见底的入口,嘴里疑惑地发问:"白……水……你们……在哪里?"

银狐不理她,闭上眼睛歇息着,等候着。

地宫里的人还活着吗?它在等候什么?谁也不清楚。

大漠里阳光明媚,依然死静死静。

五

一缕清凉的空气，吸入铁木洛老汉窒息的肺胸间，他渐渐苏醒过来。

旁边的白尔泰也正在伸手摸索，大口大口呼吸着新鲜空气。

一股强烈的气流，正滚滚涌入耶律文达的地下寝宫。

"巴格沙，我做了一个长长的噩梦，梦里总有个黑乎乎的麻团堵在胸口……咦？洞里亮了！巴格沙，我们得救了？"白尔泰揉着眼睛，惊喜地叫。

"看来是的，阎王爷不收咱们这号荒漠冤魂，穷哈哈的没啥油水儿，所以把我们给轰出来了。真怪，上边那厚厚的流沙咋就打通了呢？真是阎王爷帮助咱干的吗？"铁木洛老汉抬头盯着那透进明亮阳光的入口处，用手背擦去鼻血，疑惑不解地嘀咕。

"上去看看不就知道了，当年关公显灵救过他的儿子，说不定今天是老太爷显灵，救了我们爷儿俩！"白尔泰欣喜无比，从鬼门关返回人间他又充满了心气儿，充满了希望。

"走，咱们上去瞧瞧，不管谁救了咱们，我这辈子感谢他再造之恩！"铁木洛老汉完全恢复了精神气儿，抬腿往上走，后边跟着白尔泰。

外边那明亮的日光，刺激得他们一时睁不开眼睛。

阳光暖暖地照在他们脸上，大漠中的微风习习吹拂着他们的身躯，外边的世界多么美好，即便是死漠，也比下边死亡的世界美丽多了。啊，生命，活着的确美好，白尔泰心中如此感叹。

老铁子睁开了眼睛。

于是，那只银狐身影登时映入眼帘。他立刻习惯性地往身后摸，可惜身上没有枪。

同时，他想到了一个问题，谁救了他们？银狐拉开距离，蹲坐在后两腿上，安然又有些嘲笑般地瞅着他们，并没有逃走的意思。它的一旁，坐着大腹便便的珊梅，惊愕地看着从地底下爬出来的他们两个人。

"是你救了咱们吗，珊梅？"老铁子看着她的大肚子，有些不相信地问。

"是，是它，是铁山……我不知……你们、埋在……下边……"珊梅指一指旁边的银狐，摇摇自己的头。

"哈，原来是你的老冤家救了咱们！这下可好玩了！"白尔泰拍手直乐。

铁木洛老汉察看打通的沙道，的确都是印留着老银狐挖扒的四足爪印，再看看珊梅行动不太灵便的身子，看来真是老银狐救他们出来无疑了。

"是它救了我们吗？"老铁子指着银狐，再问一声珊梅。

"是，是……是铁山哥，领我……找，找你们……挖开……那沙子……他啥都知道……"珊梅磕磕巴巴，语无伦次地说出大意。

"没错儿的，巴格沙，你没见珊梅的大肚子吗？她能扒得动这么多沙子呀？"白尔泰说。

铁木洛老汉双眼，这会儿流露出极为复杂的目光，久久地盯视老银狐。而神奇的老银狐，也一动不动地盯视着他，这一对几十年的老冤家对头，就这样怀着复杂的心态对视着，久久地对视着。空气似乎凝固了，大漠的风也静止了。铁木洛老汉的目光，落在正渗出血丝的银狐那四只爪子上。

"啊——！"只见铁木洛老汉长叹一声，就坐倒在地上。

接着，他声音干涩而颤抖地说道："这都是长生天的安排！我铁木洛老汉，今天承认，争斗了几十年，我今天还是彻底失败在你老银狐手下——我好不甘心啊！可我又不得不在这里说，我，老铁子，感谢你的救命之恩，虽然我打心眼里不愿意——但这是事实，你比我岁数大，你比我宽容，比我这人类宽容，你才是这大自然的真正精灵，真正主宰，你道行高深莫测，我打心眼里服了——"铁木洛老汉有些感伤，还有点气馁地轻语，"唉，你我之间的这场恩恩怨怨，也该告一段落了，我这双手，以后再也没有勇气向你举枪了，这都是长生天的旨意啊！"

这时，那老银狐似乎听懂了他这番话的意思。

它在那里静静蹲坐在雪白的大尾巴上，像一位德高老者，浑身雪白色毛发更是无比神秘地闪烁出迷人光泽，而一双绿宝石般目光更显得深邃不可测。只见它，缓缓站立起来，是站立在后两腿上，像人一样站立起来，大尾巴也支撑在地上，把前两爪子交叠在雪白美丽的胸前，摇一摇，好像是在作揖行礼。然后，它仰起尖尖长嘴，冲无限的宇宙高空发出一声长长的嗥啸。"噢——呜——"这嗥声那么激越，那么豪迈，又那么久远而亢扬，如万山深壑中的古猿啼鸣，如千里蓝空上的苍鹰长啼，大漠为之震颤，为之回应，整个大地回荡着这动人心魄的长嗥。

"铁山，你……你唱得……真好听……"珊梅抱住老银狐的脖子说，又回过头对老铁子和白尔泰说，"它喜欢你们……说要像保护我一样保护你们……嘻嘻嘻，你真好……铁山……"

"老天，珊梅你真是一个好翻译，人类和动物之间，多些你这样的翻译多好！人和兽太需要沟通了！"白尔泰兴奋地冲珊梅大声喊叫，接着又翻身跑下那地下寝宫，很快手里拎着一壶水跑出来，对珊梅和银狐说，"水，给你们水喝！我看你们渴得够呛！"

"水……白……水！"珊梅高兴了，接过水壶喝几口，然后又赶快倒给正张嘴等待的老银狐喝。

铁木洛老汉看着这一幕，也不由得笑了。笑得很舒心，很真诚。他长长舒一口气，如释重负，似乎摆脱了与老银狐多年的怨仇，他身上也一下子轻松了许多，心头豁然开朗。搬开心头积压了几十年的大石头，浑身的血畅通了，热烫了，更富有生命的新鲜朝气了。仇恨，的确让人变得古怪和失常，把人的血搅得紧绷绷、黑乎乎、冷冰冰；而爱的情感则完全不同，就像那明媚的春光，和煦的暖风，淙淙的山溪，清脆的鸟鸣，令人心胸开朗，血液流畅情绪饱满，耳聪目明，延年益寿，青春常驻，就像那抱着银狐的珊梅，沉浸在爱的幻觉中，与兽为伍，依旧其乐融融，其悦无穷。爱，是人类正常的健康的情绪，生命的情绪，也是最基本的情绪；如今的人类，正在失去自己的爱心，于是渐渐变得贪婪、狠毒、无常、狭隘、自私、狂傲而又短命，变得对人类自己、对大自然、对万物没有了同情心，只剩下利己的残忍和破坏、掠夺、征服、战争、无限制的尔虞我诈钩心斗角相互残杀……因失去爱心，人类的大脑才出了故障，想摆脱人类自己，想超越自我，从生理上、从大脑中都想打破极限，疯狂地追求非人类的欲望。

　　人类的大脑病得不轻，正导致人类走向毁灭。人类唯一的出路、唯一自救的希望，就是回归自然，而唯有回归自然也许才能恢复人类的正常。这是大漠银狐的预言。荒漠智者，在大漠中的闪现。这也是古老萨满文化的启示，回归自然吧。这是大自然先哲的预言和启示。记住吧，肤浅的人类。

　　铁木洛老汉从流沙里挖出来那只死骆驼。另两匹骆驼不在流沙下边。他吩咐白尔泰准备饭，自己去附近的土城子和沙漠上，寻找那两匹走失的骆驼。

　　白尔泰引领着珊梅，走下那地宫台阶，去拿下边的米和柴。

　　珊梅充满好奇地参观耶律文达的寝宫，以及留有铁喜老祖师遗像遗书的密室。最后，他们再下到那条神秘的地下河旁边。

珊梅的双眼瞪得更大更圆了，惊奇地观看着这大自然的绝妙奇景，"呜哇"叫着感叹。接着，她蹲下去，向前俯着上身，想用手捧水喝。不料，她因肚子大，重心向前倾斜，脚下一滑，人就"扑通"一声栽进前边的地下河里去了。

"哇……哇……救……命……"黑暗的河水中，传出她急切的呼救声。

"珊梅！珊梅！"

旁边的白尔泰吓呆了，事出突然，他慌了，赶紧把手中的风灯放在岸边，不顾一切地跳进那条黑幽幽闪着蓝光的地下河里。水淹到他的脖子，刺骨的寒冷，很快他身子骨冻得发僵。他拼命在水里伸出手摸索着，寻找着，嘴里呼喊着："珊梅！珊梅！你在哪里！"

下边的呼叫，惊动了一直留在外边进口旁的老银狐。它"呼儿"的一声，蹿进洞里来，沿台阶往下迅疾跑下去。它转眼间循声来到地下河旁，看见白尔泰在黑暗的河中摸索着，喊叫珊梅的名字，老银狐似乎明白了发生什么了，只见它纵身一跳，也一头扎进河水里，不见了踪影。白尔泰焦急万分地喊着，摸着，冰冷的河水拍打着他身骨，他浑身愈发的冻僵，上下牙齿打着战，颤抖不已。正这时，从下游几米远的河面上，冒出来模模糊糊的黑影。白尔泰赶紧扑过去，是珊梅。她的身子浮在水面上，下边是那只老银狐用身子托着，费力地往岸边游动。白尔泰惊喜万分，伸手接过珊梅的身子，托出水面，慢慢靠近有灯光的岸边，把珊梅推到岸上，然后自己爬上岸。

珊梅昏迷不醒。那只老银狐也从水里跳上来，抖落掉身上的水珠，黑暗中，它的身躯通体白亮，没沾一滴水，发出幽幽的似磷光的色泽，令人心里忍不住惊悸。

"珊梅！珊梅！"白尔泰摇晃着珊梅的肩头，他凭着平时的常识，赶紧做人工呼吸。慢慢挤压她前胸，左右摆动她双臂，最后他顾不得许多，嘴对嘴地人工呼吸。

终于有效了。只见珊梅微弱地呼喊一声："铁山！铁山！"便醒过来了，大口大口吐着水儿。

于是，奇迹发生了。

醒来的珊梅茫然环顾，面对着黑暗的溶洞和河道，她喃喃自语："这是哪儿啊？我在哪里？我这是怎么啦？"接着，她认出旁边的白尔泰，惊叫道："你不是旗里来的白老师吗？你怎么在这儿？这儿是啥地方？怎么这样黑呀？"很快，她又看见了近处那只通体白亮的老银狐，吓得大叫："野狐！野狐狸！白老师，那儿有个白色野狐！"

或许，神奇的地下河水，在她身上发生了神奇的疗效。珊梅彻底清醒了。

"珊梅，你别怕，说来话长，咱们先上去，我再一一说给你听。"白尔泰搀扶着珊梅站起来，沿台阶往上走。

"咦，我身上怎么这么发沉呢？我的肚子怎么这么大，这么隆隆鼓鼓的呀？"珊梅一边走，一边奇怪地抚摸着自己肚子发问。

"哈哈哈……"白尔泰大笑，"这个，你也别害怕，我告诉你个好消息，你已经怀孕了！"

"啊？！我怀孕了？！"珊梅失声惊叫。

"是的，你怀孕已经好几个月了！"

"那铁山在哪儿？我丈夫铁山呢，他肯定高兴死了，是不是？他呢？他在哪儿啊？"珊梅急切地叫起来。

"珊梅，先上去，别急，我慢慢把一切告诉你，你刚恢复正常，先别着急……"白尔泰扶着珊梅，慢慢走出地下寝宫。那只老银狐，这会儿只是远远跟着他们，它似乎知道了发生的一切，与他们保持着一定的距离，不像原来那般亲近和友善，变得很警惕。

坐在外边阳光下的沙地上，白尔泰向珊梅一一讲述起她患"魔怔"病以后发生的所有事情，如她受村妇奚落，病发严重，在家寻短见，银狐相救，铁家坟地老树事件一直到杀灭狐群，以及她如何枪口下救银狐,把银狐当铁山相伴于大漠荒野等等,听得她心惊肉跳,脸红耳热。

"这么多天,我一直跟它在一起?在野外?"珊梅指一指不远处的银狐,又看看身上几乎裸露着的状况,不免脸红起来,白尔泰赶紧把自己的长外套脱下,给她披在身上。

"白老师,你讲的这些都是真的?我怎么会这样子呢?跟狐狸一起在野外生活……这真是打死我也不敢相信……"

"不相信,你走过去摸摸那银狐,它肯定不跑,刚才也是它把你从地下河里救上来的,要不你的病还好不了呢!"白尔泰微笑着告诉她。

"我怕……它不会咬我吧?"珊梅为了证实,也对银狐从内心深处有某种亲近感,壮着胆子走过去。

那只银狐则一直眼睁睁地看着她的一举一动,见她走来,亲昵地摇摇雪白尾巴,"呜呜"地低鸣起来。珊梅走到它跟前,银狐并不惧怕和逃走,珊梅摸摸它那白亮迷人的毛皮,银狐则伸出舌头舔舔她的手背手心,用脑袋依拱她的双腿。珊梅的大脑中,依稀浮现出自己跟银狐大漠里相依为命的情景来,心里一热,一下子抱住银狐的头哽咽着哭起来:"谢谢你,银狐,谢谢你,这么多天你照顾我……真不敢相信我们是怎么熬过来的……"

银狐由她抱着,爱抚着,绿眼温情地闪动,尖嘴柔顺地拱蹭,表示着亲热,微微摇晃着尾巴,进行着真正的与人类之间的沟通,温驯得像只猫。

"那我丈夫铁山呢?他为啥不来找我?他知道我怀孕了吗?"珊梅抬起头,突然不解地问。

白尔泰有些难以回答,怕说出真实情况,又伤了她的心,正左右为难,珊梅问:"是不是铁山对我不好,我才跑出来的?印象中他好像打过我,不理我……白老师,你告诉我真相,我再也不想被蒙在鼓里了！"

白尔泰想了想，事情已到这份上了，再也不能瞒着她了。于是他把铁山如何对她不好、她发疯后如何到处跑着找铁山，甚至那一夜不幸发生在草料房的事情，都毫不保留地一一告诉了珊梅。

珊梅惊愕地听完，脸由苍白变得通红，双唇抖颤着，掩面哭泣起来。哭得很伤心，凄凄楚楚，泪流满面。

"那……这肚子里的孩子，不是铁山的了？"珊梅抹着眼泪，从手腕上解下始终缠系在那儿未丢的一卷又黑又脏的裹伤纱布条，"这纱布条，我好像记得当时是从铁山头上扯下来的……记得当时他匆匆忙忙要走，我没有拽住，好像就扯下了这个……"

白尔泰接过那卷儿依然留有干血迹的纱布条，回想起来，说："那就对了，当时，那个坏蛋，白天在坟地上耳朵受伤，流血不止，肯定是回家用药纱布裹的伤！村中没有别人伤头伤耳朵流血的，他的耳朵还是你开枪打穿的！"

"我？……我开枪打的？天啊！"珊梅叫起来。

白尔泰又给她讲述了一下当时的情景。

"那肯定是那个王八蛋了！真恶心，我怀了他的野种！我不要这孩子，不要这孩子！"珊梅哭叫着捶起自己的肚子。

白尔泰赶紧抓住她的手，制止说："珊梅，你不要这样，孩子是无辜的，都好几个月了，你怀着他在大漠里奔波生活，容易吗？怎么能说不要就不要呢！"白尔泰严肃起来，郑重地开导她："再说，你经历了这么多的人生变故，应该看开一些人世间的事，有些问题不能过于较真，何况你除了肚子里的孩子，还有一个更大的收获：结交了银狐这样通人性的朋友！它是这大漠里的神物，天地间最有灵性的超凡的野兽！"

珊梅抱着银狐的头，伤心地哭泣着："是啊，我现在是只剩下它了，银狐，你真好，村里人，连我丈夫都嫌弃我，欺负我，只有你跟我好，陪伴着我，保护着我……呜呜呜……"

白尔泰想说什么，欲言又止。

这时，铁木洛老汉寻驼回来了。幸好，那两匹骆驼很适应沙漠风沙，从这里挣脱开绳子，逃出去后，躲到古城北边的沙山脚下的避风处，安全渡过了沙暴袭击。那个死在原地的骆驼，是因为未能挣脱开缰绳子，活活被流沙埋死的。老铁子把寻回的骆驼拴在外边，然后准备收拾那死驼，剥皮后把肉晒干当他们的食物，没注意瞪大眼看他的珊梅的异样表情。

珊梅认出公公后有些惊慌，显得不好意思，局促不安，从老铁子身后怯生生地叫了一声："爹——"

铁木洛老汉吃了一惊，回过头异样地看着珊梅："咦？你认出我了？"

"爹，儿媳……实在没脸见你……老人家，呜呜……"珊梅说着眼泪又流下来。

"别哭，别哭，你的病好了？这可是大喜事！太好了，太好了。咦？你的病是怎么好的？"老铁子显得很高兴，放下手中的刀，用布擦着手上的驼血，黑脸上布满笑纹。

白尔泰从一旁介绍了刚才发生的事情经过。

"嗬，因祸得福，这都是天意啊！看来那条地下河不寻常，咱们也下去泡一泡，兴许还能治好我这老寒腿呢！呵呵呵……"老铁子爽朗地笑起来，见到儿媳妇恢复了正常，老汉打心眼里高兴，"好，好，珊梅你就歇着，老爹一会儿给你炖一锅香喷喷的骆驼肉吃，你需要好好补补身子，再给我生一个大胖孙子！哈哈哈……"

珊梅不好意思地低下头，咬着嘴唇也暗自笑了，刚才的那伤心和心头的阴霾也渐渐消失了。她走过去，帮助公公拉拉抻抻驼皮，熟练地干起活儿来。

铁木洛老汉抚须乐了，随后用刀切下一块鲜嫩的驼肉，扔给那边远远站立的银狐，说："这是给你的，这么多天你陪伴着我儿媳，保护着她，我真得好好感谢你呀，银狐长辈！"

银狐"呜——汪——"嗥了两声，表示着感谢之意，然后叼起那块鲜美驼肉，走到一旁美美地享用起来。

中午，大家美美地吃了一顿炖驼肉之后，围坐在暖暖的沙地上，商量起来。

"我们的粮食快没有了，我们要及早地离开这里回村去。"铁木洛老汉郑重地拉开话头，抽着烟袋，"我和小白这次出来，主要目的是寻找银狐，还有你，珊梅，现在我跟银狐化解了恩怨，把你也找到了，我们不能待在这儿了，要赶紧离开这里。春季的风也开始了，回去的路很不好走呢……"

"巴格沙，骆驼少了一匹，可人多了一个，咱们能不能走一条节省日子的近道儿？"白尔泰问。

"近道儿是没有，一刮春风，原来的方向都很难找了。咱们只能一匹骆驼驮东西，一匹骆驼骑人，三个人轮流骑……其实，也只能让珊梅骑，我们俩徒步跟着了。"老铁子看一眼珊梅的大肚子说。

"那哪儿行啊，我也要跟你们一起走路。老爷子岁数大，你骑骆驼，我跟白老师一起走。"珊梅说，同时看了看那一旁卧息的银狐，"爹，那银狐咋办呢？留下它自己孤零零地在这儿呀？"

"它就是这荒漠中的野兽，它的家就在这大自然中，它也不可能跟我们到村里生活。"

"我真舍不得离开它……"珊梅又伤心起来，走过去抚摸着银狐的头脖。

"这是没办法的事情，你也不能总跟它一起生活在荒漠中吧……"

珊梅闷闷不乐起来，提到回家，她脸上丝毫看不出有何高兴的样子。而那只银狐，似乎也感觉到即将来临的别离，也显得黯然神伤的样子，提不起精神，更是与珊梅形影不离。

第十章 379

白尔泰十分羡慕她们这种人兽之情，暗暗观察着她们的一举一动。

铁木洛老汉顾不上这些，他心里只为回去路上粮米不够吃而犯愁。来时都骑着骆驼不费时，这回去几乎全要徒步，没有足够的吃的，可咋穿过那茫茫大漠哟。他是领头的人，要为大家的安全负责。好在晒干的驼肉可顶一阵儿用，但还远远不够。"唉，咋算，咱们吃的，不够用，走出这大漠够悬的。只能走一步算一步，咱们明天就出发！"老铁子犯愁着说。

那只银狐看看老铁子，又看看白尔泰，站起来伸了伸懒腰，接着冲珊梅"呜呜"叫两声，再咬了咬她的腿，然后转身向外走去。珊梅知道银狐要带她出去。她站起来，看看公公又看白尔泰，还是跟着银狐走了。

"珊梅，是不是你又要跟它走了？"老铁子从她身后问。

"爹，我……我不跟它走。可银狐好像有事，我跟它去看一看。"珊梅说，"要不你们一起来吧，看看银狐有啥事。"

"你快去快回，不要走远了。我还要整理东西。"

"巴格沙，那我跟她一起去看看吧，好有个照应。"白尔泰向老铁子请求。

"也好，你陪她去吧。不要走离黑土城子。"老铁子吩咐。

银狐果然有啥事情，前边急急地小跑，直奔黑土城子东部旧址而去。珊梅和白尔泰二人几乎有些跟不上。这一带被狂风吹刮得很厉害，原来的旧墙根底子全显露无遗，陈摆着许多辽国州府的遗物器皿，陶陶罐罐的碎片或生锈的铜铁用具。白尔泰感叹，要是有时间在这儿好好发掘一下，他们肯定大有收获。从显露的遗物上判断，这座城市好像是没完全撤离迁移时，受到一场罕见的沙暴袭击后被掩埋的，那些旧址上不时发现的人体骸骨，可证明这一点。将来有一天，我一定返回这里好好考证一下。白尔泰暗自想。

银狐终于在一座旧房遗址上停下了。这儿的一处地面上铺着青砖，下边好像是地窖之类的。那银狐用前爪子不停地扒一扒那一层青砖，然后回过头来瞅一瞅珊梅他们。

珊梅和白尔泰走过去，动一动那层青砖。由于年深日久，砌砖留缝的白石灰土已腐蚀松动，那层青砖很容易被他们撬开揭掉。下边是铺着的一层木板，也已腐烂，提不起来，他们一一清理出去，再下边就是地窖了，在地窖里整齐地摆放着五六个大缸。他们俩有些激动，不知大缸里装着什么，于是轻轻搬开大缸上边密封的瓦盖儿，一看，他们惊呆了。原来里边全是谷子，黄澄澄的谷子！六个大缸里全部装着谷子，而且完好无损，多年来埋在干爽的沙漠下边，一点没有腐烂。

"天啊！契丹人的谷仓！这一下足够我们吃的了！每只大缸里的谷子足足有一两千斤，这六个大缸，够我们三个吃一两年的，哈，太棒了，真是天助我们也！"白尔泰惊喜地大叫，珊梅也高兴地抱起银狐亲热。

"你可真神啊，'铁山'，你还知道这黑土城子里埋着粮食？你还知道别的啥秘密？"珊梅习惯地又叫着它"铁山"，笑吟吟地问。

"呜——呜——呜——"银狐用舌头舔一舔珊梅的大肚子，似乎在说还知道很多，这些谷子是给你坐月子吃的。白尔泰在一旁乐。接着他留珊梅在这里守护着，自己跑回去向老铁子报喜信儿。

铁木洛老汉闻讯赶来，面对着黄澄澄的谷子更是惊叹不已，为回去的粮食有了着落而高兴万分。

老铁子按需取走足够的谷子，其余的照原样盖上瓦盖儿封好。但他想了一下，把其中边上的一个大缸的盖子又揭开，对银狐说："银狐长辈，这只缸里的谷子留给你吃，不封盖儿了。"他转而一想，其实封了盖，想打开的话它这老精物照样能办得到。他兀自笑了。

银狐似乎看明白这一切一样，冲他们"呜呜"吠叫两声。

晚上，他们又美美地吃了一顿小米干饭和骆驼肉，然后早早歇息，准备明天起早赶路。珊梅和银狐相拥在一起，一夜没睡。

第二天，东方刚发亮，铁木洛老汉就起来了，张罗着往两匹骆驼上架放东西。草草吃完昨晚的剩饭剩肉，带够了地下河的水，灌满所有的能装水的器皿，嫌不够，又从城东捡回来些契丹人遗留的能用的瓷陶铜罐之类，再装上水，满满登登架放在两匹骆驼上。

然后，铁木洛老汉领着白尔泰下到地下寝宫，走进密室，双双跪在那面铁喜神"孛"遗像前边。

"爷爷，孙儿前来跟您告别。我会好好带小白学好咱们的'孛'，不会让您失望的。过一段日子，我再来看望您老人家，给您做伴。"

他们二人磕头告别，珊梅也不知何时跟进来了，在他们后边也悄悄磕着头。

老铁子深情地看了一眼爷爷的遗像，老眼有些湿润，依依不舍地缓缓走离密室，并把石门封死。他们上去后，老铁子又推来原来那块封门的大石板，想了一下，回头看一眼银狐，就用石板只封了多半，留下一个能容银狐进出的口子，然后回身对银狐说："银狐长辈，这下边有水源，又可避风避雨，就留给你当老窝儿吧，你可替我好好看管我爷爷的这家。"

银狐"呜呜"长嗥。

"好了，我们上路吧！"铁木洛老汉挥挥手，一声令下。

两匹骆驼的铜铃叮当响起来，迈开大步缓缓起动了。

他们依恋不舍地频频回望黑土城子和耶律文达的寝宫，大家的眼睛都有些潮湿。尤其是珊梅，久久地抱着银狐的脖子不放，眼泪沾满脸颊。而那只银狐，也低低地悲鸣哽咽着，不停地用舌头舔她的手、脸和肚子。在老铁子再三催促下，珊梅才呜咽着站起来，跟上他们。

那只大漠灵兽姹干·乌妮格——九尾老银狐一直跟随着他们，在他们后边悲嗥着，撕心裂肺地哀叫着，走走停停，真有些催人泪下。

它送了一程又一程，最后终于伫立在一座高沙丘上，远远目送他们，不再走了。

他们走进一片沙洼滩，终于看不见银狐的影子。

可珊梅的神情愈加低落，愁容满面，三步一回头，寻望那茫茫沙漠，显得失魂落魄的样子。白尔泰相伴在她身边，不由得叹口气。看着这一切的老铁子，在前边牵着骆驼，也长叹一声，谁曾想，天地间人兽的别离也如此艰难，如此伤心，如此揪人心魄。

"呜——呜——"这时，一声长长的悲嗥从大漠深处传出，凄厉而哀婉地在天地间回荡。

"银狐！是银狐，是它在呼号！"珊梅一下子脸上放光，双眼闪动，兴奋地大叫起来。她跑上附近的一座高沙顶，回首遥望。可大漠莽莽，天地空空，哪里有银狐的身影儿？然而，那声悲哀的长嗥依旧在天地间回荡，久久地回荡，震撼着他们的心灵，震撼着大漠，震撼着整个宇宙。

珊梅从沙包上下来，走到铁木洛老汉的前边，跪下了。

"爹，公爹，原谅我，我不能跟你回去了。"珊梅泪流满面声音凄楚，但神色坚定，想定了主意，语气也坚决，"说实话，我心里厌倦了村里的人间生活，我回去实在很难忍受人世炎凉。您老也清楚，铁山也不想要我了，现在我又怀着别人的孩子回去，他更得嫌弃我了，我们两人不能在一起生活了。其实，我早就习惯了这野外的大漠生活，我跟银狐实在离不开，它对我好，比人更好，我要回去跟它在一起，一起在黑土城里生活。"

铁木洛老汉望着儿媳妇，半天默默无语。

他似乎想到了早晚会有这样的事发生，显得很平静。

珊梅磕完头，站起来，有些歉疚地说："您老往后多保重，儿媳不能再孝敬您老人家了。"说完，珊梅向白尔泰也告别了一下，然后义无反顾地顺原路向黑土城子走去，腆着大肚子，迈着坚定而有力的步子。

"等等,我给你留下火镰,还有锅,另外,开春后你可以在后沙山脚下种些谷子,那儿能长庄稼!"铁木洛老汉从珊梅背后喊,接着他拿出火镰和做饭的铝锅。

"我给她送过去吧……"白尔泰似乎也有心事地说,神情有些慌乱地要接过锅和火镰。

"莫非,你也想留下来吗?"老铁子问。

"巴格沙在上,学生也真想留下来,一边陪她,一边研读祖师爷的《字音·毕其格》……望巴格沙恩准。"白尔泰果然也双膝下跪,恳切地请求。

"好哇,好哇,你们都留下吧,都留下吧,我老汉一个人回去。"老铁子赌气般地丢下火镰和锅碗,牵起骆驼大步向前走,头也不回。

"巴格沙保重,等珊梅生下孩子后,我们带着你的孙子去看你老人家!"白尔泰从他后边喊。

白尔泰拿着老铁子留下的东西,去追赶往回走的珊梅。

"等等我,珊梅! 等等我!"

铁木洛老汉孑然独行。驼足和他的双脚,一样沉重。

大约走了一袋烟的工夫,铁木洛老汉长叹一声站下了。

他看看前边的茫茫沙路,又回头遥望珊梅、白尔泰的身影,感叹着喃喃自语:"哦,这大漠的路,我也走烦了,走累了,我干吗现在非要回去不可呢?这黑土城子里,有我爷爷,有我爷爷的'字'道,还有他们,还有银狐……还有那么多谷种,我们完全可以在沙山脚下种植耕耘! 噢,对,就这么办,我也先不走了,春季风沙已起也不好走,干脆在这儿干它一阵,反正哪儿都是跟沙漠干,这儿比黑沙窝棚那儿更好干! 更舒心! 把这儿搞成绿洲,让村里人来参观参观! 等入冬后,地面硬了再回去!"

于是,大漠里出现了这样一个奇景:

金色灿烂的朝霞，普照着万里明沙，这时一只雪亮晶莹的银狐，从大漠深处飞奔而出，如美丽的幻影般在沙漠上腾挪闪跳，在黄灿灿的沙脊上飞舞着美丽无比的九条白尾，如仙如幻，来迎接那回归的人们；而前前后后三个人影，相互追逐着，迈动轻松愉快自由的步伐，向那只神奇而美丽的银狐和其身后瑰丽诱人的王国——大漠，义无反顾地走去。

于是，人和兽都融入了大漠，融入了那片神秘的大自然……

2019 年 11 月重新修订改稿

修订后记：
古老文化如一盏璀璨的明灯

此稿是由原名《银狐》改名为《九尾狐》的修订版。

《银狐》初版印于2006年1月，后印数版，曾获第九届全国民族文学"骏马奖"。并在台湾地区出版，发行排行名列前茅。

借此改名再版之际，自己对本书进行了一次全面认真的重新修订。什么事就怕认真，修订这活儿真做起来，一点不比新写一本书省事。逐字逐句重新润色修改，情节或细节重新合理改写，去掉原先未发现的错漏处以及叙述语言的某些拖沓或不精练，这都须耗时耗精力，须下真功夫。

我很愿意做这次的修订。

因为，一个写作者最大幸事是，从我而言，并非能拿多少稿费，而是遇到一个懂你的书并懂此书与人类社会文化价值的内行编辑或发行人。无论他来自何方，名社或无名社。为此，感谢中译出版社。

我下功夫修订是关于重新审视萨满文化这一命题。《银狐》是我第一次用长篇小说形式，深层次开掘这一古老宗教文化思想的尝试。早先，北方蒙古和其他游牧民族都崇信萨满这一原始宗教，至今仍以祭敖包祭天地祖先等形式在传承，而并非某些肤浅者那般在草原上只待了数年就给蒙古人臆造出来个牵强附会的什么图腾，那也不过是从概念臆想到走火入魔剽窃他人的文化思想而已。

古老的萨满文化如璀璨的明灯，至今依然闪烁着人类先哲之智慧灵光，如老子的《道德经》和"道法自然""天人合一""人与自然和谐"这些思想精髓一样，对当今人类面临的种种困境，尤其在中华民族正面临现代化的困惑、城镇化的困惑、经济GDP和环境污染的困惑、唯"钱"主义与优秀传统文化的困惑之时，这些古老文化和宗教哲学也许会启迪我们找到一条再生之路。

宗教文化，应该说是人类文化最初的根，是我们大家的根。我想，一个作家的视野，首先须具备自己民族的至今闪光的优秀传统宗教文化的视野，才可能会有更高一层的飞跃，才可能具有作家拉什迪所说的"上帝的视野"。

以上点滴，且当《九尾狐》修订后记吧。

郭雪波

2019年11月于北京金沙斋